CUNEI
F●RM
铸刻文化

單讀 One-way Street

U0527076

IMPOSSIBLE WORLD

可能的世界

杨潇 著

上海文艺出版社

爱沙尼亚
（2013）

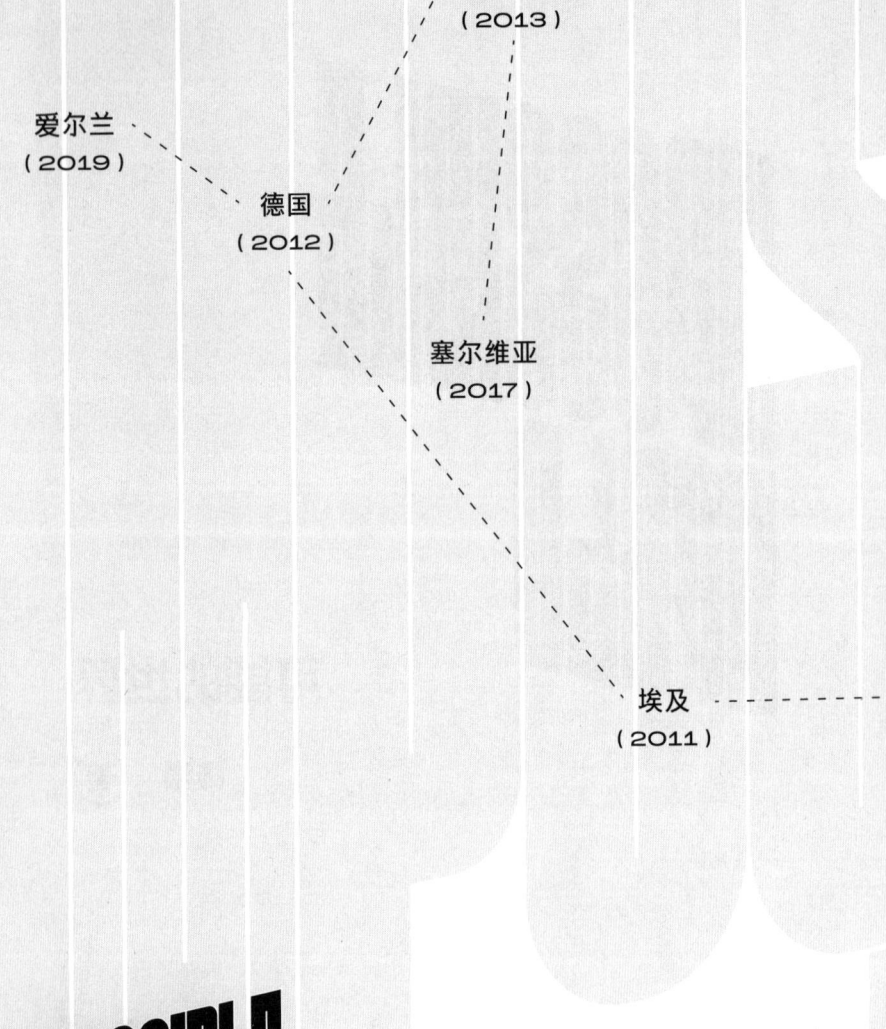

爱尔兰
（2019）

德国
（2012）

塞尔维亚
（2017）

埃及
（2011）

IMPOSSIBLE
WORLD

肯尼亚
（2018）

2010—2019
"世界上所有的一切曾飞向我们"

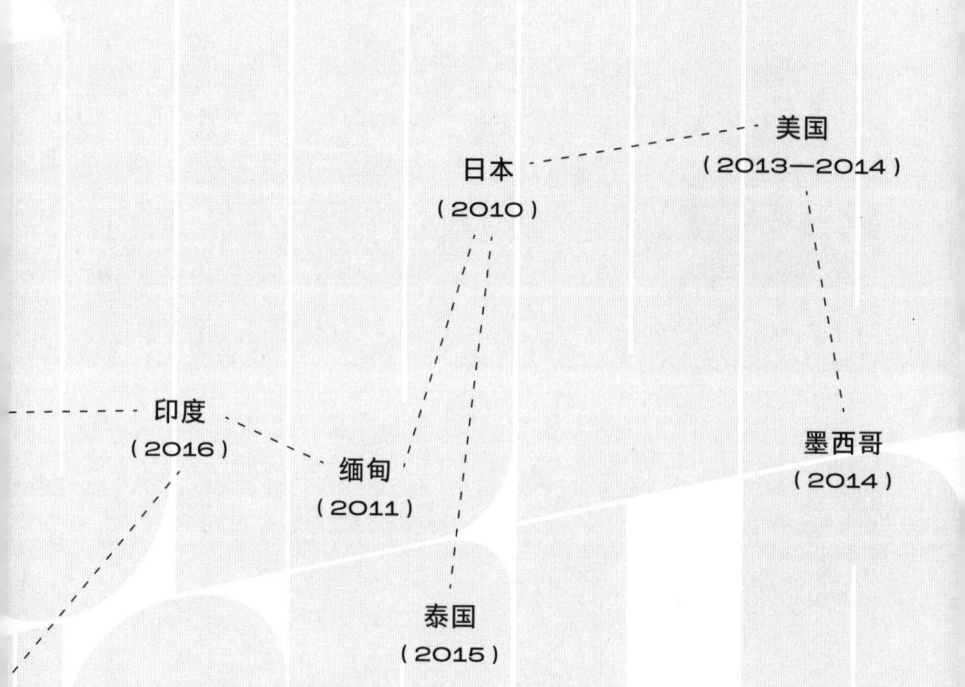

日本
(2010)

美国
(2013—2014)

印度
(2016)

缅甸
(2011)

墨西哥
(2014)

泰国
(2015)

代 序

汉堡之骄傲与湖南胃

他在曼德勒皇宫外散步,依靠奥威尔的指引,想在缅甸的往昔中看到今日;他闯入夜晚阿斯旺尼的诊所,倾听这个牙医出身的作家对埃及社会的分析;他还试图在短暂东京之行中,塞入战后日本史,将刚刚习得、囫囵吞枣式知识与眼前的现实,编织一起;他也在墨西哥享受轻松一刻,辣椒的刺激与同伴对巴西女人热情的品评,同时到来;在哈佛的怀德纳图书馆,想象炽热的、正在嘿咻的情侣,恰被波兰与罗马尼亚的书架夹住,一本 The Captive Mind 堵在眼前……

阅读这本文集时,亲切扑面而来。尽管比杨潇年长几岁,我们却属于智识上的同代人。青春年代,我们都受到1990年代那股思想风潮的影响,被哈耶克、波普尔、以赛亚·伯林对于世界的洞察影响,皆深信观念的重要,个人不应沦为历史力量的俘虏，个人应理解自身之时代。毕业后，我们皆进入新闻业，逐渐发现进入新闻现场、描述坚硬的事实并非所长，将带着强烈的个人感受，将新闻置于历史背景，为现实行动赋予思想维度，才令人兴奋难耐。

我们找到一连串楷模。从1960年代的"新新闻主义写作"到波兰记者卡普钦斯基、英国作家蒂莫西·加顿·艾什、奈保尔、简·莫里斯、布鲁斯·查特文的游记作品……他们是一群真正的杂食者，观察一切、体验一切、描述一切，文体之分变得毫无意义。

我们不无幸运，恰逢中国新闻业黄金时代。一个卷入全球化的中国，重燃对世界的兴趣，技术、物质膨胀带来了行动的某种自由，这短暂、狭窄的间歇，带来意外的机会。我们抓住每一次外派，去每一个陌生之地，贪婪中还带着一种愤愤不平，为何我不能对世界做出独特描述，比肩英语、法语、德语作家们。

在之前的《子弟》《重走》中，杨潇已充分展现自己的才华，这本文集不仅再度确认这种才华，更展现出他思想生成及个人趣味。它记录了杨潇十年的游历生涯，2010年至2019年，中国雄心勃勃的涌入世界，他则四处游荡。它亲切，很多时刻，我会心一笑，旅行中，我们特别着迷于当地人思维方式，现实与往昔的关系又是什么。它也激起些许妒忌，我也想在哈佛体验那种乘坐世界旋转木马的感受，我还一直想去爱尔兰，品尝詹姆森威士忌，在叶芝、乔伊斯的语句中寻找建国精神，我更想在爱沙尼亚闲逛，波罗的海的三国总激起我们惊奇，他们如此富有创造力，以歌曲为武器。我还妒忌他见到了昂山素季，那个特别时刻的"夫人"……

除去游历更广，你还意识到，他比你观察得更细腻、描绘得更生动。我尤喜欢他笔下的塞尔维亚，网球明星德约科维奇是这个挫败重重国家的希望。11岁时，他有76个夜晚在地下室听着爆炸声入睡，他也在轰炸中训练，"我们会去轰炸得最多的地方练球，猜测他们不会两天内轰炸同一个地方"。他引用的一段网球哲学恰当、有种说不出的动人，"网球是世界上最美妙的运动，它保留了接触性运动'高强度的软磨硬泡'，又剔除了其中的野蛮与不具美感的部分……它的迷人之处可能还在于，那个被众目睽睽包裹着却在安静时连一声轻咳都声声入耳的空旷的球场，极大地放大了人的某种本质上的孤独"。

《可能的世界》，这标题再恰当不过地反映出这多姿多彩的游历，及作者的个人哲学。世界总存在多样的可能，稍微转变视角，你就会体会迥异的习俗与味道。你也并非仅生活于此刻，你可能闯入任何时空，他人的喜悦、悲痛、遗憾，也在你体内滋长。万事万物、不同面孔与文化间，总有种关联，看似壁垒重重，却又充满流通的空洞。

在长沙的湘江畔，我翻阅这本书，以《五个湖南胃在东南亚》终结。在与亲人同游泰国时，杨潇发现，乡土意识前所未有的清晰，对湖南剁椒的想念，如野火般狂热……其中诙谐语句，令人想起保罗·索鲁的自嘲之语，他们把腊八豆"涂抹、搅拌、浸泡到一切可疑的饭菜里，让它去和咖喱、椰浆、虾酱、柠檬草、罗勒叶斗个你死我活"。这感受与汉堡人的骄傲形成最佳的呼应，这个昔日繁盛无比、如今没落的港口常说，"世界上所有的一切曾飞向我们"；长沙人则觉得，即使飞向了全世界，剁椒与腊八豆才是一切的中心。世界看似充满可能，却有种无法解释的必然。

许知远

2024年3月24日

自 序

追上2019

那年冬天准备考研时,我总去学校的老图书馆二楼,那是外文报刊阅览室,平时人很少,不用担心占座问题。因为厌倦了复习材料上枯燥的阅读理解,我决定读英文报刊作为替代。阅览室订阅的外刊不多,《卫报》太新闻,《纽约客》又太深,只有《国家地理》杂志难度适中且多是我感兴趣的题材。有一篇写自驾沿长城旅行的长文尤为好看,配图里,公路上等待车轮帮忙脱粒的黄澄澄的谷物也让人印象深刻。可惜我没记住作者的名字。按时间推算,他应该就是后来写《寻路中国》的彼得·海斯勒(中文名何伟)。

老图用的是那种老式长桌,从下午到晚上,我就趴在桌上啃杂志来应试。老图很安静,来上自习的总是那些人,好几个也都是考研的,谁也不认识谁,见面笑笑,有种共赴某事的同侪温暖。读累了，下楼围着新开湖夜跑，再去临近的天南街买几个橘子解渴，时隔二十来年，我仍然记得那带着冰碴的酸甜。

几个月后，《国家地理》帮我在考研英语里拿了高分，但我却莫名其妙丧失了继续读书的热情，毕业进了媒体。我从编辑干起，学习校对、排版、起标题，还莫名其妙写起了时评，毕竟，那是一个"热言时代"。纸上谈兵几年后，我到了市场化媒体，开始做自己真正想做的事儿：当记者，写稿子。先写时政报道，再写人物报道，最后写特稿，我做得还不赖，但总觉得少点儿什么。2010年4月的某一天，我正在一个灾难现场采访，歇脚时接到短信，编辑问我愿不愿意去日本采访。

年初，杂志社就计划拓展海外报道，这一年的目标是近邻印度和日本。因为之前读过英国《金融时报》记者爱德华·卢斯写的《不顾诸神：现代印度的奇怪崛起》，我对印度这个矛盾之国充满好奇，对日本则兴趣寥寥。不过，作为年轻记者，在这种重大选题面前，通常只有被选择的份儿。我告诉自己，不去日本，也未必轮得着你去印度，便硬着头皮回复编辑：好！

现在想起来怪有意思。一家媒体会把一个不懂当地语言，没有相关文化背景，甚至没怎么出过国的年轻记者，扔到一个陌生国度去写封面报道。你可以说这不够职业化，但也可以说是霸蛮生长：很少自我设限，想到什么就去做了，带着积极、热切甚至急吼吼的劲儿，管它什么"万事俱备"。

于是，这位被点名的年轻记者，诚惶诚恐开始准备。一边联系采访，一边大量阅读。我读的第一本书应该是约翰·道尔的《拥抱战败：第二次世界大战后的日本》，边读边从注释里发掘更多参考书，再买，再借，再读。这种主题阅读效率极高且令人愉悦，三个月啃了40多本日本主题的书，我对目的地产生了越来越大的兴趣。很难说关于日本我写的到底是什么。有一点时事，有一点历史，有一点地理，有一点人物，有一点智识讨论，再用自己的游历把它们都串起来。系列文章发表后，一位我尊重的媒体前辈说，读起来有点像《国家地理》。那时我更多凭本能写作，谈不上什么文体意识，但他的评价让我想起了多年前在老图度过的那些安静夜晚，以及带着冰碴的橘子果汁。反正，开卷总是有益，阅读不会吃亏。

《国家地理》的底色什么？英国作家西蒙·温切斯特在为《有待探险的世界》（这是一本《国家地理》的旅行与探险故事集）所撰序言中说，"对浪漫体验的向往和对冒险经历的向往，能够成为我们每一个人心中的第一推动力"。早在十岁时，温切斯特就明白了这种渴望，每次和父母进伦敦城，他都会趴在科克斯普尔街（Cockspur Street）那些航运公司总部的明亮大橱窗前，目不转睛地望着那些"用橡木、柚木、铁制构件和雕刻精美的黄铜组装起来的"远洋巨轮模型，一边看一边"在伦敦西区的雾霭中，做着无比美妙的梦"。

> 我想象着有朝一日有了钱，我会很神气地大步走进去，径直走到办事员的高台子跟前，让他给我一张手写的远洋船票……我想着开阔海面上，一眼望不到头的尾流在船后

缓缓舒展……我想象着自己在特内里费岛水域生平第一次看到飞鱼，在南太平洋上第一次看到信天翁；船驶过赤道无风带，我汗津津地一路瞌睡，在咆哮西风带，我被滔天巨浪吓得胆战心惊……

许多人小时候都有一扇或者几扇自己的橱窗通往远方。对我来说，这是每期《少年科学》杂志内页夹着的折纸模型（你能想象吗，有一期他们居然让读者来造航母），是外婆家房头泥巴地上被我挖出的沟沟壑壑（我名之为江河湖海，在上面观察雨水对泥沙的运输），是长途私营中巴里的汽油味儿（曾经令人心醉），是湘江里轮船的汽笛声（至今仍可直达脊柱令它微微发麻），是深夜里传来的铁轨上有节奏的、令人心驰神往的咔嗒咔嗒，更是伴随我长大的那些与地理有关的作品，不论它是凡尔纳的科幻小说，还是关于非洲、堪察加半岛或者南太平洋的探险故事。

《重走：在公路、河流和驿道上寻找西南联大》出版后，我和朋友复盘各自的写作。我们这一代人，成长于"四个现代化"氛围浓厚的改革开放早期，每个人的梦想都是长大当科学家，从小学就开始鼓捣"小发明""小创造"，还要"胸怀祖国，放眼世界"——家家都有两本地图册，红色塑料皮是中国的，深绿色塑料皮是世界的——并阅读大量科普作品。西方地理大发现时代以降的那些博物学家、冒险家、记者、作家（他们往往一人容纳这所有身份）就是从那时开始，借"中国重新拥抱世界"这一路径源源不断进入我们这一代人的阅读视野，可能到今天也没有完全终结。于是，哪怕今日世界已很少有未被探索的角落，但这一代中的不少人因为曾经在纸上氤氲于大航海时代，知识结构殊为驳杂，所以他们的潜意识里（容我大胆假设）仍然住着一个博物学家。当他们中间的一些人开始写作时，就总忍不住想要写万事万物。不要误会，他们并非要撰著百科全书，而是不甘于特定专业、领域或者文体的限制（在这一点上，你也可以说他们是"业余者"），总希望占有不同时空的素材，铺排、穿插、交织、跳跃——有时摔到地上，但智识的乐趣一直都在。

日本之行开了一扇门。从2010年到2019年这十年间，我陆续去了二三十个国家出差、旅行或者短住。在整理过去十年所写文章时，三个字不断出现在我的脑海里：可能性。这里头当然有年轻带来的乐观，尤其是当年轻与跨国旅行结合的时候——安排自己的旅行会有一种安排自己生活的错觉，而人在异乡也往往很容易踏入（我不愿用"陷入"）某种"自由生活"的想象。但其中也有结构性的东西，回到2010年或许能看得更清楚：那一年是中国加入WTO第十年，中国的GDP超越日本，成为世界第二大经济体，中国和世界都比十年前更开放了，又一个十年开始了，人们有理由保持乐观。

但那是2010年，不是2014年——这一年3月1日，我跟着一群中国留学生，与访美的一位北大著名教授在哈佛法学院围炉夜话。二十多个年轻人围着这位谦逊儒雅又光芒四射的知识分子，无话不谈。久违的单纯热烈美好，好得让我觉得不真实。

这一年是"一战"爆发100周年，我在当晚的日记里写道："从1914到2014，人类有过多少个温馨恳谈的夜晚？"美好归美好，某一瞬间我仍然觉得，他是不是太乐观了？我想起阿富汗和墨西哥同学对我说的，如果你不经历我们国家的剧变，你不会想到国家是可以倒退几十年的。于是，我在一篇文章中写下这样的疑问："这是晚期还是新世界，是隧道的入口还是出口？"

也不是2016年——这一年12月19日，我和同事在印度菩提伽耶采访宗萨仁波切。采访正在进行时，美国大选结果揭晓，仁波切从我们这里知道了特朗普当选的消息，他又一次谈起万事万物之间的因缘，并重复了之前的预测："可能就是那些讨厌特朗普的人，会让他获得胜利。"菩提迦耶雾霾很重，这反而给了它一种出尘之感。在绕塔时，我碰到一位郁闷的纽约小哥。他说，感觉整个世界都在你周围发疯乱转，而我们却在这么个地方安静地待着，真是太奇怪了。

更不是2019年——这一年12月5日，逆时针环绕德国采访旅行40天后，我从柏林飞回国内。按预算可以在德国多待几天的，但我急着回来，去绍兴观看一项国际赛事。我在浦东机场下了飞机就直奔比赛举办地，心里想着，等来年春天争取再去德国一趟，把漏掉的城市补上，反正，去欧洲也非常容易。一个月后，新冠疫情暴发，剩下的，就是历史了。

可能需要拉开较长一段时间，才能看清我们身处其中的究竟是什么。恰如在2010到2019那个十年，我带着属于当时当地的问题（和局限）去现场，观察，采访，记录，难以知悉随着时空的变化,哪些文字将变得幼稚、唐突乃至尴尬,哪些文字却将在时间棱镜的折射下,闪耀出一点点预言的光芒。我所能做的,只是诚实地记录。

有时候我会想,也许比丧失自由更可怕的,是丧失自由感。前者的丧失往往是一夜之间,而后者的丧失则更像一次缓慢的中毒。2023年8月,时隔近四年我再一次出国,目的地是新加坡——你能想到的最安全最有秩序的国家之一,我却一直被各种毫无必要的担心困扰,我的舌头和脑子都像冻僵了似的,讲英语不断结巴,看着手机里陌生的app也心生畏惧。这种状态持续了整整两天,最后,在一家英文书店里,看着那些熟悉又陌生的主题,我感觉自己好像缓过来了。2023年11月某个深夜,和几个朋友在一档播客节目聊天时我说起那次经历,我说我还在克服自己,克服那种没来由的害怕,克服那种自己吓唬自己的感受,然后我听到自己说:我想努力,再努力,追上2019年。

谁知道呢?也许我想要追上的还有2016年,2013年,2010年,2008年,2003年——带着冰渣的橘子我好久没吃过了,对未来翘首以盼的滋味我也久违了。从较悲观的角度,你也可以说我写的是"不可能性",人与国家都在某道长长的阴影之下。就像我在疫情前最后拜访的柏林,法西斯浪潮退却后,同盟国的一个临时安排在冷战中变成"长期的凝固状态",又在冷战结束后以一种奇怪的方式融化,留下遍地沉渣(在本书第十章《另一个国度》中可以看到沉渣的样子)。不过,正如如今柏林的活力满满与多元包容,我愿意换一种依旧乐观的说法:你将看到的,是不可能与可能此消彼长的故事。也许，只要保持想象力，人们就能守住自由感，进而守住自己的生活。

有一个我很喜欢的德语词Fernweh，指的是"对远方的向往"。研究"人文主义地理学"的段义孚先生，在风景画的演变中看出了中世纪思想的结束与现代早期思想的开始：景观艺术家不再仰望天堂，而是向外眺望远方的地平线。借用段先生的理解，2010—2019那个十年也有某种可贵的"现代性"，而"对远方的向往"实乃基本人性，这会决定更长时间段的方向。

回到那十年中点的2014年6月1日，在美国访学一年后，我离开马萨诸塞州剑桥，踏上回国之路。在这之前我花了好几天的时间打包，光何伟的老师约翰·麦克菲的书就有好几本，写加利福尼亚的，写大峡谷的，写阿拉斯加的，都是科考、地理与冒险结合的非虚构作品——心里那个博物学家放弃了生物多样性的原则，不断敲打我：都带走！这些书不惜代价也得带走！我拖着两个装得太满的沉重的"诺亚方舟"去坐波士顿地铁的红线，脑子里盘旋着琼·迪迪翁与纽约告别的名篇的开头：

It's easy to see the beginnings of the things, and harder to see the ends.（要看清事情的开始是容易的，看清事情的结束则比较困难。）

不知道这次告别与归来意味着什么。在波士顿洛根机场办理完托运后，我松了一口气，坐下来吃最后一顿"合法海鲜"餐厅的软壳蟹。我打算先飞芝加哥走马观花几天,再从那里出发,坐上两天的火车到旧金山,从西海岸回国。前路漫漫啊。行业已经狼烟四起,热切、野心与冒险精神还剩多少呢?我不知道。在校园的十个月短暂又漫长,不管怎样,在回到真实世界之前,还有一趟未知的火车旅行可以期待。

2024年3月11日

Part I
洪流与河床　001

| 第一章
美国 | 005
027
059 | 横越美国
哈佛来信
学会欣赏不确定性 —— 桑德尔访问记 |

| 第二章
埃及 | 095
123
135
145 | 胜利之城
后革命山寨秀
愤怒青年、沙里亚与解放广场共和国
我们街区的知识分子 |

| 第三章
日本 | 163
181
191 | 太阳照常升起？
里弄东京
夏日雪国 |

| 第四章
肯尼亚 | 207 | 通往非洲之心 |

看守时间　235

| 第五章
墨西哥 | 241 | 在玛雅的丛林里 |

| 第六章
印度 | 253 | 佛乡纪行 |

| 第七章
泰国 | 269 | 五个湖南胃在东南亚 |

Part II
印迹与伤疤 275

第八章	281	素季的国度
缅甸	301	在缅甸，一桩买卖

第九章	325	在贝尔格莱德寻找德约科维奇
塞尔维亚		

第十章	345	另一个国度
德国		

第十一章	367	世事难料
爱沙尼亚		

船与墙 375

第十二章	379	来自往昔的信号
爱尔兰岛		

Part I

洪流与河床

第一章

美国

其实世界就在我的周围拼命流动,
只是好像我并没有感觉到。

可能的世界 / 美国

横越美国

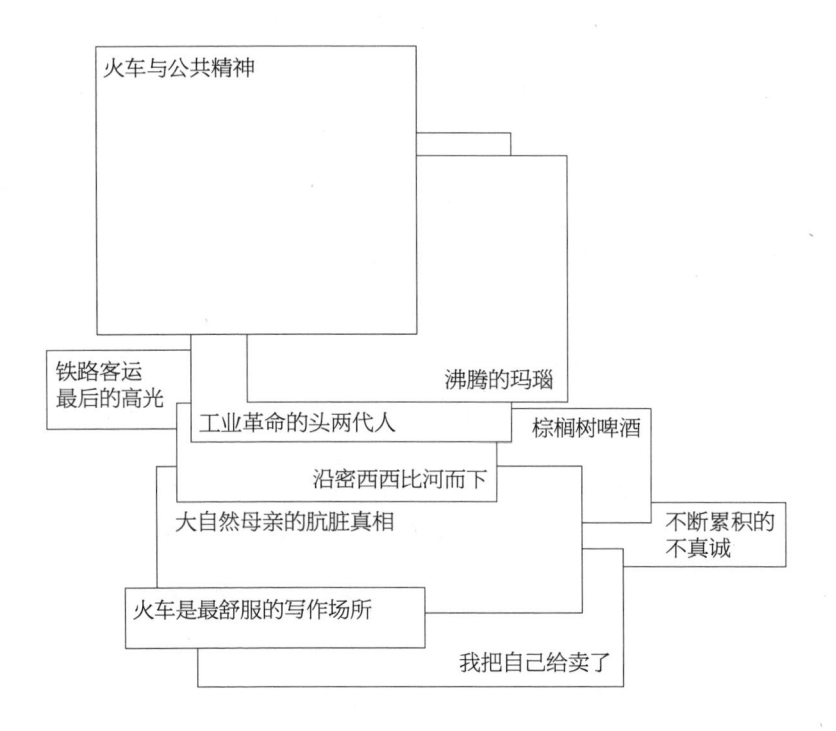

火车与公共精神

铁路客运最后的高光

沸腾的玛瑙

工业革命的头两代人

棕榈树啤酒

沿密西西比河而下

大自然母亲的肮脏真相

不断累积的不真诚

火车是最舒服的写作场所

我把自己给卖了

1

我最近一次读到富有美感的关于长途旅行的论述,来自费正清回忆录。1932年,他的妻子威尔玛搭乘轮船从美国前往中国与他会合。那次旅行绕过大半个地球,威尔玛沿途探访了在温哥华、檀香山、横滨、东京以及神户的亲戚朋友,"这是一次与陆地、海洋以及当地人接触的旅行经历,就像读一部长篇小说"。比较起来,"如今乘坐飞机旅行就像不停地更换电视画面,走马观花,支离破碎"。四天前,我从波士顿飞到芝加哥,准备搭乘"美铁"(Amtrak)的长途列车,继续前往旧金山,然后从西海岸回国。以威尔玛的标准,一趟自东向西穿越伊利诺伊州、艾奥瓦州、内布拉斯加州、犹他州、内华达州和加利福尼亚州,行驶3924公里,按计划需要50小时10分钟的火车之旅,大约可算观看了一部纪录电影长片?它有某种内在完整性,又不过于漫长。你坐下来,窗外窗内风景滚动播出,无法倒带,不能换台,喜欢不喜欢,也只能线性前进。

夏天的芝加哥,阳光猛烈,照得密歇根湖像一块沸腾的巨大蓝色玛瑙,但联合车站站台却是一个阴暗的角落,甚至给人地库的感觉。我们走向那趟银色列车,试图把高大笨重的双层车厢和它的名字——"加州微风号"(California Zephyr)联系起来。

我买的是坐票(coach),一排四个座位,比想象的宽敞,椅背可以后仰到半躺角度,舒适度好于中国高铁的一等座,毕竟,要在车上度过两天两夜。"在铁路出行的早期阶段，乘客无论坐在哪个等级的车厢，感觉到的都是同样的颠簸崎岖。"全世界最懂铁路的作家、英国人克里斯蒂安·沃尔玛尔曾经这么写。在欧洲，早期火车车厢之间由链子相连，每当火车启动或减速时，车厢里的乘客都被甩得东倒西歪。由于车厢之间没有硬连接，车厢与车厢还会发生碰撞，链子断裂的情况时有发生。后来，人们不得不在最后一节车厢里安装上红色信号灯，方便信号员判断整列火车是否完整。

和欧洲火车相比，早期的美式列车取消了隔间，采用开放式设计，也不设一二等车厢，多少反映了美利坚的平等精神（虽然在很长一段时间内，这平等只针对白人男性）。开放式设计吸引了大量兜售商品的小贩，也引来了骗子。最常见的骗术是将原本只值25美分的小说以两倍价格捆绑销售，然后谎称其中一本藏有一张10美元钞票——记录下这一骗术的是位英国作家，听起来简直是完美受害者。1842年，另一位英国作家也在波士顿搭乘了美国火车。他最不满的是美国人随地吐痰的习惯，与他同行的一位英国人说这趟火车简直就是"加长版痰盂"，而美国人主动与陌生人攀谈的热情（他们甚至会谈起政治！）也让他感到为难和烦恼。这位作家名叫查尔斯·狄更斯。

列车从芝加哥缓缓开出，穿过伊利诺伊州一望无际的平原，眼前是连片的玉米田和大豆田，偶有几排树木，像是保护庄稼的防风林。"现在我们所在的中部，就是美国的面包篮子。"邻座的阿姨主动与我攀谈。她来自密尔沃基，我对这个城市的为数不多的了解就是冬天很冷，中国篮球运动员易建联曾在这里的NBA球队（很孤独地）打球。"密尔沃基是全世界最大的小镇，"她说，"每个人都认识每个人，谁分手啦，谁离婚啦，很快全城尽知。"

大平原上阴云低回，令人昏昏欲睡。走道另一边的女人上车后就一直在睡觉。我们驶过一些看上去了无生气的小镇，小到什么程度呢？坐在后排来自小镇的老爷子说："甚至没有停车标志（stop sign）。"云和房屋一样低矮，有些房屋矮得像一座坟墓，那么小镇看着就像墓地了——没办法，读完杜鲁门·卡波特的《冷血》后，所有的美国中部小镇闻起来都是一样的。下一站盖尔斯堡（Galesburg），伊利诺伊州的最后一站。我们继续往西，另一条线路在此折向西南，驶往堪萨斯州，会经过《冷血》中的谋杀案发生地霍尔科姆（Holcomb）。

"铁路的主干线从中间经过，将小村一分为二……火车站的黄绿色油漆正在剥落，车站本身也显得同样凄凉……除了偶尔有一辆货车停靠外，所有的客车都不会停在这里。"

列车经过时偶尔鸣笛，因为太过空旷，笛声和夜里的狼叫声一样，能传得很远。在那里，两个凶手车前的大灯照亮了一条两边种着中国榆树的公路，一丛丛被风吹动的风滚草急速从路边闪过。他们关掉大灯，减速，停车，直到眼睛适应了月夜的环境，才继续悄悄前行。

2

抵达盖尔斯堡前，我们经过一个风车农场，密尔沃基阿姨说，她的哥哥就住在这里。每年春天，墨西哥湾暖流和北方寒流在美国中部平原相遇，恶劣天气伴着大风一路侵袭到得克萨斯州北部，这片土地龙卷风高发。"我哥从他家去医院的避难所只用三分钟，比我去地下室还快！对了，你听说了吗？昨天好像内布拉斯加有一列火车遇到了龙卷风。""我们也要经过内布拉斯加州对吧？""别担心，哈哈哈。"

盖尔斯堡到了，这是沿途第一个吸烟站点。走道另一边睡着的女人一下子坐起来，下车吞云吐雾去了。从火车上看，这个有着绿色尖顶的火车站可能是全镇最好看的建筑。车站道路没有硬化，旅客进站后，踩着碎白石铺成的路面，走过一片开满白色伞状小花的草地，排队上车。

我在kindle上读着霍布斯鲍姆的《革命的年代：1789—1848》，他对工业革命之前世界的描述非常吸引人："18世纪80年代的世界，曾经是一个比我们今天的世界既要小得多也要大得多的世界。"小得多是因为，除了小部分商人、探险家，绝大多数人一辈子不会离开他们的村子；大得多是因为，交通极端困难且路线不稳定。在铁路革命之前，虽然马车和道路系统已大为改善，但对大多数人来说，每天能够行进的路程也只有几十公里。比较起来，水路交通反而更加快速。其结果就是，两个相距遥远的都市之间的联系比城市与农村之间的联系更方便。不难理解,巴黎与波士顿、纽约的联系,比它与中东欧乡下的联系要紧密得多:攻占巴士底狱的新闻13天内已在马德里家喻户晓,而皮隆尼(Péronne)这个离首都巴黎只有130多公里的地方直到28天后才获知消息。

改变这一切的是铁路。蒸汽机车"拖着一条条长蛇般的烟尾,风驰电掣地跨越乡村,跨越大陆。铁路的路堑、桥梁和车站,已经形成了公共建筑群,相比之下,埃及的金字塔、古罗马的引水道,甚至中国的长城也显得黯然失色"。铁路、火车和车站连接了这个世界,是19世纪工业化最为显著的象征,也是唯一被大规模吸收到文学和艺术中的硕果。我曾经在英国国家美术馆久久凝视威廉·透纳1844年的作品《雨、蒸汽和速度——开往西部的铁路》。它从周围几十幅风景画里跳脱出来,画尽了那个年代的力量和速度,以及这力量和速度带来的惊险。

1830年,全世界只有几十英里[1]的铁路线,到1850年,铁路线已经超过2.35万英里。从一开始,投资铁路就并非利润率很高的选择,许多线路更是无利可图,但人们仍然疯狂地把钱砸在修铁路上。霍布斯鲍姆的解释是,工业革命的头两代人中,小康阶级与富裕阶级累积财富的速度远远超过了他们所能找到的投资和消费机会。他甚至得出结论:"从经济观点来看,铁路所需的巨大开支就是它的主要优势。"在美国,东海岸大城市(巴尔的摩、费城、纽约、波士顿)之间的竞争推动了铁路建设的

---

[1] 1英里约合1.6千米。

狂潮，每个城市都想取得通往中西部城镇快速发展地区的廉价通路，为本地农产品创造市场。1869年5月10日，两家铁路公司在犹他州的海角峰为各自修建的铁轨钉入一颗金道钉，两轨合龙。这标志着第一次有一条铁路横穿了美国，这条线路将在日后引发西部大迁徙和移民淘金潮。

人们用各种方式庆祝线路的完工，克里斯蒂安·沃尔玛尔在《钢铁之路：技术、资本、战略的200年铁路史》里写道，在纽约，人们鸣响了100门礼炮，在芝加哥，11公里的游行队伍把大街挤得水泄不通。不过要等到1872年密苏里河（密西西比河上源）大桥完工后，这条铁路才算彻底贯通。

密西西比河是伊利诺伊州和艾奥瓦州的州界，跨越这条美国的母亲河之前，平地冒出一大片密林，里面有几栋漂亮的林中小屋。列车过桥时，前方开来一列长得无穷无尽的运煤货车，把我这一侧的密西西比河挡得干干净净。我隔着走道拍了几张照片，此处河床宽阔，水流和缓，密尔沃基阿姨陷入了回忆。好多年前，她和前夫租了一个船屋，和另外两对夫妇一起沿密西西比河顺流而下，想在河中找一处沙滩露营，漂了很久也没有找到，还差点困在激流之中。她问我长江的样子，三峡水库的情况："是不是淹掉了许多农田？"

到19世纪末期，美国已经有了五条跨州铁路。1916年，美国境内铁轨总长已经超过40万公里（为了理解这个数字，我查了一下，截至2016年年底，中国铁路营业总里程为12.4万公里，排名世界第二），几乎所有铁路都归七大公司所有。去过纽约中央车站的人，多多少少能感受到那个逝去的"镀金时代"。1934年5月，一台新式柴油机车以破纪录的"夕发朝至"式服务从丹佛直达芝加哥，平均时速达到126公里，铁路公司老板拉尔夫·巴德（Ralph Budd）将它命名为"先锋者微风号"（Pioneer Zephyr）——我们乘坐的"加州微风号"的前身。一种说法是，Zephyr这个冷僻字眼来自英国诗人乔叟的《坎特伯雷故事集》，"西风甜美的气息，洒落在树林和荒地"（When also Zephyrus with his sweet breath / Exhales an air in every grove and heath）——对英国人来说，来自北大西洋暖流的西风就是温暖的微风。

那可能是美国客运铁路最后的高光时刻。"二战"以后，随着汽车工业的崛起和民用航空的成熟，欧美主要国家都经历了铁路关线风潮。在美国，客运铁路的客源被汽车和飞机大量蚕食，铁路公司意识到货运才是利润来源。20世纪60年代，联邦机构州际商务委员会收到了所有主要铁路公司的停运申请。克里斯蒂安·沃尔玛尔在他的书中写道："为了得到委员会的批准，各大公司使出浑身解数让铁路看上去濒临倒闭，有的故意使用老式火车，有的减少服务班次，更有甚者直接将沿途火车站拆除。一旦批复到手，铁路公司立刻将其关停，毫不考虑善后事宜。关线批准的当天，搭乘芝加哥—奥罗拉—埃尔金铁路上班的乘客下班时就已经无车可乘。"

3

列车离开盖尔斯堡后在艾奥瓦州依次停靠了三个小站，伯灵顿（Burlington）、芒特普莱森特（Mount Pleasant，不如干脆叫"快活岭"）和奥塔姆瓦（Ottumwa）。奥塔姆瓦是沿途第二个吸烟站，那个睡着的女人再一次准时醒来，下车抽烟去了。这个站的站台倒是硬化的水泥地面，可是遮阳棚只剩下了铁架，锈迹斑斑，看上去真像是从关线风潮中幸存下来的。天放晴了，夕阳给那些铁架镀上了一层均匀的白黄色。

我穿过几个车厢去餐车吃晚饭，餐车在已经很大的车窗之上又设计了一排窗户，更适合观景。四人一卡座，和我拼桌的是两个英国中年男人和一位来自加利福尼亚州的老太太。老太太叫鲁丝，哈佛大学1949届学生，刚重回母校参加完毕业65周年聚会和2014届（我旅行的年份）学生毕业典礼，"顺便续一下我的COOP卡"。

COOP是哈佛最有名的书店之一，也是美国最古老的大学书店。1882年，一群学生不满于哈佛广场上各家商店对柴火、书本等学生必需品的高价售卖，自己在宿舍成立了一个名为COOP的合作组织，每人缴两美元入会，即可享受平价购物（商品利润不高于成本的5%，利润用于COOP的发展）。这家合作组织发展得很快，1903年完成了接近股份公司形态的重组，1906年搬到了哈佛广场并屹立至今。鲁丝上学的时候，对心理学很感兴趣，选修了不少相关课程，后来又尝试了人类学和哲学，最后才选定英语文学专业。如今大学教育越来越"专门化"与实用化——2014年,哈佛大学最受欢迎的两门课是计算机入门与经济学基础。"现在大家都在说博雅教育的危机。"鲁丝耸耸肩。

她告诉我,因为是1945年入学,所以她有许多"二战"退伍军人同学。我忘了问她,他们是否也对心理学感兴趣?是否间接促进了PTSD(创伤后应激障碍)的研究和发现?因为上学时购买过很多心理学图书,过去六十多年,COOP书店一直给鲁丝定期邮寄心理学方面的书单。"太厚了!"她笑着抱怨。

邻座的两个英国人结伴乘火车旅行,他们打算坐到旧金山后,沿西海岸铁路北上西雅图,再搭乘美国最北边的跨州铁路穿越西北部的雪山回到芝加哥。两人一直在数与我们会车的运煤车的数量——美国仍然是全世界货运铁路最发达的国家,40%的货物由火车运输——并不时发出欢呼:"煤车!第八辆!"英国男人有孩子的天真,虽然嘴上对人毫不留情。"法国人活该。""*Top Gear*(《巅峰拍档》)英德大战那一集你看了吗?""不要跟德国人谈战争,他们不想听。""苏格兰要独立,随它去吧。"

点菜时,殷勤的"美铁"服务员半开玩笑地管老太太叫"young lady"。"What would you like, young lady?"老太太有教养地微笑以对。我们都点了牛排,自然,只有我一个人要求九成熟。开胃沙拉分量不大,却端上来十多包不同的沙拉酱,盛满了一个篮子,真是物产丰富呢。

我们就着吃的聊吃的,那个叫理查德的英国人说,五年前他没去过中国时,以为中国就是中国,去了才知道各地食物如此不同。"你印象最深的食物是什么？""麻辣牛蛙……"他说，"英国有一种香酥肉，属于英式中餐，除了英国哪儿也没有。""中国人适应能力真强啊……"他感叹，又问我该如何在中国推广板球："是不是只要当地政府支持就行？"另一个英国人跟我们讲了半天如何猎鹿。他的语速太快了，我听得似懂非懂。

天色渐晚，列车行驶在艾奥瓦州的田野上，有时穿过一大片绿得如同Windows桌面的草坡，十几匹马儿点缀其间。鲁丝请我吃了甜点，她说这次回哈佛，最感动的时刻就是他们这群老校友从哈佛庭院（Harvard Yard）走过时，年轻毕业生给他们的掌声。她也喜欢布隆伯格（Michael Bloomberg）的演讲。在那场不太常规的演讲里，这位纽约前市长批评说，如今，在许多大学校园尤其是常春藤校园里，自由派企图打压保守派思想，保守派教员已经成了濒危物种（在这一段，他只得到了稀稀拉拉的掌声）。

晚上很有些冷，我的厚衣服都托运了，只好把风衣和帽子裹成一团御寒，半夜停在内布拉斯加某个小站，正对着明晃晃的大灯。没有龙卷风，一个静止的白夜。

4

吃早餐时我又碰到了鲁丝，这回服务员对她的称呼从"young lady"变成了"little lady"，她依旧报以礼貌的微笑。老太太说她昨晚手机没信号，怕丈夫担心她，到有信号的地方给他打，却忘了时差。丈夫在电话那头说："你知道现在几点吗？"她丈夫曾在美国国务院工作，20世纪70年代驻过南美。她从秘鲁首都利马南下去看他，受阻于智利，那时阿连德政府刚刚被暴力推翻。"这是我第一次尝到独裁统治的滋味。"

窗外已是稀树的科罗拉多州，长达百米、一字形的灌溉车在旱田里缓缓地横向滑行，喷出水柱和气雾。经过一个养牛场，黑的棕的白的牛密密麻麻挤在一起，背景却是银色的工厂。和我们同座的换成了一对举止优雅的荷兰老夫妇，男士是白人，女士非洲裔。他们去过三次中国：1959年从莫斯科坐了七天火车，穿越西伯利亚到达北京；第二次从中亚进入新疆，又旅行到西藏，最后出境去了加德满都；最后一次是1994年6月初，整整过去二十年了。

接近丹佛，落基山脉开始在车窗外出没，远远的、浮在青色空中的一条长长雪线，田野里小水塘上有一只鹤低低飞过。而看到"BLVD"（大道）的字样你就知道，要进城了。我们在丹佛停了很久，先是加车头——翻越前面的落基山脉需要更大的马力，然后是给各路货车让行，无休无止地等。

1971年，为了应对关线潮，美国政府成立了国有的美国国家铁路客运公司——也就是"美铁"——来保障客运服务。但"美铁"只对人口密集的"东北走廊"（从波士顿经纽约、费城到达首都华盛顿）的铁路拥有所有权，这个区域之外的广大国土，"美铁"只能见缝插针在繁忙的货运线路上行驶。其结果就是一旦错过了某个窗口，就只好让行，无休止地让行，并且再无"追回"的可能性。

火车在丹佛车站趴窝时,我和一位刚上车的背包客大叔聊天,他要回到几站之外的大章克申(Grand Junction)去——听起来是一个很重要的铁路枢纽,他说其实是两条河流的交汇之处。我们交换了彼此的背包经历:他告诉我附近有一个很棒的徒步点,名字也很吸引人,"Lost Garden"(失落的花园);我向他推荐了虎跳峡的徒步线路,他郑重其事地记下了"横断山脉"这个名字,说要回去好好查查。

1988年到1990年,背包客大叔作为"和平队"志愿者在西非利比里亚待了两年。那是一个穷国,同时又是一个"富国"——热带地区的"先天条件"太好,好到什么程度呢?"当地文化就没有花时间和精力照看牲口一说,随便放养就能长得膘肥体壮,许多农作物也是,几乎撒到地里就能丰收……"他说起"棕榈树啤酒"时咂巴着嘴:"纯天然,热天里的绝佳饮料啊!"

然而热带的丰饶资源对许多非洲国家的发展也是一个诅咒,他的主要任务就是教当地人照料好他们的鱼塘,而不是放养了事。我能够想象这位善良的志愿者可以给利比里亚农民带去什么:先进的技术、翻倍的利润、扩大的市场?相伴而来的也许还有化肥、饲料、农药?在更大的图景下,他带去的其实是一种观念与生活。这种观念与生活出现的时间并不长,确切说只是诞生在工业革命之后,但它撬动了几千年的传统,就像《革命的年代:1789—1848》里写的:"所有的劳动者必须学会如何用一种与工业相适应的方式去工作……就是每日不断、有规律的工作节奏。劳动者还得学会对于金钱刺激做出敏锐的反应……经济和社会苦难是最有效的鞭子，更高的货币工资和城市生活更大的自由度，这些只是附加的胡萝卜。"

不无巧合，后来，在"和平队"下车后，又上来一位教育咨询师，他对工业革命带来的这种标准化不以为然，我们就着已经晚点的"加州微风号"，继续那场关于热带国家的谈话。"你认为不守时是不好的，从经济竞争的角度说的确如此。就像热带国家的人被我们认为是懒惰的，但我们没想过那就是他们安身立命的传统生活方式。""现实情况是，西方的或者说现代的观念越来越具有压倒性的优势。""你希望全世界的文化都一样吗？"我没有答案。如果我对传统有些乡愁，那也很可能是审美意义上的，因为我知道，让别人放弃现代生活的便利（更重要的是机会），去保持某种你所珍视的"多样性"，多多少少有点伪善。

5

列车开进落基山脉时已经晚点了五个小时，爬坡时沿着铁路展线甩开巨大的漂亮的弧度，车头一会儿在左前方，一会儿在右上方。草地也渐渐被针叶林取代，远处是雪山和博尔德溪（Boulder Creek）上高高的水库。此时我们仍在落基山脉东侧，万水归大西洋，过了垭口后就进入了太平洋的流域。对于火车来说，这个垭口是条要走上十分钟的隧道，出来后是有着漂亮山间别墅和杉树尖顶的温特帕克（Winter Park）——滑雪胜地。列车短暂地在此停车，这里海拔超过2000米，六月里，背阳坡还有大片积雪。我下车呼吸了几口冷冽的空气，仿佛已经闻到了太平洋乃至亚洲的气味。

刚拍了个车头就被鸣笛要求上车。晚点这么多，列车员也很无奈，在广播里说"这是大自然母亲给我们的肮脏真相"。我们沿着一条清澈的溪流在山间穿行，我戴上耳机开始听歌：第一首是叫人心情愉悦的"Traveling Light"（《轻装前行》），第二首居然蹦出《卓玛》，窗外景色还真有几分藏区的样子，一时间不知身处何方，第三首是《没有烟抽的日子》。我在手机上写：感觉三首歌已经把全部心情唱完了。

科罗拉多州的田园风光非常养眼，我过了半天才意识到那条慢慢长大、变得浑浊的溪流就是科罗拉多河。随着水量的增大，河岸被侵蚀得越来越厉害，经过的列车员提醒说，再往前就是这趟列车最大的看点之一：一个接一个不通公路的壮美峡谷。你要么只能在漂流艇上观赏，要么就得搭乘这趟美铁列车。

河水越来越急，也越来越浑，但有的时候它又漾开一大片湿地，芦苇和红色不知名的灌木点缀其中。在某一处静水，大鸭子带着一只小鸭子渡河，下水那一瞬间，在母亲扭头注视下，小鸭子摇摇晃晃总算没有失去平衡。到了这一大片水面的尽头，水体又像扎紧的巨大口袋破了一个小口，河水从这里挤出来，加速冲进下一个峡谷。这一段峡谷河水下切得非常厉害，几乎全程都是沸腾的白水，不知漂流难度几何。旅行指南说，在这条不通公路的寂寞峡谷里，漂流者的一个传统是，对着偶尔经过的客运火车露出光腚。可惜全程我只看到一艘小艇，而艇上的人正在垂钓，根本没搭理我们。倒有一只强壮的大黄蜂，隔着玻璃，很是与列车并排飞了一阵。

黄昏前，列车再次在一个峡谷里临时停车，这次是因为这一班"美铁"司机的工作时间到了。其实换班的司机就在几十公里外的车站，但显然，比起列车准时，司机们按时下班的权利更重要。于是我们被晾在那里，等待换班司机想办法来到这鸟不拉屎的地方把火车重新开动。

美国铁路平均每年的客运量是3100万人次，英国和法国的这个数字分别是12亿和11亿，莫桑比克铁路在2011年的客运量是1.08亿人次。《经济学人》发表文章探讨"为什么美国人不喜欢坐火车"，认为重要原因就是"美铁"太容易延误了。而且它还很贵，我提前半年买的单程票，160美元，和机票相比毫无优势，这还是坐票；它还很慢，甚至比半个世纪前还慢，1964年披头士乐队第一次来美国，他们先飞到纽约，然后搭乘火车前往华盛顿，在那里开始巡演。那趟火车之旅花了他们2小时15分钟。同样的路线，五十多年后的今天，从纽约到华盛顿，"美铁"旗下的"阿西乐特快"（Acela Express）要走上2小时40分钟甚至更长——这还是在"美铁"效率最高、最能赚钱的"东北走廊"。因为列车仍在使用19世纪铺就的轨道，随着轨道的老化，一些路段不得不一再限速行驶。

在波士顿生活时，我有时会问美国人，你不觉得如果有一条真正的高铁，以时速200公里甚至300公里从波士顿往南经过纽约和费城到达华盛顿，会让城际旅行方便许多吗？美国地广人稀，可是这条"东北走廊"高度城市化，且人口密集，与欧洲和日本的情况非常相像，其实非常适合高铁出行。被我问到的美国人，反应惊人地一致：修铁路非常昂贵，而"美铁"是国有的，为什么要让我们这些开车的纳税人去承担修建费用呢？

《纽约客》记者、作家亚当·戈普尼克在一篇题为《针对铁路的阴谋》的文章里说，"我们之所以没有漂亮的新机场和高效的子弹头列车……是因为有相当多的美国人认为，这些东西只是令人生畏的中央政府的象征，他们在旅行时宁愿在肮脏的环境中挥汗如雨，也不愿交出钱来建造更好的航站楼"。我理解美国人对中央政府的这种恐惧，它在一定程度上构成自由的基石，但是当这种恐惧延伸开来，让"美国人一直不能充分理解任何形式的公共资金的概念"（历史学家托尼·朱特语），确实让人有点难过。

从铁路诞生伊始，它就不完全是市场行为的产物。工业革命后，钱多得花不完的两代人不会再有了。铁路的巨大开支，决定了它很难不依赖国家对公共基础设施的投资。可以说，铁路本身就孕育着某种公共精神（私有化与自由市场的死忠派大概会说，铁路本身就孕育着某种极权意志）。或许也因为如此，过去几十年，关于铁路乃至高铁的争论部分变成了两种意识形态之争。

托尼·朱特热爱公共生活,并非偶然,他也热爱火车(比较之下,致力于消灭福利国家的撒切尔夫人,决意永不乘坐火车出行)。在《事实改变之后》一书里,他说,"现代生活真正独特之处既不是独立的个体,也不是不受约束的国家,而是二者之间的社会",火车提供了体面和理想的公共交通方式(而马车和汽车都是私人化的),火车站更成为城市公共生活的中心之一,

> 如果我们不能在火车上投入我们的集体资源,不能心满意足地乘坐火车出行……我们只需要乘坐私家车在这些社区之间往来……我们已经成为封闭的个人,因为我们失去了为所有人共同的利益共享公共空间的能力……它意味着我们的现代生活的终结。

6

第二个晚上我睡得很沉,只是偶尔会被干涩的喉咙弄醒。早晨醒来的时候我们停在犹他州的盐湖城车站,此时已经晚点了九个小时,看起来很难避免要在列车上度过创纪录的两天三夜了。虽然承受晚点损失的是乘客,但"美铁"的员工好像比谁都要生气,餐车的小伙子在广播解释自己之前犯了一个错误时岂止理直气壮:"我也是人,我也会犯错!"

列车从盐湖城站开出后,一直在大大小小的盐湖边行驶,多数盐湖是白色的,也有湖水清亮接近天空之镜的,还有血红色

一大摊看起来有点吓人的。晚点也不都是坏事,至少它让我又多看了一种地貌——按正点,我们应该夜间经过盐湖城的。这么想我又高兴起来。想到接下来要在白天穿越内华达州,我开始在头脑里编织一个阴谋论的故事:长久以来,美国一直在内华达州的荒漠进行核试验,那里的生态系统早已发生变异,所以"美铁"的客运火车被安排在夜间通过,通过时必须车窗紧闭,窗帘拉下,确保每位乘客都安然入睡,以免他们看到不该看的东西;现在因为晚点,我们只能眼睁睁地白天通过了,前方为了应对这趟"睁眼列车",已经忙成了一团……瞎编到这里,我居然真的有了某种偷窥的兴奋感。

在我开始这趟长途旅行之前几个月,美国媒体正热切讨论"美铁"推出的一项"驻车作家"计划。事情缘于一则推特:纽约作家杰茜卡·格罗斯(Jessica Gross)看到另一个作家的访谈,说火车是最让自己舒服的写作场所,希望"美铁"有一天能给作家们留些席位。格罗斯深有同感,顺手在推特上提了一句,并且@了"美铁"的官方账号。"美铁"账号当天就转发了她的推特,并且说,我们需要试验一把,你们准备好了一趟从纽约到芝加哥的长途往返火车旅行了吗?

很快,格罗斯就和"美铁"的社交媒体总监确定了行程:"美铁"免费提供一张从纽约到芝加哥的往返卧铺车票(价格在900美元左右);作为回报,格罗斯会在旅行结束后接受"美铁"博客的访谈,同时如果她在旅行中想要写点什么,可以随时在自己的社交媒体上分享。随后"美铁"借势推出了它的"驻车作家"计划，向全国的写作者发出邀请，获得热烈回应（最终申请者超过了16000人），以及同样音量不小的批评声。对"美铁"的批评来自共和党的参议员："考虑到纳税人每年给'美铁'的巨额补贴，这种赠票是一种危险信号。"对作家们的批评则是，你们为了一张免费车票就把自己变成了"美铁"的公关写手。

英年早逝的美国作家大卫·福斯特·华莱士在他的非虚构名篇《所谓好玩的事，我再也不做了》中描述了乘豪华游轮参加"七夜加勒比游"的种种体验，其中有好几页都在研究游轮公司小册子上一篇优美的散文。散文由一位著名作家写就，通篇都在催眠读者，强调豪华游轮服务的专业和旅行的治愈功能，但没有任何"此文系广告"或者"某某受雇于此项活动"的提醒。游轮公司的公关承认是他们付钱让这位作家来写这篇文章，而这位作家在接受华莱士询问时，"小小地叹了一口气，显现出某种疲惫的坦诚"，然后说"我把自己给卖了"（"I prostituted myself"）。

大卫·福斯特·华莱士阐述了为什么这种障眼法是"真正道德范畴的出轨之举"，倘若你看过电影《旅程终点》，一定会对他的拧巴犹豫印象深刻，而这基于内心道德感的拧巴犹豫在我们今天这个年代已经成了稀缺品："一则广告充当艺术作品——并且是最好的艺术作品——就好比某人对你热情地微笑只是因为他有求于你。这是不真诚的表现，而真正危险的地方则在于这种不真诚会不断累积，从而对我们产生作用……让我们即便在面对真诚的微笑、真正的艺术品和真正的善意时，也会提高警惕。它让我们感到迷茫、孤独、无力、愤怒和惊恐，让人感到失望。"

有人跟格罗斯提起华莱士的这篇文章。格罗斯为自己辩解说，她是一个铁路迷，哪怕没有"美铁"的赞助很可能也会有这么一趟旅行，最重要的是，整个过程是透明的，读者都知道她接受了这一赞助，并且，她在出发之前特地向"美铁"确认，"写点什么"不是硬性条件——只有当她真的想写点什么时才会动笔，"我不想把它变成为了'美铁'的免费车票而进行的一桩写作买卖"。最终她还是写了一篇文章，发表在《巴黎评论》上："我一直喜欢幽闭的环境，这部分解释了火车对我的吸引力——它沿固定线路前进，内部分成一个个舒服的小隔间，就像大学图书馆的小单间一样。一切各归其位……我主要的工作就是被运走，任何阅读或者写作皆属课外活动。那种被期望的压力得以消解。而一列火车有节奏的行驶可以调动起我们身上那种终极的被保护感——就像婴儿躺在摇篮里一般。"

当然，她没有回避如下事实：这个摇篮最终晚点了五个小时。

"加州微风号"进入内华达州荒漠时什么也没发生，甚至没继续晚点，远处光秃秃的山脚下有几处冒着奇怪的烟尘，像是几股微型龙卷风。第三天黄昏到来时，列车正在翻越内华达山脉，加利福尼亚州的森林公园有清澈的溪流，人们就站在溪流正中央钓鱼。天黑前我看到了著名的塔霍湖（Lake Tahoe），硅谷的创客和码农们消夏和滑雪时都会想起它。列车隔着宝塔状杉树的树林驶过，湖水泛着一种幽幽的蓝，它的最深处超过500米。

晚点的"美铁"给乘客提供了免费晚餐,餐车里一下子涌进来一些我过去两天没见过的人。和我拼桌的三个人没有笑容,说话惜字如金。我默默喝完饮料,吃完那一小碟土豆牛肉,逃回自己的座席车厢。当公共空间不够友好时,有一个可以做白日梦的私人空间也挺棒的。最后几个小时我忽然有一种强烈的想要蹦迪的愿望,"美铁"会考虑加挂一节party车厢吗?我回头得在推特上@一下它们。列车抵达终点站埃默里维尔(Emeryville)的时间是凌晨1点,它本该在下午4点到达的。我下车后去一个类似仓库的地方取了行李,然后站在路边等朋友的朋友开车从伯克利过来。和我一起下车的乘客都已不见踪影,他们好像一下子就蒸发在黑夜里了。

可能的世界 ／ 美国

哈佛来信

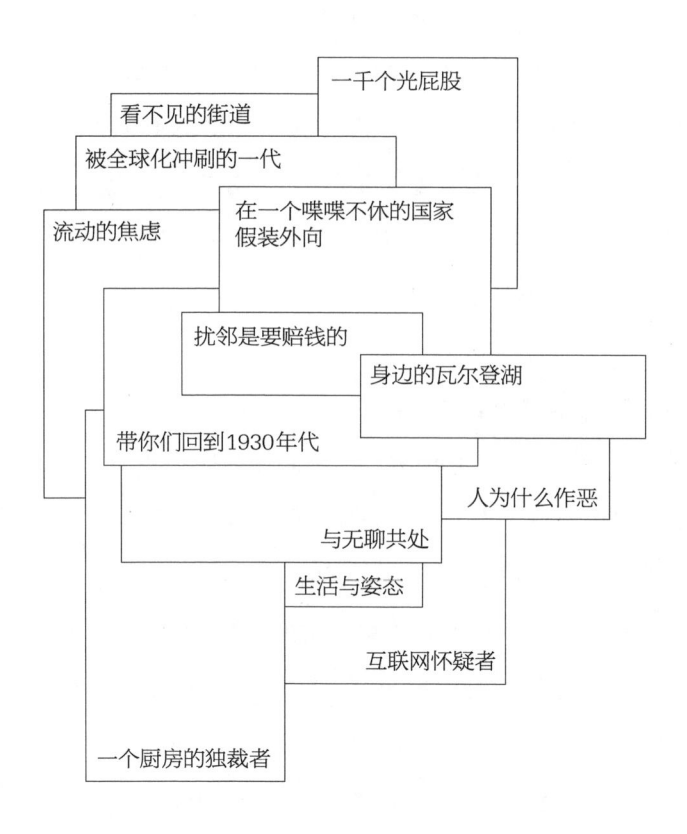

一千个光屁股
看不见的街道
被全球化冲刷的一代
在一个喋喋不休的国家假装外向
流动的焦虑
扰邻是要赔钱的
身边的瓦尔登湖
带你们回到1930年代
人为什么作恶
与无聊共处
生活与姿态
互联网怀疑者
一个厨房的独裁者

2013年8月到2014年6月,我在哈佛大学访学了十个月。原本的预期,这是一段难得的"脱轨"——脱离隆隆逼近的"死线"(deadline),回到校园,慢下来,好好吸收,好好思考。但我忘了,哈佛是世界的十字路口。

在这里,我遇到了比在北京还多得多的人,政治家、亿万富豪、明星、明星一样的学者,有时候觉得哈佛有一道旋转门连着CNN,他们离开荧屏就直接上了讲台。说到CNN,当时的大新闻是马来西亚航空的MH370航班失踪,CNN全天候轰炸式报道,组织方立刻就请来了CNN主席同大家讨论突发性事件的报道问题。甚至在我所住那栋楼搞的一次邻里烧烤上,我就遇到了一位研究火星的耶鲁教授,一位负责中国赴美签证的外交官,还有一位王石游学哈佛期间的英语教师。世界在剑桥真是小得可怜。

所以不难理解我当时"被压倒"(overwhelmed)的感觉。这种感觉有点类似第一次走进历史悠久的哈佛怀德纳图书馆,纯粹是被它的恢宏与古雅镇住了,一种置身其中的虚荣感冉冉升起,有时就忘了自己进这宝山是为了干啥。

几乎整个上半学期,我都在各种讲座与社交活动中奔忙。我记得早上经常连煎荷包蛋的时间都没有,往烤好的面包片上匆匆抹点花生酱,喝一杯橙汁就骑车出门。而作为一个偏内向者,我眼看着自己和个别同样内向的同学,竞相迫使自己在这么一个"can't stop talking"的国度假装外向,消耗能量。回看那几个月的日记,充斥着巨大的社交焦虑,又总想把自己理顺了不再拧巴，总之每天都在天人交战。

公平地说，我在这种自我压迫中也收获了不少。这一系列哈佛来信就反映了当时的部分所得与思考。因为世界的十字路口八面来风，这种思考往往是零星的、跳跃的，更不敢说提供了什么答案。

我期待的岁月静好的校园生活从未到来，但那十个月也给了我一个机会高强度地体会某种流动性，而这种流动性（背后就是不确定性）是现代社会的本质之一。我比以往更清楚地意识到，承载乡愁的班车已经一去不复返了。可惜的是，在班车取消以后，我也并没有想好自己要如何回家。要再过五年，一次横过湘黔滇的徒步才会给出部分答案。

时代精神

到住处时已过午夜,谨记中介之前的反复叮嘱("扰邻是要赔钱的"),蹑手蹑脚提着箱子开门,进电梯,再开门,生怕发出一点声响。公寓比想象的要好,连浴巾和手帕都整整齐齐备了好多条,客厅里的假树萎靡得很真,我差点就给它浇水了。

这里比北京慢12个小时,头两个晚上我都是凌晨2点以后入睡,4点多就醒了,像是睡了一个绵长的夏日午觉。窗外风凉,枫树和梧桐在黑暗里发出沙沙的声音。打开电视全是购物节目,我鼓起勇气从900多个频道里寻找BBC World Service(英国广播公司国际频道),想通过看新闻找到自己在陌生世界的坐标,却只发现BBC America(英国广播公司美国台)。它在播放烹饪节目,后来我又看过它几次,好像每次都在教人做菜。

熬到6点,出门吃早餐,经过一个五星级酒店、两座教堂和一块墓地后,居然摸到了哈佛广场。在人最多的Au Bon Pain餐厅门口,风度翩翩的老人家微微鞠躬,微笑着说了声"ní hǎo"。我一进门就明白了他为何那么确定我是中国人:餐厅里有一半人是操着各地方言的同胞。哈佛还有两周才开学,这些人也不知是亲友团还是旅行团。

搭帮朋友介绍,周末混进几个北美留学生社团举行的论坛,连听三场演讲。B先生回顾了2003年以来中国社会运动的十年,从李思怡到太石村,从最牛钉子户到邓玉娇,听得我唏嘘不已——这些事情都历历在目,但又感觉如此遥远。2003年,记得那时候社会有共识，大家心气颇高，觉得众人推墙墙必倒，而今墙仍是墙，人也未必不是墙。就像匈牙利作家米克洛什·哈拉兹蒂写道：

> ……不仅是某些官僚程序，而是整个文化语境；不仅是国家的干预，而是所有合谋摧毁自主的真正艺术行为基础的情形；不仅是政治勒令，而是一元化社会里的个人的世界观；不仅是"合法"与"非法"的限制，还有维系着国家权力能够渗透到文化的哪怕最后一个细胞的秘密心理源泉。

每代人都有自己的记忆，它可能是眼界也可能是局限。在哈佛教课的 R 老师在课堂上运用"政治社会化"（political socialization）的概念，来辨析教育、传媒、同龄人、家庭等媒介（agents）在不同社会起的作用，对年轻一代价值观与身份认同产生的不同影响。这并不是高深的理论，但能带来很清晰的分析。你或许听过一种熟悉的说法，"在哪里都是被洗脑"，或者，"他们那个也是一种宣传"。那就来看看这些媒介在不同社会的状态吧：它们是集中的还是分散的？是被一个权力中心控制还是被若干个控制？接下来的问题是，在对任何事情做出判断前，你是否会意识到政治社会化对自己的塑造？

参加论坛的人价值观比较接近，不过他们在留学生群体里大概也是少数派。一个社团发起人说起在自己学校做的小调查，大多数参加社团活动的留学生同意对政府的批评，但也认为这些批评"有损国家形象"，只有极少人对异议者表示同情。最后，这位社团发起人总结，希望培养更好的讨论气氛，希望吸引更多本科生，以及，"更多女生！"。然后一屋子男生都大笑起来。

活动结束，大家一起看了部介绍吉恩·夏普（Gene Sharp）的纪录片。吉恩就住在波士顿，以倡导非暴力抗争理念闻名于世。片名叫 How To Start a Revolution，我之前没听过，用手机Google，敲到"how to start a"时，下拉框提示出现了"how to start a business"（怎样创业）和"how to start a conversation"（怎样聊天）的句子。我继续敲字，到"how to start a re"时以为差不多了，结果出来的是"how to start a restaurant"（怎样开一家餐馆）。这才是时代精神啊。

后知后觉

报到之前某天，我去"李普曼之家"（Lippmann House）打印资料，推门进去看到一个有点面熟的大叔——之前我研究过其余23位同学的照片和简介，便主动打招呼："你是格雷格吗？"彼此寒暄几句后就各忙各的去了。当晚躺在沙发上看书，我掏出手机，查格雷格的简介，上面写着，"*The Bang-Bang Club*（《枪声俱乐部》）一书的联合作者"。等一等，这书名怎么也耳熟？Google之。这回是"哐"的一声，直接把我砸回两年多前的一个傍晚。

那天已近黄昏，我在家里无所事事地上网——有一回跟一群不用朝九晚五的写字朋友聊天，说到最不喜欢一天中的哪个时分，大多数人都投了傍晚——设想你从一个迟到的夏日午睡中醒来，天色已晚，广场上大妈们热烈起舞，楼下的烧烤摊旁熙熙攘攘，你却四顾茫然，而这一天就要结束，是否也会"细思恐极"？彼时我刚从埃及的广场回到中国的厨房，满脑子是"开罗比萨饼"——这是跟《纽约客》驻中东记者W聊了一个下午后的结果。她提醒我，历代统治者都试图在某个地方重建开罗，结果它的历史不是埋在地下，而是如比萨饼般摊开来的。我从"科普特开罗"走到"伊斯兰开罗"，从"尼罗河畔的巴黎"来到"纳赛尔城"，又从穆巴拉克时期的"嘈杂和混乱之地"来到革命当中的"解放广场共和国"，满心欢喜，自以为从这张"比萨饼"上看见了历史。

那个傍晚，我在网上撞见一部叫 The Bang-Bang Club（《枪声俱乐部》的新电影，四个战地摄影记者的真实故事。从1990年废除种族隔离到1994年首次全民普选，是南非民主转型最为重要的四年。这期间流血冲突不断，他们四人在枪声中穿梭，向全世界媒体发去一张张珍贵可怖的现场照片，而自己也在职业的痛感里挣扎。1994年4月，在拍摄又一次冲突时，肯（Ken Oosterbroek）中弹身亡。三个月后，凯文（Kevin Carter）在汽车里结束了自己的生命——如果你还记得当年《纽约时报》刊发的秃鹫落在瘦骨嶙峋的小女孩身后，静静等待她的死亡的照片及其引发的巨大争议，凯文正是那位拍摄者。此后若干年，格雷格（Greg Marinovich）和席尔瓦（João Silva）继续行走在战乱地区，南苏丹、喀麦隆、巴尔干地区、索马里、阿富汗……2010年，在坎大哈，席尔瓦踩到地雷，失去了自己的双腿。比较起来，出现在"李普曼之家"的格雷格是幸运的，但我一直没有问他，经历了那么多，你怎么理解人性？怎么理解道德？我猜想也许他仍在为此探索——有一天在上熟悉、适应校园的课程（orientation）时，我坐在他旁边，看他正研究一门探讨"人为什么作恶"的伦理课。

如今格雷格早已不做战地记者，他现在是南非一家线上日报的副主编，正写一本关于一年前南非马里卡纳屠杀[1]的书。李普曼的时代，新闻业一步步走向光荣与梦想的顶峰，而在我们这一届同学抵达校园前，最大的业界新闻是《华盛顿邮报》被亚马逊创始人杰夫·贝索斯以2.5亿美元的"低价"收购。并非所有人都对传统媒体的黄昏感到忧伤，但你可以闻到这种情绪。一个同学说，他已经厌恶了那种对于自己工作的担心。我有点好奇，他也会担心工作不保吗？"我不担心自己丢掉工作，目前我们不愁钱，但我担心这种趋势席卷过来，最终你得裁人、减薪，越来越为钱低头。我懂新闻，不懂商业，现在做新媒体的很多人懂商业却不懂新闻。我希望学一些商业的东西，掌握自己工作的命运。"

---

[1] Marikana Massacre，2012年8月16日南非警察向罢工的金矿工人开枪，造成大量人员伤亡，震惊世界。

W也成了我在哈佛的同学，她带来一部朋友拍摄埃及革命的纪录片。影片放映完后，众人聊如何报道革命。最后大家都认可这样一种说法：你几乎不可能先知先觉地在革命洪流中看清历史的脉络，而只能在随波逐流中尽你所能采访你遇到的人，逐渐加深自己的理解。我有时觉得，也许对于绝大多数从业者来说，新闻业的革命也是如此，你只能做好手头的事，然后和大家一起等待，看看未来会发生什么。

购课一周

进教室坐下5分钟后，我就开始庆幸自己来得早。10点一过，人不断涌入，白皮肤、黄皮肤、黑皮肤、棕皮肤，穿短裙的、裹头巾的，还有一位大叔，乍看以为是查韦斯转世。10点07分开始上课时［上课时间总比课表迟7分钟，所谓"Harvard Time"（哈佛时间）］，教室里大概挤进来小两百人，几无立锥之地。授课教授和《少年Pi的奇幻漂流》里那只老虎同名同姓，银发银须，看着颇威严。课名是"宗教、政治与公共政策"，讲宗教对美国政治的巨大影响。好玩的是，他在牛津读书时的室友，是著名的无神论记者克里斯托弗·希钦斯。

这是我在哈佛"购物"（shopping）的第一堂课。李欧梵先生在《我的哈佛岁月》中写道：

哈佛有一个不成文的惯例……就是在开课的第一个礼

拜让学生任意"购物"(早在后期资本主义商品市场到来之前就用这个字：shopping)。学生可以迟到早退，乱成一团；教授也势必使出浑身解数，以吸引学生……除了吸引学生之外，教授必须印发大量的"商品"——课程表和书单——以便学生"选购"。过了头一两个礼拜以后，课堂的人数才会稳定下来。

周一恰逢美国劳动节，所以周二、周三是"购物"的高峰。宗教课一结束，我来不及向老师请教他对希钦斯的看法，就骑着单车往社会学系赶，去听"记忆的政治"(Memory Politics)。这是人类学专业开的一门小型研修课(seminar)，只有十几个座位，最后也来了三四十位"顾客"，女生为主，一个女孩的笔记本电脑上贴满了女权主义的漫画。两堂课的大纲都写明了"阅读任务重"几个字。讲"记忆的政治"的老师不断抛出普里莫·莱维、汉娜·阿伦特、齐格蒙特·鲍曼这样的名字，沉重得让人抬不起头来。案例分析重点集中在拉丁美洲。"我知道你们肯定会嚷嚷，为什么不讲曾属苏联的国家？"她一摊手，"我就是在拉丁美洲做的田野嘛。"

第二天倒有一门大课专讲苏联和东欧，哗啦啦一堆本科生又把教室挤爆了。老师瘦高个，肤色棕红，俄罗斯口音，上来就说会专门花一堂课讲讲普京的俄罗斯："我是一个现在时的历史学家，虽然我历史系的同事都说，太关注时事是罪过。"但与此同时，"我也会带你们回到20世纪30年代。假如这是在那个年代的课堂,我想你们中的大多数或者很大一部分会同情社会主义,一部分会成为社会主义者,还有人会成为斯大林主义者。如果你看那时知识分子的文献,你会惊讶于自由资本主义在和社会主义的竞争中处于怎样的下风"。

这位亲历苏联解体的历史系教授看起来还是有点紧张,好几次摸鼻子,讲着讲着还会自己笑起来(相比之下,肯尼迪政府学院的老师个个都是演说家,不动声色让底下笑成一团),有几分天真,又似乎有讨好学生的企图。有一次他明显口误,尴尬地笑:"对不住啊,昨晚看美网看得太晚……"转过身去,可以看见他皱巴巴的衬衫背后湿了一大块。

身边多数同学关注的都是政治,"记忆的政治""网络时代的媒体与政治权力""讲故事的政治""个人数据的政治"……一个同学说,她的课堂里有两个中情局前雇员,其中一个还是发言人,"他发言可真多"……另一个同学在听了"个人数据的政治"后很兴奋地告诉我,"你知道吗,从技术上说,只要掌握你的生日和邮政编码,就能锁定你的位置"……也有人选了查尔斯河对岸商学院的课,回来感叹"就是不一样!"——在哈佛其他院系,可能你上了一学期课老师也不一定知道你名字,但是在哈佛商学院,你还没去上课,老师就已经把你Google了个底朝天。这也让我想起之前去商学院参观,问公共关系部主任,这里是否也有迟到七分钟的"哈佛时间"?他立刻否认了:"全部准点开始,有些教授到点还会把教室锁起来!"

也不是所有老师都对"购物"感冒。"讲故事的政治"(The

Politics of Storytelling）是本学期新开的课，老教授叫迈克尔·杰克逊（是的），来自神学院，不讲开场段子，不笑，不提问，不发教学大纲，站着笔直开讲。有人中途离开，但关于这门课我听到的最好评价是：有一种古典的美。

有关逻辑

"记忆的政治"的老师布置了作业：回去看一部1961年的黑白影片《纽伦堡的审判》（Judgment at Nuremberg）。大多数同学都去图书馆电影资料室，我只花了一分钟就在某视频网站找到了清晰版本，带中文字幕，有一点坐海盗船的快感。

电影长三小时，讲述"二战"结束两年后德国战犯第三轮受审的故事——特殊之处在于，受审者是纳粹时期的法官，他们被指控批准给犹太人施行绝育手术，但更根本的追问是：你是做一个爱国者，忠实地执行这个国家的法律，还是拒绝执行你认为不义的法律，当一个叛徒？

威克法官选择拒绝希特勒的法律，被迫辞职。审判时他作为证人出现在法庭上，面对自己曾经的同事、受审者简宁法官。他遭到简宁代理律师劳尔夫的步步逼问——这正是影片最精彩的地方，这位年轻的德国律师在逼问证人的同时，也把电影不断推向高潮。

"请问威克先生，你是否曾对1934年公民效忠誓言宣誓？"他的眼睛死死盯着威克，"（既然你认为希特勒的法律不义）为什么你不拒绝宣誓？如果每个人都拒绝宣誓，希特勒就不会走到绝对权力这一步！为什么你不拒绝？是不是你担心自己的养老金……"劳尔夫巧舌如簧，善设逻辑陷阱，又懂得适时以暴风骤雨式的"吼问"震慑证人。在另一场质证中，他面对的是被强制施行绝育手术的犹太人鲁道夫。劳尔夫攻击鲁道夫的母亲有精神问题，攻击鲁道夫智力低下，所以做绝育手术理所应当。在鲁道夫掏出母亲照片，激动地"自证清白"后，法庭一片沉默，这时劳尔夫深吸一口气，冷冷地说了一句：法庭不知道你以前是什么样的，它也永远不可能知道了，你说的都是你的一面之词。

一种深切的悲凉降临在我那开不了窗的卧室里，这可能是整部影片最让我难过的时刻。对于简宁这样的大人物，哪怕身陷囹圄，也有贵族太太愿意在法官面前为他求情："你不知道他在希特勒面前是多么勇敢！"大人物的一言一行都记录在册，罪责与荣耀，虽然也有各种纠结和难言之隐，总归有人书写，可谁会去理会鲁道夫这样的小人物？历史永远不可能知道你是谁，哪怕你是布瓦吉吉（Mohamed Bouazizi）——我曾读过《时代》周刊关于2011年年度人物"抗议者"的长文，好归好，可是在文章里，这位引发"阿拉伯之春"的突尼斯自焚小贩也只不过是一个被设定的角色，好像他短暂的一生就是为了走向那片凶猛的火光，然后变成一个导语。

我和以色列同学都选了这门"记忆的政治"。当老师从纽伦堡审判讲到东京审判时（后者只是附带），我想我们都各怀心事。

下课后,我想跟老师分享一下自己的感受,因为感情过于汹涌而一时语塞。她宽容地笑了,这却让我更加苦涩。在媒体待久了有时会失掉了一些基本的痛感,比如对于"慰安妇"问题,我好像一直不够感兴趣,也许是觉得太"老生常谈"(我们都默认了新闻就是"势利"的,影片里的记者很直白地对法官说,我可能发不了稿,美国读者对审判战犯已经不感兴趣了),也许是对这一议题常被政治操弄感到不满,但终究没有去想一想这么多年她们需要面对的日与夜。

我自然没有笨到认为她们不会有新的生活。"记忆的政治"后是一门介绍社会运动理论的课,现代意义上的"社运"和古代各种起义最大的区别之一就是前者有一套复杂的意识形态和话语体系。我一边听老师讲对"意义"(meaning)的建构方式,一边瞎想:学社会学的人把各种话语拆解得这样不留情面,会不会很容易"再也不相信××了"?而围绕着"慰安妇"建构起来的种种话语,又是不是总还有些坚固的东西在里面?

在《纽伦堡的审判》的最后,主审法官和劳尔夫有一段对话。劳尔夫说:"我跟你打赌,在五年之内,你宣判无期徒刑的人都会(因为冷战形势的变化)被释放。"法官回答:"你所说的那些人都会被释放,这在我们时代是正确的逻辑。但合逻辑的不一定是对的,世上没有人能使它正确。"

公正先生

这学期迈克尔·桑德尔没有开"公正"（Justice）课，而是和哈佛大学干细胞研究所创始人之一道格拉斯·梅尔顿（Douglas A. Melton）合讲另一门本科生课程："伦理、生物科学和人性的未来"（Ethics, Biotechnology, and the Future of Human Nature）。据说哈佛本科生每六人就有一人上过"公正"课，这门新课选修的人也不少，300人左右的讲堂座无虚席，后排还要再加椅子。（顺便说一句，这学期另一门受欢迎的大课是"科学与烹饪"。《纽约客》的同学W上得兴致勃勃，好几次聚餐她都主动申请主厨，并且婉拒帮厨，"我是一个厨房的独裁者"。）

课堂不许使用笔记本电脑（哈佛许多课堂都笼罩在沙沙的键盘声里），著名哲学家和著名生物学家各据讲台一端，梅尔顿负责科学，介绍干细胞研究、克隆人、性别选择、基因工程等有争议问题的背景知识和前沿进展，桑德尔负责伦理，通过不断提问、不断请学生举手"表决"来推进课程。除了师生间的大量互动（和"公正"课一样精彩），吸引我的还有梅尔顿这个"变量"，他会随时提出各种科学依据，而你会明显看到，这些依据如何影响人的伦理选择。

这天讨论兴奋剂问题，从类固醇（尿检即可查出）讲到促红细胞生成素（需要血检才可能查出）。梅尔顿解释促红细胞生成素原理时不忘调侃一下美剧《犯罪现场》（CSI: Crime Scene Investigation）里的科学家："作为一个总在实验室里待着的人，真是羡慕他们啊，穿得那么好看，试管里的液体还总是五颜六色那么漂亮……"

促红细胞生成素简称"促红素"，英语缩写EPO，能提高血液携氧能力，让肌肉工作时间更长。梅尔顿用一张幻灯片打出8种增加红细胞的方法：1.锻炼和休息；2.高海拔锻炼和休息；3.低海拔锻炼，低氧舱休息；4.服用能让人体生成更多EPO的食物；5.服用能让人体生成更多EPO的转基因食物；6.注射EPO；7.注射EPO基因；8.注射能够自动生成EPO的人造化学物质。一个比一个高级，桑德尔的问题来了：假设你是国际奥委会委员，当运动员采用其中哪些方法提高成绩时，你会举手否决？

1和2自然没人举手。3也没人举手，桑德尔和梅尔顿对视一眼：这是国际奥委会正在争论的真实问题。到4时，有两个学生举手。到5时，有大约20人举手。这时"变量"梅尔顿开始干预："我要提醒一下，你们去某甜甜圈连锁店吃的就是转基因食品。"几只举起的手放下了。到6时有更多的人举手。梅尔顿继续提醒，注射的EPO可以是自然产生的，又说："你们是不是对'注射'敏感？那好，让我们换一个词，'服用'EPO，如何？"看到又有几个人把手放下了，桑德尔在讲台那边"着急"："不要告诉他们这个！"大家都笑了。

一直到8还有几十个人没有举手，两位教授都有点惊讶。一个没举手的学生约书亚说："我对这些方法都没意见，伦理是发展的，要知道一百年前人们还在争论是否应该让整天训练的职业选手参加体育比赛呢，可是现在，没人会说比赛只能由业余选手参加吧？"举手者则多从安全性和公正性（不是每个运动员都有条件注射EPO）表示反对。"那么，让我们假设，"桑德尔说，"如果这些方法都绝对安全，又便宜可得，你们是否接受？"

一个女生表示仍然不能接受："这转移了体育比赛的重点，把人身体之间的竞争变成了制药的竞争。"约书亚反驳她："我觉得我们都忘记了一件事：EPO只是一个'促进手段'（enhancement）而已，到头来运动员还得艰苦训练才可能在竞争中获胜。"

"约书亚提到'促进手段'，让我想起一件事，"桑德尔说，"大概二十年前的波士顿马拉松赛，有个选手跑了一小会儿就睡觉去了，睡醒后直接搭地铁'绿线'第一个到达终点，后来他被取消了成绩。为什么？为什么不能搭'绿线'？为什么不把'绿线'和一双好跑鞋、EPO一样，仅仅当作一个'促进手段'呢？""马拉松选手不允许搭乘地铁吧？""据我所知，波士顿马拉松赛没有不允许选手搭乘'绿线'的规定，而且'绿线'也安全，还便宜……"全场大笑。约书亚被自己的"手段论"难倒了，张口结舌。

桑德尔开始推进他康德式的论述："伦理之线在哪里画下，和手段（means）有关，而在这些例子里，手段并没有本质区别；但即便如此，我们还是不能接受马拉松选手搭地铁。为什么呢？这也许和我们所希望的比赛目的（purpose）有关，和体育比赛的正直（integrity）与本质（essence）有关。如果你搭乘'绿线'，那就不再是马拉松了，人们也不会激赏获胜者的品质。"

下课时学生散得很快,我看见桑德尔快步追上约书亚,面露歉意地说了两句什么。

公正夫人

周一傍晚见到伊库(Kiku Adatto),她满面红光地问我:"下午的课怎么样?我的学生是不是很棒?"说的是周一下午的"文化与社会",因为和她先生桑德尔的课时间冲突,所以我只好轮周旁听,这周轮到听伊库。和桑德尔的皇皇大课相反,伊库的课只有九个学生,是典型的"小型研修课"。那天除了我,还有一位伊库请来教学生使用学术检索工具的老师。如果说桑德尔是通过提问来推进课程,那么这门课伊库连问题都提得很少,而是一直微笑地看着九个学生从人们如何利用Facebook来"表现"(frame)自己谈起,彼此问答完成思考。有那么一会儿,众人互动得有点词穷,一个学生突然转向她:你一直没说话,你怎么看?伊库稍微点拨两句,又重新把球传回学生手里。

这学期伊库在哈佛张罗了一个圆桌会议,每月邀请学者、艺术家、传媒人参加,探讨艺术、流行文化和公共生活中的重要话题,第一期的主题是"艺术与审查"。圆桌会议前,我们一块喝茶,她向我问起中国知识分子与媒体人的处境,又说到上次和桑德尔去中国,某地的一次活动被突然叫停后,组织者如何处变不惊、大事化小。"我发现这很有意思,美国人对待审查的态度是非常严肃的,碰到这种事情多半得起诉,而中国人则灵活得多，这让我想起小时候在泳池里玩的捉迷藏：有孩子必须躲进水里，但总有别的孩子在别处浮出水面。"

那次圆桌会议也是"自由流动"的讨论，从柏拉图对审查制度的主张谈到早期爵士乐对主流的反抗。伊库播完一段黑人爵士乐的影片后，王德威教授说，其实惹事的不只是冒犯，有时甜美也会，比如邓丽君的歌曲之于20世纪80年代的中国大陆。正好我随身带了iPad，就给他们播了一首邓丽君的《小城故事》，王教授同声传译——想来，也许《甜蜜蜜》更像是"靡靡之音"？

后来，伊库请我在她的课上简单介绍一下邓丽君，我就放了《甜蜜蜜》。一个去过台湾的学生"惊呼"："Teresa Teng! 'The Moon Represents My Heart'!"（邓丽君！《月亮代表我的心》！）话题又转到《月亮代表我的心》。下课那个学生问了我一个张冠李戴的问题，我说确实音乐和政治分不开，但这都是哪跟哪啊，急吼吼地解释一通，也不知道他听懂没。

伊库是摄影师，也是社会学研究者，她的上一本书叫*Picture Perfect: Life in the Age of the Photo Op*（《完美图像：Photo Op时代的生活》）。伊库在书里探讨的核心话题是，当19世纪照相技术发明时，人们惊叹于它对真实的还原，但如今人人都知道照片是会说谎的，而铺天盖地的图像文化，已经模糊了生活与姿态、真实与虚幻、新闻与娱乐……的界限。我半开玩笑跟她说，这本书简直就是为微信时代写的嘛，然后跟她介绍微信的功能，讲微信一开始鼓励图像而非文本，有人用了半年微信也不知道怎么用它发文字云云。

事实上，作为一个来美国后才开始经常使用微信朋友圈的人，我发现自己也越发模糊了生活与姿态：很难说自己发的每一张照片（不论是异域美食，还是出奇的蓝天），究竟是出于记录当下的冲动，还是为了迎合想象中的他者目光。就像伊库在书里写的："我们有了对世界塑造自己形象的能力，但也开始落入一些陷阱，而这些陷阱，往日只有政客、名流和媒体热门人物才须面对。我们正对他人塑造的是哪个自我？又在为谁的眼睛而造？他人会如何看待真实的我与我的姿态？而我又如何看待他们？"

写作者容易有一种糟糕的错觉：未经描述的世界是不存在的。某种"在场感"下，你总是习惯性地想要把你看到、感受到的东西变成头脑里的文字或画面——感受力大概就是这样失去的。如何处理和读者的关系从来都是难题，但也从没有哪个时代达到今天的"互联"程度，并以无所不在的"逼视"（用伊库学生的话说，你的Facebook也是你的文化资本）去影响每一个想要发表点什么的人。对此我不知应该感到不幸还是庆幸，但Picture Perfect的思维已经把我推向下一个问题：他们会在这本书的中文版腰封上写什么推荐词呢……

无聊休克

熬着没睡，坐等凌晨2点全美进入冬令时，结果写电邮忘了时间，打开CNN时已过2点，时间又回到了1点。联网的两个手机无缝切换，只有老旧的时钟需要回拨。平白无故赚了一小时，却感觉时间被偷走了，这么想时又觉得傻兮兮的，就是一个刻度而已。入秋以来树都成了刻度，每天都能看到颜色变化。骑车上下课经过几条固定线路，有时会突然发现某棵树不见了，其实是叶子掉光了，有时又发现自己看错了，它还站在远处，通体红透，就稍微心安一点。

还是应用程序Calendar（日程表）可靠，这里人人都用Calendar，这样即便把饭局约到了一个月以后也不会忘。总在各种场合听到轻微的滴声，那是Calendar在提醒你半小时后的活动，生活就这样被切割开来。早晨起来照Calendar给的方向去听第一堂课/讲座。坐下时，一位勤奋的俄亥俄大学教授已经通过邮件组发来了当日值得关注的中国报道，开小差读一篇余华的专访，其他研究中心的讲座通知也陆续进来，中东主题的最多，概括起来都是三个字：抱歉中。还有同学朋友通过Facebook和微信推荐的活动，加上哈佛的APP，看到感兴趣的点击两下，Calendar就愈加饱满自信，好像已经听过讲座似的。某天我在电脑前看书，卧室突然被染成明黄色，原来是窗外那棵梧桐一夜变色，阳光照射下黄得触目惊心。我呆看了半天，这事儿Calendar上没有。

到周末，活动通知一下子消失了，邮箱也变得清静，就特别容易忘事，比如，去买周日版《纽约时报》。安慰自己说反正厚得也看不完，又说，在这个"连起来"的时代，也不会真正错过什么。《纽约时报》的中国南海专题,对格林沃尔德（Glenn Greenwald,最早报道斯诺登的记者）的专访最后都变成了CNN、饭桌以及社交媒体上的话题。人人都在说"连起来"（wire）,还有人号召大家"重新连起来"（rewire）。麻省理工媒体实验室伊桑·祖克曼（Ethan Zuckerman）的新书就叫 Rewire: Digital Cosmopolitans in the Age of Connection（《超级连接者：破解新互联网时代的成功密码》）,开头却从1977年的德黑兰讲起,讲流亡在外的宗教领袖霍梅尼的演讲如何通过磁带渗透进伊朗,促成1979年伊斯兰革命——只要互联网专家们愿意,他们一定可以从上下五千年里找到"连接改变世界"的证据。

《纽约客》倒是登了篇"断开"（disconnect）的长文,作者叶夫根尼·莫罗佐夫（Evgeny Morozov）,著名的互联网怀疑者。和祖克曼一样,他也先拽了一段历史,把我们带回1924年的魏玛共和国。这年的11月,德国社会学家西格弗里德·克拉考尔（Siegfried Kracauer）在《法兰克福报》发表了一篇抱怨现代城市生活的评论：街边的廉价烟酒广告牌劫持了人们的神经,电影和剧院上演着不属于任何人但让每个人都精疲力竭的生活,而收音机则把我们置于一个永远在接收,永远胸怀伦敦、埃菲尔铁塔和柏林的状态。克拉考尔感叹,这些城市资产阶级"在热闹喧哗中越陷越深,最后忘掉了自己还有一颗大脑"。

该怎么办呢？克拉考尔的药方很简单：无聊休克疗法。在一个大家都出城兜风的阳光明媚的下午,把自己锁在屋里,拉下窗帘,躺在沙发上向无聊投降。唯有如此,我们才能调动出自己那些荒唐的、尴尬的、未经修饰的想法，进而达致一种"神秘的喜悦"，最后学会与自己相处，"你不再被应该做某事的欲求所束缚，什么都不做也能泰然处之"。听起来像近年国内鹊起的禅修班，把手机、电脑上缴，在郊区某个院落或者远方某个寺庙打坐冥思数天。几天前，一个新认识的朋友还在向我们推荐："马萨诸塞就有，离波士顿两小时车程，已经排到了明年，我在那里待了十二天，大哭了三次。"

不过，莫罗佐夫告诉我们，许多西方人还是决定用他们熟悉的方法来对抗信息过载：掀起一场"信息环保运动"。阿姆斯特丹就出现了一种能自动屏蔽Wi-Fi的座椅，而一群挪威大学生则设计出一种叫Igoo的小玩意儿，可以屏蔽家里所有的电磁信号。这真是可爱的西式思维——改变自己前，先试着改变周围的环境，创造出几个身边的瓦尔登湖来。

瓦尔登湖其实很近，搭通勤火车40分钟到康科德镇（Concord），再走半小时就能抵达。我去的那天阴云低回。我盯着岸边倒伏的白松，想着1845年3月末梭罗砍树建小屋的那天，"那是愉快的春日，人们感到难过的冬天正跟冻土一样地消融，而蛰居的生命开始舒伸了"。梭罗小屋仅剩遗迹，一群紫衣姑娘在林间练习健美操，暴雨忽然落了下来，坡地水沟纵横，姑娘们四散而去。

如影随形

在汉堡听到那句"世界上所有的一切曾飞向我们"时，我觉得这是一个城市骄傲的灵魂,尽管实际上,哪怕只是为了更好地理解德国,我都得不断离开那里,去往柏林。到了哈佛,这句话立刻洗掉了所有形而上,变得特别世俗。释永信带领少林武僧来表演那天,我没去凑热闹,白天的课程已经耗尽了我的体力;而当李安带着疲惫的神情,出现在讲台时,我有点惊讶地发现,来了那么多同学,他们甚至连 *Eat Drink Man Woman*(《饮食男女》)都看过。我拿着提前一个月才申请到的见面会门票,后悔没去看少林功夫——绝佳的软实力比较教材啊。

晚上哈佛电影资料馆上映《色,戒》,李安再次现身,主放映厅爆满,照例又开了副厅。旁边的同学只能看英文字幕,我几次忍不住要提醒,这里她们说的是上海话,那里她说的是广东话,好像也不重要。影片末尾,王佳芝放走了易先生,一个人走下楼来,招手叫了人力车,那风车转啊转地开始闪回:空荡荡的剧场里有人叫她名字,转过头来全是青春年少。第四次看了,还是抑制不住地鼻酸。李安说他自己像王佳芝,演戏演到后来发现自己其实更像戏中人。

和两个忧心忡忡的朋友吃饭,赶上一场华人抗议的大戏。我对那个拙劣的玩笑不以为然,但也觉得抗议本是正当权利。他们则试图告诉我这幕戏的导演(依他们,这简直是不证自明的)。事情一下子变得险恶起来,好像黑色大海里裂出一条不知什么时候会合上的通道。也许他们是对的吧,但是,正义之前,是不是最好什么戏都不要上演了?

我换了个话题,想聊聊美国,聊聊20世纪80年代后美国的右转，以及保守派对"爱国"一词的占有——但忧心忡忡再次降临：美国和中国不同，"爱国"也不可同日而语——没错，可是我只是想谈谈美国而已。也许在讨论任何问题之前，我该先背一段葛底斯堡演讲？真是无聊啊，但自己又能置身事外吗？如影随形得早就没有正常心态了。

一晚上听了三个故事，三个人的祖父母一代都是东欧犹太人，"二战"时避难新大陆并扎根于此。其中两人算是born rich（生而富足），似乎对历史不太感冒。另一人出身平民，听祖母讲述纳粹统治下的恐怖故事长大（祖母的兄弟姐妹几乎没人从集中营里幸存），大学时又知道了自己的父亲是同性恋，出柜后不久父亲因病去世，"他这一生从未过得自在"。她说，她从小就知道，在这个世界上，人们是多么容易互相歧视和彼此伤害。后来她成了一位人权律师，在中东工作时，为巴勒斯坦人打官司，周围的犹太人朋友都觉得她疯了。她说她愿意把犹太人的身份认同传给自己的孩子，但是不愿意再传递那种不信任别人的恐惧。

背景、价值、任务……如此种种，叠加起来，就把人压扁拉长变成一个平面甚至一条直线。想想真是奇怪，这些东西难道不应该让人变得更丰富吗？于是反抗者开始与所有的终极指向决裂，在生活中，也在戏码里。一个在苏联长大的哈佛教授写过一本《怀旧的未来》（*The Future of Nostalgia*）。她说，在美国，人们总是对她的苏联背景充满好奇，有人会问她，你怀旧吗？她有时回答，怀旧，但不是你想象的那样；有时回答，不怀旧，但不是你想象的那样。

在某个活动现场,一个中年人问我,你知道费尔班克吗?"当然知道,我经常去费尔班克中心的图书馆。""我说的是约翰·费尔班克(John Fairbank,即费正清)这个人。""啊,您是?""他的外甥。"

隔了两周去拜访中年人的母亲——费正清夫人费慰梅的妹妹,101岁的玛丽安(Marian Cannon Schlesinger)。1934年,从拉德克利夫学院毕业后,玛丽安到中国学习了一年绘画。我给她看之前在网上找的她与梁思成、林徽因的合影,她一眼就看到了旁边身材高大的金岳霖:"Lao Jin!"又跟她闲聊当年的北平、上海、福州。说来也巧,拜访玛丽安之前的三天,国内一个旧书论坛有人贴出了她1939年出版的画册 SAN BAO and His Adventures in Peking(《三宝北京历险记》)。给老人家看链接,她露出不可思议的表情,然后跟我半开玩笑:真的有中国人看我的书吗?我的书能在中国出版吗?我知道你们现在很有钱!我听了也跟着笑,但是"Peking"却烟消云散了。

原始嚎叫

晚上收到错误情报,走到哈佛庭院时发现哈佛先生铜像前一片漆黑,连个鬼影都没有。偶有人经过,都把头缩在高高的领子里。这一天寒流来袭,气温降到零下三度。

到附近24小时开放的本科生图书馆拉蒙特图书馆(Lamont

Library）避寒看书，一派期末备考的气氛：有人桌上的书可以砌墙了；还有两个哈佛学生心理健康协会（SMHL）的女生挨个派发巧克力和小纸条，纸条上面印着励志作家小杰克逊·布朗（H. Jackson Brown Jr.）的话"Think big thoughts, but relish small pleasures"（雄心勃勃，不忘享受微小欢愉），底下两行加感叹号的大字："别放弃！你很棒！"11点多，眼前突然走过一个只穿红内裤的男生，特别自然地穿过人群，戴上耳机坐下自习。临近午夜，图书馆门口有点躁动，我对面的哥们儿站起来就开始宽衣解带，也是脱到只剩底裤，穿上靴子，披着貂就出去了。

跟着人群往外走，没两步已经听到哈佛庭院那边低沉的嘶吼。到铜像前，发现鼓乐队已经就位。那边一栋教学楼下，几百裸男裸女挤在一起，就像刚从冰窟窿里捞出来活蹦乱跳散发着热气的鱼，一起在唱《我们是冠军》（"We Are the Champions"）呢，唱了一会儿就改喊"USA"，午夜钟声一响就尖叫着欢快地潮水般向前涌动，把旁边举着手机的一堆亚洲面孔冲得七零八落。这就是哈佛著名的Primal Scream（裸奔节，字面意思为"原始嚎叫"）了。

20世纪60年代时，这仪式的确以嚎叫为主，每学期期末考试之前的一周，学生会打开所有宿舍的窗户，集体咆哮十分钟。20世纪90年代左右，嚎叫演变成了裸奔，但目的是一致的——减压。一个学生曾在报上描述自己的体验："我看到象征着这个国家学术尊严和光荣时代的哈佛庭院被1000个光屁股填满。经过那些寒冷、尴尬、悲惨但很爽的瞬间，对期末考试的焦虑被抛到了几光年之外……"不知道那个几天后搞出"诈弹"风波想取消期末考试的韩裔学生有没有去原始嚎叫，收没收到小纸条，无论如何，他也算是"think big"（大处着眼）了。

嚎叫前一周，课程陆续结束，每堂课的末尾都照例是学生鼓掌感谢老师。我想普鸣（Michael Puett）教授的最后一课一定比较壮观：700多个学生齐刷刷鼓掌。他教授的"中国古典伦理与政治理论"是哈佛这学期第三受欢迎的大课，仅次于经济学入门和计算机科学入门。《大西洋月刊》为此写了一篇长文，探讨为何这么多哈佛学生想要学习两千多年前的中国古代智慧："美国人倾向于认为，人是理性动物，会用大脑做出符合逻辑的各种决定。但在中文里，表示'mind'和'heart'的是同一个词语：心灵……庄子教导我们，应在日常生活中道法'自然'，而不是受困于各种理性抉择。"

读到这段时我停了一下，想想似乎很久以前自己就已经把mind（头脑）和heart（心灵）区分开来，而今却借助一个西方人，"重新进入中国"；又想起刚来美国时那段时间，不断被问到"（美国）是不是和中国很不一样"，我每次都老老实实回答：其实没有那么不同。说到底，我们都是被全球化与现代性冲刷的一拨人，彼此能有多大差别呢？

《大西洋月刊》的文章借学生之口说，这门课可以改变你的一生。"有一点儿乐观了吧。"去年选过此课的一个本科生微笑着告诉我。她解释说，其实这门课的火爆，有一些与学问无关的原因，比如说这门课不容易挂科，而Ethical Reasoning（伦理分析，哈佛鼓励博雅教育，本科生必须在几个不同大类里修够一定学分，桑德尔之前的"公正"课也属此类）这个大类里可选的课也有限；当然还有，不论是"公正"课还是"中国古代哲学"，在哈佛已经成了一种"Cult"（在特定群体里流行的），一种正面的"peer pressure"（同侪压力），好像你来到哈佛，就应该听一听这样的课，正如你来哈佛，就该尝试一下冰天雪地原始嚎叫一样。

Cult也有邪教之意，我也很邪地想到另一件据说在哈佛读书"该做"的事儿：至少在怀德纳图书馆（Widener Library）里"嘿咻"一次。我曾许多次下到像一个外星球那样巨大荒凉的怀德纳图书馆藏书室里，里面陈旧的纸张气味不敢恭维，但曲径通幽的书架的确提供了很好的掩护。那天我想翻翻东欧知识分子写的书，发现那个区域全是伸缩书架，这意味着当你按动按钮想看看罗马尼亚人的作品时，摆放波兰人著作的书架会缓缓合上——希望大家办事都不要来这里，被一堆 *The Captive Mind*（《被禁锢的心灵》？《被禁锢的头脑》？中文两个译名都有）夹住，大概是最悲惨的死法了吧。

明日世界

回到波士顿当晚赶上暴风雪，才发现暴风雪里的雪花一点也不像雪花，倒更像密密麻麻的雨线，风一吹就东倒西歪织在一起，不是雪大如席，是雪密如席了。

锁闭门窗，想看看气象主播口中的"real heavy stuff"（真正的重量级家伙）到底会发展成什么样。上一次雪后，我跟邻居在一楼电梯口闲聊，说到还挺期待那种推不开房门的大雪，被经过的一个老太太听到了。"你们不开车当然不用操心，"她说，"我们可是得把车子从雪里挖出来……"

夜深了，雪势不减，隔一会儿就拉开窗帘看看外面那盏路灯，好像里面隐藏着什么秘密。路灯昏黄，几乎比被新雪映照的周围夜色亮不了多少。

大概在七八年前，我也经常走在这样的路灯下。那时的世界是缓慢而富有条理的，我每天坐着大一点的班车上班，再坐着小一点的班车下班，工作并不复杂，常常带一本自己的书去读，该吃饭时就去吃饭，该开会时就去开会，该爬山时就去爬山，逢年过节会发电影票，所以，该看电影时就去看电影。

其实世界就在我的周围拼命流动，只是我不太能感受得到。小区离五环路很近，车流在上面低吼时，我正对着一个停车坪的墙壁抽击网球。某天晚上我走到五环外，打探那里一个医院的情况。第二天我见到了同乡肖志军，他垂头丧气蹲在地上，被所有的人一遍遍地问：你为什么不签字？

他的"岳母"李小娥好像还在恍惚中，对一群记者念着女儿李丽云："我都不知道她出走这三年，在外面是怎么过来的。她今年老是向我们要钱，我隔一段时间就给她寄钱，她十天一个星期给我打一次电话，我问她住在哪里，她不肯说，每次都说，妈妈，你放心，我挣了钱就回来。上次她给我打电话，说妈妈我春节就回去。……我根本不认识这个男的（肖志军），她从来没告诉我，她结婚了。我在火车上都不相信我女儿死了，我以为她是被传销给骗了，到了北京，我跟着乘警去派出所了解这个男的情况，突然看见桌子上的《京华时报》，才知道我的女儿真的死了！……"

这是当时轰动一时的社会新闻：两位湖南打工者在北京萍水相逢，女方背着家庭结婚，有了身孕，却因为怯懦的男方迟迟不签字，耽误手术而一尸两命。借助当时的稿子我才回忆起这些细节，做完稿子没过两个月，我就搬走了，再没从五环下那个桥洞经过。此后生活开始流动、变化，像是漂浮在水面上的油膜，各种颜色晕在一起，甚至被用在文章结尾的肖志军的回答我也忘记了："我想不通，我蒙个哒（蒙掉了）！"

是夜重温《海上钢琴师》，1900踏上舷梯，但最终没有踏上纽约的陆地，那一瞬间他大概也"蒙掉了"："拜托，能告诉我城市的尽头在哪里吗？……城市里纵横交错的街道，什么都有，就是没有尽头。没有尽头……老天啊，你看到那街道了吗？光街道就有成百上千条！你怎么在那里生活？"

我曾于某个黄昏从东河登岸，不断上坡，过街，急匆匆地赶往时报广场，蓝黑色天幕下的曼哈顿中城就像一个巨大的布景板，好像不是你在前进，而是它们在后退，生生的虚幻感。如今我更能体会那种心情：让人停下来的并不是看得见的街道，而是看不见的街道。没有什么"该"做的事情了，神灵、家族、单位，这些班车正在远去或者解体，而我们大多数人，并没有一个司机可以咨询。

"啊，人类啊！（Oh, the humanity!）"美国芝加哥WLS［World Largest Store（世界最大商店）的首字母缩写］电台的记者带着哭腔喊道。这是1937年5月6日，那个时代最大的航空器"兴登堡号"飞艇在空中被烈焰吞噬，13名乘客和22名机组人员丧生。我是在华盛顿新闻博物馆听到这段音频的，如果你想一想当时的世界已处在"二战"前夜，那一声"人类啊"简直有如天启。百年来传播技术不断更迭，newsreel（新闻短片）已经被送进了博物馆，但它承载的故事与情感却从未停止与我们的共振。我戴着耳机坐在地上，挨个点击这些短片，身体极其疲倦但就是停不下来，胸口好像被什么堵住了。

明日的世界究竟会怎样？我想自己可能也得焦虑地寻找司机，或者和许多人一起苦苦守候一辆永远也不会到来的班车吧。但想一想，置身其中，怀着一点自我疗救的私心，把这时代的症候记录下来，大概也挺有意思。如今记录者似乎比时代陷入了更大的危机，真是可惜。

可能的世界 / 美国

学会欣赏不确定性 ——桑德尔访问记

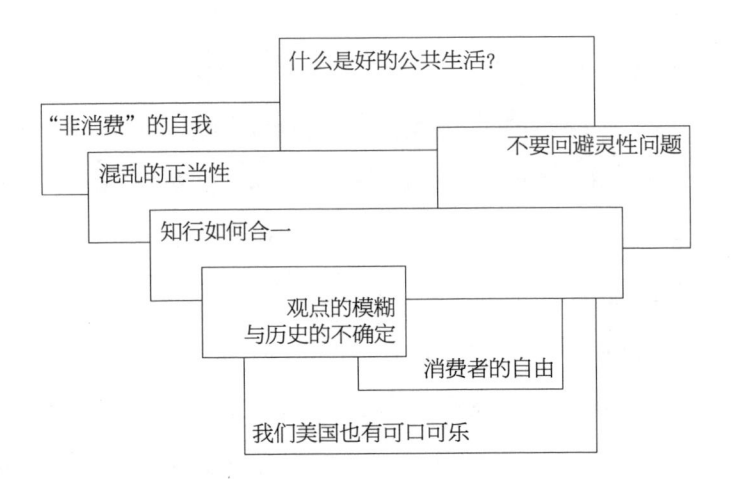

什么是好的公共生活?
"非消费"的自我
不要回避灵性问题
混乱的正当性
知行如何合一
观点的模糊与历史的不确定
消费者的自由
我们美国也有可口可乐

迈克尔·桑德尔端着盆子给客人们夹火鸡时，我第一次意识到他已经是个年过六旬的人。他穿着灰色的羊毛衫和棉拖鞋，有一点蹒跚地在屋子里走动，这和公开课"公正：该如何做是好？"里那位腰杆笔挺、滔滔不绝的哈佛教授不太一样。

这天是2013年的感恩节，桑德尔的太太伊库·阿达拖还在厨房准备最后一道菜——一种混合了土豆和肉的主食。长桌上摆着两种颜色的火鸡，黑蘑菇酱，蔓越梅酱，煮青豆，还有红酒。客人们已经落座，桑德尔的次子艾伦建议父亲讲一讲感恩节的历史，桑德尔则临时起意请大家讨论一个话题：一些科学家尝试把那些已经灭绝的动物复活，这是个好主意吗？

坐在旁边的牙买加女孩——她的母亲曾在桑德尔邻居家服侍老人，后来两家结识，女孩受邀参加家宴——不假思索："我觉得恐龙啊什么的还是别回来了，不然我们就完蛋了。"桑德尔大笑，然后转向我："如果复活的物种不会对人类造成危害呢？"我说："在这件事上，我真觉得还有许多重要得多的事儿可以优先考虑……"他又笑，继续从生物多样性的角度向另一位有科学背景的客人发问。

伊库来了，她和桑德尔分坐长桌两头，开餐前，她拿出据说是犹太人专有的烛台，做了一番祷告。大家边吃边聊，伊库说到，她和桑德尔刚从柏林回来，在柏林，他们专门去了一趟欧洲被害犹太人纪念碑。纪念碑位于市中心，占地1.9万平方米，由大小不一的2711块水泥碑呈网格状排列组成，看起来就像起伏的石林。他们注意到，一些柏林市民已经把那里当作了一个普通公园，在碑林之间野餐。伊库的问题是，这样做合适吗？

感恩节后不久，桑德尔要开始他的又一次中国行。虽然希望被更多普通人看到，他还是答应接受中央电视台英文频道专访："他们说中文频道好像有点儿忌讳谈公正……哪里能做，哪里不能做，他们好像总在变。"他问起北上广的媒体状况，又说在深圳书城还有一场演讲。"你打算在深圳讲点儿什么呢？""金钱不能买什么！"大笑。

后来我看到了英文频道对他的专访，主持人第一个问题就问到他的"名气"。这并不令人意外，桑德尔已经在哈佛教授了三十多年的政治哲学，但互联网时代的"公正"课只用了几年时间就把他变成了一位明星。《世界是平的：21世纪简史》作者托马斯·弗里德曼在专栏里写道，在亚洲，桑德尔跟摇滚明星一样火，在中国、日本和韩国，他的演讲都会一票难求，他的《公正：该如何做是好？》一书仅在东亚就创造了超过百万的销量。"同志们，这本书讲的可是道德哲学！"弗里德曼感叹。

桑德尔说，最近几年，大家关注的都是经济与科技议题，公正与共同善（justice and the common good）议题日趋边缘化，但人们也越来越意识到，仅靠GDP和市场价值并不能带来幸福或者创造一个好社会。他的梦想是创造一个依靠视频连接的全球课堂，超越文化与国界，大家一起来思考那些重要的伦理问题，看一看我们能从彼此身上学到些什么。托马斯·弗里德曼评价，桑德尔触碰的问题，不论在北京还是在波士顿都是深层次的。

美国记者克里斯蒂安·卡里尔（Christian Caryl）在《奇怪

的叛道者：1979年与21世纪的诞生》一书中聚焦了1979年崭露头角，随后改变了历史进程的四位领导人：撒切尔、邓小平、霍梅尼和教皇约翰·保罗二世。20世纪六七十年代，福利国家和世俗力量是世界的主角，而"正是在1979年，市场与宗教的双重力量在被无视了太久之后开始绝地反击"。第二年，里根以压倒性优势击败卡特，当选美国总统，声称要"找回自由市场"的盎格鲁-撒克逊模式在英美拉开大幕。

桑德尔1980年起在哈佛任教，从那时到现在，他对里根-撒切尔宣扬的"只要努力工作就能靠自己的力量获得成功"的那种自由一直持批判态度。"你知道的，自立的人（self-made man），了不起的美国想法。"他不无讽刺地说。"我反对的不是里根本人，而是他宣扬的那种自由，我也称其为'消费者的自由'。"

我和伊库后来茶叙过几次，有一次是在星巴克，她尝试跟我解释"agency"这个词的意涵：能够在世界中采取行动、获得自由的能力"（中文有译作"行动体"，亦有译作"自为"或"能动性"）。"你可以进这家星巴克，可以点你想要的咖啡，这是消费者的自由，但最终'agency'不是由选择定义的，而是由人们在一起批判性地反思和尝试来表达的。"伊库说，她和桑德尔，还有子承父业学习政治哲学的大儿子亚当最常讨论的就是"agency"的问题，而他们喜欢的"积极生活"的亚里士多德和汉娜·阿伦特则是家中常客。"迈克尔昨晚重读了阿伦特的《人的境况》，"她目光灼灼地给我描述这个场景，"然后发现她已经预见了他在《反对完美》中提到的问题，甚至用了同一个词'giftedness'。我们当时坐在厨房的餐桌上一起惊呼，我的天哪！"

桑德尔批评美国在过去三十年里已经从"市场经济"变成"市场社会"，市场原则成了思考所有事情的起点："丑闻在于，这种转变没有经过公众讨论的检视。"

托尼·朱特在《沉疴遍地》中反思英美过去三十年里"思维方式"的变化："在'平等化'的那漫长的几十年中（按：指从'二战'结束到20世纪70年代），认为这些进步会长久不衰的观念变成了常识。不平等的减少是自我肯定的：我们越平等，我们就相信我们可能变得更平等。反过来说，三十年来（按：指自1980年始）日益增加的不平等，也尤其使英国人和美国人相信，不平等是一种生活的自然状态，我们对此无能为力。……在不平等及其弊病中生存是一回事，而陶醉于其中又是另一回事。……只是想象一种不同的社会，为什么我们都觉得这么难？……"

"美国在1820年以后就是一个市场社会，什么都可以卖了。"年轻的哈佛大学法学院教授诺厄·费尔德曼（Noah Feldman）在一次交谈中告诉我。他认为，桑德尔对市场社会的批评一点也不新鲜，"资本主义一直是个淌血的制度，所以才需要两样东西：一个是保护性的，就是福利国家制度；一个是引导性的，就是消费主义，这是非常有用的意识形态，几乎和民族主义一样有用"。他说，朱特那一代人是对福利国家期待过高，所以才会失望。

而在桑德尔看来，里根-撒切尔及其继承者的成功，是因为自由主义接受了一个前提：我们从根本上是独立选择的存在。"自由主义的这种自我形象把自己卖给了放任经济和消费社会，却不足以创造一个强烈的共有的身份认同，因此无法支撑起对每个人都更加平等的社会政策、安全保障、社会福利、健康、教育。"与此同时，自由主义者坚持将道德问题隔绝在政治之外，反而给了文化与宗教保守主义者可乘之机，让他们把宗教带入了一个非常狭隘的境地。于是，自1979年开始绝地反击的"市场和宗教的双重力量"，在三十多年后把我们带到了今日的世界。

桑德尔和伊库有两个儿子，都是"八五后"。当儿子们还非常小时，桑德尔就尽量避免打开电视，除非是新闻或者体育直播。"他们看视频或者电影，但不看电视，因为电视是消费社会的延伸。"他和伊库带两个儿子参加各种"积极的"活动，文化的、智识的、体育的，亚当热爱体育，艾伦喜欢野生动物。"我们尝试培养他们的兴趣爱好，这些爱好可以让他们在消费主义和物质主义的面前有其他选择。"旅行是他们把孩子从消费社会中剥离（insulate）出来的另一种方式，不过有时也会事与愿违。亚当六岁、艾伦四岁时，桑德尔和伊库带他们去西班牙。"在那之前，我们还没给他们吃过任何垃圾食品。他们是在西班牙第一次接触瓶装可乐，觉得特别好喝。等我们回家后，有一次，我们一块儿去商店，亚当特别高兴地告诉我：'你猜怎么着？我们美国也有可口可乐！'"

在哈佛，伊库和桑德尔组织了一个主题是"艺术、流行文化与公民生活"的小型研讨会，每月某个周一晚上在人文学院教学楼举行。我所参加的那个学期，讨论过的主题包括"艺术与审查""转移凝视：面对贫困、苦难和暴力的影像""宗教与艺术之想象力""纪念碑与记忆的争斗"——关于纪念碑的讨论，被伊库平移到了感恩节的餐桌上。

研讨会参与者有文学教授、博物馆馆长、战地记者、芭蕾舞者、伊斯兰学者、研究东欧历史的博士生，甚至还有一位来自伊朗的歌者。差不多在同一时间，他们还在印度和哥伦比亚开启了一个教孩子讲故事的计划，希望通过对口述传统的恢复，培养孩子从小思考"更大问题"的习惯与能力。"我和迈克尔都相信，孩子是天生的哲学家。"伊库告诉我，"就像迈克尔用假设和真实世界中的例子来同世界范围的听众互动，激发关于公正的讨论，我们尝试用'讲故事'（storytelling）的方式，帮助孩子练习道德思考与公民对话"。

杨　潇：我的印象里，你经常跨出自己的专业"出国打仗"，比如谈论全球化，谈论经济学，谈论生物科学等等，会不会感到在专业领域之外发表意见挺危险的？

桑德尔：我不会说这是危险的，我会说这是在智识上接受新挑战的一种方式。这也是一种利用教授的机会去学习的方式，所以不论是为总统的生物伦理学委员会做顾问，还是和道格拉斯·梅尔顿合讲"伦理、生物科学和人性的未来"这门课，都是让我学习生物科学的机会。这门科学的发展正不断提出伦理问题。同样，我一直对经济学很感兴趣，虽然我不是经济学家。还在牛津念研究生时，我就对研究伦理与经济学之间的界限感兴趣，一度想写一篇关于经济学的论文，研究它与公平、伦理之间的关系。当时我的经济学老师认为这是一个很棒的论文题目，不过我的哲学老师却说，你得在哲学上更为精进，这样你回过头来再研究经济学的伦理维度时才会更加轻松。所以我最后学了伦理与政治哲学。

从一个感兴趣的外行人角度，我试着去挑战经济学那些狭隘的教条。在《金钱不能买什么：金钱与公正的正面交锋》一书中，我挑战经济学是一门价值中立的科学的看法，因为其中隐含了潜藏的道德假设，却不被完全承认。事实上，经济学家们的许多争议的、规范性的假设都需要被检视。我对参与互动也很感兴趣，与专业的经济学家互动，包括哈佛的经济学家，虽然他们或许不同意我的看法。

杨　　潇：你提到了"感兴趣的外行人"这个概念。纪思道（Nicolas Kristof）曾在《纽约时报》写了一篇名为《教授们，我们需要你！》（"Professors, We Need You!"）的专栏文章。他担忧随着学科越来越细分，大家都藏在自己的专业里不面向公众发言，不参与重要的公共讨论。

桑德尔：我想他指出了很多学术领域正在滋长的狭隘性，很多领域越来越专业化，在学术界情况的确如此。我们因此付出的代价是，因为我们变得如此专门化、技术化和狭隘化，学界对更大范围的公共问题渐渐失去了谈论的能力。我想不仅仅是经济学领域，哲学、政治哲学领域也是如此。

杨　　潇：从我和一些中国学者打交道的经历来看，一些人不愿意跳出专业发言是因为他们不愿被视作不专业甚至不务正业。

桑德尔：我理解这种考虑，我想它需要被认真对待。我想唯一能负责任地做这件事（在更广泛的领域发言）的办法就是，尽一切可能去学习和了解你要评论的话题。我很幸运我有很多机会去了解生物技术，去了解经济学。我从这些共事、讨论、辩论中受益良多。比如，我曾经和拉里·萨默斯[1]一起教授一门课——"全球化及其

1　Lawrence Henry（"Larry"）Summers，美国经济学家，2001年至2006年任哈佛校长，克林顿时期曾任美国财政部长。

批评者"。这种课可以教学相长，特别是当明显的分歧出现时。这对一个人来说是最佳的检验方式，看他是否能与相关领域的专家辩论或者互动。

杨　潇：听说你和萨默斯还是邻居？你们私底下还会经常讨论吗？

桑德尔：并不太经常。不过我们一起教过四个学期的课，那时我们每周都有相当活跃和生动的有关市场在全球化中角色的辩论。我们讨论的许多问题都在《金钱不能买什么：金钱与公正的正面交锋》里面体现了。从这个角度说，这本书是从辩论中来的。另外，在我的"公正"课里，我时不时会邀请嘉宾来参与辩论，比如曼昆（Nicholas Gregory Mankiw），他是哈佛"经济学入门"课的讲授者。我请他来辩论，比较"市场论证"（market reasoning）和"道德论证"（moral reasoning），还辩论经济学是否价值中立等等问题。

杨　潇：你和萨默斯之间最难解决的分歧是什么？

桑德尔：我在一个最基本的问题上与萨默斯和曼昆看法不同。作为经济学家，虽然他们两人党派不同，但都对市场深信不疑，认为市场是实现公共福祉的基本工具。而我认为市场只是一个有价值的工具，它能带来经济增长和GDP的增加，这是市场的优势所在，但我不认为市场自身就能定义公共福祉。

杨　潇：你接受《展望》(Prospect)杂志"如果我统治世界"栏目采访时说，假如你统治世界，会修改经济学教科书，禁用"激励"(incentivise)一词，可以说说为什么吗？

桑德尔：我想说的主要意思是，我希望修改经济学教科书，将道德伦理考量纳入其中，并且对经济学是价值中立的科学这一说法提出质疑。如今我们经常说"激励"，特别是在经济学里，但事实上这个词哪怕在经济学里也是一个新词：亚当·斯密从没用过，那些古典经济学家也不用它，因为经济学以前都是关于生产、交换、分配、贸易等等，但今天经济学越来越把自己当作一门人类行为的科学，想要解释人类的所有行为。"激励"就是在这时进入经济学的，这个词是一个象征，象征着经济学要成为万物之学的野心。但事实上我认为这种想法有偏差，认为人类所有的动机都隶属同一种类，基于统一维度，这是不对的。把所有价值转换为单一维度，动辄就最大化它、操控它，这是功利主义者的观点。如果思考一下，可知"激励"绕过了说服过程。"激励"更像是一种强制力量，把人们推向特定的方向，但剥夺了他们自己选择的机会。本质上"激励"就是在操控，而不是去说服。如果我想让一个孩子读书，我可以试着说服他，或者启发他，或者培养他对学习的热爱；我也可以说，你读完一本书我就给你三美元——这就是"激励"。

杨　潇：我上了你的"伦理、生物科学和人性的未来",你的课堂是那种启发式的,是用提问推进的。我想问,当你提问时,你是自己也并不确信还是说只是表演辩论(play the debate)?

桑德尔：我不会说只是表演辩论,我会说我一直在试着向学生抛出一些问题,这些问题会让学生体察到生物科学之下的那些最基本的伦理问题,不论是人工智能、克隆人、干细胞研究,还是基因工程。我试着提炼能帮助学生审视和反思的问题,那些因为科学进步带来的最基本的伦理问题。

这种讨论带有那些严肃的、智性的目的。有时我会请持不同意见的学生彼此辩论,而当他们的辩论并没有进入到那些重要议题时,我会提出一个挑战。倒不是我非得改变学生们的看法,而是因为一些挑战应该被提出,学生由此才能看到伦理问题的完整的复杂性。

杨　潇：当你提出一个挑战时,你的头脑里是否已经有了自己的答案?

桑德尔：你是说那个我希望他们给我的答案,还是那个接近我自己的观点的答案?我通常会有自己的回答,但那不是挑战的目的。提问和挑战的目的不是推销我自己的观点,而是鼓励和激发学生,令他们自己更加深入地思考。

杨　潇：但在上课的时候，我的确能够感受到你的观点，你的看法，你对生命、对整个世界的看法。这让你的课和大多数课都不一样。在大多数课堂上，教师或者说主体，与他们教授的东西或者说客体，是分离的，不发生关系的。主客体之间有一道鸿沟。

桑德尔：我想你的感受是对的。我确实在同时做两件事情。让学生思考得更加深入从而形成他们自己的观点，同时也看到对立观点中的各种复杂性，这是一个目的。另一个目的，正如你所言，对整个世界的看法传达一种确定的态度或立场。我想你描绘得非常准确。

杨　潇：中国有一句古话"知行合一"，也许可以翻译成"Knowledge is action"（知识即行动），但似乎现代社会以降，知和行就开始分离了。我想问，在你看来，是否教授政治哲学本身就意味着一种伦理上的行动，包括选择？

桑德尔：知识和行动，或者理论与实践，在现代社会常常是分离的。有一种对于学术课题的现代性理解也是如此。我同意你说的，我教授政治哲学的方式，就是尝试着在知识和行动、理论与实践之间找到联系。我试着在我的写作和我的教学中做的，是将哲学带入现实世界的语境下。不过我得强调，我并没有在我的书或者教学中尝试"说教"（preach），或者告诉受众，不论是读者还是学生，他们应该怎么想，他们应该怎样过他们的人生。即使我认为在知和行之间有着重要的关联，我仍对那些辩论保持开放态度。有些人读了我的书后会说，书很启发人，它提出了各种伦理困境，但是为什么你不更加直接、清晰地给出你的看法呢？人们有时会这样抱怨。这是因为这本书不是要去"说教"的，也不想去告诉人们你应该怎么去思考。我想鼓励的是一种开放式的思考，这种思考试着将哲学与世界联系起来，从而将知识和行动联系起来。

杨　潇：在你看来，知与行的联系是什么时候断裂的？又是如何断裂的？

桑德尔：这是个非常有趣的问题。我想这是从中世纪到现代早期（early modern period）再到启蒙运动时期逐渐发生的。当某种特定版本的科学与理性被发明出来，科学就被分离了，被认作是"对社会环境抱有一种中立的和抽离的立场"（science as a neutral, detached stance towards the social world）。这种观念在十七八世纪尤为兴盛。在古代世界，不论是东方还是西方，思想与行动之间并没有明显的分离，反思、求索、发明这个世界与生活在这个世界中并没有明显分别。

渐渐地，在十七八世纪，抽离发生了。现代科学的崛起起了非常大的作用，因为现代科学自我形象的关键是"有关客观的确定理念"（a certain idea of detachment），调查者和研究者们必须从世界中退出、分离，必须以一种中立的和抽离的方式阐释世界，任何参与和互动都会扭曲科学的客观性与中立性。我想，这事实上"破坏"（disfigure）或者说损害了社会科学和人文科学，损害了历史研究。对人文与历史学科来说，"脱离"（disengage）是不可能完全实现的，我也不觉得"脱离"是通往理解的方式。理解世界应该"参与到世界中"（engage with the world），这就和现代科学的理念相悖。在政治哲学的研究和教学里，我尝试着恢复一种，我想你可以称之为，对知行关系的古老理解。

杨　潇：对你个人来说，是从何时开始意识到这种抽离实际上损害了你的研究？

桑德尔：对我来说，在经济学领域的感受是最强烈的。我在还是本科生以及刚刚读研究生那会儿，对经济学很感兴趣。而在社会科学领域，经济学对抽离与价值中立的强调最甚。它看起来提供一种清晰性、严谨性和客观性，这就是它的魅力，我正是因为这一点才被经济学深深吸引的。以一种客观的、理性的、科学的方式去理解这个世界，多么有吸引力啊！那种我们可以理解世界、解释人类行为的观念对一个十八九岁的本科生来说是非常有吸引力的，它不必涉及由争议性、观点的模糊性和历史的不确定性带来的混乱。

但我确信人是应该成长的。我认为体会和欣赏历史，以及人类活动和社会机构中的不确定性、模糊性，是一个具有反思能力的人成长的一部分。当我看到那些和我当年有类似渴望的本科生时,我会想,事实上……这是一个很好的开始,这可以是提问、反思、挑战的开始。我的许多最好的学生都是从这里开始的,这是他们智识发展的一部分。我欢迎本科生有这样的渴望,但当我看到更加年长的人甚至学者,从未质疑社会科学只能抽离和客观这一狭隘定见时,我感到忧虑。

杨　潇：所以一个人随着年龄增长,对世界的理解可能会变得越来越不确信。

桑德尔：事实上,我认为在智识上变得自信是有必要的,如此一个人才能接受世界的不确定性的和模糊性,以及伦理上的复杂性。而对那些认为社会科学只有价值中立一个面向的人,我更愿意说,他们有一种错误的自信。不论是在美国还是中国,那些和我互动的学生里让我印象最深的人,都有一种在学习和成长过程中接受关键的自我反省的挑战的意愿。

杨　潇：一个看起来有点儿无关的问题,你觉得,一个木匠是不是好木匠和他对妻子好不好,有关系吗?

桑德尔：不一定相关。有人认为所有美德都是统一的,但是我认为人性最令人困惑的地方在于,在大多数人中,所有美好的特质不能同时存在。这里有一个对你的假设更强有力的挑战,假如这个人不是一个木匠,而是一个音乐家，我们可能会更倾向于认为，一个能够写出如此动人乐章的音乐家，一定也会是个好人、好父母。一旦我们发现这个人不是，我们就失望乃至幻灭。但我觉得人性的一部分就是美德与缺点并存。

杨　潇：但是回到知行合一这个话题，是不是人们有这种失望也挺正常？

桑德尔：这是个好问题，也是个很深的问题。如果说在知识和行动之间存在联系的话，我们必须考虑到一种特殊的例子：一个伟大的作家或者诗人常常是一个糟糕的人。这种情况确实发生过，我认为这表明尽管在知识和行动之间存在一定联系，但是这种联系永远不会是完整无缺的，这两者并不能完美匹配，"恰好合适"的状况往往不会出现。

杨　潇：我之所以问这个问题，是因为中国的知识分子有时会被人质疑私德，公众也买这种账。那些想要打击知识分子的人利用的正是这一点。你觉得通过私人事务攻击公共知识分子公平吗？

桑德尔：从政者也会面临类似问题。我们会经常发现，从政者被攻击，丧失声誉，不是因为他们的政治行为，而是由于私德。克林顿就是一个著名例子。当时，共和党人试图用他的不当性行为否定他的政治家资格。在一定程度上，他们成功了；但在另一种意义上，他们又失败了。今天，克林顿仍然是广受欢迎的公众人物。我想这是复杂的问题。对于那些不完美的人，例如像比尔·克林顿这样的领袖，我们必须做出平衡的评价。我想这也可以用于知识分子：一方面，他们的价值只应该由他们的思想来衡量；另一方面，如果他们确实是知识分子，如果他们希望他们的思想跟行动有关、跟世界有关，如果他们也确实依赖于一定的道德权威（moral authority），当他们被人发现做了一些不恰当的事情时，比如说不恰当的性行为，那么，从某种程度上来说，他们的道德权威就已经被削弱了。你没法把它们彻底分开。你看看爱因斯坦的例子就会更清楚。他的公共权威主要和他的物理学贡献有关，这些贡献我们大多数人甚至都无法准确描述，但我想，一旦他做了错事，他的知识分子形象也会受到损害，虽然相对论和他的错误行为无关。科学家如此，那些社科学者、人文学者，比如研究民权的、历史的，看起来就更倚赖于一定程度上的道德权威，这也是他们一旦犯下错误就显得比较脆弱的原因。

杨　潇：我在你的课堂上经常听到的一个表达就是某种行为"侵蚀了生命的馈赠"（erode the gift of life），这会给我一种宗教的感觉。道德讨论是否应该包含宗教的维度，还是应该把宗教排除在外呢？

桑德尔：我认为，可以说，人们要进行道德讨论，就不可能完全回避灵性问题（one can't keep spiritual questions out of moral discussion）。比如，我们是否应该运用生物技术去设计一个（完美）婴儿？我们是否应该控制我们孩子的智商？这些问题都经常被讨论。反对设计婴儿的一个重要道德理由跟这样的一种观念有关，即把生命看作一种馈赠，接受孩子们身上不可预测的特质，而不是试图改变他们的基因特征。这仅仅是一种滥情（sentimentalism），还是确实存在一些重要的伦理层面的东西需要解释？我想你可以在某种程度上称之为精神层面的问题，因为它跟我们采取什么样的立场有关，跟采取一种什么样的态度对待世界给我们的这一馈赠有关。我们是应该把世界视作一片我们可以操纵、控制的领地，还是应该采取一种人文主义的做法，在诞生之谜的不可预测性面前有所克制？因此我认为这些伦理问题都逼近了灵性甚至神学问题。

杨　潇：当你说到，生命是一种馈赠（life is a gift），人们会问，是谁馈赠的（a gift from whom）？

桑德尔：没错。一些人试图在道德问题和灵性、宗教问题之间画一条非常明晰的界线，但是我认为这条界线是模糊的、不确定的，而且我觉得一味强调这条界线的明晰性、坚固性和终极性是错误的。我的部分工作就是展现，对于这种区别要有一个更加开放的心态。

杨　潇：你在最后一课提到了人的尊严。当然你的课上这个词被提到过不少次，但最后一堂课以这个词做结还是让我印象深刻。我想起了以前看过的一个假设题。如果有一种粒子加速器，可以让你瞬间从北京抵达波士顿，条件是你在出发前要被打散成为粒子，到达目的地后再还原。这项技术绝对安全，绝对便宜。你会接受吗？

桑德尔：我还没仔细想过这个，这是个非常有意思的假设（笑）。有人觉得没问题，有人对此感到不安，伦理上感到不舒服，这可能和对于人性的两种理解有关。一种观点认为，我们的身份跟身体无关。我们最主要的身份，或者说自我，跟我们的身体是分离的，那么我们就不应该在意身体怎么样。但是如果你从一个整体的观点来看，把身份当作一种不能跟我们在自然界的存在完全分离的东西，那么麻烦就来了。这是我们作为"人"的身份的两种不同观点，也就是你的存在跟你的身份究竟是一种偶然的关系，还是一种必然的关系。我自己的观点接近于第二种。这个问题跟我们在最开始讨论的科学与现代性的问题有相似之处，我想现代性建立了一种特定的自我形象，它支持这种对于科学和对于人类自身的分离观点。这两者相互强化。回到这个问题，我得想一想。我确定我的直觉（intuition）可能不会接受。但一般性地说，我的写作和研究都是批评那些脱离知识、脱离现实的对于人类的看法，这可以上溯到我的第一本书，1982年出版的《自由主义与正义的局限》。

杨　潇：你提到"直觉",你曾经说起,我们应该尊重普通人的直觉。我也上了萨默斯的经济全球化的课,他在谈及美国人责怪中国人偷走他们的工作时也提到了一次"直觉"。他批评普通美国人只依赖自己的直觉就做出这样的判断,却忘记了他们也在享受中国制造的廉价商品。他批评这种直觉,说"人还是应该上学念书的"。在你看来,为什么普通人的直觉是重要的?

桑德尔：我首先得说,通常情况下,我们的直觉是错误的、误导人的,这种直觉可能建立在无知、迷信或者缺乏反思的基础上。但我不觉得人们应该否定直觉。直觉可以成为批判性反思的起点,特别是在伦理和灵性的领域。因为有时候普通人的直觉能够表现出一些值得思考的东西。这可以追溯到参与式理解的概念,其中的一部分是有关于伦理、公正和共同利益的思考。因为共识（common opinion）往往是历史、习俗、传统等积累的结果,这些共识往往包含很多偏见和误解,但是也包含有一些长期积累下来的见解,特别是在讨论伦理与文化传统时。这些共识组成了文化,我说的文化是指在特定的社会或者社会秩序下长期累积的共同的自我认识。这当然不是说共识就一定是对的,但这是参与到历史、习俗和传统的一种方式。还有另外一种方法,也就是抽离的方法（the detached approach）,我们从我们的原则出发,然后看世界是否符合我们的抽象原则。但这些抽象的原则是从哪里来的?它们不是从那些理性的学者的脑子里蹦出来的。

杨　潇：在与英国《金融时报》记者午餐时，你被问起，哪个国家对你的反对市场原教旨主义的理念最不感兴趣。你说，毫无疑问，中国和美国。我很好奇，中美两国是如此不同。你怎么会有这样的一个答案？

桑德尔：当我和全世界的听众与读者交流关于"金钱不能买什么"时，我提出了许多关于金钱的伦理问题。我在欧洲做演讲交流时，不论是学生还是一般大众，对于把市场原则应用于万事万物的想法都抱有非常高的怀疑程度。在南美，比如巴西和哥伦比亚，也是类似的情况。在欧洲和南美这两个地方，民众都有一种自觉：市场原则应有其限度。在英国，这种自觉介于美国和欧陆之间。而在美国和中国，我发现听众们对市场抱有最大的热情，并相信应该把市场原则应用于生活的大多数领域。举个例子，我在演讲中会经常提一些假设性的问题，比如，雪铲的价格是10美元，暴风雪来了，人人都需要雪铲，商店把雪铲价格翻番到20美元，你认为这公平还是不公平？然后我请听众表决。在中国提这个问题时，我记得90%的人都认为涨价很公平。当然，我得说，这不是一个正式的调查。然后我告诉听众，你们知道在德国和加拿大的正式调查结果吗？85%的人都认为不公平。我跟中国听众说，你们比德国和加拿大都更要资本主义啊。他们都笑了。在美国我也问过同样问题，大多数人也认为涨价是公平的。

然后我开始问听众他们的理由，然后我们开始辩论。当然，这只是一个关于公平和市场原则的讨论的起点。

总之，我发现，美国人和中国人对市场能够带来公平有最大的自信。当然，这背后有不同的原因。美国是素有资本主义、个人主义、自由市场的传统，中国则是源于经济改革带来的对市场的笃信。当然，这些都是印象式的，我不会停止于此。关于雪铲的问题只是一个起点。我会不断提问，假如你把雪铲换成风灾过后的瓶装水呢，假如再换成春运期间的火车票呢——这时候大多数中国听众就会说不公平了。

杨　潇：他们有切身体会了。

桑德尔：也许这就是另一个说明参与互动的例子呀。他们可以看到这种重要性和社会公益的连接了。这也是对听众直觉的一个测试，倒不一定有一个标准答案，但的确是非常好的批判性反思的起点。

杨　潇：你1974年曾经在《休斯敦纪事报》实习，在"水门事件"之后，你被派去采访联邦众议员芭芭拉·乔丹（Barbara Jordan）。你说你当时去只是想要获得一句直接引语，但采访过程中她哭了。你后来回忆说，和现在的政治比起来，那时候真是纯真（innocent）年代啊。美国政治为什么不如以前"纯真"了？

桑德尔：部分原因是今日激烈的党派之争。今日华盛顿的党派之争十分激烈，很难就公益进行公开讨论。在我还是个年轻记者时，自然也有党派分歧，但也有很多关于原则和共同善的承诺（commitment to principle and common good）。如今由于利益集团的强大和党派分歧的严重，已经很难有人去考虑共同利益。我想在如今的政治生活和从政者中有很强的愤世嫉俗（cynicism）情绪。人们也对政治生活和从政者感到沮丧，他们不再相信从政者们讨论的那些议题。我想美国民主的一大挑战就是如何把我们带出这种政党和政治组织的愤世嫉俗和不满情绪。

杨　潇： 这种变化是从什么时候开始的？

桑德尔： 我想是过去二十年渐渐变成这样的。其中一个原因是，人们专注于市场价值和市场思维，倾向于从经济层面来看待大部分公共问题，从微观的成本和收益而不是从更加宏观的伦理和公民的角度考虑问题。消费者身份已经代替了公民身份，技术层面的关注主导了公共话语，人们谈论的不再是正义、共同利益和什么是公民。

杨　潇： 你从20世纪80年代开始在哈佛教书，同一年里根进入白宫。如今人们回看，会说里根和撒切尔主导建立的"盎格鲁－撒克逊模式"开启了欧美的新自由主义。当时的人们是如何感受的呢？

桑德尔： 里根和撒切尔各自主政美英，宣告了市场对政府的胜利，他们很明白地宣示，市场而非政府，才是实现公众利益（public good）的主导力量。他们离开政坛后，中间或者中间偏左的政党重新执政。在美国，是克林顿；在英国，是布莱尔；在德国，则是施罗德。令人震惊的是，继任者们并未从根本上挑战这种对市场的信仰，他们相对温和，但是巩固了这种信仰。结果，我们直到今天还没有一个关于金钱和市场在一个良善社会的作用的原则性讨论。也是在这一时期，随着中国的改革开放，经济思维和对GDP的笃信占据了统治地位。如今，不论是西方还是中国，都被一种对市场的笃信所控制，给关乎公正、平等、公共生活中的伦理与价值观这些更广泛命题的讨论留下的空间已经很少。所以尽管中美政治制度不同，在某种程度上，我们也面临相同的问题。

杨 潇：可否描绘一下20世纪80年代美国的样子？

桑德尔：在很多方面，20世纪80年代是这么一个开端：公共文化开始被个人主义和市场驱动的人性（更强调其逐利性）理解定义。我不觉得有什么黄金时代，但某些时代的某些时刻可以展现道德和公民层面上的理想主义看起来是什么样子，20世纪五六十年代的美国民权运动时期就是如此。民权运动不但实现了法律上的改变，还逐渐改变了人民思考的方式以及人们对于种族隔离和种族歧视的态度。我想你也可以把这称作一种乌托邦。这种乌托邦不是人们坐在那里空想，而是和真实世界发生非常紧密的关系，他们有非常明确的目标，就是废除南部的种族隔离，消除种族主义。我想这种理想主义部分来自宗教传统，部分来自美式爱国主义传统，还有部分来自对美国历史的重新诠释。所以，它在道德和公民层面上有一种理想主义，而这在今天已经很难找到了。

1980年那一年里根轻松当选美国总统，不是因为他迎合了保守派，而是他为一般民众投射了一种希望与对未来的乐观主义。这和2008年的奥巴马以及1960年的肯尼迪一样。他们都让民众相信未来会比过去好，我们可以做自己命运的主人，"美国梦"可以在我们的时代重新定义并重获活力。这是这三个时期的相同点，虽然其实他们来自两个不同党派。所以1980年其实是一个充满希望的年头。但是——当然这是我个人的看法——里根关于"美国梦"如何实现的版本一直在误导大众，因为他的理解建立在一种个人主宰的旧式美国自由主义之上。我认为这是对"美国梦"和美式自由的误导。自由永远是美国价值的中心，但一直有两种互相竞争的关于自由的理解。一种是里根宣扬的激进的个人主义自由，即我们只要努力工作就能靠自己的力量获得成功。另一种是从公民观点出发的自由，这种观点并不把自由看成是个人成就问题。公民观点可以上溯到托克维尔，但一直延续到奥巴马，它认为我们是一个集体，我们的自由并不只局限于个人维度，更是整个公民群体的自由，在群体共同目的下的共同冒险中体现。这两种概念的自由在美国历史和美国灵魂中一直开展着竞争，里根为第一种说话，而奥巴马则为第二种站台，两人都在各自特定历史时期给予了人们启发。

杨　潇：你在1980年刚刚开始教书时27岁，你当时的感受是什么？遇到了什么挑战？当时的愿景是什么？

桑德尔：我开始教书时，刚刚完成博士论文不久，两年后它得以发表，也是我的第一本书《自由主义与正义的局限》。这本书的主题以及我刚开始教书时的主题都是批评我刚刚说的第一种自由，认为这种自由是有缺陷的。我批判的这种概念，在当时被我称为"无拘无束的自我"（unencumbered self）。同时，我很支持另一种自由，一种根植于社群、立足于个人在群体中的成员认同感与责任认同感的自由。所以在20世纪80年代，我开始教书时反对的正是里根为之说话的第一种自由。我也称其为"消费者的自由"。这种自由，即便在罗尔斯（John Rawls）以降的美国自由主义传统里，也是狭隘的。

在那之前几年，罗尔斯刚刚发表了他的名著《正义论》。这本书也不是一本支持里根式放任自由市场理念的作品，它捍卫的是福利国家制度，但这种捍卫以个人主义自由之名进行，在我看来，也属于里根的放任自由市场原则的一种。我认为，美国政治的辩论在两种看似不同的观点间进行：一种是放任的、重市场的、个人主义的、里根式或者弗里德曼式的自由主义；一种是罗尔斯式的、支持福利国家制度的自由主义。即便是后一种的自由主义仍然建立在这种观点之上：为了个人自由我们必须要为人们提供安全和帮助，否则他们就无法为自己选择目标和价值。我认为这事实上和保守派的想法有很多共同之处——他们共同点的假设都错了。我们必须重新建构人类自由和繁荣的定义，并且在此过程中要重视群体成员在义务和传统方面的身份感。

杨　潇：当时罗尔斯也在哈佛教书，你和他讨论这些想法了吗？

桑德尔：有时候会讨论，但我们并没有真正意义的辩论，因为他是一个非常害羞的人。我们有过对话而非辩论。他是一个非常绅士和体面的人。我来哈佛教书几个月后，有一天办公室的电话响了，话筒那头的声音说，这是约翰·罗尔斯，R-A-W-L-S，他把自己的名字拼了出来（笑），怕我不认识他。我当然认识他。他邀请我共进午餐，并欢迎我来到哈佛。我们在教工俱乐部吃的，当时教工俱乐部还有一个地下室，没现在这么正式，有点儿咖啡餐厅的感觉，罗尔斯喜欢去那儿。我们会不时见面聊天。然后我就开始上"公正"课，有一个学期快结束时，我邀请他到我的课上与我的学生对话，讨论他的《正义论》。那次也不是辩论，因为他不喜欢辩论。他是一个温和且有同情心的角色，虽然我不尽赞同他的政治哲学，但对他非常尊重。我赞同他的许多结论，比如帮助社会最底层人群的重要性。但是我认为没有更强的团结意识和共同的身份认知，这个目标是实现不了的,并且我认为在纯粹的个人主义思维方式下,团结意识和共同的责任这些伦理也是不可能实现的。这是我和罗尔斯的分歧。

杨　潇:《哈泼斯杂志》(*Harper's Magazine*)曾刊登了一篇封面文章,标题是"Nothing left"(双关语,"什么都没了"或"没什么属于左派了"),里面用政治想象力缺乏来形容民主党和美国的自由派。民主党的立场在里根任期之后逐渐转右,尽管人们常常以政治现实和政治成熟为这种转变辩护,但是这种转变需要——正如历史学家拉塞尔·雅各比(Russell Jacoby)所说——放弃一个信仰,这种信仰相信未来会比现在好,而这种信仰在传统上一直是左派思想和实践的重要基石。你怎么看这种说法?

桑德尔:我还没读这篇文章,但我可以这么说,我过去几年去了许多国家,感觉人们对于一种更富意义和目的的公共生活有强烈渴望。人们似乎普遍对于只关心经济、金钱和市场的做法感到失望,我想这和左右无关,这是公共话语耗尽、空虚和空洞化的结果。我感受到了人们对于一种更加健全的公共话语的渴望,他们希望创造出一个良好社会的愿景。

杨　潇:今天我们还需要政治乌托邦的想象力吗?

桑德尔:如果"政治乌托邦的想象力"的意思是理想主义,它启发、鼓励民众追求更有意义的生活方式并关乎每个人的政治想象力的话，那么答案是肯定的。我写《公正：该如何做是好？》一书的目的就是启发和鼓励一种对于公共生活更加苛刻的思考方式，从道德和公民层面上更有活力地思考公共生活的方式。

参考文献（本文参考文献均按中英文首字母顺序排列）

《横越美国》：

《费正清中国回忆录》，［美］费正清著，阎亚婷、熊文霞译，中信出版社，2013年。

《钢铁之路：技术、资本、战略的200年铁路史》，［英］克里斯蒂安·沃尔玛尔著，陈帅译，中信出版社，2017年。

《革命的年代：1789—1848》，［英］艾瑞克·霍布斯鲍姆著，王章辉等译，中信出版社，2014年。

《记忆小屋》，［美］托尼·朱特著，何静芝译，商务印书馆，2013年。

《冷血》，［美国］杜鲁门·卡波特著，张贺译，南海出版公司，2006年。

《事实改变之后》，［美］托尼·朱特著，陶小路译，中信出版社，2018年。

《所谓好玩的事，我再也不做了》，［美］大卫·福斯特·华莱士著，林晓筱译，湖南文艺出版社，2017年。

Adam Gopnik, "The Plot Against Trains", *The New Yorker*, 2015.

Jessica Gross, "Writing the Lake Shore Limited", *The Paris Review*, 2014.

Michael Tomasky, "The Next Amtrak Catastrophe", *The Daily Beast*, 2015.

N.B., "Why don't Americans ride trains?", *The Economist*, 2013.

《哈佛来信》：

《瓦尔登湖》，[美]亨利·戴维·梭罗著，徐迟译，上海译文出版社，2009年。

《我的哈佛岁月》，李欧梵著，江苏教育出版社，2005年。

Christine Gross-Loh, "Why Are Hundreds of Harvard Students Studying Ancient Chinese Philosophy?", *The Atlantic*, 2013.

Kiku Adatto, *Picture Perfect: Life in the Age of the Photo Op*, Princeton University Press, 2008.

Evgeny Morozov, "Only Disconnect", *The New Yorker*, 2013.

Miklós Haraszti, *The Velvet Prison: Artists under State Socialism*, Foreword by George Konrad, Basic Books, 1987.

《学会欣赏不确定性——桑德尔访问记》：

《沉疴遍地》，[美]托尼·朱特著，杜先菊译，新星出版社，2012年。

Christian Caryl, *Strange Rebels: 1979 and the Birth of the 21st Century*, Basic Books, 2013.

第二章

埃及

我来到这里,想看看一个国家如何面对自己不断到来的历史。

我和哈佛同学W是旧相识。2011年，我在开罗采访时就认识了她，当时她是《纽约客》驻中东记者。我们在解放广场附近一家咖啡馆聊天，她说起在开罗的几年，只要她上街去人多的地方，没有一次不会遇到埃及男人的咸猪手。"没有一次！"她说——我才知道，开罗是全世界性骚扰最严重的城市。但这种情况在革命爆发后发生了改变，W说，过去几个月，她去人挤人的解放广场那么多次，还没有遇到过一次性骚扰。

该怎么理解这种变化呢？我记得在开罗的几周，每次去解放广场都要经过民众自发组成的检查岗，每次他们都会解释，这样做是为了防止坏人混进广场，也几乎每次都有人提醒我们，广场人多，小心保管好自己的随身物品。你能感受到非常多的善意，它来自埃及人身上的殷殷期待，期待展现自己的教养、友爱与团结，最重要的是，一种新的埃及认同。我想，至少在最初几个月，革命激发了人们身上最好的那些品性，以至于在全埃及人口密度最大的地方，性骚扰竟然一度绝迹。

吾生也晚，这是第一次经历人类历史上的"欣快时刻"，而埃及之行让我印象最深的正是如此："解放广场共和国"啊，如此文明，又如此短命！（两年后我在马萨诸塞州剑桥见到W，问起几个月过后性骚扰的状况。她笑笑："又和从前一样了。"）

另一印象深刻之处，是埃及人的那种屈辱感（在北非、中东国家颇有代表性）：在穆巴拉克的三十年统治下，无论是政治进步还是经济发展，自己一样好处都没得到。法国学者多米尼克·莫伊西在《情感地缘政治学：恐惧、羞辱与希望的文化如何重塑我们的世界》中对此多有描摹。此后十年，这种对情感结构（及其演变）的观察也成为我理解周遭世界的重要方法。后来听许子东重读20世纪中国小说，他在分析张承志的小说《金牧场》时也谈到了屈辱感："如果最理想主义的红卫兵情结也是起源于弱者反抗心理，那就意味着使命感归根结底还是根源于屈辱感。"

并非题外话的是，我记得当时写作本章第一篇《胜利之城》时，有人建议不要涉及当下革命，一则敏感，二则显得"太新闻"，容易速朽。我犹豫半天，决定还是不能假装无事发生。旅行书写之中，人性和山川往往变动有限，但一旦选择触碰"正在发生的历史"，你就得做好被人们用后见之明评判的准备，当他们责怪你对××以及×××为何缺乏预见时，你也不应觉得委屈。我得承认，我当时把关注重点都放在了"世俗革命者 vs. 旧政府""政治世俗派 vs. 政治伊斯兰派"这两对矛盾上——值得一提的一件好玩的小事，在埃及，我几乎被各行各业的采访对象放过鸽子，只有穆斯林兄弟会除外，他们的一位总统候选人在约访次日就接受了我的采访，这种高度组织性意味着接下来的选举他们占有绝对的先天优势。但我从没有真正走近军方，也没有真正意识到，那些世俗派本身是多么复杂、分裂、混乱，可能还缺乏耐心［我被他们中间最聪明的一些人吸引了，譬如你接下来会读到的阿斯瓦尼（Alaa Al Aswany）和优素福（Bassem Youssef）］，而这对于民主转型可能是致命的。

十余年过去了，秋冬重回北非，外三篇故事中的三位主人公之一阿布福图（Abdel Moneim Aboul Fotouh）在2018年被捕，他被指控与恐怖组织有牵连，另外两位主人公阿斯瓦尼与优素福都已经流亡国外。作家阿斯瓦尼2018年出版了一本名为《伪真理共和国》（The Republic of False Truths）的书，用小说的方式再现了2011年的革命。他说他仍然相信变化，相信未来。

我不那么确信，那毕竟不是我的国家。但无论如何，我都会记得2011年亲眼看到的春天的故事。

可能的世界 / 埃及

胜利之城

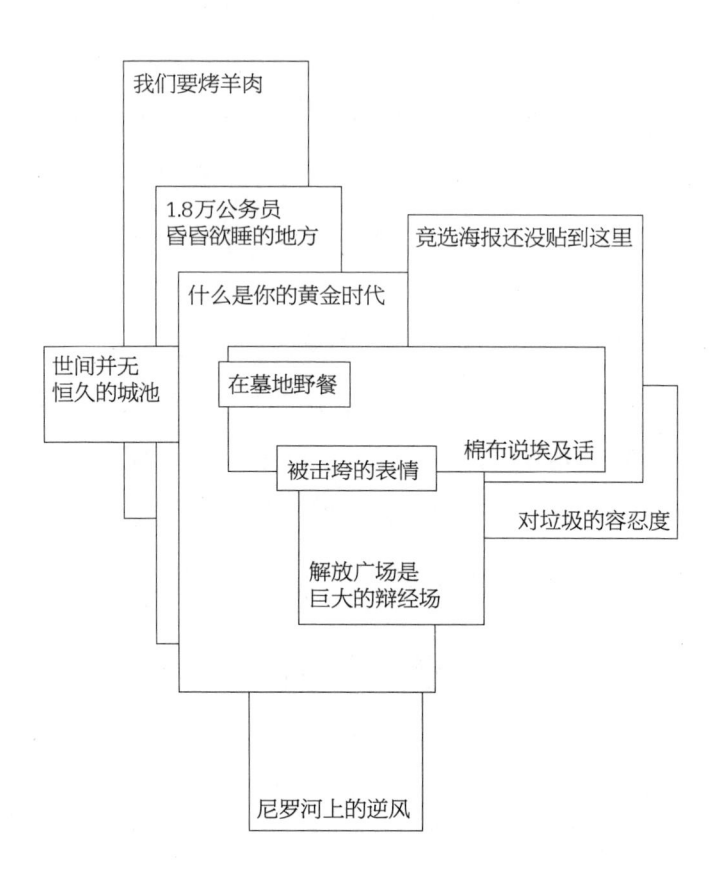

我们要烤羊肉

1.8万公务员昏昏欲睡的地方

竞选海报还没贴到这里

什么是你的黄金时代

世间并无恒久的城池

在墓地野餐

被击垮的表情

棉布说埃及话

对垃圾的容忍度

解放广场是巨大的辩经场

尼罗河上的逆风

从伊斯坦布尔到开罗的航班没有坐满,降落前我换到了机舱右侧。这真是一个明智的决定,我先是注意到地中海边的灰色滩涂,像哺乳动物幼崽的皮肤,往内陆一点是由大片棕色、黄色、白色拼成的三角洲,看上去和华北平原上的农村区别不大。世界上最长的河流把东非高原一点一点搬到了这里。然后我就看到了尼罗河,青黄色,反射着微光,像一条绸缎被甩在大地上,这是真正的河流的模样。河流两岸是绿色的,但西部沙漠竟然这样近,那些黄色高高耸立,好像随时都可以倾覆在河上。

飞机在开罗上空盘旋,整个城市看上去像是刚刚在泥坑里打了个滚儿,又迅速在太阳底下风干了一样,几乎所有的建筑都是饱经沧桑的尘土色,不同之处只在尖顶、圆顶或是平顶。我莫名其妙地想起了遥远的古格王国遗址。小亮片在公路上奔跑,跑着跑着就堵在某个路口,据说这是一个城市重归日常的标志。

机场也在沙漠中间,飞机已经很低了,底下还是黄沙一片,一架废弃的客机坐在沙土里面。降落了,前几排一个男人用足以匹敌机舱广播的音量喊了两嗓子:"妹(没)看着啊!妹(没)看着啊!"他说的也许是尼罗河西岸吉萨高地上的金字塔,它们看起来是有点小。

我来到这座城市,想看看它如何面对自己不断到来的历史——有的凝固在四千年前的方锥体里,有的刚刚在全世界的眼前爆炸——但还没有走出机场,就遭受当头一棒。

1

机场到达大厅静悄悄的，平常这里充斥着世界各地的游客和从海湾国家返回的打工者。过去三十年有超过四分之一的埃及人前往富有的沙特阿拉伯打工，他们带回了房子、养老金和沙特的价值观。但是今天，这里只有无所事事走来走去的海关官员。

我们往无申报通道缓缓走去，已经快要出门了，摄像师突然想起自己的器材需要申报，于是折返前往申报通道。所有行李开包检查，记下了两台摄像机的型号和代码，以为差不多了，结果一切才刚刚开始——

他们请来了一位讲英语的工作人员，她要求我们出示开罗方面的保证书，以证明我们不是来埃及倒卖摄像机的，否则就只能押5万埃镑[1]在海关，等我们离开埃及方能取回。我们现金不够，又只有国内出具的函件，于是陷入了和她苦口婆心的纠缠。我们想尽了办法，求助电话打到了半岛电视台北京分社，但她不为所动。在我们赞美完英勇的埃及人民之后，她的要求又多了一项：你们是来采访的吧？那还得去"总统"那里盖章。

我几乎当场疯掉，心想：你们的总统不是已经……了吗？冷静下来后意识到她说的是press center（新闻中心）不是president（总统）。此后两天，我的脑海里不断浮现出她那张毫无商量余地的脸，和糟糕又自信的发音——她甚至管"上海"

---

[1] 按旅行时间2011年6月的汇率，1埃镑约合人民币1.06元。

叫"shangay"！那是她打算介绍给我们一个办证中介机构，负责人来自上海。

"你是说Shanghai？"

"好像是你们中国最大的城市，谁知道呢，反正叫shangay。"

我们决定让他们扣着设备，先进城想办法弄证。临走前，她告诉我们，海关办公室24小时有人，随时可以来找她。那是我们最后一次见到她。

第二天下午，我们带着盖好章的保证书来到机场。一个工作人员主动帮忙，跑前跑后，还不断用日语和韩语对我们说"你好"，最后他告诉我们：海关办公室上午8点到下午3点开门，你们错过了领器材的时间。接着这个小伙子好心建议道，你们明天上午再过来，给那个守门人一点小费，就能进入工作室所在的区域，也就可以取回器材了。"然后，我喝咖啡的钱呢？"他带着10埃镑离开了。

这时还不到下午3点半。我们拦住其他海关官员询问确切的开门时间，得到了若干个版本的回答。我们去机场问讯台碰运气，他们说：我们什么都不知道，那个办公室也许有人，但是人不知去了哪里。

这个国家已经换了主人，但拥有600万工作人员的官僚系统仍得以维持。早在1992年，埃及的一部喜剧电影就辛辣地嘲笑过政府工作人员。一个叫艾哈迈德的小人物去政府大楼Mogamma给女儿转学办手续，却屡碰钉子。一个官员让艾哈迈德格外恼火，每次他来，官员就假托"祈祷时间到了"不肯办事，最后他们扭打起来。其间，艾哈迈德抢走了守卫的抢，并且擦枪走火。官员们抱头鼠窜，结果这个只想让女儿转学的可怜父亲不小心劫持了一整栋大楼，成了"恐怖分子"，而他的"同伙"都是些来Mogamma办点芝麻大事儿的小老百姓。内政部派出专人来和他们谈判，答应满足他们的任何要求。这群被侮辱和被损害的人这时却傻了眼，他们不敢相信自己的愿望能得到实现，于是他们说，我们要烤羊肉。

第三天，我们再次来到机场，海关官员没有给我们吃烤羊肉的机会，仅仅花了不到四个小时，就让我们取回了器材。

2

从机场到Downtown（现代开罗的中心城区）一小时的车程足以将人从社会主义苏联带往"美好时代"[1]的西欧。司机把车开得飞快，有时为了超车连续切换车道，好像在飘移，挂在挡风玻璃前的红黑色塑封卡片也随之飘啊飘的，上面是几个年轻人的头像。一问，才知道是1月25日后在解放广场上牺牲的。"才25岁！"司机指着一个小伙子说。接下来的日子，我在许多出租车里都看到了他们。

机场往南是纳赛尔城（Nasr City）。1952年7月，在年轻的陆军中校贾迈勒·阿卜杜勒·纳赛尔（Gamal Abdel Nasser）的

---

[1] Belle Époque，指19世纪末至"一战"前这段时间。

指挥下，埃及军队发动政变，把英国人支持的法鲁克国王赶上游艇逐出埃及，宣告了新时代的到来。这是两千五百年来埃及第一次由埃及人统治。

军人集团取缔了政党，解散了议会，宣布将实施一种真正的民主体制。土地改革也随之展开，每个埃及人所能拥有的土地不能超过一定限额，超额部分由国家收购，再重新分配给无地农民。在短暂的不动声色后，纳赛尔选择了苏联的方向。

庞大的灰色建筑Mogamma已在解放广场落成，这正是苏联的礼物。在旅行指南《孤独星球》上，它被称为"1.8万公务员昏昏欲睡的地方"。而解放广场也是个新名字，1954年以前它还叫伊斯梅尔广场。伊斯梅尔是19世纪的埃及总督，他修建了苏伊士运河，并雄心勃勃地想把开罗建设成尼罗河畔的巴黎。

但纳赛尔城才是纳赛尔的得意之作，他亲自参与设计了这座社会主义新城，并将其命名为Nasr。在阿拉伯语里，Nasr意为"胜利"，当人们想到胜利之城时，便会想到他。如今坐车从纳赛尔城经过，我看到的是连片毫无个性的灰色混凝土公寓，有的相互之间距离如此之近，让人怀疑可以一跃而过。不过我们1988年出生的埃及翻译并不这么看，在Downtown住了些日子后，他执意要带我们看一看"埃及现代化的一面"。于是我们重新回到了纳赛尔城，确切地说是一个自称为"开罗的首都"的巨型商场：城市之星。

据说纳赛尔城有八个购物中心，这是最大的一个，从社会主义到全球化的转换如此轻易，以至于我没觉察出有什么改变。

我们在里面吃了一顿黏糊糊的中餐,喝了星巴克咖啡,然后他买了条ZARA的牛仔裤,心满意足地出来了。

3

开罗的司机个个开车疯狂,想必是憋坏了。我从没见过比开罗堵车更严重的城市,除了周五主麻日,几乎全天候出门必堵,从中午一直到午夜,不耐烦的喇叭声是开罗街市上重要的背景乐。在开罗第一次坐车,就被堵在了隧道里半小时没有出来。隧道又长又热又挤,空气污浊,噪声滚滚。就在你觉得马上就要自燃了的时候,车子挪到地面,Downtown到了。

一幅欧洲的画卷在窄窄的街道和连接窄街的小广场之上展开,初看有点像外滩,但更立体,并且不事雕琢。马哈福兹(Naguib Mahfouz)之后埃及最著名的作家阿斯瓦尼说,Downtown代表着开罗失去了的一个时代,"在1960年代之前,它保持了纯正的欧洲印记,老辈人无疑会记得那种优雅。对于本地人来说,穿着白色长袍走在街上会被认为不够体面……而要进入Groppi's、Al'Americaine这样的饭店,甚至大都会影院(Cinema Metro),男士要身着西装,女士则要穿上晚礼服。商店在礼拜日关门,圣诞节或者新年到来时,整个Downtown会被装饰一新,像一个外国的首都。圣诞树和圣诞老人无处不在,玻璃橱窗上用法语或英语写满祝福……饭店与酒吧里歌舞升平,外国人和贵族们举杯狂欢"。

1863年到1879年就任埃及总督的伊斯梅尔是位颇有抱负的改革家，也正是Downtown的缔造者。当中国的洋务运动刚刚兴起的时候，他也试着让开罗"脱非入欧"。铁路、工厂、博物馆、图书馆，包括现代法律制度，开始建立起来。公立学校和教会学校向男生和女生同时开放。伊斯梅尔还建立了一个议会和一家报纸，两者起初都很驯顺，后来却激烈批评政府。过去七百年来，埃及的统治者都居住在萨拉丁城堡。伊斯梅尔则让城市的中心北移，他用林荫大道、广场和花园串起了一座欧洲风格的城市。他下令修凿运河排空尼罗河夏天泛滥时的积水，建起埃及最大的广场并以自己的名字命名。这个广场从此成为开罗的地标，每一任统治者都想改变它，每一次抗议者都想占领它。

到1927年，这个城市有五分之一的人口属于少数族群：9.5万名科普特人，3.5万名犹太人，2万名希腊人，1.9万名意大利人，1.1万名英国人，0.9万名法国人，还有未纳入统计的俄罗斯人、帕西人与黑山人。随着希特勒的崛起，更多的欧洲人避走开罗，此时它已经是一个国际大都会，3万辆小汽车把马路挤得水泄不通，现代社会的各种广告——电影、鞋、香烟、杀虫剂一应俱全。

1939年，大都会影院开业，放映的第一部电影就是《乱世佳人》。蜂拥而至的人群塞满了影院里的福特专营店和埃克塞尔西奥餐厅（Excelsior），散场时，影院的玻璃门险些被那些天鹅绒太太们挤碎。

如果你问一个开罗人什么是他们的黄金时代，有人会告诉你是马穆鲁克王朝,那时开罗是伊斯兰世界的文化中心,还打败了东来的蒙古入侵者;有人会说纳赛尔统治的早期也不错;还有人会提起20世纪二三十年代,他们会说那是开罗最干净、最文明、最宽容、最有品位、最国际化的时代,却甚少提及外国的控制,或贫富的悬殊。这让我想起了国内曾经的"民国热",当人们感到不如意时,怀旧的方式也是普世的。就在2010年斋月(通常是埃及电视收视率最高的季节),一个名叫《过去》的节目格外受到追捧,它讲述的正是20世纪二三十年代的埃及社会和生活方式。

4

现在我就站在大都会影院的门口等候入场,影院入口处颇有百老汇的范儿。但进到里面,却因为灯光和装饰稍嫌朴素,而让我嗅出了工人俱乐部的气氛。幕布已经打开,好像马上就该有穿着白色长筒袜的小红领巾上来表演才是。

要放映的新片叫《蚂蚁的尖叫》(Scream of the Ants),据说是"革命之作",其实讲的是小人物的辛酸故事,苦难之中又不乏幽默。"革命"只在影片快结束时才出现,看起来又是一部搭便车的电影。说到搭便车,可不只是电影;互联网服务商说"让我们一起建设埃及";内裤公司则声称"棉布说埃及话";Downtown大街小巷都有卖"Jan 25"(1月25日)和"Tahrir"(解放)T恤的小贩,T恤就摊在路边栏杆上,没有警察来管——

在过去的半年里,这个国家的警察迅速练就了与人为善的本领。

我和一个卖T恤的人闲聊,他原来是做导游的,革命后埃及旅游业遭受重创,他失业后和朋友们搞了一个名为FREEDOM(自由)的工厂,每天从Facebook上收集各种口号和创意印在T恤上卖。这个工厂解决了25个人的就业问题。我花70埃镑买了两件T恤,其中一件上印着一行英文:The power of the people is stronger than people in power(人民之权大过掌权之人)。无论多么商业化,这的确反映了开罗人乃至埃及人过去半年来信念的改变。

关于从前开罗人是什么表情,我听过的最好的比喻是:去看看埃及博物馆里那些法老时期的雕像,他们和博物馆外中央车站里等车的上班族就像是表亲,都一样饱经风霜、苦难深重,最后梦想还没有实现。这是一种被击垮了的表情,过去六十年尤其是过去十年,整个国家的失败都写在脸上。除了怀旧,还能做些什么呢?2006年,有800万埃及人申请参加美国"绿卡乐透"[1],这超过了埃及总人口的10%,且绝大多数参与者年龄在40岁以下。

但是现在,这种表情只能去博物馆寻找了。好几个月了,整个Downtown还沉浸在一种轻飘飘的节日氛围里,每到周五,这种氛围就格外浓郁,好像有谁拍两下手,其他人就会跳起舞来

---

1 Lottery Visa,即多元化移民签证(Diversity Immigrant Visa),指美国政府每年会通过计算机随机抽签的形式发放5万个永久移民签证。

似的。傍晚在城里溜达，一不小心就围观了一场街头音乐表演，百来个人围着小乐队，女孩男孩大叔大妈都举着手打着拍子，唱的是"不要低头，我们是埃及人"，脸上全是自豪感，气氛可真好。

也不都是欢快。在开罗最著名的文化聚集地"Culture Wheel"（一个由垃圾堆改造成的艺术中心），戴眼镜的中年男子弹唱得并不专业，有淡淡的忧伤："埃及，我再也不会把你丢失，我会一直和你在一起……"而这半年涌现的所有旋律之中，最广为人知的一首叫"The Sound of Freedom"（《自由之声》）。"过去，开罗充斥着没有营养的你侬我侬，但现在我们会听到更多有想法的音乐。"它的音乐短片导演、26岁的穆罕默德·哈利法（Mohamed Khalifa）信心满满告诉我。仅仅在一年前，他还认真地考虑过是否要移民，现在他庆幸没有离开自己的祖国。

到了夜里，解放广场就成了一个巨大的辩经场。人们三五成群聚在一起，争论的话题都是这个国家该往何处去，每个人都憋了一肚子的话，迫不及待要打断别人的发言，于是发言者只能不断地挥舞胳膊，提高音量。开罗人都是夜猫子，晚上11点半好像才刚刚进入黄金时间。我这张亚洲脸在草坪上显得格外醒目，被几个二十来岁的年轻人围起来又是握手又是提问，问完了国籍就问宗教。我揣测，在一个穆斯林占人口90%、基督教科普特派教徒也有10%的国度，说自己没有宗教信仰多少有点失礼，便说自己是佛教徒。结果他们像是发现一个稀世珍宝似的拉着我去见更多的人："他是一个佛教徒！"

一个英文稍好的大哥把我从"动物园"里解救了出来。"这里有好人,也有坏人。"他告诉我。然后他决定请我喝一杯红茶,于是我坐在草地上,完成了《孤独星球》说的又一门必修课:至少接受一次陌生人请你喝的茶。

我一边感激地喝着放了不知多少糖的茶,一边听他吃力地讲解伊斯兰教的历史。无论如何,主题我是听明白了:世界源于同一父母,你和我没有什么不同。又到了提问时间。埃及人仿佛有一种急切地要被全世界看见并记住的心态,但这回我学聪明了。

"中国人喜欢埃及吗?"

"当然!"

"中国的电视直播了我们的革命吗?"

(咬了咬牙)"当然!"

"中国人会不会像我们一样上街……?"

"……"

5

我和女作家戈丽娅约在上午10点半见面,这在开罗时间来说早了一点。开罗的一天是从接近中午开始的,10点15分走出旅馆,多数商铺还没有开门,街道上也没有太多车辆。见我脚步飞快拦不住,有游商冲我喊:"什么事儿让你匆匆忙忙啊!"

穿过一条刚刚醒来的小巷,我找到了"Townhouse"咖啡馆，其实就是凤凰木下的几张桌子和几把蓝色塑料椅。日头已经挺高了，但热量还没散发开来，周围的人都在慢悠悠地抽着水烟，风沙沙扫过枝叶。这是开罗白天唯一让人感到惬意的时候。

Ahwa是咖啡馆的阿拉伯语拼写。在开罗，如果有什么比清真寺还多的话，那就是咖啡馆。我曾见过一幅拍摄于1900年左右的咖啡馆照片，面向大街坐在店铺里的阿拉伯男人，其神态与今天的人并无不同。这是开罗在苦难之外的另一幅表情：暂时远离了沉重的生活，放松地深深吸上一口水烟，再轻轻吐出，又或者，无所事事，那就享受这无所事事吧。

在一个95%的人口生活在4%的土地上的国度，空间从来就是问题，但如果整个城市就是一个巨大的ahwa，又有什么可担心的呢？漫步在开罗的街头，无论在Downtown欧式建筑的背影里，还是在"伊斯兰开罗"高悬的新月标志下，无论是在绿树成荫的扎马雷克（Zamalek），还是在垃圾成山的舒卜拉（Shubra），只要有人在路旁摆上蓝色椅子，点上咕咕冒泡的水烟，清香一旦飘出，生活就不分贵贱地流淌开来。

有趣的是大桥上的ahwa。开罗的几座大桥是拥堵的重灾区，当有车族又急又热堵在尼罗河上空时，桥两边人行道上ahwa的主人会立刻为他们送来冰镇的百事或七喜，那背着铜嘴壶就像背着阿拉丁神灯的大叔也会给他们递上一杯紫红色的"karkadai"。"karkadai"这种奇怪的饮料主要由木槿叶熬制，果汁味道是底子，但有5%的酒味，还有20%的粮食味，所以我一直怀疑它在解渴解暑之外，还能解饿。不过大桥咖啡馆最妙的地方在于你可以尽享尼罗河上的逆风。马克斯·罗登贝克在其杰作《浴火凤凰：开罗的辉煌与不朽》中写道，一年之中，除了在四月，恼人的西风会带来撒哈拉沙漠的浮尘。其他时节来自地中海的气流沿着河谷扶摇直上，给这座拥挤的城市送来些许清凉，也送来威尼斯商人、探险家和殖民者的船队。

我们点了一杯咖啡、一杯柠檬汁、一杯红茶，然后又要了一杯泡着新鲜薄荷叶的冰水，一共花了6.5埃镑。戈丽娅头发棕红色，穿着这个城市并不多见的裙子和凉鞋。她在开罗生活了二十多年。"我刚到开罗时，这里更像一个大的乡村，不缺地不缺水，普通人也吃得上饭。人们对时间没有概念，却能把日子过顺了。城市里没有麦当劳也没有肯德基，没有一切消费主义的东西，但他们对生活有自己的品味，能从一些小事情上体会到乐趣，调节自己的情绪，开罗人管这叫mazag。"

这个单身的美国女人给英国的左翼杂志撰稿，写着编辑根本不感兴趣的异国通讯。我找到她却是因为本地报章上一篇描绘开罗上层阶级如何感知革命的专栏。她不喜欢开罗这二十多年的变化。"和全世界一样，这个城市开始被钱而非心灵驱动。盖楼，征地，拆迁，农民被当作——原谅我美国式的粗鲁——shit一样对待。"mazag，被戈丽娅称作"埃及人的瑜伽"的东西正在一点点消失。

"但是，按照中国人的标准，埃及人还是慢悠悠、相当放松的。"我说。

"可不是吗？按照中国人的标准。你真应该看看二十年前的开罗。"

6

炎热的周日下午，我从Downtown出发，去寻找一个叫福斯塔特（Fustat）的地方。按照穆斯林的说法，公元610年，真主安拉通过天使向先知穆罕默德启示神的旨意，伊斯兰教由此诞生。629年，埃及还处在拜占庭帝国的统治下，基督教是这个国家的主要宗教，但埃及的基督教科普特派与拜占庭皇帝裂痕已深，前者认为耶稣基督具有单一的神性，后者则强调耶稣基督兼具神性和人性。十年后，不堪君士坦丁堡压迫的科普特人将埃及拱手让与阿慕尔·阿绥将军率领的阿拉伯战士。641年，阿慕尔在扎营地建起一座名叫福斯塔特的城市，意为"帐篷之城"。

沿着尼罗河一条狭窄的分支往南行进，橙红的凤凰花开得正盛。这条名叫"el-Nil"的林荫道我走过若干回，左边是曲径通幽的花园城，右边是高档酒店所在的罗达岛。至少有三个出租车司机在这里回头提醒我：左边，Four seasons（四季酒店），右边，Hyatt（君悦酒店）……但是却没有人告诉我在罗达岛的南端就是尼罗河水位测量标尺（Nilometer），在上千年的时间里，全埃及人都指着这个柱子预测丰年歉岁。

驶过罗达岛，水面豁然开阔，对岸建筑大幅后退，让出一大片沿江绿地，终于有了南方田野的感觉。这在逼仄的开罗真是难得的景观。然而车子很快调头西去，过了立交桥窗外风景瞬间剧变，现在我的右侧是发白干燥的山坡，房子像土窑一样窝在坡上，路边摆放着一长溜粗糙笨重的陶瓷制品，有长颈鹿，也有观世音。又拐了个大弯后，车停在阿慕尔清真寺门前。

斜对面就是"科普特开罗"，埃及基督教团体的核心地带，天际线上全是十字架，当年阿慕尔就是在这里用棕榈树干搭建起埃及乃至非洲大陆上第一座清真寺。

脱了鞋后，我随一对丹麦情侣走进清真寺。女孩开始似乎遇到了点麻烦，但在她缠上头巾后还是被允许进入庭院。对于女性必须和男性分开，被安排在左侧的一个小厅祷告，她露出难以理解的神情。导游说，穆斯林祷告前，会在庭中央的水池把自己清洗干净，并示意他们也可以过去洗洗。女孩问：

"免费的？"

"没错。"

"在埃及还有免费的事情？"

非主麻日的清真寺凉快又清净，我在这里认识了21岁的瓦吉赫。他知道我来自中国后，把我带到一个书架旁，给了我好几本解读《古兰经》的中文小册子。据说印刷这些经典的钱多是沙特政府出的，这个富得流油的国家几十年来一直致力于价值观的输出。一开始我们只是有一搭没一搭地闲聊，他从小想当警察，但子从父业，现在一家汽修店工作。

我们坐在地板上聊天，"我希望大家都能接受伊斯兰教，因为只有穆斯林死后才能上天堂，而我希望大家都可以进入天堂"。

他说这话时眼神纯净。

我们都沉默了一会儿,他像是鼓起了勇气后问我:你来埃及前怎么看我们?会不会以为我们是恐怖分子?

我一下子觉得特别难受。

7

从清真寺出来,太阳变得更加毒辣,一位老者听说我要去福斯塔特,摆摆手:"那儿什么都没有。"但他还是给我指了个方向。我试着从一个破败的公交车站后面绕过去,却意外地踏进了一个开满鲜花、椰枣树成排的园子。这也许就是开罗的妙处,走上两步,你就能从地狱来到天堂。可这句话反过来也能成立,花园尽头是又一个破败的村子,垃圾袋被风吹到空中。此路不通。我问另一个路人,他给我指了一条看不到尽头的路。望着太阳底下扬起的尘土,我放弃了。

福斯塔特在历史上曾数次北移或者东移,旧的城区被放弃,新的城区迅速发展起来。这和尼罗河改道有关,另一个原因则是人口增长及其带来的污染。《浴火凤凰:开罗的辉煌与不朽》一书描述,澡堂烧水产生了大量的烟雾,笼罩在城市上空终日不散,医生不得不建议病人迁往郊区疗养。阿拉伯王国的贵族们几次在老城附近建起新城,但新城很快也和老城一样乌烟瘴气起来,直到法蒂玛王朝(909—1171年)到来。

法蒂玛人崛起于北非的突尼斯。公元969年,他们攻占了埃及,根据哈里发穆依兹的安排,在福斯塔特以北、北风能够吹散污染的地方又建起一座新城,命名为"胜利之城"。这就是开罗。

我从"胜利之门"步入法蒂玛时代的开罗。在这个慢吞吞的国度,两年半前出版的《孤独星球》上关于城门和街道还在整修的信息仍旧有效。清真寺剥落的墙边摆满了西瓜和青柠。小伙子单手托着大饼走在坑坑洼洼的路上。半路偶遇的两个老者紧紧握手,站在街中心聊起天来。穿着灰色长袍的本地居民就地取材,把施工队带来的排水管当作了座椅,再搬个高脚铁桌就能沏茶。

游客多选择从百米开外的"占领之门"走穆依兹大街进城。踏着新铺的地砖,一进来就能看见哈基姆清真寺两座高大的石塔,但你能感受到过浓的修葺痕迹。沿街而下亦是如此,商铺取代了人家,生意取代了生活。这正是包括这条中世纪重要街道在内的整个"伊斯兰开罗"面临的问题。

某一个黄昏,我和开罗美国大学研究城市规划的博士生乔恩步行在"伊斯兰开罗"蛇形小巷时聊起这个话题,他完全不相信埃及政府有能力在重建与保护之间取得平衡,所以他宁肯街道保持现在的样子:近三十年盖起来的简易楼,社会主义时期的红砖房,七百年前的古老建筑,所有的房子都挤在一起;鸽子从狭窄的天空掠过,母鸡回到路边的窝;转过一条街,有好几个人影轻飘飘地悬在半空中,那是商铺为了节约空间把黑色长袍挂上了二楼;你随便咔嗒一张照片,里面会有漂亮的凤凰花、迎着晚风飞扬的内衣、满地打滚的孩子，当然还有无处不在的垃圾。垃圾有时出现在脚下，有时却出现在头顶——一座被废弃的黄色小屋，被生生填满了。自古以来，埃及人对垃圾就有极高的容忍度，基本上认为墙角就是它们最好的归宿。我读到的一本书上说，1789年拿破仑占领开罗时，这个城市几乎已被和山一样高的垃圾率先占领。

没走太久，我们就迷路了。懂阿拉伯语的乔恩上前问路，被一位亲切的老大爷拉住说个不停。后来我问乔恩他说的是什么。"他知道我是美国人以后，就一直在说你们的政府不好，你们的人民还不错，说了十多遍。"乔恩说。"他显然是刚抽了hasheesh（大麻），相当相当high……"

有时候我觉得开罗的历史就是一部城市失控史。统治者按照自己的想法规划城市，建立街区，但城市的发展却永远超出他们的想象。最明显的失控之地，就是死人城。

8

没去之前，年轻的翻译就不断地"恐吓"我们："我们可能被抢光东西……在里面，我不是埃及人，你们也不是外国人，我们一样都是'外来的'。"但我决定相信《纽约客》驻埃及女记者W的说法："那是开罗最安静的地方，适合散步。"

死人城被两条快速公路包围，是开罗东南穆盖塔姆山脚下一块灰色的低地。从法蒂玛时代开始，扫墓重新变得流行起来，这或多或少延续了法老时代的习俗——在墓地里野餐。所以埃及的陵墓不仅是陵墓，也是一个供人们郊游和聚会的去处，死者的灵魂可以在这里分享美食，从而与生者同在。陵墓也专门建有空房间，供游人过夜。从14世纪开始，陆续有流浪者搬进这些空房间住下，而达官贵族雇佣的守墓人，也把这里变成了自己世世代代的家。最近几十年，城市化进程的加快制造了一批失地者，1992年的地震进一步增加了无家可归者的人数，他们都成为死人城的住户。

城里的每户门口都有自己的铭牌，但那上面并不是住户的名字和门牌号，而是死者的名字和墓宅号。如今的开罗和古埃及时的孟菲斯关联不大，也许对死亡的观念是一个例外。对埃及人来说，名字非常重要，人们相信，讲死者的名字会使他们复活。为了防止名字被抹去，法老的名字被深深刻在金字塔内的巨石中。埃及人同样相信，如果一个人的死讯没有被宣布，那么他还不算真正死去，直到关于他的讣闻刊登在《金字塔报》上。

走进穆罕默德·谢赫与阿梅德·贝克·加德特安息的院落，院里有一棵小叶榕，放养着鸡和鸽子。这里住着四个家庭，彼此是亲戚。女主人正在一角制作煤球，卖一种上埃及特色的大饼是他们的主要生活来源。院子另一角有间上了锁的房子，里面的墓碑如倒置的方鼎，那便是死者的陵墓了。从陵墓牵出一根晾衣绳到另一头的房屋，上面晾着蓝色和棕色的地毯。小孩子左手拿着薯片，右手拿着一小块饼，在周围跑来跑去。

经允许后，我们进到了房间。一间屋子的墙壁粉刷成暗蓝色，另一间则是淡绿，倒是相当整洁，两间屋子挂着《古兰经》经文，也都有梳妆台，不过没什么化妆品。

这是被政府遗忘的角落，甚至警察都懒得来骚扰。"打完架他们才来。"一个小伙子说。革命对他们几乎没有什么改变，也没人去解放广场——其实院子里有个"大锅"，能收看卫星电视，不过他们还是更愿意相信街坊的传闻：有坏人要来抢东西，留在家里啊。

死人城究竟住了多少生者？这已经和"到底多少人蜗居在楼顶的铁皮房里""有多少孩子在街头流浪"一样，成为开罗三个最难解的社会学命题，传闻众多，答案也千奇百怪：5万人、50万人、12780人、13419人……

如果他们不打算上学的话，可以一生都不用离开死人城。这里有商店、邮局、诊所、清真寺和咖啡馆，还随处都能看见私接的电线。我们拜访的这一家，不单电，连水也是"偷公家"的。有埃及学者为此发明了一个叫"安静侵占"（quiet encroachment）的术语，说这是穷人对抗国家权力的一种方式。过去的政府偶尔会发起运动式执法，但总体上默许了它的存在。新的时代来临了，会怎么样呢？竞选海报还没贴到这里。

9

法蒂玛王朝给开罗留下了爱资哈尔清真寺和爱资哈尔大学，后者直到现在仍是伊斯兰世界最重要的高等学府。阿尤布王朝则立起了一座俯瞰开罗的宏伟建筑——萨拉丁城堡。过去，它被用来抵御东征的十字军，现在它是一处收费的景点。而在马穆鲁克王朝时期，开罗的声望达到顶峰。

12世纪末，蒙古人在中国北方戈壁崛起，随后近百年间，他们开始南伐和西征。1258年2月，成吉思汗之孙、忽必烈的弟弟旭烈兀率蒙古大军摧毁了报达（今巴格达），屠戮80万当地居民。这一年的年底，他们又轻松攻克阿勒颇和大马士革。旭烈兀汗派使团去开罗传话："你究竟想逃到哪里呢？我们的战马迅疾如飞，我们的箭支锐利无比……城堡也不能迟滞我们。我们的警告已经言明，因为现在你们是我们未来进军途中仅存的敌人。"

但历史戏弄了蒙古人。1259年，旭烈兀之兄蒙哥汗驾崩。旭烈兀闻讯率大部队班师东归，马穆鲁克军队击败留守的蒙古军队，挽救了伊斯兰文明。开罗也取代报达和大马士革，成为伊斯兰世界的经济和文化中心。

当时的旅行者都极言开罗之大。一位往来于威尼斯和开罗的商人说，它的城墙有18英里长，繁荣超过世界上任何一座城市。其他欧洲人则说，开罗的面积是威尼斯的四倍、巴黎的七倍。对于生活在开罗的人来说，这个中世纪的城市大得就像一片海洋。《浴火凤凰：开罗的辉煌与不朽》一书讲了一个故事：有两位老同学毕业后十三年未见，偶尔在街上碰到，才发现他们这么多年一直住在同一栋巨大的公寓里。这些公寓有的能容纳4000名住户，有的高达14层，楼房又是这样密集，有些街区白天也暗无天日，蝙蝠乱飞。我在侯赛因广场附近的街区转悠时，或多或少能感受到这一点，因为所有的铺面都添砖加瓦，这里的天黑得都比外面早些。我在"EL FISHAWY"咖啡馆里坐了半天。1988年诺贝尔文学奖获得者马哈福兹（Naguib Mahfouz）曾是这里的常客，若换作现在，他恐怕写不出"开罗三部曲"——几乎每分钟都有一位兜售各种奇技淫巧小商品的人进来，眼巴巴地望着你。

辉煌则辉煌，连年的战争也改变了马穆鲁克王朝的气质，让它变得不比前朝般宽容和开放。欧洲却慢慢重新赶了上来，他们从阿拉伯人这里学会了中国发明的造纸术和指南针，也从阿拉伯人这里学会了印度人发明的数字，还学会了水磨、玻璃、陶器、蜡染、肥皂甚至香水的用法。一种说法是，意大利的建筑师还模仿法蒂玛王朝开罗的建筑，创立了哥特式风格，这一潮流很快席卷欧洲。到15世纪，马赛的肥皂、法布里亚诺的纸张、穆拉诺的玻璃制品反倒卖回了开罗，开罗人身上的亚麻衣物也渐渐被廉价的欧洲布料所取代。

埃及失去了自己的贸易优势，可是马穆鲁克王朝至少还控制着一样东西——中东的交通要道。在15世纪，在印度花两第纳尔就能买到的辣椒，在麦加交易后涨到10第纳尔，经过开罗后价格常常暴涨至80第纳尔以上。欧洲人不得不尝试开辟新的通往亚洲的航路。1493年，哥伦布意外地发现美洲大陆。1497年，达·伽马船队绕道好望角抵达印度。

地理大发现预示着欧洲的崛起，开罗却不可避免地衰落了。

1517年，马穆鲁克王朝被奥斯曼土耳其帝国灭掉，开罗降格为伊斯坦布尔领导下的一个普通城市，在反复来袭的黑死病中挣扎。到1800年，它的人口只有福斯塔特时期的三分之一。

10

我选择乘坐地铁返回Downtown。开罗的地铁有两条线路，均一票价1埃镑，要乘坐的1号线从迈阿迪方向开来。到达开罗的第一个晚上我就去迈阿迪见了朋友，并拿到了机场海关那位固执的工作人员需要的保证书。这是一个较新的城区，稍有些偏远，但安静、整洁，房价在开罗首屈一指。在受够了烤肉、番茄酱和不新鲜的沙拉后，我又专门去那里改善过几次伙食。因为不少亚洲人选择住在此地，迈阿迪有全开罗最好吃的韩餐，和几乎唯一地道的中餐。

这里原本就是一个中产阶级社区，按照美国作家劳伦斯·赖特在《末日巨塔：基地组织与"9·11"之路》一书中的描述，20世纪最初十年，一群埃及裔犹太金融家想在芒果和番石榴种植园以及尼罗河东岸的贝都因人居住地之间建立一个英国式的村庄，于是开始出售地皮。地产商在这里种植桉树驱赶蚊蝇，还在花园里栽下玫瑰、茉莉和九重葛，让空气中弥漫花香。到"二战"结束，这里云集了流亡的欧洲人、美国商人和传教士，还有一些特定阶层的埃及人。他们在餐桌上说法语，爱看板球比赛。这是创建者心目中理想的埃及：世俗、多样，但又结合着英国人的阶级观念。

但20世纪60年代,一个本地人居住的迈阿迪在9号公路的另一侧扎下了根。赖特写道:"埃及自古以来得不到控制的贫穷在这里表露无遗,驴车在未经铺砌的街道上嘚嘚地走着,兜售花生和山药的小贩四处叫卖,肉店里挂着叮满了苍蝇的畜体。"现在的迈阿迪已寻不见这样的场景,但开罗其他地方还所在多有,比如布拉格代克鲁尔(Būlāq al-Dakrūr)。

某个下午,我在那里看到了和五十年前类似的画面:汽车堵在坑洼狭窄的路上,印度生产的三轮车在夹缝中颠簸行进,小贩和劣质音响播放出的音乐比着音量,肉摊上苍蝇围着拔了毛的死火鸡飞舞。若说有所不同,也许是这里有很多汽车修理铺——这个区域和城市为数不多的联系。开罗的有钱人和中产阶级通常会避开这种"Ashwaiyyat",即"嘈杂和混乱之地",除非他们想用极低的价钱修好自己的爱车。如同两个迈阿迪被公路分隔开来,布拉格代克鲁尔与邻近的多基(Dokki)区也被铁路和运河隔开,后者象征着正式、有序和安全,前者则意味着不被承认、混乱和危险。

回到劳伦斯·赖特笔下的迈阿迪,9号公路的一端,是被绿草如茵的游戏场和网球场包围着的维多利亚私立学校。早些年曾在此就读的一个学生后来成为著名的学者,他叫爱德华·萨义德。而另一端则是低矮的州立中学,学校持反西方的观点,有着暴君一样的教师。一个瘦小的孩子在这里成绩优异,被同学视为天才,他叫艾曼·扎瓦赫里(Ayman al-Zawahiri),后来成了基地组织的头目。

把人们选择不同的道路归结为环境甚至学校教育的影响，当然是简单化的，况且扎瓦赫里并非出身贫困之家。我曾和埃及颇有声望的学者贾拉勒·阿明（Galal A. Amin）聊起相关话题。他说，埃及人其实并无革命传统，相反却有把苦难转化成幽默的能力，这个国家对宗教的解释也比较宽容。"你知道埃及人喜欢说的一句话吗，'没什么大不了的'，他们把这句话挂在嘴边。"可是，贫富差距加剧、失业、生活条件恶化这些现实问题，并不能指望传统来消化。

从福斯塔特以来，这个城市的统治者就试图对它全盘掌握。法蒂玛王朝放弃拥挤的旧都，在北边建立"胜利之城"。19世纪，伊斯梅尔嫌"伊斯兰开罗"破败，要向欧洲看齐，于是有了洋气的Downtown。1952年，纳赛尔来了，象征着殖民主义的Downtown受到冷落，纳赛尔城与穆罕德辛（Mohandessin）破土动工，后者的名字本身就是"工程师"的意思。到了萨达特和穆巴拉克时期，开罗变得愈加拥挤不堪，政府在周围的沙漠里建了许多卫星城，想把居民强行疏散出去，结果只是成功地迁出了有钱人——和一千多年前的贵族一样，他们忍受不了吵闹、拥挤、污染的城市，选择搬到戒备森严、像花园一样漂亮的封闭小区里，依靠高速公路和城里的商业中心保持联系。

几乎没有一任统治者放弃改造开罗的权力，到头来这个城市还有三分之二的人口生活在非法建筑中，这听起来真像是一个冷笑话。如果你有机会在清晨来到拉美西斯火车站，会看到抵达的高峰，南来北往的列车好像把整个埃及的人都吐给了开罗——据说每天有900万人从周边市镇来到开罗，摆摊、行乞，用开罗人的话说，"抢我们的工作"，晚上再回到自己的住处。还有同样多的人选择住在城市周边像布拉格代克鲁尔这样的贫民区，他们来到开罗，但抵达不了开罗。

我得承认，我也不喜欢那些"嘈杂和混乱之地"，那些永不封顶、钢筋直刺天空的红砖房（据说可以避税，必要时还能继续往上盖）让我心烦意乱，又深又窄的巷子和快速聚拢的人群则令我不安。可是，如果说开罗的历史教会了我什么，那就是让我更加确信，世间并无恒久的城池。

2011年1月25日，在布拉格代克鲁尔的"Hayiss"甜品店门口，人群正在聚集。过去几天，活跃于网络的青年组织在开罗许多类似的贫民社区散发传单，鼓动这些不用Facebook的人们上街。中午，这些小贩、修车工、三轮车司机们从开罗无数个狭窄的巷子里涌出，开始向Downtown行进。

最后只有布拉格代克鲁尔的队伍抵达了解放广场，他们占领了广场几个小时。正如《华尔街日报》所说，这样的场面是埃及人第一次见到，形成了一触即发的临界点。人们相信，正是这样一种临界点鼓动数十万人出门参加了接下来那个周五的活动。那天他们再次占领解放广场，此后就没有放弃过。

但我想人们也应该庆幸，鼓动这些沉默大多数的，是受过良好教育、相信非暴力和世俗理念的年轻人。

地铁驶来了。从"科普特开罗"经过"伊斯兰开罗"回到解放广场,区区几站足以穿越千年历史。萨达特站和纳赛尔站还在,穆巴拉克站已经改换门庭,连地铁车厢门上头的站名也被刮掉,徒留AK两个模糊的字母("穆巴拉克"英文拼写Mubarak的最后两个字母)。

可能的世界 ／ 埃及

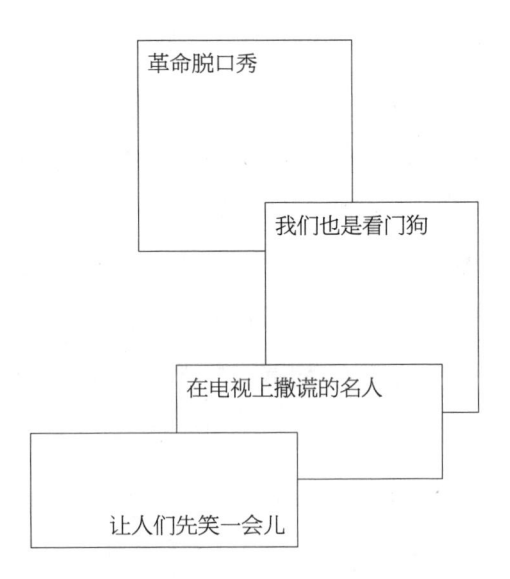

后革命山寨秀

革命脱口秀

我们也是看门狗

在电视上撒谎的名人

让人们先笑一会儿

我们打算去开罗的"天通苑"看看。那地方叫舒卜拉，位于开罗地铁最北端，出了站还得坐黄绿相间的突突车——这种印度生产的交通工具一出现，就标志着你进入了城乡接合部。和天通苑整整齐齐的方盒子不同，因为随意加盖，这里砖房高低错落。牛羊马与车辆争抢着又脏又窄的街道，隔一段就有在焚烧垃圾的火堆。沿街小店铺里人很多，不如城里友好，脸上流露出"你们来这儿干吗"的表情，一个小孩子冲过来，打一下我的胳膊就跑开了。后来当地人告诉我们一个令人尴尬的信息：这一片因为人口密集，被称作"中国城"。

我就是在"中国城"的革命街附近见到了A先生一家。他们是舒卜拉的典型居民：上班族，收入不高，也不太低。A先生把我们领进他家小小的客厅，又给我们一人买了一瓶水和一听可乐（后来他说我们一定得带走它们，"不然女儿就嫁不出去啦"）。他和妻子坐在沙发上和我们聊革命。男人说，那些日子，自己和儿子天天去解放广场，回来总说没什么危险的；女人说，她和女儿每天在家里祈祷，祈祷家人平安，祈祷恶有恶报。她原本不关心新闻，革命后政府掐断卫星电视信号，她半夜两点去买了个欧洲天线锅，就是为了看到国际媒体的画面。至于本国电视台当时的报道，夫妻俩争着说哪些名人在电视上撒谎，一边说一边笑："他们说美国人和以色列人在暗地里鼓动年轻人造反，还有人说美以舰队已经停在红海边，随时要攻打埃及……"A夫妇告诉我，那些攻击革命者的名人宣称有一大沓证据，在电视里一边翻一边念。"后来被网友揭露出来，他们翻看的都是白纸！"

这时我才意识到，10平米左右的客厅里，电视挂在一角，倒是电脑被放在最适合观看的位置。A先生说他特别喜欢《巴西姆·优素福脱口秀》(*Bassem Youssef Show*)——它山寨了美国著名政治讽刺节目《囧司徒每日秀》(*The Daily Show with Jon Stewart*)，最初看起来像是几个年轻人的自娱自乐，却在Youtube一炮走红，成为革命以后埃及最出名的节目之一。

1

革命期间，著名演员阿法芙（Afaf Shaker）在电视台指责抗议者让埃及陷入停摆："你们行行好吧，我外甥还要吃比萨呢！"后来她建议，政府应该用火攻，来驱散广场上的示威者。优素福在节目里播出了这一段，然后掏出一个打火机，眉毛一扬："为什么不呢？"

"阿法芙太太的话惹毛了半个埃及，对他们来说，这种食物自法鲁克时代后就吃不上了，她要的可是比萨……"优素福继续："现在她回来了，打算用她的阴谋论把另外半个埃及也一并惹毛。"

（阿法芙的声音）"就是这个人……他说有人给他一支笔，让他写'不要穆巴拉克'。伦敦方面正在培训一批小孩子，让他们学习埃及口音的阿拉伯语，把他们的皮肤弄成和我们一样的颜色……他们搞这种培训，就是想偷偷换掉我们埃及的士兵，占领我们的坦克。战争就要来了！"

"你站在穆巴拉克一边,你反对革命,这都没问题,但你不该通过散布谣言,说抗议者都在国外受训,都是叛徒,都该被杀死,来让人们相信你的话。"优素福说。他37岁,有着长者的银灰色头发,和年轻人玩世不恭的眼睛,里面写满"我不相信"。用他的话说,这18天的革命,埃及电视里充斥谎言和荒谬,简直是一座喜剧的"金矿"。

几个月前他还是一名心外科医生,在大学医院里工作,经常要和穷苦的病人打交道。2月2日是革命第9天,穆巴拉克的支持者骑着骆驼冲进解放广场砍人,优素福来到广场治疗伤者,这让他切身体会到了革命。

"当中产阶级想的不仅仅是自己时,他们就上街了。"26岁的导演穆罕默德·哈利法对我说。他出身富裕,在加拿大留学五年回到埃及,自称对这个国家不抱希望,每天就是"上班、挣钱、花钱、玩乐","过好我自己的日子就行了"。但在解放广场目睹警察殴打抗议人群时,他坐不住了。接下来几天,他拍了一部名为《自由之声》的音乐短片,上传到互联网时,正是穆巴拉克下台之日。这首歌后来广为流行,被称作"革命之歌"。

再后来,优素福和哈利法接到共同的朋友塔里克·卡扎兹(Tarek Al Qazzaz)的电话。卡扎兹是一家网络公司的经理,希望在革命后搞一些有创意的节目。"不需要那种很剧场的东西,要个人化一点,"卡扎兹说,网络更多的是个人与个人的交流,"如果你在真实生活中——比如一个五人的小圈子里——很受欢迎,那你就是天生的互联网材料。"

优素福正好是这样的材料。当一群朋友坐在一起时,大家都愿意听听他说些什么。他花了100埃镑买了一些革命主题的拼贴画,粘在墙上作背景板,工作室就在自家公寓里开张了:他是主持人,哈利法任导演,制作人是他们另一位朋友阿姆鲁·伊斯梅尔(Amr Ismail),卡扎兹则是他们的资助者。

"我要做的就是打开Youtube,然后浏览革命时期的各种报道片段,找到我最想取笑的部分,"优素福说,"我的脚本写得很业余,哈利法帮我改了一遍,以适合视频节目。拍摄的第一天是场灾难,那时我连脚本都没写,手头都是些胡乱记下的灵感。"

好在,在一个官方电视台为劝阻人们上街不惜天天预报"明天有雨"的国度,素材永远不是问题。"我们会用那18天的素材,以及那18天之前发生的事情,比如媒体一年前、两年前习惯做的那些。人们不应该忘记,他们有过什么样的媒体。包括讨论总统也是如此。"

3月8日,第一期节目传到Youtube上,只有五分钟。优素福说,一开始他觉得能有一万人点击就不错了。结果不到两星期,点击量超过了一百万。他走在街头开始被人认出来,有学生去他的医院找他,和他打招呼,还有人在办公室外等他很长时间,就是为了和他辩论。

他红了。

2

和演员阿法芙一样，喜剧演员塔拉特（Talaat Zakaria）也在革命时期不遗余力地攻击广场上的抗议者。在一期节目里，优素福把自己的提问插入塔拉特的声音资料，有了如下"对话"：

塔：你一定听说了解放广场正在发生什么。

优：没有！什么？什么？

塔：敲鼓、鸣笛、跳舞……女孩男孩们……毒品……全在乱搞。

优（给另一个人打电话）：你看，我早就说了我们应该去解放广场！老兄，他们说那里满是音乐、姑娘还有性……我们竟然还坐在这里？……

优：塔拉特先生，你有视频证明你刚才说的话吗？

（肚皮舞视频）

优：不好意思，我们把视频弄混了。我们会找到的。塔拉特先生，不好意思，请继续，告诉我们广场还发生了什么？

塔：解放广场正在进行一场嘉年华。

（嘉年华视频）

塔：这里有一个乐队，还有表演。他们都在反对总统呢……这里还有零食、饮料、苏打水和茶。

优：我总算明白解放广场发生什么了。为了表示我对您的尊敬和团结,我要再播出一段视频证据。

塔:尽是鼓声和鸣笛声。

(抗议者唱着国歌的视频)

优:真是没有教养,他们竟然在广场唱歌。

塔:全在乱搞呢。

(抗议者和警察推挤的视频)

优:您是对的。这真是场乱来的狂欢……还有什么补充的,塔拉特先生?

塔:天知道还有多少穆斯林兄弟会成员……

优:什么,那里有音乐、姑娘、毒品、性,还有穆斯林兄弟会?老兄,这是哪一种穆斯林兄弟会?塔拉特先生,集中一下精力,你确定自己没看错吗?

塔:我为此负全责。

优:好吧,我们将这样写下革命史……广场上有音乐和舞蹈、女孩和男孩、毒品和性爱,还有穆斯林兄弟会。他们举行了一场嘉年华,他们吃着零食和饮料。然后政府就倒台了。

在开罗,你很容易就能感受到当地人的风趣。他们好像能在各种小事中随时制造乐子,虽然有时这乐子有点冷。你在街上拍照,被拍的人一脸不高兴,找你要钱,你愣了一下,他们立刻开心地笑了:骗到你了!你去通讯店买个SIM卡,钱都交了,店主突然告诉你:以后你要充值只能到我们店来,别的店都充不了。你信以为真：为什么啊？店主一脸坏笑：因为我们是朋友……

事实上埃及从来不缺笑声，有外国观察者指出，正是因为严肃的文化和社会话题长期无法正常讨论，民众才满足于一些闹哄哄的肥皂喜剧。而作家阿斯瓦尼则说这是天性。"因为历代皇帝或其他统治者都把埃及视作必争之地，这个国家总是处于被占领的状态。埃及人早就学会了与压迫共处，学会了如何妥协——而妥协的一部分就是幽默，通过说一些不错的笑话让自己度过苦难。到了某个时刻，他们就反抗了。所以埃及的革命与众不同，它会发生在没人以为会革命的时刻。"

优素福告诉我，他们要创造一种新的幽默："不是那种肥皂剧的哈哈哈哈，而是含蓄、低调、不动声色的。我们不是在做喜剧，对我们来说，智力含量是第一位的。如果这件事很好笑，那我们就搞笑；如果不，我们也不硬搞。"

大概十年前，优素福第一次看到囧司徒的节目就变成了他的粉丝。"最深的印象就是他非常专业，他的节目比一些真正的新闻节目可信度还高。他报道新闻的方式是一个正常人报道新闻的方式，而不是一个新闻集团报道新闻的方式。记者们总喜欢把新闻弄得很火辣，让你对一些小事一惊一乍，但普通人想要的只是新闻而已。"

对一个政治讽刺节目的主持人来说，什么是专业？优素福的回答有点出人意料：做大量的功课，让你的节目拥有可信度。还有，不怕讲出你的看法。"

制作人伊斯梅尔则说:"我们只是不想撒谎而已。过去三十年我们彼此欺骗,彼此仇恨。现在我们需要真相,需要干干净净的媒体、社会生活、人际关系。"

优素福把自己定位为一个"有机会主持节目的医生",但在另外一个场合,他说:"我们也是看门狗(watchdog),只不过是以一种讽刺的方式。"

接受我们采访时,优素福和他的团队已做了九期节目,包括半岛电视台在内的各大电视台的邀约已纷至沓来。我想起哈利法受访时说的一句话:"我们没在这首歌(《自由之声》)上赚一分钱,我们做这首歌是希望传达人民的声音。有个说法是,那种你愿意为之无偿服务的工作,也是能为你赚大钱的工作。"

他们选择和一家埃及的电视台合作,签了一年约,要把《巴西姆·优素福脱口秀》搬上电视,每周两次,每次半小时。"听上去挺吓人。"优素福自嘲。他说自己永远不会离开心外科这一行,他的节目也永远不会离开互联网,前者让他接地气,后者让他第一时间知道网友是怎么想的。这两者让他的节目有根。

3

2011年3月,埃及就是否通过宪法修正案举行全民公决。说"yes"和说"no"的人争得不可开交。前者希望通过修正案,尽快举行选举,有助于国家政治实现稳定;后者反对修正案,认为选举准备时间仓促,会让革命前最有组织的穆斯林兄弟会渔翁得利。

优素福在节目中讽刺这种非此即彼的裂痕政治:

"总之,如果你投了'yes',你就是穆斯林兄弟会的成员,你就是原教旨主义萨拉菲派,或者你被这两者愚弄了,你是笨蛋,你背叛了革命,背叛了烈士的鲜血。如果你投了'no',你简直就是不可理喻,你陷整个国家于水火,你就是希望军队继续掌权,你就是个异教徒。这就是民主——把你的竞争对手都描绘成叛徒……"

"让我们来玩一个《大恐慌》游戏吧。"

(几个人哇啦哇啦讲了几句很难听懂的外语。)

"穆斯林兄弟会要是掌握了这个国家,他们会推行伊斯兰律法,剁掉你的手和脚。但如果你把权力交给人民,异教徒也许就会掌权。埃及会出现基督徒的统治,科普特人会控制你,十字军就会抵达曼苏拉(位于尼罗河三角洲的埃及城市)。这个游戏可真不错。"

(吐槽完了,优素福换了认真的表情和语调)

"这双靴子踩在我们每个人的脖子上已经三十年了,当它被挪开时,人们自然会高声尖叫,你自然也会听到自己不喜欢的声音。随便你叫我什么,但我仍然记得在解放广场那些日子,大家不分彼此站在一起。那段日子可真美好。"

在埃及的日子里，我不止一次听到人们抱怨社会断裂严重，各个阶层、派别彼此间几乎没有对话——至少革命前是如此。优素福是穆斯林，但同时也是世俗主义者，他说，他最喜欢解放广场的地方，就是人们会在那里交谈。"我们本来不说话的。极端的穆斯林、被吓怕的科普特人，还有傲慢的自由主义者，彼此间根本不说话。不要以为只是穆斯林兄弟会、萨拉菲派和宗教极端主义者的错，这同样也是自由主义者的错。我们每个人都有错。"

他曾试着先让人们思考，再让他们发笑，后来发现从第一秒钟就开始"布道"的结果是，没人要看你的节目了。"所以我必须让人们先笑一会儿，然后再告诉他们，我们每个人都有错。"

"你可以说出你的想法，但得知道你在和谁说话，想要传达什么信息。"在开罗美国大学的一次活动中，优素福被问到言论自由的问题，"在总统和议会选举出来前，我们还在军政府统治下，自由会有限制……但在自由之前，你必须先让自己变得更聪明。你得选择你要如何战斗。你不提及某些话题并不减损你的勇气"。

如果不是因为革命，优素福和哈利法现在恐怕都已经人在北美。优素福曾在美国一家医疗器材公司工作过一年半。尝试脱口秀之前，他正在等待去美国的工作签证，克里夫兰的一家儿科医院给他提供了一份工作。哈利法在多伦多大学学的是电影，因为对国家失望，他很认真地考虑过移民。"这半年的变化，你可以说是魔术，可以说是命运，可以说是真主的召唤。当然你也可以说，一切都是偶然。"优素福说。

在《文明的冲突与世界秩序的重建》中，塞缪尔·亨廷顿写道："当经济发展使亚洲人变得日益自信时，大批穆斯林却同时转向了伊斯兰教。……亚洲的自信植根于经济的增长，穆斯林的自我伸张在相当大的程度上源于社会流动和人口增长。……穆斯林国家人口的增长，尤其是15至20岁年龄段人口的膨胀，为原教旨主义……提供了生力军。"

优素福、哈利法还有伊斯梅尔这些英文流利、思维开放的年轻精英，与世界其他地域富有进取心的同龄人并无区别，甚至更加优秀。问题在于，他们将如何影响这个国家的大多数——住在舒卜拉的A先生，和A先生的儿女们。

数月前优素福团队接受了NPR（美国国家公共电台）的专访，优素福谈及埃及人喜欢开玩笑，但他们自己却不大开得起玩笑。当你调侃某些人时，他们通常都视之为对他们个人的攻击。

"你看麦凯恩被囧司徒挖苦后，第二天照样请他上门做客。这儿可不行。"

"我们落后五年。"伊斯梅尔插话说。

"不，我们在这方面落后五十年，真的。"优素福说。

这一回乐观的却是美国人。"要知道，很多人原以为，要发生解放广场上的一切，埃及得等上五十年。"主持人对他俩说。

可能的世界 / 埃及

愤怒青年、沙里亚与解放广场共和国

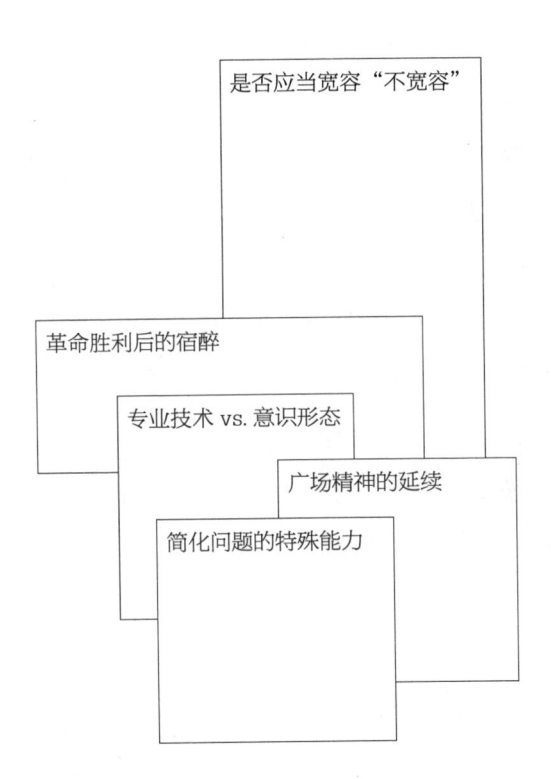

是否应当宽容"不宽容"

革命胜利后的宿醉

专业技术 vs. 意识形态

广场精神的延续

简化问题的特殊能力

阿布福图略有些谢顶,头发和胡子一样花白,茶色眼镜片后面,目光仍然逼人,如果眉毛再上挑一点,简直和老年肖恩·康纳利一模一样。这位穆斯林兄弟会前高官已经决定参加当年(2011年)年底前举行的总统大选,他对着镜头侃侃而谈,有时好似在发表一场演说:

"埃及人民是多么文明,多么友爱,多么富有教养!"

"无论是自由主义者、穆斯林还是基督徒,我们都是埃及的儿子。"

"我们是埃及人,我们不要当伊朗也不要当土耳其,埃及是一个伟大古老的国家,埃及人有自己的经验和方法!"

革命后的埃及人比以往任何时候都要爱国,随处都能看到国旗。尼罗河边的水泥护栏前一天还是灰不溜秋,第二天就被涂上了红白黑三色。"以前,除了埃及国家足球队赢球,你哪里看得到国旗啊。"一位专栏作家说。而现在,你不单满目国旗,还能经常听到这样的口号,"抬起你的头来,你是埃及人",穆斯林则和基督教科普特派教徒手挽手对着镜头笑:我们都是埃及人!

这实际上是广场精神的延续——在那惊心动魄的18天里,埃及的穆斯林和基督徒就是这样一齐守护着他们的"解放广场共和国"的。在穆斯林祷告的时候,基督徒们手挽手保护着他们不受警察攻击,而基督徒礼拜时,穆斯林们也手挽手围出一个安全的地界。

穆斯林兄弟会,这个全世界最大也最古老的伊斯兰运动组织几天之后才加入革命，在2月2日的"骆驼之战"中发挥了重要作用。那天，穆巴拉克政权雇佣的支持者骑着骆驼和马，挥舞着刀和大棒冲入解放广场，示威者猝不及防。组织严密的兄弟会这时发挥了作用，他们英勇地与之搏斗，保护了广场上的民众。

在埃及，靠谱是一种稀缺资源。多年来，在独裁者的打压下，埃及的民间社会一盘散沙，兄弟会则成为其间最富组织性的力量——它从未停止向这个国家的精神世界输出自己的价值观，但或许同样重要的是，它依靠自己的网络，填补了政府在公共服务方面的巨大缺失。与腐败而且效率低下的政府官员相比，穆斯林兄弟会纪律严明行动迅速，1992年开罗大地震，兄弟会开展有组织的救灾，效率胜过政府。在埃及，20%以上的注册NGO（非政府组织）由兄弟会运行，它甚至还实施贫民医疗计划、建立贫民贸易网络，向穷人低价出售商品，从而吸引了相当一批支持者。事实上，这正体现了伊斯兰教的"五功"之一——天课（Zakat），即所有穆斯林必须按照一定的比例拿出自己的财产，提供给需要帮助的人。

就连我们约访的过程也可以从侧面佐证兄弟会的效率。我们一共联系了三位总统候选人。一位的电话永远不接。一位接听了电话，约好了时间，却就此消失，再也不接电话，只有阿布福图的电话一拨即通，他请秘书为我们安排，秘书随即来电：可否写一通电邮介绍你们的媒体和来意？我们去信后，又请翻译电话询问：信是英文写的，可否？秘书一笑："没问题！中文写的都没问题！"不久秘书再次来电：采访定在明天上午。

1

1928年3月，哈桑·班纳（Hassan al-Banna）在埃及创立穆斯林兄弟会，"我们都是为伊斯兰效命的兄弟，故我们是穆斯林兄弟会"。班纳怀念哈里发制度，希望将埃及变成伊斯兰教国家。据一位历史学家所述，他想要"变革人们的心智，指引穆斯林回到真正的宗教上来，远离欧洲殖民者带来的腐朽诱惑和各种器物"。而班纳的弟弟则回忆说，他有一种特别的能力，擅长将复杂和具体的事情简化成意识形态问题，并让大众接受。

"二战"期间，兄弟会开始参与埃及王室、华夫脱党和英国殖民者的政治角逐，并迅速坐大。到1948年底，穆斯林兄弟会已经成为国家之内的准国家，有自己的工厂、公司、医院，甚至军队。当年12月，感受到威胁的政府下令解散兄弟会，但20天后，政府首脑反被兄弟会暗杀。当局旋即展开报复。两个月后，班纳也被当局暗杀。学者毕健康在《埃及现代化与政治稳定》一书中说，这种报复与反报复激发了"交互暴力作用模式"，而兄弟会的一系列暗杀活动、囤积武器对抗政府，开启了民间伊斯兰反政府暴力的先河，并被后来的伊斯兰极端组织继承和发展。

穆斯林兄弟会的势力如此之大，以至于军官纳赛尔在发动政变前也要与他们密谋：如果事败，兄弟会将帮助他们逃离埃及。1952年，政变成功，但两者的矛盾也随之暴露：纳赛尔控制军队，而兄弟会控制着清真寺；前者想要一种平等、世俗、工业化的社会主义，后者则希望实行严格的沙里亚（即伊斯兰教法，在许多地方，沙里亚被认为等同于宗教统治）。斗争以纳赛尔的胜利告终——穆斯林兄弟会被解散，其成员纷纷被投入监狱。

纳赛尔的监狱促使兄弟会全面分化，其主流派别基本放弃了暴力政策，后来"有信仰的总统"萨达特上台，借宗教势力打击左派，为兄弟会的政治发展提供了新的机遇。但监狱的酷刑和羞辱也令一批兄弟会成员走上了更为激进的道路，一个名叫赛义德·库特卜（Sayyid Qutb）的作家在狱中受尽折磨的故事广为传布，几乎成了殉教者受难的活剧。

库特卜与班纳同龄，和他一样具有简化问题的非凡能力，他在狱中完成了自己最重要的作品《里程碑》（Ma'alim fi al-Tariq）。在这部煽动性极强的宣言中，他把世界分成伊斯兰和"贾希利叶"两个阵营，后者指的是先知穆罕默德带来神谕之前的蛮荒时代。在他看来，应该有一个先锋队，在那些已经不信真主的伊斯兰国家率先发起复兴伊斯兰的运动，再引导伊斯兰实现其统治世界的使命，不然人类就会走向毁灭。1966年，库特卜拒绝假释，最终被施以绞刑，但他的思想已经流传开来，并将影响包括本·拉登在内的一代代"圣战者"，最终走上"9·11"之路。

2

1977年2月，一个寒冷的冬日，当时的总统萨达特来到开罗大学与学生交流。一个医学院的学生举了很多次手仍然得不到发言机会，最后他径直走到话筒前面，开始攻击萨达特政府"不清晰的意识形态"，还有政府对伊斯兰学者和学生运动的镇压。这个人就是阿布福图。

那时阿布福图就留着胡子，一心想着要传播伊斯兰思想和建立伊斯兰国家，他反对男女同校、反对流行音乐、反对观看足球比赛……在他看来，任何形式的娱乐活动都会影响穆斯林信仰的虔诚。阿布福图说，那一代年轻人转向伊斯兰化，转折点是1967年。这一年，第三次中东战争爆发，仅仅六天时间，埃及、约旦和叙利亚联军就被以色列彻底击溃——这对很多穆斯林来说是莫大的羞辱。《里程碑》的精神像神谕一样在大大小小的清真寺里被提起：不是小小的以色列打败了阿拉伯国家，是这些国家被真主抛弃了，返回真主身旁的唯一途径，就是回归纯粹的宗教信仰——只有伊斯兰，才是出路。

阿布福图和一些学生成立了一个叫"伊斯兰集团"（al-Jama'a al-Islamiyya）的组织。"起初，我们主要是举办《古兰经》的朗诵会、在墙上写一些宗教规定，"阿布福图回忆说，"然后我们就在黑板上写先知预言，最后我们开始写政治标语，号召穆斯林起来反抗不公正的统治。在我们看来，国家机构的存在和伊斯兰精神是冲突的，因此必须打烂，为此可以使用暴力。"

现在回想起这些，阿布福图称那时的年轻学生，包括自己，都是一群不懂得妥协和宽容的宗教极端分子，践行的其实是"智识恐怖主义"（intellectual terrorism），是穆斯林兄弟会向伊斯兰集团的渗透客观上促成了他的转变。

20世纪70年代，在第三代总训导师泰勒迈萨尼（Umar al-Tilmisani）的领导下，穆斯林兄弟会宣布放弃暴力斗争，接受政治多元化并进入政治体制内部，以政治手段寻求社会变革。"本来希望通过从政来改变体制，结果却被体制改变了。"美国埃默里大学政治学系副教授凯丽·威克姆（Carrie Wickham）告诉我。凯丽研究的是埃及与其他阿拉伯国家内部的伊斯兰势力，和穆斯林兄弟会不少成员有过深谈。"一旦进入政治体制，你就得淡化意识形态色彩，变得务实起来，因为你要和其他政治力量打交道，你要走出小圈子，和那些不认同你理念的人打交道，甚至合作去达成一些目标。"

凯丽认为，同理可以部分解释阿布福图的转变——从愤怒青年到兄弟会内部改革派的一面旗帜。"过去三十年，他要和伊斯兰组织之外的许多人和事打交道，比如人权活动家，比如鼓吹世俗化的知识分子，这些互动会持续发生影响。更重要的是，他要领导专业协会，而协会看重的是专业技术，不是意识形态。"看起来，开放总归可以改变一些事情，凯丽记得和阿布福图同时代一位兄弟会领袖谈起自己当年访美的发现："原来不戴面纱的女人也可以是体面、有修养的好女人！"

阿布福图干脆说，他对埃及未来的和平转型非常乐观。"因为人们已经上街，没人能让埃及回到过去，没有力量能做到这一点，否则人们会再次上街抗议。所有的人，包括穆斯林兄弟会的人都有这个共识，不能回到过去了。"

3

不过，兄弟会仍是穆斯林兄弟会，不少埃及人怀疑它这些年改变的只是斗争策略，而不是最终目标——建立一个伊斯兰国家，正如它一直没变的口号："……《古兰经》是我们的宪法，圣战是我们的方法，为真主而殉教是我们的愿望。"

阿布福图试图对此加以解释："民主和自由有它自己的生长方式，所有人要顺应它，它也会吸纳所有人。穆斯林兄弟会能够向前发展，并且比现在更民主。2007年他们还规定说，根据伊斯兰教义，不允许女人和基督教徒参加选举。那时候我就提出反对，因为每一个人都有平等权利，但他们不接受这个想法。到了2011年，他们接受了。他们新成立的自由正义党，纲领里取消了（不允许女人和基督教徒参选）这一条。他们发展得很慢，但还是发展了。"不过，在采访后仅仅半个月，我就在埃及媒体看到消息，因为违背穆斯林兄弟会禁止成员直接参加选举的规定，阿布福图被开除了。一些人认为这是兄弟会在履行承诺，但也有人说真正原因是阿布福图的改革派立场。兄弟会仍然是个非常保守的组织啊。

2011年7月29日那个周五的解放广场肯定加剧了世俗派的担忧。那天，"解放广场共和国"第一次被白袍子的伊斯兰主义者占据。一些人的口号变成了"抬起你的头来，你是穆斯林"。而他们中间的萨拉菲派则高喊"伊斯兰，伊斯兰，不要世俗化，不要自由化"，甚至"奥巴马，奥巴马，我们都是奥萨马"。

"穆斯林兄弟会现在取得了合法地位，开始参与到民主进程中来，但我不会说，它一定能走向民主，变成一个民主的保守党派，"凯丽说，"在很大程度上它还是很保守，很想把自己的价值观施加到别人身上。它未来会不会和更加保守的萨拉菲派合作，推行沙里亚，也未可知……至于萨拉菲派，他们可能会觉得，不是民主了吗？我们表达自己的观点有什么不行呢？但难处就在这里：他们追求的是'不宽容'的精神，那么是否应当宽容'不宽容'呢？"

这正是未来埃及要回答的问题。

可能的世界

/ 美国

查尔斯河

可能的世界

/ 美国

费正清夫人费慰梅的妹妹,时年101岁的玛丽安

可能的世界

/ 美国

哈佛的拉蒙特图书馆24小时开放,临近期末,自习到深夜的人会收到学生组织发的"鼓劲卡"

可能的世界

/ 美国

坐火车横越美国,穿越犹他大盐湖

可能的世界

/ 美国

瓦尔登湖畔,梭罗的小屋旧址

可能的世界

/ 美国

瓦尔登湖

可能的世界

/ 埃及

开罗许多出租车上都挂着烈士照片

可能的世界

/ 埃及

当我回看埃及照片时,我发现我拍了非常多的猫。应该不是巧合,它们也是法老墓的守护者

可能的世界

/ 埃及

2011年，解放广场的游行一场接一场

可能的世界

/ 埃及

伊斯兰开罗,这里的街道多是中世纪遗存

可能的世界

/ 埃及

2011年，印满革命口号的T恤，70埃磅一件

可能的世界

/ 肯尼亚

20世纪初的肯尼亚铁路，贵宾才能享受的"引擎席"

可能的世界

/ 肯尼亚

肯尼亚，西察沃国家公园，斑马挡住了我们的越野车

可能的世界

/ 肯尼亚

马赛马拉大草原,近黄昏

可能的世界

/ 肯尼亚

马赛马拉大草原上的"游猎"车队

可能的世界

/ 肯尼亚

马赛马拉机场

可能的世界

/ 墨西哥

格洛丽亚对着大金字塔练了半天瑜珈

可能的世界

/ 印度

菩提伽耶,以佛祖证悟的那株菩提树为中心,一场法会即将开始

可能的世界

/ 印度

菩提伽耶郊外，悉达多太子接受牧羊女苏嘉塔供奉乳糜的地方，体力恢复的他后来在菩提树下证悟

可能的世界

/ 缅甸

2011年，缅甸政治初解冻，寒酸的民盟总部

可能的世界

/ 缅甸

昂山素季家,湖边有铁丝网相隔

可能的世界

/ 缅甸

仰光街头的二手书店

可能的世界

/ 缅甸

如果佛塔是摩天大楼的话，那么缅甸蒲甘就是曼哈顿

可能的世界

/ 缅甸

蒲甘黄昏

可能的世界

/ 缅甸

因瓦古城,曾经的繁华已经是牛羊吃草

可能的世界

/ 塞尔维亚

贝尔格莱德的诺瓦克餐厅。正如我的房东所说,诺瓦克·德约科维奇是他们的"国宝"

可能的世界

/ 塞尔维亚

贝尔格莱德市中心的一场游行

可能的世界

/ 德国

德国最东端,与波兰一河之隔

可能的世界

/ 德国

开姆尼茨以前叫马克思城,这里有世界上最大的马克思头像

可能的世界

/ 德国

莱比锡老城

可能的世界

/ 爱沙尼亚

初春的芬兰湾，左下是爱沙尼亚人的桑拿小屋

可能的世界

/ 爱尔兰

爱尔兰海

可能的世界 ／ 埃及

我们街区的知识分子

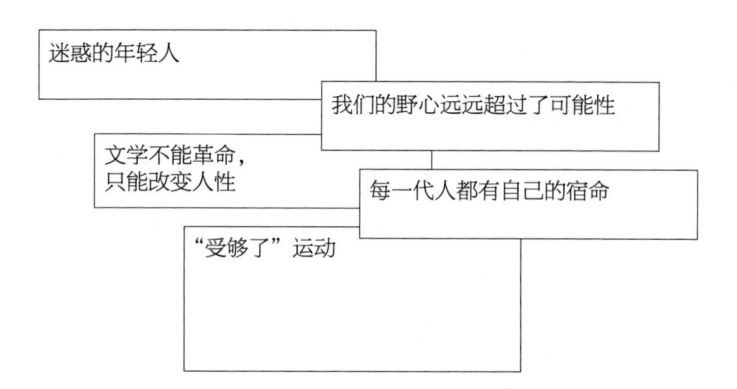

迷惑的年轻人

我们的野心远远超过了可能性

文学不能革命,
只能改变人性

每一代人都有自己的宿命

"受够了"运动

去埃及前，作家亚拉·阿斯瓦尼是我最希望见到的人之一。那时我在读他的《亚库班公寓》，那是开罗市中心的高档公寓，商人、官员、遗老出入其间，楼顶则有许多贫民搭窝棚而居。"周五早晨这些楼顶女人的表情，需要最出色的画家来描摹，"阿斯瓦尼写道，"她的丈夫下楼晨祷去了，在洗去昨夜尽欢的痕迹后，她出现在窝棚外面晾晒床单，就在此刻，她头发湿漉漉的，面色潮红，目光却流露出安详。她看起来就像一朵玫瑰，吸吮朝露后迎来完美的一刻。"

我牵挂着里面一对年轻恋人的命运：塔哈是公寓看门人的儿子，从小成绩优秀、虔诚、努力而且机敏，有钱人的车还没停稳，他就已经守在一旁等着为他们打开车门。他不在意别人的赞许或轻视，一心一意要考上警局光耀门楣，蒲莎娜则是他青梅竹马的女友。那天万事俱备的塔哈去警局应考前和蒲莎娜见了一面，希望得到她的鼓励，她却突然变得有些冷漠，男孩忐忑不安地走向了考场……

《孤独星球》的《埃及》指南说，如果你去埃及旅行，只想读一本当代小说，那就读《亚库班公寓》吧！而一篇英文书评让我决定买下这本2002年一出版就风靡阿拉伯世界的小说："读过这本小说的人都会认为埃及革命迟到了好多年。对于穆巴拉克体制被如此轻松地掀翻在地，对于翻开这一历史新篇章的人民所体现出的精神和勇气，《亚库班公寓》的读者是不会感到有多惊奇的……阿斯瓦尼明白无误地向读者揭示了现代埃及的弊端，同时也描绘了在腐败横行、秘密警察无处不在的情况下仍能保持人格、不卑不亢的开罗范儿。"

1

到开罗后我试着联系阿斯瓦尼，但他的手机永远没人接听，或者无法接通。一位同行建议不如直接去他的诊所。没错，阿斯瓦尼还是位牙医，他的诊所在花园城，一个英国印记浓厚的准使馆区，不过我们并不清楚确切位置。在林木苍翠的小径上绕了半天后，我们到一个小卖部问路，老板摇摇头，但一位上班族模样的顾客自告奋勇：你们找阿斯瓦尼大夫啊，我知道，跟我走吧。

他把我们领到一栋灰色公寓前，单元门外有个小牌子，用阿文和英文写着：阿斯瓦尼牙医，四层。按响门铃后，一位穿牛仔裤、没戴头巾的漂亮姑娘打开了门，她是阿斯瓦尼的助手。房间不大，除了沙发、茶几外，还有张玻璃桌，上面摆了些工艺品，有个金色的法老头像和几枝富贵竹。桌子上方挂着一幅素描：一位胖医生左手举着烛火，右手食指伸入一位身着西装、手持礼帽的男士口中。

后来我知道，阿斯瓦尼有军人一样的作息：一周有五六天6点准时起床，6点半到10点半写作，然后开始读报；冲个澡后他来到诊所，工作到下午3点，然后睡个午觉，避开开罗最热的时段；从晚上6点到9点，他会再次回到诊所工作；9点后到午夜则是读书时间。不过周四晚上有些变化，他会步行到附近一个中左党派的办公室，参加阿斯瓦尼文化沙龙。这个对所有人开放的沙龙1996年由他本人发起，讨论文学、文化，也讨论宗教、政治，最初在市中心一个老旧的咖啡馆，2006年冬天因为秘密警察的干涉，咖啡馆断电，才搬到了现在的地址。

可惜这天阿斯瓦尼不在诊所，女助手告诉我们，他去了亚历山大，周末他在那里有两场讲座。革命之后许多事情有了变化，正常生活难免被打乱。我没能赶上一次阿斯瓦尼文化沙龙，不过从《纽约时报》杂志一篇特写中不难感受这个世俗的、自由主义者的聚会的氛围。那天晚上来了两位伊斯兰主义者。他们很瘦，很年轻，蓄着象征虔诚的长胡子，很可能是学生。在一种世俗化背景下，他们大胆宣示自己的信仰，招来了好奇甚至带有一丝丝不友好的目光。特别是一位女性，她头发染得金黄，穿着紫色T恤和白色紧身裤，还蹬了双细高跟鞋。到了提问交流时间，两个年轻人中的一个问道："为什么萨曼·拉什迪侮辱伊斯兰教的《撒旦诗篇》在西方获得这么多注意？""拉什迪，"阿斯瓦尼回答道，"是位好作家。我没有读过《撒旦诗篇》，但不论这部小说里有什么，对作家发出追杀令都毫无道理。伊斯兰教没有赋予任何人杀戮之权。"然后阿斯瓦尼举了一个先知穆罕默德宽容弱者的例子。"怎么能有人以先知的名义去杀人？"他说，"很明显，伊斯兰教被一些人曲解了。"沙龙结束后，阿斯瓦尼对这位美国记者说："你看到那两个迷惑的年轻人了吗？这正是今日埃及的大麻烦。年轻人的思维被局限在（独裁与宗教极端势力）两头。在我那个年代，年轻人不会有这种困惑。"

于是,见到阿斯瓦尼后,我们的第一个问题就是关于他的沙龙。阿斯瓦尼说,他希望通过重建公共空间,恢复埃及早年的一种传统。"沙龙的文化源自法国,20世纪初传到埃及,一度延续了很长时间,但后来被中断了。1996年,我感到有必要为埃及的文化做一些事情,而这些事情必须独立于文化部。文化部一直在干的一件事儿,就是收买文人,给你钱,让你闭嘴。一旦你和政权发生了联系,就不可能再对它提出批评了。"

2

这里是亚历山大的四季酒店,窗外是平滑如镜的淡蓝色地中海。阿斯瓦尼看上去比他的文字温和多了。他有着和大多数埃及人不同的黑肤色,其实他的名字"Aswany"已经透露了他的家族来源——埃及南部阿斯旺(Aswan)的努比亚人。我曾听到一个说法,开罗是亚洲文明,阿斯旺是非洲文明,而亚历山大则是欧洲文明。"当然,我们属于阿拉伯伊斯兰文化,"阿斯瓦尼说,"但在埃及接受伊斯兰教之前,我们还有好几千年的历史,古埃及、古希腊、古罗马文化……这些都会包括在我们的认同里。你看我们现在所在的城市,就是以亚历山大大帝命名的。"

除了阿拉伯语,他还说流利的法语、英语,以及西班牙语——他声称是为了阅读拉美文学才学西班牙语的,他最喜爱的在世作家就是加西亚·马尔克斯[1]。他似乎一刻也不能停止抽烟,我们年轻的翻译给他敬烟,他笑着说:"年轻人不该抽这么重的烟,抽我的吧!"然后递给翻译一支烟,探过身给小伙子点上。

20世纪60年代末到70年代初,阿斯瓦尼在开罗一所法语学校就读。1952年,纳赛尔革命建立起了社会主义埃及。但在他看来,至少在文化上这个国家仍然保持了革命前宽容的、大都会的传统。"我们一年要庆祝三到四次宗教节日,我们有信天主教的法国人,有基督教科普特派教徒,有一两个没有离开埃及的犹太人,当然还有穆斯林。而且我们有一些教师甚至是无神论者。如果他信神,我们庆祝圣诞节等等;如果他不信,我们就庆祝他的生日。这种宽容的传统一直保持到70年代末期。"

1976年,19岁的阿斯瓦尼考入开罗大学医学系。"那时学生里的左翼势力还很强大,这就是萨达特鼓励穆斯林兄弟会对抗我们的原因。他禁止了学校里所有其他的政治组织,除了兄弟会。"1970年,纳赛尔去世,接替他的萨达特迫切需要建立政治合法性,于是和穆斯林兄弟会做了一笔交易,只要他们帮他打击纳赛尔余党和左翼分子,他就同意兄弟会宣教布道。

学生运动很快发生转变,男学生留起了胡子,女学生则蒙上面纱。在大多数埃及人的记忆里这还是头一回。1979年,两伊战争爆发,伊朗和伊拉克石油出口锐减,国际油价飞涨,沙特等

---

[1] 马尔克斯于2014年4月17日去世,作者访问阿斯瓦尼的时间为2011年。

海湾国家石油收入激增。

"很多埃及人去那里打工,并受到了那里的影响,他们带回来的是对伊斯兰教保守的、部落化的、不宽容的理解,而非埃及传统上大都会的、宽容的理解。"阿斯瓦尼的观点代表不少埃及知识分子的看法。"你知道吗,在我们埃及,1924年已经有女性赢得汽车赛的冠军,到20世纪30年代,我们连女飞行员都有了,可是在一些国家,直到现在女性还在为争取开车的权利而斗争……在埃及,我们有两场斗争,一场是反抗独裁者的,这比较明显;另一场没那么明显的斗争也许更重要,就是用埃及对伊斯兰教宽容的理解去对抗那些不宽容的理解。"

1977年,萨达特宣布将亲赴以色列,与死敌谋求和平,此举震惊了阿拉伯世界。1978年,《戴维营协议》签订。次年,埃及和以色列正式缔结和约。出于愤怒,观点各异的伊斯兰激进团体走到了一起。1981年,萨达特被激进分子刺杀,穆巴拉克接任总统。那时没人想到后者一当总统就是三十年。

1984年,阿斯瓦尼去芝加哥伊利诺伊大学继续攻读牙科。除了黑帮教父阿尔·卡彭和各种枪击案,他对这座美国城市几乎一无所知。他在那里住了三年,重新发现了美国,发现了美国人的乐于助人以及对多元文化的包容。

他总是讲起这样一段往事:那天芝加哥刮大风,他抱着一堆论文在校园里走,风把资料吹跑了,所有路过的人都停下来帮他追赶和捡拾资料。但时至今日他对美国仍然有一种复杂的感情:为了所谓的反恐和地区稳定,在中东和北非长期支持一些独裁者的，同样是这个国家。

萨达特的被刺并未令仇恨消除。1990—1993年，埃及政治暴力频发，国家已处在内战边缘，而那些世俗化的自由主义知识分子发现自己处在最尴尬的境地：要免遭宗教极端分子的攻击，就要接受独裁政府提供的保护。

1992年，著名记者法拉杰·福达（Farag Foda）遭枪击身亡。生前他一直鼓吹政教分离，认为宗教应该回归私人领域。"萨达特把魔鬼放出了瓶子，结果自己却被魔鬼击倒，"他写道，"他为神权政治的支持者打开了空间，却没有提供相应的空间给他们的世俗主义对手们。最终前者的意识形态在贫民阶层、新的城市居民和单纯的人们头脑里扎了根。埃及人民现在应该重启世俗化进程了。"福达曾数次受到死亡威胁，但为过正常生活，他拒绝了来自政府的保护。

1994年，诺贝尔文学奖得主、整个埃及的文化象征马哈福兹也遭到攻击。一个21岁、从未读过他任何作品的修理工刺伤了他的颈部。83岁的马哈福兹幸运地保住了性命，但右手神经受到严重损伤，再也无法正常写作。无人宣布为此负责，一些埃及人认为，是马哈福兹完成于三十多年前的象征小说《我们街区的孩子们》得罪了某些宗教人士。

马哈福兹的受伤震惊了整个国家，穆巴拉克派专人前往医院慰问，内政部长、文化部长等也轮番前去探望。但马哈福兹不愿自己变成政府打击宗教势力的一枚棋子，他拒绝了官方报纸的吹捧，也拒绝参与它们对极端分子大合唱般的攻击。

3

阿斯瓦尼或许应该感到庆幸。他声名鹊起的时候,宗教极端势力已经退潮,埃及重新成为一个相对安全的国家,而《亚库班公寓》为他赢得的国际声誉,某种程度上也构成了一种保护。

1995年之前,阿斯瓦尼先后完成了四部小说,但没有一部能正式出版。1997年,他接到了第四封退稿信,他说,那是他一生中最糟糕的日子。他打电话给那家国营出版社的社长,对方答复:"我们出版不了你的书,委员会已经否决了它。""什么委员会?""这是一个秘密委员会。""我想看到委员会的结论。""没有结论给你,这是机密。""你们是政府的出版社,花的是纳税人的钱,你有权说'不',但我有权知道为什么。""反正我们不打算出你的书了,你随便吧。"

异常沮丧的阿斯瓦尼动了和妻子移居新西兰的念头。为什么是新西兰?对他来说,那是地球上距埃及最远的国家。他放弃了留在美国的机会,放弃了海湾国家收入丰厚的医生待遇,却一直在原地打转。他告诉妻子,等他完成手头最后一部小说,他们就动身。

那部小说就是《亚库班公寓》。2002年,小说在一家私营出版社出版,和往常一样,阿斯瓦尼不抱任何希望。两周后他接到出版商电话:"我从没见过这样的事,居然脱销了。"小说不只在开罗脱销,更成了阿拉伯国家乃至世界范围的畅销书。仅仅几年前,他还在为2000本的销量挣扎;现在,《亚库班公寓》在法国一年就卖掉了16万册。据他说，甚至以色列这个被阿拉伯作家协会抵制的国家，都出现了盗版的希伯来文译本。

在开罗，似乎人人都知道阿斯瓦尼。一个纪念品商店的老板对我说："你喜欢阿斯瓦尼？我推荐你看他的《芝加哥》（*Chicago*），比《亚库班公寓》还要好。"有人把他推崇为马哈福兹后最重要的埃及作家，也有人说，这些人只是因为认同他的政治观点，而不愿去质疑他作品的文学价值罢了。"我为普通人写作，"阿斯瓦尼自己曾回应说，"我希望人人都能读懂我的书。阿拉伯文学现在的问题是，在实验性中失去了讲故事的能力。好多小说都这么开头：'我回到家中，发现妻子和一只蟑螂上了床。'人们以为写得简单很容易，其实写得让人看不懂更容易。"

现在让我们回到《亚库班公寓》吧，还记得那两个年轻人吗？塔哈没能进入警察局，再努力也改变不了自己卑微的出身，绝望之下走向了宗教极端主义；而女友之所以突然心事重重，是因为她被老板非礼了，为了保住工作养活全家，她不得不放弃尊严，接受每天两次、每次10镑的羞辱。

某种程度上，这正是革命前埃及社会最突出的问题：贫富分化的加剧，普通民众的被剥夺感与尊严的丧失。"我们有两个埃及，"阿斯瓦尼说，"一个是富人的、幸运儿的埃及，很小，位于金字塔塔尖。另一个埃及大得多，它是穷人、受难者的埃及。40%埃及人生活在贫困线下，也就是说一家人每天的开销不足两美元。而在南部一些地区，贫困人口更高达60%。"

走在开罗市中心（Downtown Cairo），人们会轮番用汉语、日语和韩语跟你说"你好",他们可不一定是要兜售商品。但如果你待的时间够长,你也会发现埃及人对东亚来客的复杂心理。过去半个世纪,他们看着日本、韩国、东南亚和中国依次崛起,这些地方曾比埃及贫穷落后,如今却把它远远甩在后面。"我们希望埃及能恢复到古埃及的辉煌,就像现在的中国一样。"一个年轻人在解放广场告诉我。另一位知识分子则说:"哪怕退一步,我们牺牲部分自由,换来经济高速增长和民众生活改善,那也罢了,可我们两头都没落着。"

4

很多人怀念20世纪二三十年代的埃及。那时开罗和亚历山大干净整洁,自由开放;议会民主,新闻媒体生气勃勃;女性不戴头巾,积极参与公共生活;宗教更深沉博大,不涉政治,更多居住在信仰者的心灵里。这是阿斯瓦尼这样的知识分子心目中理想的埃及,虽然他承认,在那个年代照样有很多"看不见的"受苦的人们。

一位埃及小说家曾写道:每一代人都有自己的宿命,我们这些埃及之子的宿命就在于,我们的野心远远超过了我们的可能性。阿斯瓦尼从2003年开始公开加入穆巴拉克批评者的队伍,但批评对现实几乎没有任何改变。"整个埃及都非常沮丧,我也是……一般说来,我们通过心理学与文学著作可以了解独裁者的心理,他们自我陶醉,与民众切断了联系,周围的党羽会一直告诉他,你是民族的英雄等等……但穆巴拉克还不完全一样。他不只是个糟糕的政治人物,不只是个大盗,他接受事物的方式十分独特。真该有人研究一下,他是怎么一步步变成这样一个人,对人民遭受的苦难一丝一毫的共情都没有。"

2004年,阿斯瓦尼和一些社会活动人士发起"Kefaya"(受够了)运动,成为埃及非暴力革命的先声之一。他说:"我不是一个政治家,也永远不会从政。我没有个人的政治野心,也永不会有。我是一个作家。但我的确相信,发起'Kefaya',做出反穆巴拉克的政治宣示,是我作为作家的职责之一。所以当我做政治宣示时,我不会说这是文学的唯一作用,我会说这是文学的作用之一:和人民在一起,试着捍卫人民的权利。也许我的声音能被更多人听到,那我也就有了更大的责任。"

如今埃及人民赢了,或者借用阿斯瓦尼的话说,至少赢了"第一场斗争"。他变得更加活跃,在各地举办沙龙。"现在的埃及,每一分每一秒都作数,事情变化得也非常迅速,人们需要一个方向。这个时候我想我们埃及人需要坐在一起,特别是我沙龙的客人,还有我的读者,他们可以听到我的观点并和我讨论,从而找出一个方向来。"

他还经常上电视和人辩论,有时和穆斯林兄弟会的领袖,有时则是和政府官员。2011年3月的一次,他的对手是总理沙菲克(Ahmed Shafiq)。他坚持要求沙菲克这位穆巴拉克的旧臣回答有关政府下令杀戮的问题。"最后他失态了,因为他不习惯这种待遇。他对我说:'你是谁!'我对他说:'我是一个埃及公民,从现在开始,每个公民都可以这样向你提问,而你必须做出回答。'第二天,他就辞职了。"

无可避免,我又问到那个老生常谈却历久弥新的问题:文学和政治的关系。"没错,马尔克斯是说过,如果你想表达政治观点,那就写一本好书。但他说这句话是有背景的,那是20世纪60年代,共产主义和社会主义力量还很强大,他们一直在说,你必须为改变社会而写作。马尔克斯正是拿这句话回应他们的:你首先必须写一本优美的书,才能拿它来实现你的目标。他还说过另外一句话:'最革命的书,应该是最优美的书。'如果一本书引发了革命,不是因为它写革命,而是因为它优美。我会为政治做很多其他的事,但不会是写小说。小说不能被用于改变形势,它只能改变人性,改变我们。通过好的文学,我们会变成更好的人类。"

参考文献

《胜利之城》:

《埃及现代化与政治稳定》,毕健康著,社会科学文献出版社,2005年。

《巨塔杀机:基地组织与9·11之路》,[美]劳伦斯·赖特著,张鲲、蒋莉译,上海译文出版社,2009年。

《中东史》,[美]小阿瑟·戈尔德施密特、[美]劳伦斯·戴维森著,哈全安、刘志华译，东方出版中心，2010年。

Afaf Lutfi Al-Sayyid Marsot, *A History of Egypt*, Cambridge University Press, 2007.

Alaa Al Aswany, *The Yacoubian Building*, Harper Perennial, 2006.

Charles Levinson & Margaret Coker, "The Secret Rally That Sparked an Uprising", *The Wall Street Journal*, 2011.

David Sims, *Understanding Cairo: The Logic of a City out of Control*, The American University in Cairo Press, 2012.

Doug Saunders, "Neighborhood Power: Hopes for the World's 'Arrival Cities'", *The Wall Street Journal*, 2011.

Fouad Ajami, *The Dream Palace of the Arabs: A Generation's Odyssey*, Vintage, 1999.

Lesley Lababidi, *Cairo's Street Stories: Exploring the City's Statues, Squares, Bridges, Garden, and Sidewalk Cafes*, The American University in Cairo Press, 2008.

Max Rodenbeck, *Cairo: the City Victorious*, Picador, 1999.

Samir W. Raafat, *Cairo, the Glory Years*, The American University in Cairo Press, 2004.

Tarek Osman, *Egypt on the Brink: From Nasser to Mubarak*, Yale University Press, 2011.

《后革命山寨秀》：

《文明的冲突与世界秩序的重建》，[美]萨缪尔·亨廷顿著，周琪、刘绯、张立平、王圆译，新华出版社，2009年。

Abdalla F. Hassan, "Surgeon Using Parody to Dissect the News in Egypt",

The New York Times, 2011.

Molly Hennessy-Fiske & Amro Hassan, "Cultural Exchange: Bassem Youssef is a Kind of Egyptian Jon Stewart", *Los Angeles Times*, 2011.

Robert Siegel, "Egypt Finds Its Own 'Jon Stewart'", *NPR*, 2011.

Ursula Lindsey, "Bassem Youssef: Egypt's Jon Stewart", *Daily Beast*, 2011.

《愤怒青年、沙里亚与解放广场共和国》：

胡雨：《赛义德·库特卜极端主义思想探微》，《西亚非洲》，2010年07期。

《埃及现代化与政治稳定》，毕健康著，社会科学文献出版社，2005年。

《巨塔杀机：基地组织与9·11之路》，[美]劳伦斯·赖特著，张鲲、蒋莉译，上海译文出版社，2009年。

"Aboul-Fotouh Slams Army and Minister of Interior", *Ahram Online*, 2011.

Carrie Rosefsky Wickham, "The Muslim Brotherhood after Mubarak: What the Brotherhood Is and How It Will Shape the Future", *Foreign Affairs*, 2011.

John R.Bradley, *Inside Egypt: The Land of the Pharaohs on the Brink of a Revolution*, Palgrave Macmillan, 2008.

Noha El-Hennawy, "Abdel Moneim Abou el-Fotouh: A Witness to the History of Egypt's Islamic Movement", *Egypt Independent*, 2011.

Tarek Osman, *Egypt on the Brink: From Nasser to Mubarak*, Yale University Press, 2011.

《我们街区的知识分子》：

《巨塔杀机：基地组织与9·11之路》，[美]劳伦斯·赖特著，张鲲、蒋莉译，上海译文出版社，2009年。

Alaa Al Aswany, *The Yacoubian Building*, Harper Perennial, 2006.

Fouad Ajami, *The Dream Palace of the Arabs: A Generation's Odyssey*, Vintage, 1999.

Ian Black, "Egyptian Novelist Hails Revolution as a 'Great Human Achievement'", *The Guardian*, 2011.

John R. Bradley, *Inside Egypt: The Land of the Pharaohs on the Brink of a Revolution*, Palgrave Macmillan, 2008.

Pankaj Mishra, "Where Alaa Al Aswany Is Writing From", *The New York Times*, 2008.

第三章

日本

是的,我们失去了目标,但这也许是个机会,让我们重新找回自己的位置。

2010年，中国GDP超越日本，成为全球第二大经济体。这一年夏天，我飞往东京，想要搞清楚西方媒体口中日本"失落的二十年"到底是什么意思，以及这个国家是如何一步步走到今天的。

这是一个从艰难到膨胀又归于寂寥的故事。如今我们经历了类似的曲线后也开始向内看，或许日本经验仍能有所启发。

但在这样一个如此强调个人努力的时代，我更愿意花一点笔墨写写那些人们很难改变的结构性因素——它往往以代际的印记呈现出来。看到了这一点，或可对"躺平一代"稍加理解，亦能看到"顺时做事逆时读书"的独特价值，而最重要的，勿把自己所得全部视为理所当然（"你知道我有多努力吗？"）。诚如桑德尔在"公正"课举例所言，乔丹的成功，离不开他的努力与天分，但也需要一点点运气：恰好出生在一个奖励他独特天分的时代。成功的人们，如果能意识到自己身上住着幸运儿，也许能多些谦卑，进而对他人多些体谅。这并不会贬损他们努力的价值。

可能的世界 ／ 日本

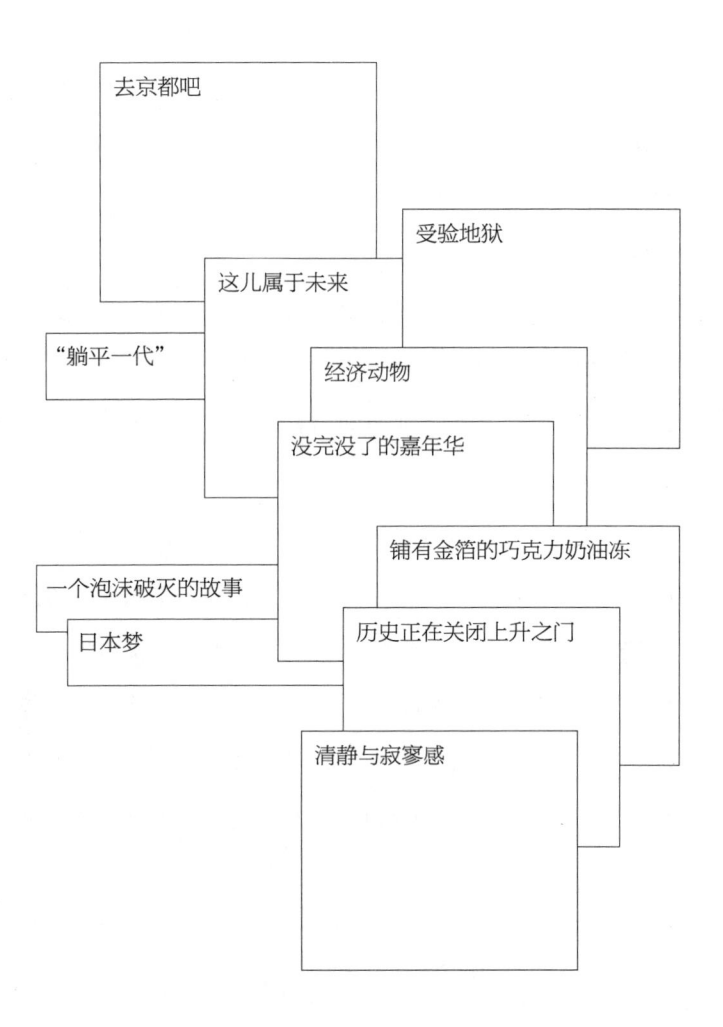

太阳照常升起？

去京都吧

受验地狱

这儿属于未来

"躺平一代"

经济动物

没完没了的嘉年华

铺有金箔的巧克力奶油冻

一个泡沫破灭的故事

历史正在关闭上升之门

日本梦

清静与寂寥感

1

8月底的东京还被桑拿天笼罩着，稍微动一动便是满头大汗，却有人要在周二中午12点半开始一场游行。日比谷公园门口的树荫下，聚集了百余人，老中青都有，举着橙色的标语，正在练习整齐地喊口号。他们抗议的是一种治疗癌症的药剂，这种药因为副作用大，在欧美已被禁用或者部分禁用，却仍然在日本销售。

这座建于1903年的公园是日本最早的西式园林，地处日本的心脏地带——东临银座，北倚天皇官邸皇居外苑，西边则是政治中枢霞关。游行者正是要一路向西，把国家权力机关"骚扰"一遍。

六十五年前，这里是东京少有的未被轰炸的地区。在一片焦土的包围中，美军在附近建立了总司令部，数量庞大的美国大兵把这里变成一个"小美国"。街头上跑着吉普车和各式美国舶来的新式轿车，美国军警和日本警察共同指挥交通，日本警察总是跟在美国警察之后打信号。而麦克阿瑟将军，则在他办公室里发出各种指令，要把战败的"日本佬"塑造为美式民主的上好样板。

1945年10月4日，成法于1925年的《治安维持法》被废除，关于集会和讲演的限制松动了，"思想警察"也被取消。11月起，盟军最高司令部开始强行解散垄断财阀，与此同时，农村的土地改革也开始了。此后的两年，改革继续扩展，妇女有了参政权，教育体制也得以刷新,一本典型的小学课本《少年少女民主读本》这样告诉数百万学生:"同盟国正尽力使日本早日实现民主,并且重回世界的怀抱。然而,即便没有同盟国的说法,如果我们看看人类的历史,成为民主主义的国家、民主主义的国民,也是人们真正应该走的道路。"而在学校外面,穿着补丁裤子的孩子挥舞着纸做的小红旗跑来跑去。他们在玩一种"示威游戏",模仿在各地举行示威的左翼人士。等他们长大以后,这种游戏就变成了实践。

那位戴着太阳帽、背着双肩包、背有些佝偻的老人,也许童年时就玩过这样的游戏。现在,他站在一群晚辈中间,正在等待警察的口令。四五位警察走到马路中间,拦住往来车辆,一声哨响,游行者从日比谷公园鱼贯而出,"药害""患者""命""诉讼"各色字样在警察的护卫下通过马路,开向霞关。

今日日本的许多现实,可以从战后的岁月找到缘由。1947年,这个国家接受了一部和平宪法,宣布日本要建立一个"民有、民治、民享的政府";天皇不再是神,而是国民统一的象征;它还宣称"我们不再发动战争"——若干年后,右翼人士攻击这部宪法,说它令日本"去势"。从1947年到1949年,日本迎来了战后第一波"婴儿潮",在这三年出生的800多万人被称作"团块世代"。他们将成为20世纪七八十年代日本的"企业战士"和最富有的一代,但进入新世纪后也要被他们宅在家里的儿女啃老。而他们中间的极少数不走运者则会沦为上野公园、池袋西口公园和新宿车站里的流浪者,每晚在纸箱子里孤独地睡去。

也并非都是积极的预兆。几十万盟军带来了大量欲望。在一封发给全国警察管区的密电里，内务省指示为占领军特设专用慰安设施，以防外国士兵玷污良家妇女。大藏省一位政坛新星池田勇人在安排政府预算时说："用一亿日元来守住贞操不算贵！"而七个性服务业团体则宣布，应征者有着"保卫一亿日本人血统之纯洁以护持国体的伟大精神"。这些为国"献身"者被称作"潘潘"，而对于后世的观察者来说，"潘潘"预告了即将来到并绵延至今的日本性商业化潮流。

教育也不乏矛盾之处。一个中学生后来回忆，美军进驻日本后，被认为最具有军国主义色彩的修身、日本国史和地理三门课中断数月，在文部省赶制新教材期间，他们被要求将自己辛辛苦苦抄写的老课本涂黑。这一经历带给他这样的思考："接受了的知识可以动摇，教育本身并不是绝对的事情。"

最大的矛盾在于旧官僚体制的延续。"最初占领日本时美国人是很热心的，"原日本驻印度大使野田先生说，"后来冷战开始，美国希望充分利用日本，便一边改革，一边让20世纪30年代的官僚体制发挥作用。"于是左翼遭到"赤狩"，保守势力重整，经济大权也重归中央官僚手中。此后数十年，日本以一种国家资本主义的姿态赶英超德，一跃成为世界第二大经济体，令欧美国家兴奋而又紧张地讨论"日本奇迹""日本模式"。但随着20世纪90年代初日本经济泡沫破灭，整个国家陷入停滞无法自拔，保守的官僚体制也成为反思的对象。一个名叫菅直人的人就直言批评说："日本政策中80%是由官僚制定，只有20%是由民选政治家制定。在我们现行的体制中,一个大臣,包括首相,也没有最终的权力,甚至都不能称之为一个政府。"

2

1950年6月25日,朝鲜战争爆发,美国的"特需"采购为日本带来了约23亿美元的资金,超过1945年到1951年美国援助总额。购买机械制品的订单大量涌入,丰田汽车的产量在短时间内就增加了40%,股市则上涨了80%。较不引人注目的是日本企业对"品质管理"的引入。一个名叫戴明(W. Edwards Deming)的美国统计学家,在本国日益失去听众,却在日本发表了影响深远的演讲,被尊为"质量管理之父"。"日本公司的东西,只要是在日本市场卖的,我买时也从来不拆装检查,从未出现质量问题,"本田公司一位专注于生产管理的职员说,"这种品质,就可以追溯到戴明。"

到1952年,曾经在战后"笋式生活"(人们一层层剥下自己的衣服去卖,以换取食物)中挣扎的日本人第一次感受到了景气——全国小学实现了完全供餐,菜单里有橄榄形面包、脱脂奶粉和龙田炸鲸肉,冰箱和缝纫机得以普及,理光双反相机则带动了战后第一次相机销售高潮。这个国家已经为进入1955年做好了准备。

1955年发生了什么?

这一年,为了对抗整合后实力陡增的左翼社会党,自由党和民主党两大保守党派合并成立自由民主党。由于掌握国会多数，自民党自此开启了长达三十八年的"一党执政"，被称为"1955年体制"。"1955年体制"不仅是政治上的，而且是经济（高速成长）、社会（大众消费）全方位的，对日本影响深远。

抵达羽田机场是在晚上，我买好利木津巴士的车票，沿着提示很容易就到了候车区。开往东京市区不同地点的巴士在这里分成若干个停车点，每个停车点上方的显示屏实时更新，告诉你最新三趟大巴的终点，开往池袋的那班是9点5分。穿制服的工作人员接过你的箱子，把候车者和行李都分成三排，前一趟车开走，第二排的人和行李就顺序前移，地上并没有划线，但所有的行李都排得整整齐齐。我们前一趟车快开走的时候，远远跑来一大家子，工作人员示意司机稍等，然后跑过去帮他们提箱子。这家人一边向其他乘客道歉示意，一边气喘吁吁地上了车。轮到我们时，工作人员不慌不忙地稍稍加快了检票的速度。坐上大巴，系好安全带，电子显示屏上"开往池袋"的字样刚被替换掉，大巴发动了，9点5分整。许多人就是这样认识了日本，尔后，你会发现，这整个国家其实都在一条看不见但规定好的轨道上运行着。

1955年，日本经济开始长达二十年的高速增长。在这个过程中，"团块世代"接过了上一辈人的接力棒，迅速发展出一种规律的生活方式：男人们白天在公司拼命干活，把这里当作自己安身立命的所在，相信"只要对企业好，就是对社会好"，晚上到居酒屋和同事领导继续面对面，既是放松，也还是工作。如果你回家早了，家人会觉得奇怪：和公司的人处得不好吗？夜深了，返回西方人眼中"兔子窝"一样的家，贤惠的妻子已经为他们烧好了洗澡水——大多数日本女性那时都是主妇。他们通常有一到两个孩子，习惯了核心家庭而非传统大家庭的生活；他们喜欢富士重工的家庭轿车，热爱安藤百福1958年刚刚发明的鸡味拉面；为了收看平民太子妃与皇太子的婚礼以及东京奥运会，他们掀起了购买电视机的热潮；他们是大众文化的接受者，是日本动漫产业淘到的第一桶金。即便是知识分子也不附庸风雅，一个日本人说，"大学教授或高等法院的法官半夜在酒吧会跟木匠或出租车司机一起唱流行歌曲，这是司空见惯的场面"。

与之相比，20世纪60年代的学生运动或许只能算得上不大不小的波澜。那些当年走上街头反对美日安保、反对成田机场建设的热血青年，毕业后都成了公司职员。"团块世代"中的一员村上春树后来回忆："大家认为运动已经结束，继而成为企业战士，不断发展经济、制造泡沫，然后泡沫破灭一切成空。"

3

1970年3月，就读于早稻田大学的卓南生给新加坡《星洲日报》发回关于日本大阪世博会的报道："负责'日本馆'的一位官员振振有词地说，'要看原子弹轰炸遗迹的人可以到广岛去看，这儿是属于未来，日本只想向世界夸耀诸如新干线之类的东西……'"

这位官员的振振有词印证了经济学家森岛通夫的说法："自明治维新以来，赶上和超过西方国家一直是日本人民最悲壮的愿望。"现在，时机到了，1955年以后的历任首相都制定了长期的经济计划，其中最著名的就是当年声称要"用一亿日元来守住贞操"的池田勇人提出的"国民收入倍增计划"。在通产省[1]的强力推动下，纺织、钢铁、机械器具、石油产品、精密仪器的生产高峰接踵而至。一些人开始使用"日本有限公司"来比喻这种在政府强硬产业政策指导下运行的经济体。对于日本人来说，为了重点加强对西欧各国有竞争力的战略产业，就必须将优秀人才集中于这些产业；为了选拔出优秀人才，孩子们就必须参加激烈的竞争，因而学校成了所谓"受验地狱"——东亚应试教育之"残酷"，既有文化因素，更有政治经济结构因素。

20世纪60年代初，法国总统戴高乐提及池田勇人时还轻蔑地称之为"那个半导体推销员"，不出几年法国就被日本超过。到1968年，日本的GDP已超越联邦德国，成为资本主义世界的二号强国。日本制造打遍西方无敌手，连美国媒体也开始担心。1971年5月10日，索尼公司创始人盛田昭夫登上了《时代》封面，标题是《如何应对日本的经济侵略？》。

---

1 通产省，即通商产业省，前身是日本对外贸易与工业部门，是日本20世纪60年代经济"高度增长"的主要推手，2001年改名为经济产业省。

然而这只是硬币的一面，人们会问另一个问题：有多少人分享了经济起飞的成果？又有多少人被这趟疾驰的新干线列车抛下？

日本给出的答案是：1亿总中流。从1955年开始，日本社会学界进行全国的"社会分层与流动调查"（SSM调查）。到20世纪80年代，有70%的接受调查者认为自己属于中流阶层，而来自日本政府"国民生活舆论调查"的数字则是接近90%。1984年，东京大学教授村上泰亮在他那本著名的《新中间大众的时代》里写道："就一般趋势而言，蓝领与白领的区别应视为古典资本主义时期的一种惰性，将逐渐失去其存在意义……"

"主要是税制。"日本一家主流经济报纸的记者认为这很好解释。"日本最大的税源是企业税和个人所得税，有钱人要交很多税，有的要占收入的65%，此外遗产税也很厉害，很多人几乎承受不了……决定税制的是日本很优秀的官僚，他们毕业于名校，有这个理想：日本社会应该是公平、平等的。"

日本财团会长笹川阳平年轻时交税最高曾达到收入的80%："那几乎就是拿一个手续费了！收税是调节贫富差距、稳定社会情绪非常重要的手段，我今年77岁了，我死后我的房子就要卖掉交税，不然会有很多麻烦。"

笹川阳平曾多次造访中国："我常说，日本是国家财政赤字，但老百姓过得还可以，中国也许正相反吧。当然，邓小平先生的让一部分人先富起来是没有错，但可能他也不会想到现在中国的贫富差距会这么大。今后中国应该把更多的资金投入到社会福利方面，包括医疗、食品安全等等，这才是一个国家真正富裕的标准。"

日本工会总联合会前代表世森清从劳动者的角度给出了另一种解释：从1955年开始，日本的劳动者开始联合起来，向资方提出涨工资等要求，由于日本的财政年度到3月31日终结，所以抗争多在樱花开放前的早春，是为"春斗"。"战后日本多有劳资冲突，受到惩罚的都是工人，"世森清说，"1950年前后，日本通过了'劳动三法'——《劳动组合法》《劳动基准法》《劳动关系调整法》，组织权和罢工权从制度上得到了保障。"

而通过劳资谈判，双方又通过一个被称为"生产力三原则"的协议：首先，双方同意冲突对彼此无好处，应该坐下来谈，以建立劳资协定；其次，协定达成后，资方可以给劳方一个长期雇佣的承诺；再次，保证利益在经营者、劳动者和消费者间公平分配。对于有终身雇佣制、年功序列制、企业内工会的日企"三神器"，盛田昭夫在《日本可以说不》里说得更漂亮些："日本的公司是一个命运共同体，就像一个人结了婚，即使生了一个身体有残障的孩子，仍要一辈子照顾他一样，是不能轻易解雇的。而日本的员工，由于了解所谓的命运共同体，因此，为了将来，'现在'可以忍耐。当公司方面提出为了将来，想将盈余转增资，或投资于设备时，工会组织不会无理取闹，而有和解、妥协的余地。"

在日本采访期间，我们好几次听到这样的话，"日本人对贫富差距的容忍度极低"，而常被拿来的例子是，日本最穷的冲绳，人均收入也达到了最富有的东京的一半。

4

那时人人都有个"日本梦",大量外地青年来到首都,就成了首都人民——日本人的户籍只是其"原籍",你搬到什么地方,只需要在当地政府的窗口申请"住民票",就能成为当地居民,教育权、医疗权等一样不落。这些新东京人信奉一件事情:只要努力就会有办法,而他们的确也都随着这个国家迈入了成功。

他们大学时学着本地的年轻人留长发、穿喇叭裤,在新宿的街头高唱反战歌曲,呼吁爱与和平;毕业后挤山手线上班,拼命挣钱,拼命存钱,偶尔去浅草的脱衣舞剧场看一个叫北野武的同龄人表演喜剧;后来他们买了车,又在郊区买了房,再听到《北国之春》时,忍不住也要热泪盈眶——他们也许就来自北部的青森、新潟、长野、岩手……但起码他们还有故乡可供怀念,等到他们孩子这一代在京郊出生、长大,想要"逃离东京"时,已经无路可退了。

他们赶上了好时候,但也不是没有坏事情。随着工业发展与产业升级,在20世纪50年代后期,"公害"开始侵袭日本,最出名的是发生在熊本县水俣湾的水俣病。一家向海湾排放含汞污水的化工厂让一个镇四分之一的人口先后患上了"怪病",轻者口齿不清、手脚发抖,重者神经失调乃至全身弯曲而死。1971年,东京发生严重的光化学烟雾污染，熏倒了操场上的小学生，而曾经供应"江户前寿司"原料的东京湾也赤潮泛滥。1973年，厚生省公布了一份菜单，要求民众一星期内食用某种鱼类不要超过指定分量，潜台词是，这样才能降低毒素的累积……

染野宪治1991年进入日本环境厅（现环境省），负责解决有关公害问题。"日本政府从20世纪60年代才开始正视公害问题，这源于三方力量的推动：首先是媒体自由的报道；然后是地方政府迫于选民的压力，开始承担属于他们的那部分责任；最后就是独立的司法，如果政府不作为，老百姓可以去走司法途径，当时受害者提起了大量的诉讼。几年前一家中国电视台采访我，我也谈了这三点，他们让我特别强调一下报道自由这部分，说要用来做内参。"

如今走在东京的街头，已经很难想象那仅仅是三四十年前的事情。天是淡蓝的，位于闹市区的神田川，水是深绿色的，里面游动着巨大的鲤鱼，还有时潜时浮的乌龟。好些天没有下雨了，路边的银杏叶也没有蒙上灰尘。

1973年的石油危机结束了日本近二十年的经济高速增长，改编自科幻小说《日本沉没》的同名电影在这一年吸引了880万观众，但这并没有影响到整个世界对日本的追捧。1979年，哈佛大学傅高义（Ezra Vogel）的《日本第一：对美国的启示》把"日本热"推向新的高潮。卓南生在为《星洲日报》撰写的社论中说："日人之所以从十年前被讥为'经济动物'，而摇身一变成为今日备受世人推崇的'借鉴的模式'，推究原因，主要还是它没有在1973年石油危机中垮下去……令百病丛生的欧美师父相形见绌，惊叹徒弟'功力'不浅……"

1985年的"广场协议"永久地改变了日本，直到现在仍有不少日本人把它看作西方世界的一次阴谋。按照协议，美元对主要货币的汇率有序下跌，以解决美国巨额贸易赤字问题。日元由此大幅度升值，工业出口受到冲击。日本政府为了维持经济增长，开始大幅降息，结果使得大量资金流出股市和房市，泡沫经济赫然成形。

在欧洲，人们惊讶地发现，日本人开始以组团的架势扫荡欧美的奢侈品店——其中自然有生活在"年功序列制"下的日本人对"身份标识"的崇拜，以及趋同的文化心理，但最重要的原因恐怕是，日元升值令日本人的购买力空前强大。在美国，夏威夷的海滩上都是黑头发黄皮肤的日本人，洛克菲勒中心被日本人买走了，哥伦比亚影片公司也被索尼拿下了。有资料说，到20世纪80年代末，全美国10%的不动产已成为日本人的囊中之物，老美们惊呼："日本人要买下美国了！"一个美国记者受日本外交官宴请，饭后甜点竟然是铺有金箔的巧克力奶油冻，"我私下觉得吞食金属颇不容易，却顿时明白了夸耀性的消费"。

在日本国内，所有的人都在谈论股票、外汇、房价，东京闹市区几乎每个行人都一身名牌，喝最高级的红酒，然后不管车费多贵也要打车回到郊区的家里。作家新井一二三回忆说："那几年的日本，简直开着没完没了的嘉年华，或者说是天天过年、晚晚过节的全面性疯狂。"甚至大学生都有花不完的钱，前述日本记者20世纪80年代末尚在读书,他告诉我:"我们当时都认为日本世界第一,生活水平要比美国好,而且只会越来越好,去酒吧的大学生很多,回来的时候都打不到车。"二十年后他来到中国,晚上在国际俱乐部附近也经常打不到车,而周围是些"看起来都很有钱"的年轻人。他觉得这场景真熟悉啊。

5

1989年12月,日经股指冲到了38915点的历史高位,房地产价格也不遑多让——一个经常被引用的对比是,在泡沫经济的最顶峰,东京都的地价超过了全美国地价总和,而卖掉整个加州,甚至只能买下日本皇宫这一小块地皮。这是最后的疯狂。到了1990年,股市暴跌,楼市也开始走低,一些公司倒闭了,一些人破产了,但是人们身处其中,会觉得一切只是暂时的,而不知道,历史正在关闭一扇上升之门。

美国学者安德鲁·戈登认为,1990年是日本与全球历史的一个断限时间。1989年1月,昭和天皇裕仁去世,此时正是东欧剧变的前夕,冷战行将终结,而在冷战中形成的"1955年体制"也开始出现裂缝——同年7月,自民党在参议院选举中遭受重创,首次失去多数席位。随着泡沫经济的破灭,自民党主导的以折中与妥协为特征的高度成长政治难以延续,官僚体制、学校与企业的集体主义这些原本支撑着战后日本发展的各种机制也纷纷开始露出破绽。在1993年的众议院选举中,陷入腐败与分裂中的自民党未能获得国会半数议席，沦为在野党。"1955年体制"在政治上崩溃了。

两年后，日本的失业率自1955年以来首次突破3%。"凭努力而非凭业绩"在其他国家往往被视作失败者的托词，但在战后日本，这句话却是一种社会共识。不过，在20世纪90年代中期以后，盛田昭夫口中的"命运共同体"渐渐不堪重负，"凭努力"也遭到"凭业绩"越来越多的挑战。日本人迫不得已地开始转向一个更加自我负责的社会，被视为日本特色的"终身雇佣制"开始松动。

我们到达东京第三天，酒店里送来的《国际先驱论坛报》就在头版刊登了一张巨大的新闻照片：商铺打出密密麻麻"完全闭店"的黄底红字，一个白发苍苍的老者低着头从店门口经过。图注写着：日本的内需如此不振，而通缩如常，以至于货币调控对它已经不灵了。而日本四大经济类周刊之一的《钻石周刊》这一期的封面是四个粗黑大字："解雇解禁"，讨论的是在不景气的当下，正社员（正式员工）的铁饭碗也有可能不保的问题。在"解雇解禁"四个字下面，有一道充满裂痕的墙，墙外面，衣着随便的年轻派遣社员（临时工）有的奋力往上爬着，其他人则举着电钻和斧子，气急败坏地砸墙；墙里面，西装革履的正社员冷汗涔涔，手足无措。

2010年，在日本经济泡沫破灭的第二十年，《纽约时报》试图为它重新画像："在迄今差不多一代人的时间里，这个国家一直深陷通货紧缩泥沼，不能自拔。在此过程中，这只昔日的经济猛兽已雄风不再,失去了在全球经济中的傲人地位……如今,随着美国和其他西方国家正竭力摆脱债务及其自身的房产泡沫,越来越多的经济学家将日本当下的黯淡处境视为上述国家的未来走向。"

世森清提供的一份统计资料显示,2008年,日本上班族中年薪在200万日元[1](一般被认为是四口之家的贫困线)以下的占总数的23.3%,这个数字比1994年提高了5.6个百分点。与之相对应的是"百元店"的遍地开花,以及优衣库和ZARA这样的低中端品牌的流行,前者几乎占领了东京每一个大的街区并造就了日本的首富,后者——用大前研一的话说——"价格中低阶层,感觉中上阶层"。在周末夜晚的浅草,人们在大排档觥筹交错,不亦乐乎。到了时间,却要立即起身去赶最后一班电车。710日元起步价的出租车,现在对于普通日本人来说太贵了。东京的通勤圈也许仍会扩大,但是一些卫星城却不可避免地衰落了。二十多年前,人们抱着"明天会更好"的坚定信念,在郊区买房买地,以为这里迟早会变得和城区一样。未料到泡沫破灭,卖场倒闭,电车班次减少,一到夜晚郊区几成"鬼城"。

但日本仍应感到庆幸,在它的经济开始出问题的时候,它已经建立好了一个稳固的制度:法治、财产权和自由的媒体。在它的人民开始变老前,经济繁荣带来的财富已经得到相对平均

---

[1] 按照2008年的汇率,1日元约合人民币0.065元;按旅行时间2010年8月的汇率,1日元约合人民币0.08元。

的分配。《大西洋月刊》的记者詹姆斯·法洛斯曾在20世纪80年代的日本住过，2010年夏天又和妻子搬回了东京，惊讶地发现了两点变化："一是我们曾经的邻居都变得更富了，在过去的十年中，整个日本都是如此；二是日本现在比'日本可以说不'的时代大为不同了，更为谨慎，在政治和文化氛围上都更加地'向内看'。"

许多事情早有预兆。还在20世纪80年代，日本企业的管理层就开始抱怨，那些出生于60年代以后的年轻人，不愿加班，对假期没有一点"抵抗感"。这些"六〇后"被媒体称为"新人类"，他们性格内向，稚气未脱，自称为"外星人"，有自己的语言体系，喜欢用"真的！""不可置信！"这样简单的表达。他们喜欢阅读漫画，对《朝日杂志》和《世界》这样的严肃刊物感到"困燥"……如今，派遣社员已经占到了日本上班族总数的1/3，这会进一步改变他们的价值观和生活方式。和父辈相比，日本的年轻人或许更"宅"、更"草食"，不把工作当作生活，对外面的世界意兴阑珊。但是看一看新宿、池袋街头粉红色的游戏厅里，无数下了班的中老年人玩弹子机时的专注神情，谁又比谁更不寂寞呢？

东京都知事石原慎太郎不喜欢一个"向内看"的日本，嚷着说这个国家"要完蛋了"。而在距离东京数百公里、只有十几万人口的三条市，市长国定勇人却说，在泡沫破灭之前，日本人总想着如何赶超别人，现在却有机会重新审视自己的生活，这未尝不是好事。

对于日本国民诉求的变化，女作家酒井顺子说得更加明晰："泡沫崩垮，景气恶化，不管在精神上还是生活上人们都涌起一股清静和寂寥感，此时我们开始注意到自己的立根之处。在泡沫经济的全盛时期跑遍各国、看尽名牌精品，慢慢知道，要在欧美人的地盘跟他们决胜负，是绝对没有胜算的。如果是这样，也许解决办法就是不穿晚礼服而穿和服……于是女性开始舍西洋花艺改学花道，舍西洋草书改学书法，舍精品名牌包改买和服，舍剧团四季去看歌舞伎，舍夏威夷而开始去京都……JR东海线也用广告鼓吹：'对了，去京都吧。'"

"我不认为日本在20世纪90年代以后是简单的衰退和滞胀。"日本大学商学院教授李克说。一些欧美学者来到日本都感到不解：这个国家是在衰退吗？他们看不到通常意义上的萧条场景，整个东京仍然灯红酒绿。"这二十年，不仅是政府和经济的关系在调整，整个日本社会也在进行一场大的调整。"

"春花秋月杜鹃夏，冬雪皑皑寒意加。"这是道元禅师的一首和歌，题名《本来面目》。日本的本来面目是什么呢？川端康成看到的是美丽的日本，大江健三郎看到的则是暧昧的日本。日本很晚才拥有自己的文字，却在创造出文字后很短的时间里就创造出丰富的文学作品。这个民族似乎习惯了跑步前进，然后迅速地穷尽未来，也耗尽自己。他们如此之快地冲在前面，每个国家都能从日本身上看到自己——你想知道些什么，你就在什么样的日本。

可能的世界 ／ 日本

里弄东京

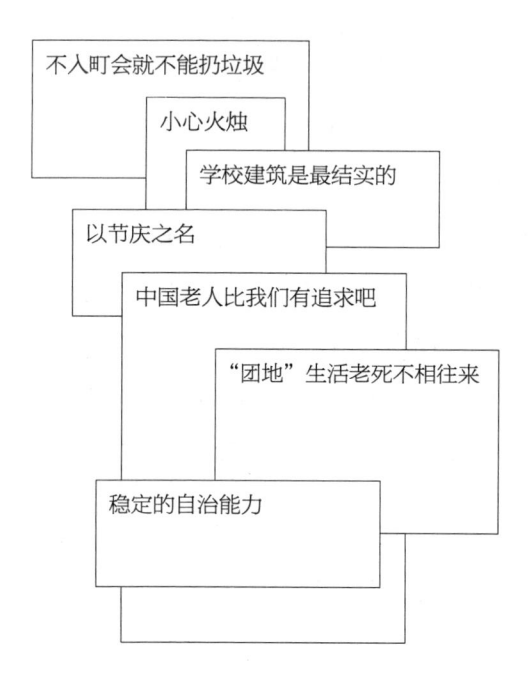

不入町会就不能扔垃圾

小心火烛

学校建筑是最结实的

以节庆之名

中国老人比我们有追求吧

"团地"生活老死不相往来

稳定的自治能力

东京地势西高东低，江户川、隅田川等大小河流自北自西流来，侵蚀了这个古名武藏野的台地的东缘，形成一个个舌状的小型台地，俗称"山之手"。这些小型台地后来有了一些还算响亮的名字：品川、池袋、新宿、涩谷、代代木……1885年，日本铁道品川线通车，以此为起点，小型台地被环形铁路依次连接起来，这便有了著名的山手线。

搭黄绿色的山手线电车到秋叶原，换乘总武线向东，到浅草桥时已经进入下町，又依次经过两国站和锦系町站，抵达龟户站，再步行十几分钟便到达龟户三丁目。

这里的建筑多灰白或淡黄色，几乎没有超过五层的楼房。天空中电线横七竖八，街道狭窄却干净。花花草草从不起眼的角落里冒出来，从铁门的栅栏里伸出来，从楼顶垂落下来，连屋檐下等待回收的啤酒瓶架上也摆满了盆栽植物。阳光很足，衣物和被子晾晒在为数众多的临街窗台和露台上。街旁三三两两分布着一些店铺，比如"大井商店""梅寿司"，随时有人推门而入，或者推门而出。倒是符合雅各布斯在《美国大城市的死与生》里写的"要有一些眼睛盯着街道"，因为"街边的楼房具有应付陌生人、确保居民以及陌生人安全的任务"。

龟户三丁目町内会会长佐藤和男的名字就刻在自家门上。这是一栋独门独院的住宅，如今这样的房子在龟户还有20%。日本人家的地址以"区-丁目-番-号"标识，"町"相当于中国的街、巷，町内会则是居民自治的基本单位，类似于中国城市的居委会。这一天，由江东区政府与江东区龟户町会联合会合办的夏末大会将要举行，龟户中央公园里已经有人开始顶着烈日布置摊位和舞台了。

"我们三丁目町会有900多户，而我还是整个龟户地区町会联合会的会长。"78岁的佐藤先生说，"町内会最大的作用就是连接行政和居民，如果没有町会，行政的意志就到达不了居民"。

和几十年前一样，流动留言板仍然是这里的居民获知区内事务的主要途径。除了传达区役所（区政府）的通知，町内会会议、节庆、婚丧嫁娶的消息，以及各种服务性信息譬如组织郊游、回收废品等，也都由留言板送达。"传阅的顺序是规定好了的，一户看完了盖个章送到下一户，一般一周就能传遍整个社区，要是有紧急通知，三天就可以转完。"

日本的町会制度形成于20世纪初。"二战"期间町会被军部控制，成为战争机器终端的螺丝钉。佐藤先生那时正上初中，"我记得当时送子当兵的气氛很浓，町会组织老幼为年轻人送行，妇女们为他们系上腰带，是整整1000针缝上的，据说子弹打不透……当时町会是强制参加的，因为粮食实行配给制，不加入分不到吃的。"

战后，町会制度一度被美军废除，但后来又以自治组织的形式重新兴起。"战时是特殊时期，现在完全不一样啦！"佐藤说。町会现在和政府没有关系，会长两年一改选。町会干部由居民轮流担任，全部是义务劳动。居民可以自愿选择是否加入，每户每月的会费是300日元，而租户则是100日元。"我们总是吓唬他们说，你们不加入町会就不能扔垃圾！当然，这是开玩笑。不过日本人喜欢集体，害怕落单，很多町会组织的活动，你不是会员就不太好意思参与，所以入会率还有90%左右。"

佐藤先生给我一份《平成16年度（2004年）收支决算报告书》，里面详细列出了龟户三丁目町会的各项预算和决算，其中收入部分以会费最多，而支出则有31项之多，包括防灾费、夜警费、敬老费、水道光热费等等。

在每个除夕漆黑的夜里，町会干部会五六个人一队，拿着手电筒或提着灯笼巡视街区。每一支队伍都有一个人脖上挂着铃铛，走几步就敲击一下，而巡视干部则用低沉而悠长的声音提醒着街坊："小心火烛！"对于老居民来说，这种声音已成为新年氛围的重要成分。

更为日常的则是防灾。每年八九月间，日本的电视上就开始充斥着各地开展防灾训练的新闻。龟户也不例外，区役所、消防署与町会合作，以漫画的形式对孩子讲授地震、火灾时的应对之策。一个让人感慨的例子是，日本的小学生座椅靠背上都套着个软套，一有地震他们会立即取下软套垫在头上，然后往桌下躲避。

龟户町会联合会印制了巨幅的防灾地图，里面标出了邻近街区的避难场所、临时集合场所、消防署、医院、防灾仓库等等。从地图里看，街头灭火器、消防栓和防火水槽分布得密密麻麻，几乎几十米就有一个。一旦江东区出现6级以上的地震，町会干部在确保自身及家人安全的前提下，会立刻行动起来，调集"灾害协力队"，组织居民疏散到邻近的学校和公园——在日本，学校的建筑通常是最结实的，这些地方平时就备有应急的粮食、水和毛毯等物品。

整个过程中，区役所通过町会下发的无线防震报警器会发挥重要作用：不但能通知居民躲避地震，而且由于地震往往引起火灾，区役所还能通过掌握风向，告诉居民正确的逃跑方向。

离佐藤先生家不远处是有着三百五十年历史的龟户天神社。平日里，这里更像一个清静的公园，穿过高高的"鸟居"，就进入了"天上"。爬上一座红色的拱桥，有乌龟在湖中的岩石上晒太阳，更多的乌龟在争抢游人抛下的面包。龟户本是填海而成，地下水偏咸，乌龟较鱼更能适应。5月时湖周围会开出紫藤花的瀑布，神社也由此入选"新东京百景"。再往前行，便是祭堂。

如果说町会是日本人在世俗层面的结合体的话，那么神社就是把他们真正凝聚起来的更深层的纽带。"神社是扎根于日本人内心之中的，很多活动都以神社为中心，从九州到北海道，莫不如此。"佐藤先生说。"在美国，通常是先有人聚居，然后才有教堂。而在日本，是先有神社，然后围绕神社形成社区，所以日本人非常讲究'地缘'，相信每一片土地都有自己的保护神，也即'氏神'。比如每年的11月，日本3岁、5岁、7岁的儿童，要在身着和服的父母陪同下，到本地神社求福，氏神会为他们驱除灾厄。"

我第二次拜访龟户地区时，附近一个稍小的神社正在迎来它的节庆。通往神社的道路上挂着一排排红白相间的灯笼，上面写有町会的名字，人们在路旁摆摊，卖着烤鱿鱼、纳豆等，大多数小吃都在100日元以下。"卖得非常便宜，主要由町会出钱补贴，其实就是回馈本地居民。"白岩忠夫说。他是江东区区议会议长，也在帮忙张罗着明天的节庆。

与其说是摆摊，不如说在闲聊，买者和卖者平时就是街坊，大家都穿着随便，趁着这个机会三五成群地拉拉家常，顺便计划一下明天怎样庆祝，不时迸发出快活的笑声。这是城市里的"村落"，却和我们头脑里"城中村"的印象相去甚远。相比于新宿、银座的腰板笔直脚步匆匆，这里无疑是松弛与缓慢的。

神社的一侧是舞台，第二天会有本地居民的演出。舞台再绕过去有一个小小的靶场，穿得像圣斗士一样的孩子们刚刚散去。作为仪式的一部分，他们可以在这里练习射箭，正中靶心就意味着他们的目标将要实现。神舆停放在路边临时搭建的木台上，明天，町会组织的志愿者们，要抬着它"哇啸哇啸"地巡游邻里——或者说，"氏神"管辖的范围。

从宗教意义上说，神舆巡游是让守护神视察并降福于所在地区，但日本人早就习惯从这样的仪式中各取所需。忙碌的上班族好容易闲下来，带着孩子看看热闹；主妇们参与准备红豆饭的义务劳动，顺便增进邻里感情；扛着神舆的小伙子们会试图带着它游行到社区的边界，隐隐有和邻近社区叫板的意味；年长的町会干部们则希望每一回巡游，都能增进人们对社区和传统的认同。白岩议长在这里碰到了另一位老人，他是总武线龟户站附近一个町会的会长。和三丁目相比，龟户站周围更多的是大型住宅公团。"团地"生活容易老死不相往来，老人希望利用合办节庆的机会，把更多的"团地族"与传统仪式衔接起来。

佐藤先生在抱怨一件类似的事情："现在老是强调个人隐私，町会干部好多事情不敢问了。比如吧，我们要搞一个敬老协会，让75岁以上的老人参加，可是人家的年龄就不太好问，于是我们只好猜：那个老太太应该有75岁了吧，那就请她参加……"

龟户地区老人生活与整个日本并无大的不同。如果加入了国民年金，退休以后每个月可以领25万日元左右；如果是大公司职员，这个数字可以达到40万日元。加上日本家庭一般存款较多，所以多数老人生活优渥，用佐藤的话说，"在社区活动之外，每天做做操、散散步、遛遛狗，还经常旅游"。有趣的是，在谈到自己买马彩这个爱好时，他颇有些不好意思："这个不得体……中国的老人比我们要有追求吧？"

下午4点，佐藤先生开车带我们去往夏末大会的主会场——龟户中央公园。这是一次联合了龟户22个町会的更盛大的节庆，包括了神舆巡游、防灾体验、模拟贩卖、纳凉大会、花火大会等等，预算超过700万日元。"行政很坏！区役所只肯出一半的钱，剩下的一半，除了各町会从会费中拿，还要请企业来赞助。"

请来的企业多是某某料理店、某某纪念品商店、某某会计所，做的都是街坊生意，每家出2万日元赞助，然后在明黄色的活动手册上登一个豆腐块广告。今年节庆要放烟花，"目标1000发"，可是赞助没拉够，只能放600发，他们也不在意，仍然高高兴兴地写"花火大会赞助感谢"。

5点,太阳没那么毒辣了,小摊贩的生意也来了。他们中的多数人是专做节庆生意的露天商,打着大阪、广岛、北海道特色美食的招牌,空气中弥漫着章鱼烧和爆米花的香味,有点中国庙会的感觉。陆续前来的市民不少穿着"浴衣"(一种较轻便的和服),他们买些小吃,在草地上铺块塑料布,架个小桌板,就围坐在一起边吃边聊。这场景,和数十年前,甚至数百年前的场景没有什么两样,也许,日本想象力丰富的"怪谈"就是从这里诞生的吧。

太阳快落山的时候,中央公园的灯笼亮了起来,一群穿着正装、领导模样的人进场,他们在儿童鼓乐队的引导下前进,偶尔举手向草坪上的市民打个招呼。市民们继续喝着啤酒,吃着烧烤,偶尔也给他们鼓鼓掌。领导们绕场一周后,坐到了舞台上,儿童鼓乐队开始一首一首演奏乐曲,听起来全部是似曾相识的日本动画片主题歌。每奏完一曲,台上的领导都要微笑着鼓励一下,看起来有一种令人忍俊不禁的与民同乐气氛。之后是领导讲话,区长、议长和本地政治新星依次登场,说的无非是要团结起来,让龟户更美好之类的话,也没几个人在认真地听。倒是舞台下方那绿油油的宣传标语更有意思:"防中暑,要喝有盐分的水!"

演出在7点准时开始,22个町会的婆婆和妈妈们依次登场,都穿着和服,蹬着木屐,跳着节奏缓慢的传统舞蹈。台上跳得起劲,台下的"浴衣"们也不遑多让,披着残留的"夕烧"(夕阳),踩着音乐的拍子加入了草坪上的集体舞,踩地、抬腿、半转身……如果这个时候有人从空中往下看，他会看见一个几百人手挽手围着的巨大圆圈，在慢慢地逆时针转动呢。再过一个多小时，天黑透了，人微醺了，舞跳累了，花火会倏地升上夜空，开出600朵璀璨的花儿来。

"以节庆之名"是这一切的契机。人类学家早就注意到日本人对"即时传统"的偏好，他们擅长借用各种传统符号——它可能是本地神社某个古老的仪式，可能是"下町"家长里短的生活方式，也可能是日本文化中对易逝的美好事物（譬如樱花和花火）的迷恋——来覆盖新的环境，从而创造出人们对一个自治的邻里的认同：这里是江东区，这里是龟户，这里是龟户三丁目。不过也有人类学家视野之外的话题，日本杏林大学副教授刘迪提醒我，中国人看日本，往往只看到它的内阁在走马灯似的换，却少有人看到中央政府不稳定之下地方自治体的稳定。"这种稳定的自治能力，是不是日本虽经历二十年经济不景气，却仍然没有垮掉的重要原因呢？"

可能的世界 / 日本

夏日雪国

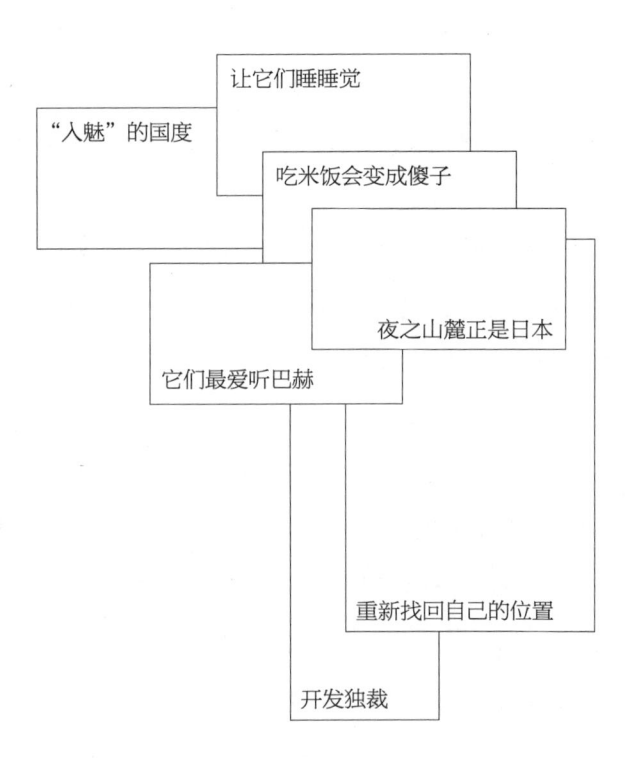

"入魅"的国度

让它们睡睡觉

吃米饭会变成傻子

夜之山麓正是日本

它们最爱听巴赫

重新找回自己的位置

开发独裁

穿过县界长长的隧道，车窗外的云朵开始集聚、翻滚起来。最近的一站叫越后汤泽，川端康成笔下的雪国。大巴从山腰的隧道口滑行而下，把关越高速的大堵车抛在后面，眼前展现出木屋、炊烟、杉树、水田，还有小小湖泊点缀的巨大盆地。

已是新潟县（日本的县相当于中国的省）境内，大巴继续急行北上，穿过数条清澈的溪流，路边金黄色的稻田渐渐长大，到六日町已经连成了相当可观的一大片，接着是鱼沼、小千谷、长冈，直至三条。

我拖着箱子从高速公路边的IC站出来，下了台阶，钻过涵洞，鞋子沾上了草叶，又被"下午的露水"打湿。辗转找到酒店，放了行李，洗脸时喝了口自来水，竟是甘甜的，完全没有东京的那股生味。

三条这个小城，初看真像是美国电影里的西部小镇：行人寥寥，汽车呼啸而过，五颜六色的集装箱式卖场立在路边，标识也数英文的"SHOE PLAZA""JEAN SHOP""YELLOW HAT"最大。"日本"二字，都藏在细节里——窗台下摆放得恰到好处的盆栽植物，看似随意其实精心整饬过的篱笆，以及上面蓝色紫色的"朝颜"（牵牛花），还有，房前屋后突然冒出来的一小块水田。

安达先生从打谷的车间里走出来，满面尘灰烟火色的，精神却矍铄，他把我们引进木屋，沏上乌龙茶。"我们这个泉生产合作社成立于昭和四十五年（1970年），主要种植大米和大豆，现在有成员149人，大部分都是老年人。成员把自家土地租给我们,我们在上面耕种,收成卖给农协,再回过头来给成员发工资。"

1946年,安达一家拥有了自己的土地——战后,在麦克阿瑟的主持下,日本政府强制收购地主土地,并以低廉的价格转卖给佃农和有能力经营者。安达先生在自家2.6公顷土地上耕种了六十年,看起来熟悉这里的每一粒谷子。"抽穗的禾苗是最娇贵的,最要用心,对水和温度的反应都要非常快,要随时做出调整……"

他说,只有缓慢而充实的生长才能产出最好的大米,而温室效应让水稻的生长速度变快,现在,日本最适合水稻生长的地方,正由以越光米闻名的新潟,转向更北的北海道。"以前我们还用稻架,收割下来的水稻会在稻架晾晒近一个月,让谷子充分吸收阳光和水分,吃起来会更香。但是现在很多地方控制成本,省去了这一环节,米不如以前香了。"

日本农协具有强大的议价能力,农村也一直是日本政治的大票仓,所以农业在几十年来一直得到自民党政府的巨额补贴,以使农产品的价格受到保护。据说日本农民收入的一半都来源于政府补贴。补贴造就了日本的高价农业,在东京银座的米饭博物馆里,2公斤一袋的新潟产"无洗米",最便宜也要卖到1000日元。正因为如此,大量农民虽然早有其他职业,仍不愿放弃自己的稻田。"我们家也吃自己种的米,省钱。"我们的司机、三条市经济部农林课的副主管板垣先生说——难怪三条市区常常见到零星的水田,总不能每个人都是陶渊明吧。

这也是泉生产合作社成立的背景之一，因为越来越多的人选择兼业，无暇精耕细作，才有必要协同生产。"新潟的气候好，水好，可是如果不用心，也赢不了。"安达说。

绝大多数日本人都对安达们生产的日本米有固执的偏爱。"虽然贵，但是更黏，更好吃。"便宜的外国米，比如泰国米，"就只适合做咖喱饭的时候用一用"。

今天的日本料理，采用的都是本地食材，先端上来的是一大盆"枝豆"（毛豆）。日本的毛豆，以新潟产的风味最佳。"你们看，比东京给得多多了吧！"司机抱怨首都料理店里的袖珍碗。

橙汁、凉拌雏菊、刺身、煮物、烧物、味噌汤……依次被端上来，冷与暖、厚与薄、光与影、光滑与粗粝，搭配精巧，构成了一幅迷你的图画。有人调侃，日本料理与其说是给人吃的，毋宁说是给人看的。但一位日本人走得更远："我要说，日本食物是给人想的，是一曲无声的音乐，漆器和黑暗中摇曳的烛光一起，把这一曲音乐给唤了出来。"

白米饭热气腾腾，日本朋友用筷子蘸上米粒细细品尝——他们似乎总是极珍爱"日本原有"的一切，我却并未觉出和中国的东北大米有多大区别，只是个头饱满些，黏稠些。对，非常黏稠，稍一搅动，米粒就紧紧地抱在了一起。

"二战"接近尾声的时候，日本经济濒临崩溃，普通人家已经很难吃到白米。民众被鼓励食用橡子、谷糠、花生壳和锯末来补充淀粉摄入，而蛋白质的不足，则要通过吃蚕、蚯蚓、蚂蚱、家鼠、田鼠来补充。日本政府的研究者还说，如果好好消毒，老鼠尝起来就像是小鸟的味道，但要避免吃它们的骨头，因为会使人体重减轻。

1946年，日本开始从美国的亚洲救援公认团体接受物资援助。1950年，美国赠送的面粉已经为八大城市的小学提供面包。1953年，在大阪市的一个展览会上，组织者宣传吃面包的好处，并警告偏食米饭会导致营养不良，他们甚至说，"吃了米饭会变成傻子"——这只是日本全国上下"饮食生活合理化"的一个缩影。然而随着日本经济的复苏及起飞，1970年，学校供餐开始混入米加工品。1975年得出结论：养成吃米饭的习惯在教育上是有意义的。次年，米饭正式导入供餐，重新夺回了"主食"的名号。

淅淅沥沥下了两天雨，东京小店里写着"凉"字的风铃还没下架，这里已经感受到秋意。我沿着五十岚川往山中行，见一老农在向已收割过的地里倾倒稻壳，心生好奇，便和同行的农林土木系官员前去询问。

这是五十岚川冲积出来的一片开阔谷地，白鹭在其间滑翔。据说朱鹮也是常客，这种珍贵的鸟类在日本已经灭绝，从中国引进后又重归自然，新潟成了它们的栖居良地。官员照例一通哈腰问好，老农听清了来意，慢悠悠走到田边，扶着他那崭新的斯巴鲁小货车和我们聊了起来。

原来稻壳被用作有机肥料，这样便不用烧荒也不必施化肥，就能保持稻田的肥力，"现在在琢磨着种出一种彻底无公害又好吃的大米"。没想到老人家还在想着发明创造。在问清对方是农林课的官员后,他抱怨起来:现在米价太便宜了,比以前低了一半,物价却又不低,农家赚不到钱,辛苦啊!不过他又说,附近温泉不少,闲时可以放松放松,今年他还特别去了北海道度假。官员一边赔笑,一边发出尾音上扬的"喔喔"之声。

要去的地方叫北五百川,是日本的"全国棚田百选"。"棚田"就是梯田,不过,成为景点的北五百川梯田并没有圈起来收门票,而是继续由四户农民耕作,佐野先生就是其中之一。

雨刚停,他拿起一小瓶盐,领着我们往山上走。空气湿润又清洌,教人忍不住大口呼吸。梯田已经收割完毕,禾根又重新发出绿油油的小苗,齐刷刷地长着,远望还以为是一片新田,田边等距种着漂亮的石蒜,过了花季,花瓣褪去了鲜红,加了粉色和橙红。不只是美观,"这种花还可以驱赶老鼠",佐野介绍。

破坏稻田的不只老鼠,还有猴子,人们就在梯田顶部立个瓦斯枪,每隔几分钟就自动嘣响一次,吓跑偷食者。梯田的水源是山中泉水,可以直接饮用。"水比较冷,所以梯田产量比平原低,但是因为水好,所以米好吃,价格更高。"

以"发展"的眼光看,佐野先生这样"小规模、低效率"的农户,早就该退出市场了。可是,正是由于战后农地改革建立的自耕农体制,以及政府对农业无微不至的保护,农村也迅速富裕起来,没有被飞速发展的工业化抛下。根据日本农林水产省的统计,2008年日本贩卖农家的年均收入是466万日元,而上班族的年均收入则是641万日元，差距并不算大。在日语里，"农民"二字几乎没有任何负面含义，不知是否和农村的富裕有关？而在政治上，"保守的"日本农村在1950年以后几乎没有发生过农民运动，成为社会稳定的基础，在中国颇有名的专栏作家加藤嘉一接受采访时说：在日本，越是乡下的人，越感觉幸福，也越为日本自豪。

走完280级台阶，我们在一个凉亭里小歇。突然觉得脚踝处又痒又麻，撩起裤脚，两条水蛭赫然在目。我还没来得及叫出声来，佐野先生已不慌不忙地把它们揪掉，那瓶盐现在发挥了作用，水蛭很快成了水蛭干。

再有两个多月，雪国就要迎来漫长的冬季，大雪会从12月下起，来年4月才化，那时候佐野先生们就该躲进建得像别墅一样漂亮的木屋，围着暖炉过冬了，"冬天出不了门，都做什么呢？""什么都不做呢！"

泉水沿梯田而下，到山脚成了溪流，人们在这里筑坝，把溪水引向平原用于灌溉。溪流继续奔腾，汇入盛产鲑鱼的五十岚川，五十岚川再往前流淌十几公里，就注入了日本最长的河流信浓川。

信浓川的水是青黑色的，我一看到它就想起了三岛由纪夫在写给川端康成的信中所书，"亚洲那巨大的夜之山麓正是日本，恰如爱尔兰作家注重晨昏朦影一样，我们习惯于在这种朦胧柔和、没有黑柱石般硬度且轻盈似水的夜色里，讲述着各种各样的幻想趣话"。有时候我觉得，日本人的"kodawari"（汉字写作

"拘"，指日本人若要做一件事，必要"拘泥"于此，力求完美无缺），和这是一个"入魅"的国度多少有些关系，他们相信任何事物身上都寄居着神灵，需要被恭敬地对待。

我们站在信浓川冲积出来的一大片平原上，这里是最好的果树产区，河流定期泛滥，让土壤格外肥沃。7月中旬，桃子红了，7月下旬，葡萄也熟了。8月中旬以后，进入梨的季节，大大小小的梨被送上大岛果实晒选厂的传送带，然后经过扫描仪自动按水分、个头、形状分成三六九等。新潟最好的梨"Le lectier"要等到10月中旬以后才会成熟，而摘下来的梨，还要放置一个月，用农民的话说，"让它们睡睡觉"，然后在超市里卖到2000日元一个。

享受更好待遇的是渡边康弘家的水果。这位45岁的日本农民，脸上还长着粉刺（一定是我看错了），他会给自己果园的水果播放音乐，"它们最爱听的是巴赫的古典音乐，最喜欢的乐器则是北印度的弦乐器西塔琴"，说的好像这些水果都是自己的朋友。

上午10点，"水松的季节"开门了。这是一家地产地销合作社商店，卖的蔬果比超市便宜三成，都是附近的农民早晨送来的，只要你拥有农协的生产证书，与合作社签个协议，就可以供应蔬果。

葡萄、苹果、西红柿、辣椒、莲藕，还有一种叫穰荷的东西，都水灵灵的。商店的经营者解释，这些都是早晨才摘下来或者挖出来的，只卖到下午4点。包装盒上生产者的名字与电话，都写得清清楚楚，同样是马铃薯，卖的价格也不一样，都是由农民自己定的——也许安达家经过晾晒的大米、渡边家爱听音乐的水果会卖得贵些？这个时候，买谁不买谁，大概就看品质和信誉吧。合作社提取15%的费用以维持运营，"但是我们不营利，我们的目的是让主妇们开开心心地买到安全健康的食品"。

三条市市长国定勇人是"地产地销"的支持者，他刚刚花3万日元订购了一家合作社的60千克大米。"日本的食粮自给率只有30%多，但是三条市的自给率达到了83%。"

38岁的国定勇人在东京出生成长，四年前由日本总务省派驻三条工作，随后对这个偏远小城产生好感，并成功竞选上了市长。在他看来，20世纪90年代初经济泡沫破灭后，日本才算真正进入了地方时代。"战后很长一段时间都是'开发独裁'的模式，人和钱都往大城市集中，但是泡沫破灭后，中央开始愿意分权，地方有了更多的自主权，日本也渐渐由纵向社会向横向转变。"

他说，泡沫破灭前，这个国家和人民满脑子只想着"发展"。现在，人们开始重新思考，什么才是生活。"当然，说得不好听些，现在的日本人失去了目标，但是这也是一个机会，让人们重新找回自己的位置，建立一个真正丰富多元的社会……拿我自己来说，我很享受一大家子围坐在一起吃饭的感觉，可是现在这样的场景只有在三条这样的地方才能看到，在东京早就不存在了。"

坐上新干线时天已经黑了，列车的速度如此之快，只用了两个小时，就把县界、雪国，还有黑色的夜交还给了东京的灯火。这座巨大的城市正由内而外发出咝咝的躁动，我拖着行李箱上了电梯，再次穿行于上野车站的西装革履间，在眼花缭乱的"改札"（Gates）中寻找对的出口。

参考文献

《太阳照常升起？》：

《不平等的日本》，[日]佐藤俊树著，王奕红译，南京大学出版社，2008年。

《何谓日本人》，[日]加藤周一著，彭曦译，南京大学出版社，2008年。

《M型社会：中产阶级消失的危机与商机》，[日]大前研一著，刘锦秀、江裕真译，中信出版社，2007年。

《日本的起起落落：从德川幕府到现代》，[美]安德鲁·戈登著，李朝津译，广西师范大学出版社，2008年。

《日本镜中行》，[英]艾伦·麦克法兰著，管可秾译，上海三联书店，2010年。

《日本人的缩小意识》，[韩]李御宁著，张乃丽译，山东人民出版社，2009年。

《日本社会：卓南生日本时论文集》，[新加坡]卓南生著，世界知识出版社，2006年。

《日本文化史》，叶渭渠著，广西师范大学出版社，2003年。

《丧家犬的呐喊》，[日]酒井顺子著，常思纯译，中国社会科学出版社，2005年。

《无约束的日本》，[美]约翰·内森著，周小进译，华东师范大学出版社，2005年。

《下流社会：一个新社会阶层的出现》，三浦展著，陆求实、戴铮译，文汇出版社，2007年。

《拥抱战败》，[美]约翰·W. 道尔著，胡博译，生活·读书·新知三联书店，2008年。

James Fallows, "Poor Little (Rich) Japan", *The Atlantic*, 2010.

Martin Fackler, "Japan Goes from Dynamic to Disheartened", *The New York Times*, 2010.

《里弄东京》：

《邻里东京》，[美]西奥多·C. 贝斯特著，国云丹译，上海译文出版社，2007年。

《美国大城市的死与生》，[加拿大]简·雅各布斯著，金衡山译，译林出版社，2005年。

《夏日雪国》：

《川端康成·三岛由纪夫往来书简》，[日]川端康成、[日]三岛由纪夫著，许金龙译，外国文学出版社，2009年。

第四章

肯尼亚

人究竟有没有无所事事的权利?

当我回想肯尼亚之行时，脑海里首先出现的是一头捻（扭角林羚）。当时我们在西察沃国家公园（Tsavo West National Park）的入口处，它不知从哪里冒出来，隔着车窗好奇地看着我们。金鬃毛，黑眼睛，长睫毛，浑身泛着丝滑的浅咖啡色光泽，白色斑纹恰到好处地点缀在眉眼、两颊、脖子和背上。它一点也不怕人，反而好奇地伸出舌头要来舔我们。它是那么漂亮和干净，我立刻就明白了海明威在《非洲的青山》里为何对这种动物念念不忘。

虽然如今非洲的"游猎"早已变成"巡游"——越野车在高星酒店接上自助早餐吃得过饱的游客，前往大大小小的国家公园，游客们不用迈开脚步，就能隔着车窗近距离观看、拍摄那里的野生动物；但在某些特定时刻，你仍能获得一些珍贵的体验。譬如偶遇一只可爱的捻时；譬如你意识到自己那城市的眼睛在大草原上完全失明，野生动物近在眼前也难以发现时；譬如一天下来你习惯了草原的广袤和野生动物的规模，回到住地，看到家畜顿觉个个袖珍时；又譬如雨幕和彩虹依次褪去，傍晚6点，草原散发着浓浓的棕叶香气，金黄色的耶稣光照在连绵的青山时。你莫名其妙觉得，博物学家和冒险家的时代早已远去，但你仍然摸到了某种东西。海明威可能是这种东西最重要的塑造者之一，他的书写把"游猎"故事带入了一代代读者的精神世界。

再往前溯源，塑造"游猎"的，则是一条铁路。在更大的意义上，那条铁路还塑造了一个"现代国家"和一种"现代生活"。如今，我们对这种生活满心疑虑，但在一百年前，它恰如火车隆隆向前，势要碾过一切反对者。看看丘吉尔当年关于非洲人是否可以"躺平"的评论——"我的观点很明确，那就是：无论是什么身份，无论生活在哪里，任何人都没有无所事事的权利。任何人都必须前进。"

于是，为了搞清楚一条铁路的力量究竟能大到何种程度，我又一次开始了火车之旅。

可能的世界 / 肯尼亚

通往非洲之心

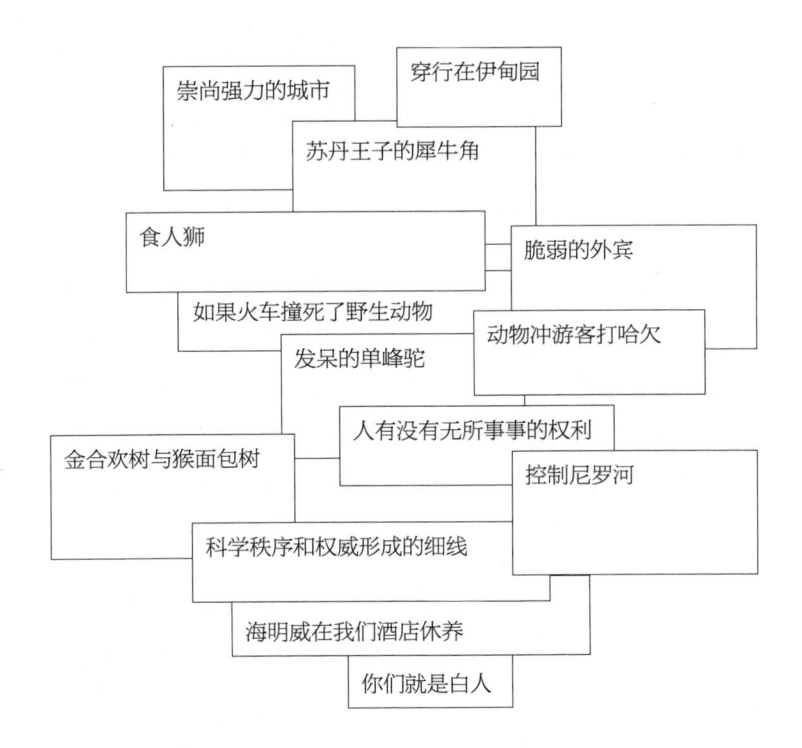

崇尚强力的城市

穿行在伊甸园

苏丹王子的犀牛角

食人狮

脆弱的外宾

如果火车撞死了野生动物

动物冲游客打哈欠

发呆的单峰驼

人有没有无所事事的权利

金合欢树与猴面包树

控制尼罗河

科学秩序和权威形成的细线

海明威在我们酒店休养

你们就是白人

1

前往蒙巴萨新火车站（Mombasa Terminus）的道路漫长。我们从印度洋沿岸的一个海滩出发，沿着连通坦桑尼亚与肯尼亚的公路北上。双向二车道上偶有莽撞的超车司机，把你逼到路基上去，或是在你超车时同时加速，迫使你把对面来车逼到路基上去——很不幸，这两种情况我们都遇到了。

公路的尽头是条海峡，在基林迪尼（Kilindini）码头换乘渡轮，交50先令[1]，被运到蒙巴萨岛上，和堵车搏斗一阵，与阿拉伯风格的老城擦肩而过，把那些突突车都甩在后面。三天前，我在老城转悠时，会有突突车突然停下，车主拉客的方式是冲我蹦中国姓氏：Mr Ma！——我后来才想起，有人告诉过我马云在肯尼亚挺火——Mr Wang！Mr Li！连续猜错后，他笑嘻嘻地开走了。老城街道狭窄，到处是猫，老式吊扇在每一个门洞里悠悠转着。旅行手册说，这里治安很成问题，但我遇到的人个个友善，他们用斯瓦希里语、英语甚至汉语跟我主动打招呼，而他们中间的大多数都并不是指望你光顾的纪念品商店店主。可能唯一的"危险"来自院墙上一只对我瞪大眼睛弓起背的猫，但待我扭头与它四目相对，这只猫立刻松垮下来，像没事人一样露出迷离的眼神。推开有五百多年历史的曼达利清真寺（Mandhry Mosque）的雕花木门，一个穿白色长袍的中年人坐在地上读《古兰经》。

---

[1] 按旅行时间2018年8月的汇率，1先令约合人民币0.067元。

我们闲聊了会儿。他以前是一个足球守门员，还有兄弟和朋友在海湾国家踢职业联赛。"有人进肯尼亚国家队吗？""蒙巴萨人很难进国家队，内罗毕那边的人觉得我们不够强壮。（这种想法）其实源自他们的部落主义，内罗毕是一个崇尚强力的城市。"

对内陆的内罗毕人来说，"斯瓦希里"可能仅仅是一种官方语言（另一官方语言是英语）。在那里的一家艺术工作室，一位年轻人否认"斯瓦希里人"的存在："我们的斯瓦希里语就相当于你们的普通话，你们国家有'普通话人'吗？"但对生活在海边的蒙巴萨人来说，"斯瓦希里"不仅仅是一种语言，更是一种文化身份认同，它象征着与阿拉伯乃至更广大世界的联系。

建城已千年的蒙巴萨一切都是"老"的，老葡萄牙教堂通往老邮局，老邮局挨着老市政广场，老市政广场对面就是老港（Old Port）。老港的确曾经是一个港口，而且是东非最重要的港口。大航海时代到来之前，主宰印度洋的是阿拉伯帆船（dhow）。每年10月到来年4月，著名的印度洋季风从东北刮来，把阿拉伯半岛、印度甚至中国（在15世纪的《郑和航海图》中，蒙巴萨被叫作"慢八撒"）的商船送到这里。接下来几个月，季风向反方向刮去，商船满载象牙、犀牛角、龙涎香、龟壳、肉桂，或者来自非洲内陆的奴隶返航。一艘载重8吨的阿拉伯帆船，就可以携带足够多的象牙，去装饰印度国王的一整座宫殿，或者足够多的犀牛角，让一打苏丹王子全年春药不愁。

1453年，土耳其人攻下君士坦丁堡，欧洲人通往东方的陆路被切断，被迫探索绕道好望角前往印度的海路。1498年，葡萄牙人达·伽马抵达蒙巴萨,"发现"了这个吃着黄油、青蕉并用新鲜牛奶煮制米饭的富庶城市。1593年,葡萄牙人在这里用珊瑚修建了一座以耶稣为名的城堡,扼守蒙巴萨港。此后数百年,这座耶稣堡(Fort Jesus)在葡萄牙人、阿拉伯人与本地部落间数度易手,最终在19世纪并入大英帝国版图。到达蒙巴萨当天,我叫了一辆出租车,打算去耶稣堡看看。

"去Jesus Fort。"上车后,我对司机说。

"Jesus' Fault?"他迟疑了几秒钟,然后明白过来,"是要去Fort Jesus?"

"对对对,就是Fort Jesus。"

"啊哈,那可不是Jesus' Fault(耶稣的过错)。"

我也反应过来:"抱歉,是我的过错!"

耶稣堡高高耸立在海峡边,可以望见远处印度洋波涛连成的一条白线,不远处的老港一片寂静。20世纪初,英国人开发了水深浪小的基林迪尼港,老港被逐渐废弃。此刻,我甚至没能看到一艘哪怕是用来观光的阿拉伯帆船。我在城墙凹进去的地方坐了一会儿,海风从瞭望口处涌入,吹空调一样舒服。

城堡里有一个博物馆,展示在蒙巴萨海岸出土或者留存下来的文物,许许多多"china"(瓷器)。游客不多不少,一个带团的肯尼亚老导游瞥见我这张亚洲脸,隔着十来米就拉长声音喊着"Deng —— Xiao —— Ping ——",冲过来热情地跟我握手,一边握手一边继续,"Mao —— Ze —— Dong ——"。我硬着头皮伸出了双手回礼。此前20分钟,沿着上坡道进入城堡时,我遇见了参观完毕的一群肯尼亚学生，他们每一个人都要和我握一握手，为此纷纷放慢了脚步。于是，猝不及防，那条长长的甬道变成了检阅现场。握到第十几个人的时候，这位外宾脆弱的心理防线崩溃了，只好改为和他们挨个击掌，逃出生天。

城堡里有许多老照片，供人怀想蒙巴萨老城一百多年前的模样。在其中的一张里，可以看见老法院漂亮的钟楼，飘着米字旗的塞西尔酒店（Hotel Cecil），大街上穿梭的行人——白袍的穆斯林、短裤的黑人、西装的白人；地面上，两条轨道由远及近，画出漂亮的弧线，上面停着一辆人力有轨推车。这样的轨道已不复存在，只在耶稣堡外留下一小节，标记一个逝去的年代——1895年12月11日，一个叫乔治·怀特豪斯（George Whitehouse）的英国人，正是搭乘这种有轨人力车，从老港入城，准备开启一项世纪工程。

2

车子驶出蒙巴萨城区，在通过一座大桥再次回到了非洲大陆前，我看到了路边绵延不绝的集装箱，汉堡来的，上海来的，全世界来的，垒起来有好几层楼高。过桥后不知走了多久，看到左侧路牌指示，蒙巴萨莫伊国际机场（Moi International Airport）——没想到新火车站比机场更远。继续向前，路况开始变差，我们在尘土中颠簸，路旁是挖开的沟渠，垃圾，荒草，一头发呆的单峰驼。死路，倒车。沟渠，垃圾，荒草，继续在灰尘里颠簸。突然之间，一条崭新的高架大下坡道出现在眼前，坡道的尽头是一座螺旋状的崭新车站——蒙巴萨新火车站到了。

这是中国出资修建的新东非铁路的起点。按照设想，这条标轨铁路（SGR，Standard Gauge Railway）将一路向西穿越肯尼亚，途经内罗毕，抵达维多利亚湖东岸的基苏木，然后继续深入非洲腹地的乌干达和刚果（金），再往北往南分别连接南苏丹和卢旺达。2014年9月，第一段铁路（蒙巴萨到内罗毕）正式开工建设，2017年6月开通试运营。这条耗资超过30亿美元的铁路采用"中国标准、中国技术、中国装备、中国管理"，从椅子到车票，蒙巴萨新火车站的一切几乎都让中国人感到眼熟。我在候车室闲逛时，看到站内的火灾逃生线路图都还保留着中文。通过闸机进入站台时，乘客会看到一尊郑和的塑像，介绍上称他是"历史上曾经造访肯尼亚的中国外交官""从1405年到1433年，郑和的船队四次到访蒙巴萨，增进了中肯两国的互相了解，也加强了两国友好往来"。

开往内罗毕的列车下午3点15分准时发车。这趟车几乎满座，窗外是起伏不大的丘陵，棕榈树和紫红色的野花点缀着连片的玉米地，虽是旱季，仍然满目绿色。这里是适合居住的沿海地带，一千年来被阿拉伯人、印度人、欧洲人轮番造访乃至定居，但除了少数长途商队，很少有外来人冒险继续前往内陆。1880—1895年，在瓜分非洲的狂潮中，英国和德国分别控制了现在的肯尼亚与坦桑尼亚。1895年，英国宣布肯尼亚为其"东非保护国"。乔治·怀特豪斯是作为铁路总工程师抵达蒙巴萨的，他的任务是在四年之内修筑一条通往乌干达的铁路。

反对修这条铁路的英国人很多，有人是反沙文主义，不希望英国在扩张的道路上越走越远，有人只是纯粹认为造价过高，或者技术上不可行——此时还不存在一个叫肯尼亚的国家，离开了沿海地区，就是勘探有限的广大内陆，那里分布着众多不好打交道的部落。支持修铁路的人相信它可以更好地保护英国传教士的安全，彻底根除奴隶买卖（火车的运输成本远低于长途商队，一旦有了铁路，商队就不再有生存余地，而这些商队当时是贩奴的主力），甚至还有机会把东非的广大领土变成英国式农场。但最终，让英国人下定决心修一条铁路的，是殖民地印度的安全。

1869年，苏伊士运河的开通使得英国到印度之间的海路缩短大约7000英里，航程减少了40天。1882年，英国又占领埃及，控制埃及就控制了苏伊士运河。不论是军事上还是商业上，保证运河的安全成了英国人关心的头等外交大事。但埃及有一个阿喀琉斯之踵——尼罗河。19世纪80年代，探险家们已经确认了这条世界第一长河的源头就在乌干达境内的维多利亚湖北岸。英国人担心，如果欧洲其他强国（尤其是德国）控制了乌干达，就会通过控制尼罗河水源掐住埃及的脖子，进而影响到英国在苏伊士运河乃至印度的利益。

听起来很牵强对吗？乌干达位于非洲腹地，交通困难。在19世纪下半叶，哪怕是欧洲强国，要在尼罗河源头修建一座大坝也殊为不易，更何况，尼罗河下游的来水，除了受制于维多利亚湖流出的白尼罗河，更受制于源于埃塞俄比亚的青尼罗河，而埃塞俄比亚是一个独立国家。可是，事情往往是这样：当人们有了恐惧，他们心心念念的就是消除它，至于代价，那是次要的。

在那个年代，修建一条通往非洲心脏地带的铁路，可以帮助许多英国政客消除失去印度的恐惧。修建铁路的法案在议会通过后，一直反对铁路的政客亨利·拉布谢尔（Henry Labouchere）在《真相》（*Truth*）期刊上发表了这样一首小诗：

> 没法计算，它要花多少钱
> 没法弄懂，它的目标为何
> 没人知道，它要去向何方
> 没人明白，它又有何用处
> 没人清楚，它将装载什么
> ……
>
> 显而易见，这是一条疯狂铁路（a lunatic line）。

3

1896年5月30日，在一个众多官员出席的典礼上，乌干达铁路铺下了第一块枕木。在此之前，从印度征召的350名劳工已经抵达蒙巴萨。此后的若干年里，总共有31983名印度劳工参与铁路建设，构成了筑路的主力——没有其他国家可以提供更多适合热带条件的劳力。他们以2000人为一个铁路营队，一些人先行清障、平土、夯实路面，一些人铺枕木，一些人肩扛铁轨，一些人完成最后的安装。一段铁轨铺好后，火车头（通常是海轮运过来的印度二手货）拉着建材随之跟进，大部队离开，前往下一个扎营地。

离开棕榈树点缀的海岸地区后，铁路进入了塔鲁荒漠（Taru Desert），这不是典型意义上的"荒漠"，因为它干燥的红土上还生长着扎人的灌木，这些都需要人力去清除。查尔斯·米勒（Charles Miller）在他的《疯狂特快》（*The Lunatic Express*）一书里写道：在很短的时间里，那些赤足的印度劳工就伤了一半；高温也是威胁，在这片荒漠，白天气温始终在37度以上；还有营养不足，这片该死的荒漠没什么野生动物，没法补充肉食；还有疾病，因为供水有限，人们只能去野外的泥坑补充水源，英国人懂得用明矾净水，而印度人只是用自己的头巾稍微过滤一下……工程队一共只有五名医生，十来位护士，考虑到这样的条件，整个1896年"只有"不足百名劳工死亡被认为是"一个小小的奇迹"。

或许因此也不难理解印度劳工的各种"偷奸耍滑"——干活的时候应有150人，但只有70人出勤，而发薪的时候，出勤人数达到了200人。英国人不得不把保底工资改成计件工资，把按月付钱改成按公里数付钱。1897年，铁路抵达了塔鲁荒漠西缘、距离蒙巴萨100英里的沃伊（Voi）。这一年，铁路迎来了第一次官方检查，火车载着检查组以30英里的时速穿越塔鲁荒漠。一位官员看起来颇为满意，在报告里写道，虽然车厢内部落了几层红土，但"并没有严重到足以打扰我们饮用下午茶的雅兴"。

我乘坐的列车通过塔鲁荒漠的时速是115公里，窗外是红色的土地与枯干的灌木。那些灌木看起来非常低矮，只有在里头出现一个披着红黑"束卡"行走的马赛族男人时你才会意识到，它们其实常常超过人的头顶。应肯方要求，中国修建的这条新铁路采用内燃机车，同时配备了未来电气化升级的条件，空调车厢内部和中国的T字头、K字头硬座车厢几无不同，也没有预留足够的空间给大件行李。我上车时，洗手池前的空地已经堆满了大箱子，我只能把箱子留在车厢连接处。因为有点担心行李，我不时走到连接处看看，顺便也活动下筋骨，看看风景。

过了沃伊之后，有一段意外地好看，是那种大片的金黄色草原，金合欢树与猴面包树交替出现，后者没有一片叶子，说要到雨季才会长出来。下午的阳光照得远处的荒草发亮，像是地平线那里冒出了一大片白沙滩。几米开外，掩映于荒草中与我们并行的就是当年印度劳工修筑的乌干达铁路。在一年前标轨铁路列车开通后，老铁路已经停止了客运服务。我看到好几个显然已经废弃的站点，红瓦屋顶，墙角还开着三角梅，有一个小站好像是被当地居民占用了，穿裙子的女孩坐在门口，看着我们的火车快速驶过。这条窄轨曾是世界上"最具浪漫情调，也是令人惊叹"的一条铁路——这是英国前首相丘吉尔的话，他称赞沿线这些有着水箱、信号灯、售票处和花坛，风格统一的小车站，"就像是一条由科学文化、秩序、权威和布置所形成的细线，穿过了世界上这个还属于原始而混沌的地区"。不过这是一百多年前的事了，到肯尼亚之前，我读了一些关于乌干达铁路的介绍，知道它在最终停驶前许多年就已全然破败，更适合寻求刺激和猎奇的背包客来体验。至于它为什么破败，许多文章语焉不详，我也就默认了这是时间导致的必然结果。

"看见大象了吗？"连接处另一头有人问我。这是一个40岁左右的大肚腩肯尼亚人，之前一直在打电话，都是公司里那些事。"啊，还没有，我得留意一下。""嗯，这边动物挺多的。"他在内罗毕工作，每周末回蒙巴萨看望父母，和我遇到的每一个肯尼亚人一样，他也觉得二等座1000先令的定价非常公道。我问他，为什么蒙巴萨新火车站离城里那么远，他说是为了降低征地成本："你知道吗？这条标轨铁路造价30多亿美元，有十分之一用在了征地补偿上。"我们聊了一会儿，他的电话又进来了。离开塔鲁荒漠后，列车开始横穿察沃国家公园，也是肯尼亚最大的国家公园。我把眼睛贴在车窗上半个小时，看到了两头长角羚和四头大象。大象背对着我们出现时，我一时没反应过来：那几匹马怎么那么肥？

接近察沃时，窗外的色彩丰富了不少，远处是灰蓝的山脉，近一点是黄色、绿色、棕色的植被，眼前是红土，还有不断出现的估摸有好几米高红土堆积出的白蚁穴，嶙峋状颇有哥特之风。下午5点多，我们的列车在东察沃国家公园入口附近停靠了10分钟，给内罗毕开来的客车让道——每天早晨和下午，各有一趟客车从内罗毕和蒙巴萨发出。不一会儿，对面一趟列车轰隆而过，我用手机拍了会儿慢动作，回放时看见对面车厢有一个男人也在拍我们，而一个孩子站起来冲我们一直挥手——想到我可能是这趟列车上唯一看见她的人，还挺奇妙的。

列车重新启动，缓缓前进了几百米后，那条窄轨又出现了，它从红土与灌木中冒出来，迅速拐向南边，和我们交叉而过。我们的标轨铁路一直在高架上延伸，穿越窄轨后，又过了察沃河。正值旱季，察沃河不过是一条灰绿色的温和小河，但英国中校、工程师约翰·亨利·帕特森（John Henry Patterson）1898年5月来到这里时，雨季尚未结束，从乞力马扎罗雪山流下来的河水冰凉湍急，可以轻易冲走不结实的桥桩。帕特森来这儿的任务是建一座横跨察沃河的大桥，但他很快发现，他们所面临的挑战要远比建一座桥本身所带来的困难严峻得多。

4

刚到察沃没几天，帕特森就听说有工人神秘失踪。有人说是狮子夜里从营帐里把人拖走的，但他并不相信，因为失踪的工人恰好存了不少钱，帕特森觉得应该是有人谋财害命。三周以后，一位强壮的印度军官辛哈在其他工人的眼皮底下"失踪"了——午夜时分，一头狮子将头探进敞开的营门，辛哈因为离门最近，不幸遇难。狮子咬住他的喉部，他大声喊着"放开我"，并用双臂抵住狮子的脖子，但一下子就被拖走了。第二天早晨，帕特森根据血迹找到了受害者的遗骸。当晚，他带着枪在附近的树上蹲守一夜，结果狮子在别处再次偷袭得手。连续几晚，帕特森都扑空了。"似乎它们有某种超凡的神秘能力，总能识破我们的计划。"他在《察沃的食人魔》一书中写道。

最初的几起袭击事件并没有引发大规模恐慌，整个营队有2000多人，分布在河岸超过8英里的范围里，人们觉得自己不会倒霉到被狮子选中。在辛哈遇害后，还有人严肃地提出疑问："难道他当时没有拼死反抗？"但当工程队主力往前继续铺轨，只留下几百人修建大桥时，情况就不同了。

人们开始在营帐周围用荆棘搭起又高又厚的"柏玛"（Boma）刺篱。刺篱内，篝火彻夜不熄，守夜者用长绳操纵附近树上悬挂的六只空铁罐发出声响，希望吓退食人狮。结果两头狮子不怕火也不怕噪声，轻而易举地找到了刺篱的漏洞，在一个满是病患的营帐里制造了一场屠杀，后来又差点杀死在棚车里伏击的帕特森。后者在狮子穿越刺篱猛扑到眼前时才来得及开枪，这一枪并没有打中狮子，只是吓跑了它。

这一次受惊让狮子暂缓了对营地的攻击，但数月后它们又回来了，并再一次轻而易举越过刺篱拖走受害者。这回，它们示威般在帕特森的营帐附近啃噬。

> 我可以清楚地听到它们嚼碎骨头的声音，那令人毛骨悚然的呼噜声弥漫在空气中，在我耳畔回响了数日。最令人害怕的是那种无助的感觉，当时即使走出营帐也没有用，那名可怜人早已身亡，四周又一片漆黑，不可能看见任何东西。

有人在日记里描绘那些被狮子杀死的劳工——连他们脸上的肉都被吃光，遗骸因此露出了可怕的微笑表情。印度劳工们现在坚信：这两头狮子绝不是真正的动物，而是披着狮皮的恶魔；这场杀戮，是两名死去原住民酋长的恶灵，在阻止铁路通过他们的土地。1898年12月1日，工人集体罢工，数百人躺在铁轨上，拦下通过的火车，把自己塞进车厢逃离了察沃。接下来的三周，工程完全停摆，剩下的工人，也都纷纷在高处寻找庇护所，每一棵尺寸合适的树上都挂满了吊床。

在最终被帕特森击毙之前，两头狮子杀死了28名印度劳工，以及数目不详的非洲原住民（最夸张的一种说法是，他们一共吃掉了134个人）。长久以来，人们都认为察沃狮子吃人是由于当地野生猎物的减少。19世纪90年代的东非也确实遭遇了大规模的干旱，但2000年以后，通过对两头狮子标本的研究，科学家有了更可信的解释：两头狮子的牙齿均有一定的问题，这使得它们倾向于捕猎比斑马、羚羊、角马更弱小的人类。现在这两头食人狮的标本陈列在芝加哥的菲尔德自然史博物馆。1924年，帕特森在美国演讲时以5000美元的价钱把它们卖给了博物馆。两年前参观菲尔德博物馆时，我对食人狮标本尚有印象，但万万想不到它们差点儿阻止了一个国家的诞生。

我后来读到，"察沃"（Tsavo）在当地坎巴族的语言里就是"屠戮"的意思。因为察沃河这一水源的存在，察沃地区自古以来就是那些商队挑夫逃跑的高发地区，而那些逃走后被抓回的挑夫都被处死了。搭乘"游猎"观光车穿越察沃国家公园时，我部分明白了帕特森为什么花了好几个月才击毙那两头狮子：和更有名的马赛马拉国家公园与安博塞利国家公园相比，察沃不仅矮树灌木丛生，而且地势高低不平，确实非常适合人间蒸发。离开察沃没几天，我在报上读到新闻，一名搭车女子在蒙巴萨到内罗毕公路察沃段被卡车司机遗弃，后来在察沃河边遭到鬣狗袭击，多亏她的尖叫声引来了巡逻的警察，才捡回一条命。

察沃并不是铁路工人唯一遇袭的地方。我们的火车后来还路过了一个名叫辛巴（Simba，斯瓦希里语"狮子"之意）的小站。当年，在这个距离现在的内罗毕只有140公里的地方，狮子还杀死了一位名叫查尔斯·雷亚尔（Charles Ryall）的英国军官。雷亚尔曾在印度服役，在当地猎杀过老虎。他的计划是蹲守在一节窗户敞开的车厢里，吸引食人狮靠近后再开枪。不幸的是，他打了个盹，自己成了猎物。我在内罗毕的铁路博物馆看到了那节车厢，编号12号，里面深绿色的上下铺占据了大多数空间，很难想象一头狮子如何悄然跃入，再带着一个成年男性跃出。车厢外有两条长椅，我坐在那儿休息时，旁边几个肯尼亚年轻人在刷抖音，各种洗脑的中文音乐混合着猪叫声，笑得他们合不拢嘴。

5

大肚腩肯尼亚人打完电话了，我们靠在连接处聊天。他叫邓肯，凑巧是铁路子弟，父亲是位"guard"，在乌干达铁路工作了四十多年。在英式铁路系统里,"guard"并不是警卫的意思,他通常负责与沿线各站沟通信号,并且在紧急情况下踩刹车——早年火车刹车动力有限,需要尾车协同机车进行。

窄轨铁路没有隔离带,有时候会发生火车撞死动物的情况。邓肯告诉我,野生动物是肯尼亚外汇的重要来源,如果火车或者汽车撞死了野生动物,按法律必须停车,打电话给动物保护部门,交由后者处理。通常动物保护部门会赔偿车辆损失(野生动物跑到了铁路或者公路上是政府的责任),取走动物身上禁止走私的部位(譬如象牙),然后把动物的肉留给司机,算是"又一种补偿"。因为父亲工作关系,邓肯从小就遍尝各种野生动物,大象、犀牛、长颈鹿。这些动物的肉得先风干,然后"一顿好煮"才能吃,而其中,最好吃的,"当然是羚羊肉!"。

1899年,铁路开始向肯尼亚高地进发,海拔抬升到1000米以上,气候变得怡人,大片的草原也取代了恼人的带刺灌木。每一个人都被这里难以计数的狷羚、角马、斑马震惊了,一个英国人在日记里描绘,目力所及之处全是动物,铁轨的撞击声会在半径500码(约450米)内惊起动物的"涟漪"。

1909年,西奥多·罗斯福也来到了这里。他卸任美国总统不久,身体状况大不如前,有了啤酒肚,患了痛风,一只眼睛还差点失明,因此决定挑战自己,到东非稀树草原来一场艰苦、危险的狩猎旅行。他从蒙巴萨上车,坐在"引擎席"(engine seat,也就是车头排障器的上方,这里视野最佳,坐在这里是贵宾才能享受的待遇)上,一路向非洲内陆挺进。"感觉很像穿行在一座伊甸园里，只是没有亚当和夏娃。有时候我们会忽然看到六只或者八只长颈鹿，迈着摇摇摆摆的古怪步子，慢悠悠地……等拐过一个弯，火车司机开始拼命地拉汽笛，把挡在路上的斑马赶走……再往前走，铁路边也许又会冒出一头犀牛。一路都是这样，不定能看到什么。"

现在的肯尼亚早已全面禁猎，但这个国家最赚钱的产业之一仍然被叫作"游猎"，斯瓦希里语作"safari"，那意思就是，越野车（通常是日本产的，连车载日语提示都还在）把你从内罗毕或者蒙巴萨拉到大大小小的国家公园，让你把头探出车顶敞篷，近距离地观看、拍摄各种野生动物，用旅行作家保罗·索鲁的话说，"游客冲动物打哈欠，动物冲游客打哈欠"。互相打完哈欠（人们管这叫"game"）后，越野车会拉着你住进豪华酒店或者普通帐篷，那里包你一日三餐，酒足饭饱第二天坐车继续去"game"。

"游猎"如今自然已名不副实，但在20世纪初，源自斯瓦希里语的"safari"（原意为"旅行"）却是最热门的新词之一。从1900年到1915年，这个19世纪下半叶才在英文中出现的词语在各种出版物中的使用频率翻了整整10倍。不无偶然，这十五年和乌干达铁路的开通几乎重合，比西奥多·罗斯福早两年造访东非的丘吉尔（当时他的身份是英国殖民地副大臣）就在《我的非洲之旅》一书中写道："在这个地区狩猎的最佳方式之一（它自然也是最为简单的一种方式），就是搞到一辆有轨电车，沿着铁路来去。"

铁路让更多人可以方便地前往非洲腹地，殖民当局大力向欧洲的有钱人推广"safari"。"在冬季前往英属东非的高地已成上流社会的时尚，"当年的一张海报这么写，"冒险家可以在这里找到大猎物，自然历史的爱好者可以尽情享受造物的神奇……乌干达铁路观光列车横穿世界上最神奇的野生动物区域。""safari"迅速成为一项赚钱的产业，只需提前发个电报，支付一笔巨款，由队长、挑夫、厨子、警卫、马夫和贴身侍者组成的庞大队伍就随时为你服务。20世纪30年代，美国人海明威前往东非"游猎"，留下《非洲的青山》《乞力马扎罗的雪》等经典文本。"safari"和东非稀树草原沉淀为一种集体想象与生活方式，这种生活方式——我忘记在哪里看到的——直到20世纪60年代还让"铁幕"下的列宁格勒年轻作家羡慕不已。当然了，现在人们不必前往肯尼亚或者坦桑尼亚，也能来一场"safari"：只消打开你的苹果手机，点击那个红白指南针的蓝色应用程序就行了。

6

1899年6月，铁路工程队到达了一大片湿地平原，当地的马赛族人管它叫"Nakusontelon"（意为"所有美丽开始之处"）。实际上这里连一棵树也没有，只有绵延无尽的纸莎草，还有一条名叫"Uaso Nairobi"（意为"冷溪"）的小河。考虑到这里再往西就是东非大裂谷高高耸立的断崖，怀特豪斯决定在这儿稍作停留,建立仓库(毕竟,"周围两三百英里连根钉子都买不着"),为接下来极具难度的翻越断崖工程做好准备。人们用那条小河的名字来称呼这个临时停靠站,这就是东非第一大城市内罗毕的由来,两个月后,蒙巴萨到内罗毕的客运列车通车。

到达内罗毕第二天我就去了铁路博物馆。在门口,一百多年前拉布谢尔使用的负面形容词"疯狂"现在成了博物馆的卖点:The home of the lunatic express(疯狂特快之家)。博物馆详细回顾了乌干达铁路的历史,还保留了不少当年的物件,譬如曾经穿行于蒙巴萨老城的有轨手推车,还有西奥多·罗斯福曾经坐过的"引擎席",一共有三个座。我好奇当初是否有安全带,遍寻不得,只看到一块金属板告示:"坐在此引擎位置的人知悉风险,高级专员不为乘客的受伤负责(不论是致命还是非致命)。"

在博物馆隔壁的画廊里,一个调侃自己"almost famous"(就要红了)的画家刚刚教完一群孩子画素描金合欢树——用中国生产的柳树炭笔。他告诉我,这间画廊以前是铁路部门的仓库,他以非常便宜的价格租了下来——他也是铁路子弟,祖父、父亲都在这条铁路上工作。"以前的内罗毕,大部分地方都归铁路管,毕竟这是一个因为铁路诞生的城市。"甚至,最早的内罗毕火车站就在这间房子外面,只是因为住在附近的有钱人抗议煤烟污染,才绕了一个圈(穿过穷人聚居区,他强调)搬到了一公里外现在的位置。

红瓦灰砖的内罗毕火车站看起来仍然像一座大型仓库,只是多数时间不再吞吐人流和货物。几个拿枪的保安守在紧闭的大门口，一个上前来阻止我拍照："只拍建筑也不行，视线所及都不能拍。"我问为什么，他说是安全原因，并且严肃地指了指正前方："你知道美国大使馆爆炸案吗？"我顺着他的视线，越过挤满吆喝拉客的"马他突"（肯尼亚的私人中巴）的站前广场，看到了中央银行大厦。大厦旁边就是1998年基地组织成员引爆汽车炸弹的地方，213人死于那次恐袭，现在那里有一座收费的小型纪念花园，最引人注意的标牌是绿色的OPPO手机广告。我们准备各走各路，保安突然伸出三只手指比画了一下："你有零钱让我吃个午餐吗？"

内罗毕的市容谈不上美丽，当年那条"冷溪"早就成了污水沟。有人调侃说，要体会马赛族人说的"所有美丽开始之处"，你得先剔除这座城市。十多年前，保罗·索鲁从开罗纵贯非洲大陆前往开普敦，经过内罗毕时，这还是一座因抢劫高发出名的城市，别号"Nirobbery"（robbery意为抢劫）。越接近城市，提醒游客小心劫匪的标语就越多，这类标语通常还会配上一个发生在此地的悲惨故事。现在内罗毕的治安已大为改善，但在市中心我仍然看不到什么游客。我猜想他们都躲在星级酒店里，等着越野车把他们接去马赛马拉，或者送去机场。

这座城市现在最醒目的标志是绿色的Safaricom与M-Pesa广告，前者是肯尼亚最大的移动网络供应商，后者则是非洲第一个移动支付平台——肯尼亚的移动支付非常普遍，而且不需要智能手机就可以完成。提醒劫匪的标语也被提醒保护公路的标语所取代："时刻记着你的最大轴荷""不要超重，爱护你的公路"。我听说这和修建标轨铁路不无关系，但要过上几天，和当地同行详谈后才看得清整幅图景。在此之前，我继续在城市里溜达，在自由公园追逐马拉布鹳。我从奈保尔的书里知道了这种以垃圾为食的巨鸟。它们落在地上时，像极了双手插袋、弓着背审视自己失意人生的阴郁殖民地官员，就比如，格雷厄姆·格林小说《命运的内核》里那位倒霉的斯考比。我还遇到了一场游行，来自乌干达铁路终点基苏木（那里是奥巴马的故乡）的一支球队在内罗毕赢得了比赛，恰逢奥巴马访问肯尼亚，疯狂的球迷唱着歌顺着大街一路走到广场，让星条旗高高飘扬。

我也不能免俗地去了一趟斯坦利酒店（Stanley Hotel）和它的荆棘树餐厅（Thorn Tree Cafe）。这座以著名冒险家命名的酒店是内罗毕的第一家酒店，在铁路通车两年后（1902年）就开业了。那时整个内罗毕只有一条大街，一个邮局，一个苏打水工厂，一个杂货店（就在酒店楼下），一个社交俱乐部（其实是一个堆放木材和波纹铁皮的地方）。因为酒店地处核心路段，南来北往的人们就把酒店门口那株金合欢树当作了留言板，互相传递消息（《孤独星球》的线上论坛就声称受此启发）。工作人员非常自豪地带领我参观了这座保留着维多利亚风格的酒店（酒店休息厅里谈生意的都是中国人）："海明威当年在东非游猎时两次身负重伤，都是在我们的酒店休养。"

我在荆棘树餐厅半开放的院落里看到了那棵著名的金合欢树，树干上仍有一块留言板，充斥着无聊的"感谢"。只有雷亚与琼斯的留言有点意思：要在40岁之前"成立一个（酷点的）家庭，挣上100万，再改变30个人的命运"。这棵树已是第三代，栽种于1998年。当时随之埋入土里的还有一个"时间胶囊"，里面装有一副假发、一双游猎靴、一管奇伟牌鞋油、一包箭牌口香糖、一组流行于20世纪90年代的肯尼亚音乐人的清单、一包奎宁、一支口红、一支铅笔、一支比克牌钢笔、一册哈迪男孩系列小说、一张内罗毕地图、一张20先令和一张10先令钞票。它们将于2048年，酒店种下第四代金合欢树时出土。

我还无意中撞上了一个"铁路俱乐部"——你看，铁路在这座城市的确无处不在。好心的管理员带着我参观了那些殖民地时期就有，现在对大众开放的（已经有点失修的）板球场、射击场还有网球场。"以前这里都是mzungu的地盘啊。"他感慨说。

"什么是mzungu？"

"mzungu就是白人。你也是一个mzungu呀。"

"我可不是白人……"

"在我们看来，你们就是白人，当然，你们也是wanzu人。"

"wanzu又是什么？"

"是中国的一座城市啊，很多肯尼亚人在那里做生意。"

他说的是广州啊。他记下了我的号码，告诉我他打算参加一个本地公司组织的中国旅行团。这个团不为观光，而是考察中国有什么东西可以批发回肯尼亚卖，8天吃住行全包2000美金。"要是谈得好，等我一回国，就可以开展业务了。"

7

　　1901年12月20日，英国首相罗伯特·盖斯科因-塞西尔（Robert Gascoyne-Cecil）收到了怀特豪斯的一封电报，获知铁路已经修到了维多利亚湖畔。日不落帝国达到了它的巅峰，米字旗在非洲370万平方公里的土地上飘扬。《泰晤士报》的社论一边欢呼成就，一边攻击那些当初铁路的反对者："动工还不到五年半，这个伟大的难以实现的工程就得以建成。这条铁路总共572英里长，但这一数字远远不足以体现出为了通往印度洋所付出的努力……那些反对者不会理解大不列颠帝国的职责所在，也不会理解一个政治家需要为发展帝国遗产所要做出的牺牲。"

　　"一个国家创造一条铁路并不稀奇，"英占东非的总督查尔斯·艾略特（Charles Elliot）曾说，"稀奇的是，一条铁路创造了一个国家。"这句话被肯尼亚国家博物馆制作成铭牌，挂在历史展区。"1895—1920年是肯尼亚作为现代国家的形成具有决定性的二十五年，乌干达铁路的开通带来了大量的移民、城市化，也带来了西方教育与基督教。"西方教育对肯尼亚传统社会的冲击，在肯尼亚最有名的作家恩古吉的小说《大河两岸》中，有非常直白的描写，可惜许多人只在里头看到了所谓"知识分子的软弱性"。至于移民，31983名参与铁路建设的印度劳工，有2493人死于疾病、事故或者葬身狮口。在2014年出版的一部纪实作品里，一位印度裔火车司机的后代试图重建他们的生活，却发现几乎没有任何记载，所有的文字记录都是白人留下的。这些劳工中的相当一部分留在肯尼亚,构成了这个国家不可忽视的亚裔社群。而在铁路开通后,为了让这条因为政治原因修建的交通动脉也具有经济意义,殖民地政府出台了各种优惠政策吸引白人移民,希望把气候怡人的肯尼亚高地开发成新的英格兰,或者新的新西兰。"非洲土著……有没有权利继续懒惰下去,继续做一个赤身裸体、无意识的哲人,过着'简单的生活',无欲无求,继续在奋力前进的世界里做一个闲人呢?"丘吉尔在1907年自问自答,"我的观点很明确,那就是:无论是什么身份,无论生活在哪里,任何人都没有无所事事的权利。任何人都必须前进。"

他们中的一些人成功了,更多的人失败了(一位白人拓荒者说:"我的篱笆被成群的斑马踩倒,我引进来的牲畜全部死掉,我的所有权契据仍在,地产居然没有办下来,而我自己也差点儿因为一场恶性热病而丢了性命")。还有一些人,你很难简单地评价失败或者成功。比如《走出非洲》的女主人公凯伦·布里克森,她的故居,连同梅丽尔·斯特里普拍摄1985年同名电影所用的道具,还留在内罗毕西郊恩贡山(Ngong Hills)下,接待着络绎不绝的游客。

同样也很难说是必然还是偶然,因为乌干达铁路留下来而发展壮大的印度裔社群,成为肯尼亚商界的重要力量。后来,他们联合非洲人,阻击了一些欧洲人想要在高地建立一个白人国度(就像南非那样)的努力。而到了20世纪50年代,这条铁路又在肯尼亚独立运动中发挥了意外的作用:一些非洲铁路雇员利用它向发生革命的地方偷偷运送武器。"那个时候很难有人会想象,火车，特别是最后一节guard车厢会被用来偷运枪支，"内罗毕铁路博物馆的馆长莫里斯·巴拉萨（Maurice Barasa）告诉我，"所以殖民地政府甚至没有去搜查车厢。"这件事是他听一位名叫马丁·希库库（Martin Shikuku）的亲历者说的。我后来查到这位希库库，他是乌干达铁路历史上第一位非洲人"guard"。

1963年，肯尼亚独立。"这条铁路也被非洲化了，"巴拉萨说，"历史上第一次，我们有了一条真正掌握在非洲人手中的铁路。在此之前，非洲人做的主要工作是锅炉工。"巴拉萨的父亲也受益于此，从一个文员做到了站长。1967年，肯尼亚、坦桑尼亚和乌干达三国的领导人宣布成立东非共同体（East African Community）。不出十年，共同体解体，原本协同建设的东非铁路网只能各自独立发展。1978年，肯尼亚铁路公司成立。在巴拉萨的记忆里，整个20世纪80年代，这条窄轨铁路还是非常准时的，但从90年代中期开始每况愈下，因为管理不善，也因为从那时起公路运输的竞争就上来了。"那些政客们在货运卡车的拖车生意上有自己的利益，所以他们就动手脚把本来属于铁路的生意挪到了公路上。"

"就是政客持股，"肯尼亚的一位资深记者告诉我，"他们不需要伸手，钱就自己送上来了。"

"还有的政客干脆自己买卡车，参与公路运输与铁路竞争，有的一个人就买了100多辆！"邓肯说。在政治的干预下，铁路的客运服务与货运运能一再下滑，把更多的旅客和货物赶往公路或者航空，这反过来又加速了铁路的衰落，"疯狂铁路"彻底跌入了恶性循环。邓肯最后一次乘坐窄轨列车是在七年前,从内罗毕到蒙巴萨花了13个小时,比时刻表晚了5个小时(一个以当时标准不算糟的成绩)。车子从内罗毕开出不久就停电了,不得不在最后一节车厢弄了一台手摇发电机临时发电,列车时速经常只能开到30公里。"铁路道班都空了,没人维护铁路,为了防止脱轨,只能开得非常慢非常慢。"

所以,那条"创造了一个国家"的铁路,因为政治而生,最后是在政治导致的不公平竞争下没落了?

"这样的事情现在还在发生呢。"莫里斯·巴拉萨突然笑了。这一次,是政府出手把公路运输的生意交给新建的标轨铁路。"所有来自外国通过蒙巴萨港进入肯尼亚内陆的货物都要通过标轨铁路先运到内罗毕。如果你们想要取货,就都到内罗毕来取吧。这是政府的决定。嗯,所以现在是公路行业的人开始抱怨他们要丢工作了。"

我想起了蒙巴萨绵延不绝的集装箱,和内罗毕无处不在的"禁止超载"提醒,以及在蒙巴萨—内罗毕公路(它在很长一段与宽轨窄轨两条铁路并行)上稀稀拉拉的大卡车。我还想起了美国,在那里,汽车产业的游说被认为扼杀了美国的客运列车行业。只是,在肯尼亚,政治的手多洗了一次牌。

"这样合理吗?"我问巴拉萨。

"作为铁路部分的员工,我很高兴啊。"他大笑。"要知道,在20世纪90年代后半期铁路丢掉生意时,我是很难过的。"

"那这么说吧,你觉得这个选择更经济吗?"

"我说了,这是政府的决定。那些公路运输行业的商人可能会有他们的想法吧。从长远看我觉得也是更经济的,因为那些载重货车这些年毁掉了肯尼亚的公路,我们的修路频率非常之高。政府现在也在加宽公路,但那是为了客运,如果你想搞载重运输,那么就走铁路吧。"

从选线到招投标,从环保到债务偿还,标轨铁路自规划起一直面临着不小的争议——我回国一周后读到新闻,包括肯尼亚铁路公司的总经理、肯尼亚国家土地委员会主席在内的几位高级官员因为在蒙内铁路征地补偿上涉嫌腐败而被逮捕。但肯尼亚总统肯雅塔(Uhuru Kenyatta)似乎下定了决心,要给这个国家(也给他自己)留下一条可靠的铁路作为遗产。在他的规划里,标轨铁路是肯尼亚"迈向中等收入的繁荣的工业国家最重要的基石之一"。

只是,与乌干达铁路相比,留给标轨铁路去创造一个新国家的时间不算太多。"标轨铁路是这位总统的孩子,他当然会不惜一切去补贴和爱护它。"邓肯对我说。夜幕完全降了下来,这趟中国制造、通往非洲之心的列车里头响起了熟悉的、小声的音乐,有那么一瞬间我感觉自己回到了从前,车轮撞击轨道的有节奏的响声如此令人心安。"但是,他还有不到四年时间执政,所以这条铁路有不到四年的时间窗口证明自己。至于下一位总统上来会是怎样,谁知道呢。"

参考资料

《通往非洲之心》：

《察沃的食人魔》，［英］约翰·亨利·帕特森著，娄美莲译，上海文艺出版社，2013年。

《东非简史》，［美］罗伯特·马克森著，王涛、暴明莹译，世界知识出版社，2012年。

《钢铁之路：技术、资本、战略的200年铁路史》，［英］克里斯蒂安·沃尔玛尔著，陈帅译，中信出版社，2017年。

《我的非洲之旅》，［英］温斯顿·斯宾塞·丘吉尔著，欧阳瑾译，上海社会科学院出版社，2017年。

《走出非洲》，［丹麦］凯伦·布里克森著，王旭译，天津人民出版社，2017年。

Charles Miller, *The Lunatic Express*, Penguin, 2001.

Daniel Knowles, "The Lunatic Express", *The Economist*, 2016.

Paul Theroux, *Dark Star Safari: Overland from Cairo to Cape Town*, Houghton Mifflin, 2002.

看守时间

有几年我工作很忙，但一逮着机会就往国外跑，这自然得益于那几年越来越好用的中国护照。有一阵子我的护照里贴满了美加英日申根签证，还有肯尼亚坦桑尼亚津巴布韦签证，俨然成了世界公民——去哪里都可以随时出发，一种全球游牧生活总是在远方冲我招手。现在想想真是幻觉一种，而疫情不过是戳破这幻觉最显眼的一根刺罢了。

到处跑多多少少源于某种代偿心理：我干活干得那么辛苦，不就是为了到这里那里好好体验享受吗？但忙里偷闲飞三亚，飞岘港，飞长滩，到头来也只是换一个地方工作。比较起来，属于自己的写作就成了二等三等公民。那就是说，它没有投票权，不能决定我的时间与精力安排；它缺乏荣誉感，因为很久没有代表作了；它甚至都不用交税，我压根不相信靠它能养活自己。

讽刺的是，那几年我可没少谈写作、文学、大师、巨匠。后来读唐诺的《尽头》，我终于清晰确认了这种"虚张声势"：我不停地谈论它们，正是因为我离它们越来越远。"……一再折损掉的好小说家、好书写者，老实说很少是因为文学信念的直接破毁，而是生活方式的改变，"唐诺写道，"事情通常就从这不起眼的地方开始。一般而言这会有二到三年左右的'看守'时间，原有的文学信念依然挺立无恙，可能还更常讲而且讲得更响亮，但逐渐有种愈来愈浓郁的虚张声势味道，包含着一点点不自然、一点羞怯、一点不甘心以及更多的无奈和自嘲……"

墨西哥、印度与泰国这几篇短文都写于我的"看守"时间，所以，如果你在文章里读出了以上那些味道，还请多担待。另一方面，它们也都是我出差或者度假的副产品（墨西哥那篇是从美国回来之后两年才写的），笔触相对轻松。泰国那篇写的干脆就是身边的家人，适合在吞咽了一大块不那么熟悉的历史后，作为调剂。

时过境迁，读唐诺接下来那一句话仍觉触目惊心："时间直直前行稍纵即逝，等你事后再想起来时一切又已如此自然无事……"

万幸我没有把这支笔丢掉。

第五章

墨西哥

一种未知的、神秘的、平静的力量。

可能的世界 / 墨西哥

在玛雅的丛林里

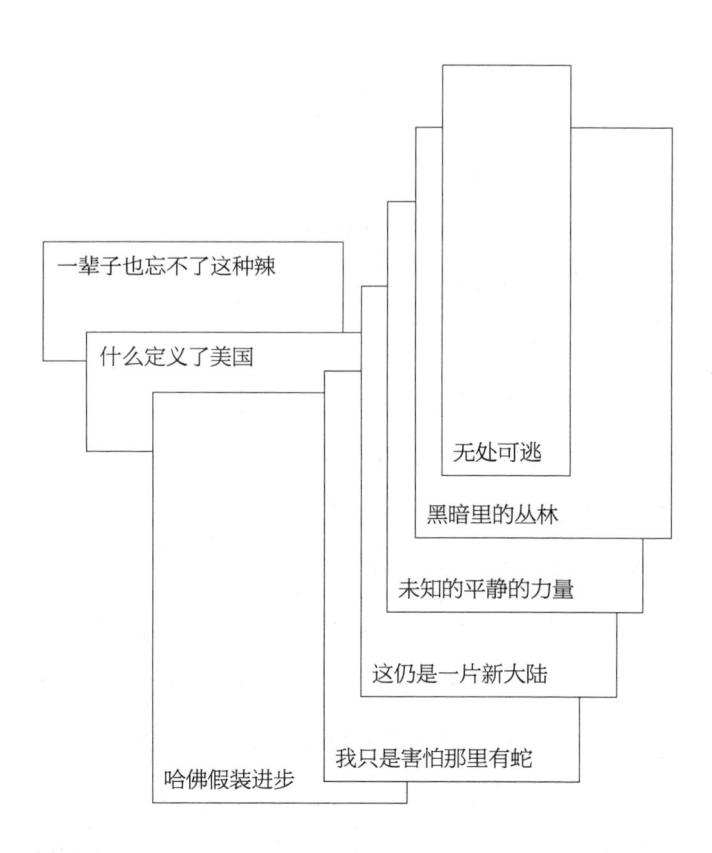

一辈子也忘不了这种辣

什么定义了美国

无处可逃

黑暗里的丛林

未知的平静的力量

这仍是一片新大陆

哈佛假装进步

我只是害怕那里有蛇

1

黑暗里突然传来摩托车马达的声音，还夹杂着严厉的呵斥声。

此刻我和两个美国人正在墨西哥尤卡坦半岛的丛林里，面前是世界新七大奇迹之一的玛雅大金字塔。我们趁夜色溜了进来，这会儿正准备溜出去。

"完了，被发现了。"

我认识这两个美国人还不到20小时。遇到格洛丽亚时我刚从图卢姆开来的长途巴士上下来。她比我早下车一会儿，瘦高个儿，背着巨大的包，站在路边张望。

"你是去M酒店吗？"

"是啊。"

"咱们一块拼车过去？"

在前往M酒店的摇摇晃晃的三轮车上，她得意地说起自己的直觉。"你一下车我就感到咱们是去同一个酒店。"她又说："我的直觉还告诉我，今天要下雨。"

那会儿空气只是有点潮而已，我们行驶在奇琴伊察弯曲的山路上，热带的阳光穿过林子在地上打出一个个斑点。我问她从哪里来。"纽约。但我是从哥伦比亚过来的。你呢？"

我从冰天雪地的波士顿飞过来。抵达坎昆已过晚上9点，错过了班车，等了差不多两个小时才找到愿意去图卢姆的司机，又过了两个小时后，我站在图卢姆一家客栈昏黄的灯光下，看着薄薄的像床单一样的被子叹了口气，决定出门觅食。

这是个被高速公路切开的小城，我在公路边找到了一家酒吧，它看起来更像20世纪90年代中国的台球厅。几个伙计轮番从喷着火舌的大炉子上取出刚烤好的塔可饼（Tacos）。我也要了一份，端上来时配着绿色、黄色、橘红色的小碟蘸料。因为太饿，狠狠沾了一下那碟橘红色就一口咬下去。

　　我一辈子忘不了那种辣。舌尖瞬间失去知觉，整个口腔像起了火一样，灼痛感顺着食道直捣胃部，然后折返回来，沿着两颊向后脑勺和脖子包抄而去。很快我就捂着脖子，喘着粗气向伙计喊：可乐！可乐！

　　两瓶冰镇可乐下肚，完全没用。伙计们都笑眯眯地看着我。我继续捂着脖子（痛点奇怪），耳边响起了每一个旅行者在某个时刻都会自问的一个问题（只是这次来得早了点儿）——它甚至被英国作家布鲁斯·查特文用作最后一本书的书名——"我在这里做什么"。

2

　　2013—2014年，我在波士顿访学，寒假一到大家就四散而去。同学里，T和太太去了北京和东京，那是他们第一次去中国。这位男士杂志编辑的发现是，怎么中国和美国一样，也到处都是资本主义的欲望？J和男友去了巴西。J是魁北克人，她男友是土耳其裔德国人，两人用英语、法语、德语、西班牙语拼拼凑凑，居然能在葡萄牙语的世界畅行无阻。她最大的发现是巴西的"后庭文化":"巴西人不看重大胸和长腿,它在意的是你的臀部。"L一个人乘坐"美铁"慢得惊人的火车从波士顿去往芝加哥,又从芝加哥去往她出生的俄勒冈州波特兰。她一路都在和那些酒气冲天的工人们聊天,结束了在亚洲六年的驻站工作后,她迫切需要重新发现美国。

"是什么定义了美国?"格洛丽亚问我。她是一个热爱素食、印度和马克思主义的女青年,Facebook上的名字叫"赞美主湿婆"。

我们把行李放进屋后约在大堂碰头,一块儿出去吃东西。这家酒店在大金字塔景区的后门,很偏僻也很核心,这看你怎么理解。

可选的餐厅很少。我们找了一家自助餐厅,一进门外面就大雨如注,格洛丽亚得意地看了我一眼。她不想吃自助,就一个人坐在点餐区。我往肚里填了一堆热带水果后坐过去和她聊天。

"汉堡、啤酒和体育定义了美国。"她宣布了答案。她说,美国人生活在汉堡、啤酒和体育的"独裁"下而不自知(独裁程度按先后顺序排列,她强调),资本主义就是这样的"戴着手套的铁拳",而哈佛也只是"在假装进步"。至于中部和南部,"都不知道是些什么人在那里!"。

在波士顿住了几个月后,我已经习惯听北方佬吐槽南方,同学R来自得州,但每次都强调自己来自"得州的奥斯汀"——保守红州里唯一的蓝点儿。有人在"进步"的路上走得更远一点儿。在哈佛大学的"革命书店"门口，我和兜售共产党报纸的乔治有一搭没一搭聊天。乔治说他去过一次中国，是在1973年，作为进步的高中毕业生到中国参观了一个月。不消说，他爱死人民公社了，"看到人民很向上，齐心协力为一个目标奋斗"。

乔治告诉我，他怀念20世纪60年代的中国，我用记者擅长的"有人觉得"委婉提出质疑。"哦哦哦，那只是必要的经验。"他摆摆手。

但格洛丽亚是一个放弃了无神论的马克思主义者，这让她显得比较有趣。她花了半个小时来跟我解释印度教里各个神灵之间的关系。我想，在她看来，中国和印度并没有什么区别，都是遥远的、东方的、神秘的、属灵的，也都是西方社会弊病的解决方案。

我们在酒店附近溜达了一会儿，隔着三角梅能看到灌木丛尽头玛雅人留下的建筑。"我能感受到一种能量，我们不要去灌木丛那里了。"格洛丽亚说。

我表示同意，其实我只是害怕那里有蛇。

回去路上看到一张海报：玛雅天空的故事／高科技穹顶秀／格莱美奖得主莉拉·唐斯（Lila Downs）解说／每天14:45、19:30、20:30在酒店的科学中心放映／带我们进入墨西哥的密林，领略古玛雅文化。

在大堂我们碰到另一个美国人埃利，来自波特兰的壮硕白人小伙子，格洛丽亚就他名字的拼写Elli里的那个i是发"伊"还是"埃"研究了半天。埃利计划晚上去城区（也就是景区比较热闹的正门附近)的酒吧里和他新认识的朋友喝一杯。"你们要一起吗?"

我和格洛丽亚几乎同时说不,在不打算到了墨西哥还继续美国生活方式这一点上,我们是一致的,再说了,啤酒可是独裁者第二名。"我们打算晚上去看玛雅秀,你要一起吗?"

埃利犹豫了一下,决定放弃他在城里的朋友,他也觉得玛雅秀"可能是个'fun'(乐子)"。傍晚,我们在空荡荡的餐厅吃塔可饼,这回我学会避开了最辣的那种蘸料。尤卡坦的墨西哥菜看上去都有点过度加工,和中东菜差不多,可是味道却和东南亚菜一样清新。"秘诀在于盐和青柠。"埃利说,他会说西班牙语,以前在墨西哥餐馆做过厨师。

埃利中间起身上厕所时,格洛丽亚对我说:我们要不要测试一下他的政治倾向?他有可能比较进步。

但她很快忘了这事儿。今天的牛油果泥不太新鲜,格洛丽亚叫来服务员,严肃地说:"我发现这个牛油果的味道有一点点'funny'。"当美国人说"fun"时,不一定真"fun",但当他们说"funny"时,通常就是真的不太"funny"了。

3

我在尤卡坦半岛游荡了图卢姆、奇琴伊察和梅里达。梅里达是一座殖民者留下的城市,街道窄而石板厚实,偶有教堂或市政厅的漂亮尖顶冒出来,中央广场上也是奔放的拉丁音乐,还有白色马车招摇过市。图卢姆兴盛于玛雅文化末期,衰败于殖民者到来之前,加勒比海边残破的建筑气派仍在,导览文字也总少不了这么一句:"现在已经很壮观了,那么可以想象五百年前全盛期就更加金碧辉煌。"巨大的美洲鬣蜥(Iguana)在这里的屋顶上漫步。这样可怖的动物,连同海滩上空盘旋的、叫声骇人状如始祖鸟的黑鸟,还有数不清的奇怪的植物和图腾,提醒你这仍是一片新大陆,有一些东西哪怕五百年的全球化也无法抹平。

奇琴伊察的大金字塔(羽蛇神金字塔)是玛雅文化高峰的产物,你可以说它也全球化了:无处不在的明信片和风光片、末世传说、电影,甚至还有好几款电子游戏。他们构筑的形象如此鲜明,以至于在《玛雅天空的故事》这场讲述"我们玛雅人"的3D穹顶秀里,大金字塔的形象就是电游式的。

3D秀有点没劲,结束后,我们仨在影院幽蓝的光里玩了会儿自拍,埃利提议:"咱们要不要溜进景区看看夜里的大金字塔?""会有人值夜班守着吗?""墨西哥人没那么勤快,你没发现他们一天到晚都坐着吗……""哈哈哈哈。"

十分钟后,我们已经在后门检票处,果然没人。云很厚,几乎压在树梢,月亮偶尔露出来一下。我们过了一座小桥,往丛林里走去。当初玛雅人就是在这边热带雨林里开辟出南北长三公里、东西宽两公里的城池。如今,这里是这个国家最有名的景点之一,白天游人不绝,当地人会在小道间售卖一些纪念品,主要是图腾面具,还有一种木制哨子,吹出来的美洲豹吼声极真切。现在这些摊点都撤了,但那些形象好像还留在黑暗里,若隐若现的。我问格洛丽亚,你感受到什么了吗?她不说话。

我们仨摸黑继续往前走,虫鸣不断从两侧丛林传来,偶尔能看见灯火,那是远处山路的车灯。有时候会听到有人在呵斥我们,但一停下脚步又只闻虫鸣。

终于穿过丛林来到开阔地上,24米高的大金字塔灰色的轮廓清晰可见。这座奇琴伊察标志性建筑的四面阶梯都是91级,加上顶部的神庙,一共365级,对应着玛雅历里的365天。我们静静地看了一会儿,埃利又出了个主意:咱们爬上去吧!这回我和格洛丽亚都觉得他疯了。因为游人太多,大金字塔早就禁止攀爬,甚至离塔基几米之外就有一圈隔离带,连触摸也不被允许。

"一辈子就这么一次机会啊!"埃利催促着,跨过了隔离带,开始摸着台阶往上爬。

我走到塔基下,好几次踏上台阶又走下来,最后决定往上爬个十几级台阶就下来,这样就算爬过了金字塔,多少做了件"酷"的事儿,有了回去跟同学吹牛的资本——你只有生活在美国才能体会,be cool(装酷)几乎是人们从小到大的刚需啊。

爬了几级以后,我开始感到一种未知的平静的力量,很难说清那是什么。总之我发现自己没有停步,一直在往上爬。前头埃利已经快到顶了,他兴奋得几乎有些躁狂,发出狼一样的呼号。"闭嘴!闭嘴!"格洛丽亚在底下压低嗓门呵斥他。结果是她自己也开始往上爬。

我爬到四分之三处,转过身俯瞰黑暗里的丛林。埃利已经到顶，格洛丽亚还在四分之一处。我们都停了下来，埃利没有探究一下塔顶的神庙，我没有对着黑暗丛林发呆，格洛丽亚也没有在台阶上感受能量。我们下意识同时做的一件事情是，掏出手机，自拍和互拍。

然后我们开始往下爬，这时我才意识到台阶上满是碎石，很容易滑倒。更早之前，游客还被允许攀爬时，就曾经发生过坠亡事故。我们用手撑着台阶，几乎一路"坐"了下来。

"我们是不是该绕塔一周，纪念一下？"这次是格洛丽亚提议。全票通过。

我们就是在这时听到了摩托车的马达声和人的呵斥声的。

云很大很低，月亮时隐时现。那是一片林中空地，我们辨不清声音的方向，事实上也无处可逃。

我们呆在那里。有几秒钟我在想，埃利会说西班牙语，我们至少还能狡辩一下。半晌，声音消失了。我们开始往来时方向小跑起来，穿过丛林，又过了小桥，到了检票口外面。回酒店的路上，我的心跳得停不下来，还不断和他们说笑：会不会无意中发现了什么秘密工程？迎面来了个面包车就说，看吧，他们来了。

第二天上午，我们买了票，重新、正式进了景区。格洛丽亚对着大金字塔练了半天瑜伽，我和埃利在离塔基百来米的地方玩飞盘。这个时候，我们再一次听到了摩托车的马达声和人的呵斥声。这一次是真的，丛林里冲过来两个凶神恶煞的墨西哥骑警，他们真的来了。

骑警抢下我们的飞盘:"你们这是在破坏文物!"然后我们就被毫无商量余地地驱逐出了这片丛林。

几天后,我回到了冰天雪地的波士顿,和同学交换假期奇遇。J兴致勃勃地跟每个人谈起她在巴西的发现:"真的,他们只在乎后面,巴西男人要是没能勾搭上一个姑娘,他们有时就会去找一个小伙儿,只要他是主动的那一方就成。"我也说了我的故事。"你可真幸运,"J说,"几年前有一个魁北克人在那里拿了一块砖头,被墨西哥人判了两年。"

第六章

印度

这里的混乱是对修行者非常好的加持，可惜我只是一个疏离的感受者。

可能的世界 ／ 印度

佛乡纪行

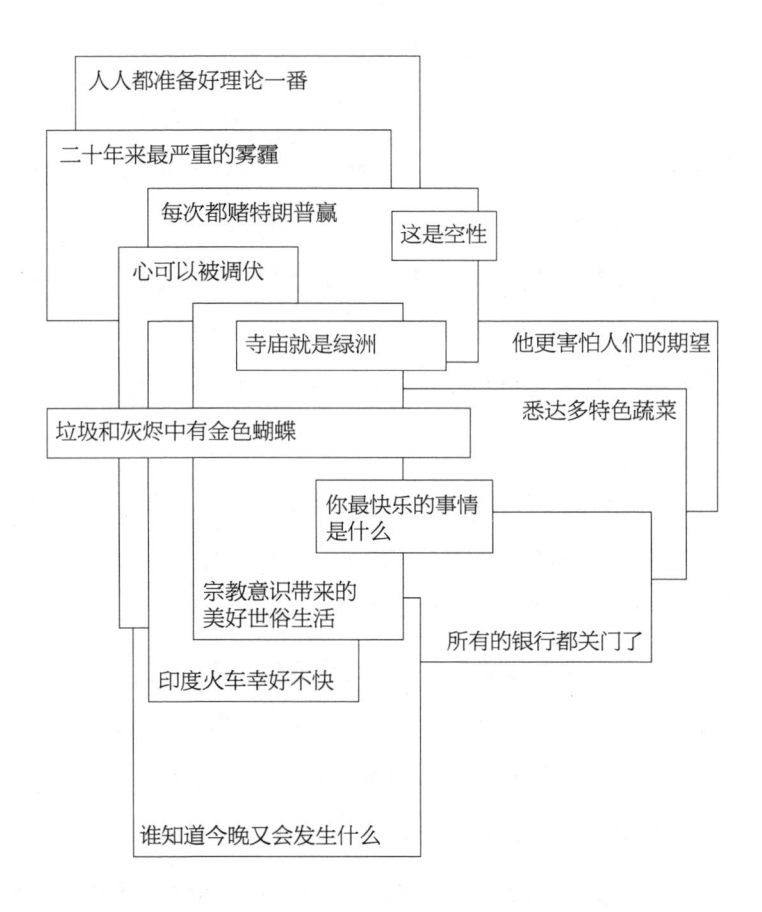

人人都准备好理论一番

二十年来最严重的雾霾

每次都赌特朗普赢

这是空性

心可以被调伏

寺庙就是绿洲

他更害怕人们的期望

垃圾和灰烬中有金色蝴蝶

悉达多特色蔬菜

你最快乐的事情是什么

宗教意识带来的美好世俗生活

所有的银行都关门了

印度火车幸好不快

谁知道今晚又会发生什么

1

　　印度慢吞吞。电子票入关，本意是提高效率，但队伍排得更长了，海关官员会因为法国老太太总也按不上指纹笑个不停。Costa咖啡的小哥把我的鸡肉三明治放进烤炉就忘了，在我提醒下猛地想起，三明治拿出来时已是两面焦黑。传送带吐行李有如便秘。印度最大私营航空公司捷特航空（Jet Airways）值机柜台全开，队伍仍然几乎不怎么挪动，有时候一个柜台围了七八个人，好像人人都准备好理论一番。也确实有一位大叔两手一摊发表了一通演说，结果他得到了优先。

　　德里机场入境处有巨大的海报：世界第一机场。这里倒的确干净且安静，或许得益于印度总理发起了一场清洁印度运动——"CLEAN AIRPORT CLEAN INDIA"（清洁机场，清洁印度），我只在等待交400卢比[1]超重行李费时闻到了一阵"咖喱汗"，来自旁边的一位工作人员。

　　我还没来得及兑换现金，这让柜台这位小姐陷入了纠结。她走到电话边，先张望了下远方，才拨打电话，走回来露出焦虑的眼神，又走到电话旁，又张望了下远方，又拨打了一遍，这才终于过来一位拿着小小刷卡机的先生。结果刷卡机用不了。

　　印度的ATM机不识银联，好几家换钱的地方，手续费都高得惊人。最后问到印度中央银行"不收手续费"的兑换柜台，

---

[1] 按旅行时间2016年11月的汇率，1卢比约合人民币0.1元。

可工作人员也很古怪，两个人动作缓慢到了无视我的地步。几分钟后，其中一个人抬起眼皮：我们没有收据。我反应过来，赶紧说：完全没问题！他终于从自己钱包掏出一沓现金卢比给我，其中多收的50卢比进了他的腰包，但起码比官方手续费低多了。

从德里转飞加尔各答的航班有简单午饭，饭盘里好几张小广告卡片，最后一叠是飞利浦的空气净化器——新德里这一天遭遇二十年来最严重雾霾，飞机几乎刚一起飞，就消失在黄白色的有毒雾团里。坐在我旁边的印度小伙子是一位谷歌工程师，那是2016年11月初，美国大选还有几天见分晓。他说，过去大半年他一直在和硅谷那些美国同事打赌，从党内初选起，他每次都赌特朗普赢，理由是，从欧洲到美国到印度，保守主义、民族主义的崛起是全球的大背景，"过去我们太自由放任了"。自然，他一直在赢钱。总统大选他又赌特朗普获胜："假如他赢了，我至少还有赢钱这一件高兴的事儿。"

一出"CLEAN AIRPORT"就陷入了疯狂按着喇叭的黄色的士的汪洋大海。我们的司机和其他司机对骂，有时候又让人觉得他们只是在开玩笑。下车时，他像放慢动作一样帮我把行李从后备箱拿出来，又夸张地气喘吁吁（其实箱子很轻）。我乖乖奉上20卢比小费。

在加尔各答停留了不到24小时，印象是……居然和刻板印象一模一样。一模一样。气味古怪，脏水横流，订好的车最后一分钟告诉你它来不了了。在这座印度第三大城市的火车站，到处都是骚扰你的挑夫，人群像密密麻麻的无头苍蝇，火车在散步，人在火车道上散步。

精疲力尽躺在开往格雅的卧铺列车上，用手机读宗萨仁波切的《八万四千问》："心可以被调伏，因为心能够被影响。这或许是我们能听到的最好的消息了……我们被训练成易怒和猜忌的，这是我们如此擅长此道的原因。"说得真好，沉下来才能好好回想过去24小时的感受，觉得对加尔各答的粗浅评判很不公平，这可是特蕾莎修女和泰戈尔生活过的城市。看着看着我就睡着了，小憩醒来后这旅程甚至变得有点甜丝丝的——而这并不是我带的椰子糖所致，人心是多么容易变化啊。

晚餐是咖喱盒饭，吃完问列车员，垃圾桶在哪儿。他没说话，打开车门，直接把饭盒扔了出去。天光尚在，列车正经过一个巨大的拐弯，一位摄影师探出身子，打算记录下列车优美的弧线，前面车厢飘出来的一泡尿随风浇了他满头满脸。

2

这趟列车从加尔各答开往瓦拉纳西，一路都在抛下各种垃圾，结果到达格雅（距目的地菩提伽耶最近的火车站）时，我们恨不得把自己也抛出车外——列车员报错了站，我们根本来不及搬运行李。就在我们跳上跳下大汗淋漓时，列车已经缓缓开出了。谢天谢地，如你所知，印度的火车实在不快。

格雅车站里外都躺满了人，不少衣衫褴褛，不少衣不蔽体，悉达多王子当年出宫后看到的大概也是这番场景吧。有人说,印度的混乱对修行者是非常好的加持。可惜我只是一个有点疏离的感受者。

菩提伽耶是个小城,一条主路连接起街市与摩诃菩提寺,街市上三轮车的突突声和寺庙里供奉的香灯都永不停歇。寺庙的院墙是世俗与灵性,也是喧闹与清净的分界线。正值悉达多节,每天都有大量人群在墙内外做着钟摆运动。摩诃菩提寺是世界文化遗产,最核心的区域是一大片下沉的佛塔区,正中有两棵大菩提树,传说悉达多正是在其中一棵下面证悟成佛。

法会下午2点开始,大多数人都自带坐垫,这让它看起来更像一个体力活。人们跟读佛经,有人拿着iPad,有人拿着发黄发皱的小本子。有小喇嘛走神了,发着呆或好奇地张望。45分钟后有人挨个分发饼干和饮料,气氛庄重又轻松。宗萨仁波切坐正中间,诵经之后用不丹语授课,配有中文翻译。课讲到一半,两条黑狗来到他身边,安静的那只蹲在人群中被轮番抚摸,不安分的那只,只能在引起一阵小小的骚动和笑声后被赶走,走的时候横切舞台,留下一个自由的背影。这里不到5点已近黄昏,佛塔区反射出无数微小的金光,归巢的鸟儿聚集到正南一棵树上欢叫,来自斯里兰卡的佛教徒敲锣打鼓绕场一圈,用舞蹈庆祝雨季结束。我突然想起了伊斯坦布尔蓝色清真寺前人们等开斋前的傍晚,都是宗教仪式带来的美好世俗生活啊!

佛弟子们忙碌时我在会场外围溜达,碰到一个人就问,你觉得最快乐的事情是什么?来自台湾地区北部的出家尼姑说,最快乐的事情是来到佛祖的土地："你去过八圣地吗？"一个四川若尔盖的男人说，最快乐的事情是自由。从上海参团来的一位阿姨说，最快乐的事情是修掉各种不好的习气。一直在角落里磕大头的澳大利亚夫妇说，最快乐的事情是通过修行获得满足，因为人的苦通常来自不满足。

3

我们此行的主要目的是专访宗萨仁波切，全世界知名的藏传佛教上师。因为是受邀前来，所以信心满满，结果被告知采访时间只有15分钟。"增加不了了，法会期间，他实在太忙了。"他的助手不由分说。

我们带来了大队人马和设备，想拍一个纪录片级别的东西，还被航空公司罚了高昂的超重费，结果换来了15分钟？不敢相信，也不愿相信。同事的一位佛弟子朋友，之前和宗萨仁波切有过工作上的联系，安慰我们说：好好休息，等明天见了面再说。"我们还是太在乎自己一亩三分地的事儿。跟他做事情，发现他再忙，和别人约一个午餐，还是很享受，没有焦虑之前的事情。我要有事情，就别想吃好睡好，我一直在修正自己，可太难了。"

谁说不难呢？我们决定假装什么也没发生，按照五个小时照常准备采访提纲，折腾到凌晨2点半。3点半睡下，6点一过就醒了，挣扎而感伤。7点出发，四个蹦蹦车司机还没出酒店大院就开始争论到底该向左拐还是右拐（其实都可以），我脑袋里再次浮现出阿马蒂亚·森《惯于争鸣的印度人》的封面。另一位同事忍不住了，大吼：go! now!

到了宗萨仁波切所在的雪谦寺，他准时出现，告诉我们：法会日程很满，但我愿意给你们一个小时采访时间，只是要分四次进行，每次15分钟，"这样也许你们每次都会冒出不同的想法"。众人转悲为喜，甚至开始觉得，比起一次性给我们五小时专访时间，这是更酷的办法。

在一部名为《真师之言》的纪录片里，宗萨仁波切曾数次玩过类似的"把戏"。邀请导演（同时也是他的弟子）团队去不丹拍摄，人们订好机票酒店，办好签证，临出发前几天得到通知：仁波切那段时间不在不丹。那是更大规模的不敢相信和不愿相信，但崩溃过后又总能得到某种补偿。宗萨仁波切善于摧毁你的预期（他说，与不够自由相比，他更害怕人们的期望，"如果我正在读一本情色刊物，在每次有人找我的时候，我不喜欢非得把它藏到枕头下面"），但这未曾不是给了你一个审视自己的机会：我们真的有那么多问题可以填满五个小时吗？又或者，如果五个小时只是"填"满的话，那又是我们所追求的吗？但作为一个疏离的感受者，我写下这些文字时又抱着怀疑：毕竟，佛教相信一切都是心念，在巨大的"心"的驱使下，一切都有合理化的空间。想想真有意思，上师的一切言行都可能被过度解读，他们深知这是无法逃离的宿命，不如干脆利用这一点，和弟子们玩一些小小的游戏。很多时候，在较低的维度，人与人的关系又何尝不是如此呢？

4

第一次采访还算顺利，隔天上午，我们正准备着第二次采访的提纲，接到摄像师的语音微信：出事了。他们在郊外用无人机拍摄时被印度警察逮了个正着，无人机被没收，警察正带着他们往酒店来。

又一次紧急开会，商讨对策，plan A，plan B，谁主说，谁补充，最坏情况怎么办，等等等等。核心归为一句话：打死也不承认我们在拍纪录片。来的警察有点气势汹汹，这或许是因为他们都佩带着枪支。前台工作人员及酒店经理一直在和他们沟通，气氛不算融洽，那会儿我满脑子想着的都是昨天晚上和前台姑娘不小心说起我们在拍纪录片，担心她在警察面前把我们卖了。

过了十几分钟吧，长得有点像《生活大爆炸》里拉杰（Raj）的酒店经理走到我们面前，让我们不要担心："你们是我们的客人，我们肯定是站在你们这边的。"这句话他说了两遍。在此之前，他已经登记了警察的名字和警号。

最后警察做出的决定是，复印我们的护照，同时要求酒店前台暂时代管我们的无人机，退房时才许取走，不得再在菩提伽耶使用。

当天晚上，我们又去了酒店旁边的悉达多餐厅，尝试了"悉达多特色蔬菜"（热的蔬菜大杂烩上面撒上碎奶酪）和印度"棒棒鸡"（鸡肉串外面裹面皮炸后浇上番茄杂烩酱）后，决定斗胆问一下餐厅领班：我们买了点秋葵和青菜，能不能借用你们的厨房自己做两道菜？

他们居然同意了。领班、厨师、服务生站作一排看我们炒了小白菜、秋葵煎蛋和西红柿炒蛋，又齐刷刷站在长桌的另一头看着我们欢天喜地地瞬间瓜分完毕。最后领班凑上前来：能不能给我们写一下你们的秘方？

就在我们友好地进行中印文化交流的时候，餐厅电视里的印地语频道一直在播放突发新闻，我们唯一能看懂的三个字母是"ATM"。

5

早晨起来，太阳彻底失去了光芒，几乎可以用肉眼直视。不只是新德里，整个印度东北部都陷入了重霾的包围——我所在的那十天，在空气质量网站"在意空气"（Air Matters）的全球最差空气城市排行榜上，瓦拉纳西和中国河北的辛集一直在争夺头把交椅。不过更大的新闻是，印度总理昨晚宣布，为了打击逃税和贪腐，即刻废除500和1000的大面额卢比。起床看到新闻时，我终于想起了昨晚的"ATM"意味着什么。在这个早上，菩提伽耶（大概全印度也是如此）所有的银行和ATM机都闭门谢客。

我们一行八人，把手里所有的小面额卢比集中，又去街上高价换了一些（当时的市价是1000卢比整钞换800卢比零钱），才凑齐了进入摩诃菩提寺的门票。宗萨仁波切的第二次采访就安排在寺门口。"哦,你知道的,我是在这片土地上长大的,"他说,"谁知道今天晚上又会发生什么呢?"

采访开始时,刚好赶上美国总统大选结果揭晓,特朗普爆冷获胜。我想起宗萨仁波切之前的"预测":"这个世界正在越来越多地依赖因缘,可能就是那些讨厌特朗普的人,会让他获得胜利。"我给飞机上认识的印度小哥发了封电邮:哥们儿,你又赢了!他秒回:哈哈,是啊。悲哀的一天!

采访完,听说可以在一些旅行社用美元换到小面值卢比,于是我打了个摩托车去找能够换钞的旅行社。司机一路警告我特朗普赢了美元大跌,把我拉到城外鸟不拉屎的一个小旅行社。挂牌汇率还不坏,柜台那头一个巨大的身躯端坐着,安慰我不要惊慌,"不要被吓住",然后给了我一沓已经作废的1000卢比钞票。被我拒绝后,他开始凶巴巴吓唬我:"你们要去银行吗?你们的美元是真钞吗?你们有许可证吗?"

很难说换不到钱和特朗普当选哪个更让我不爽。下午,我决定去郊外透透气,宗萨仁波切在那里的一所孤儿小学有个开示。

出城要穿过一条枯水的大河,羊啊牛啊狗啊都在沙滩上散步。接近小学时,突然冒出来许多西方人,女性居多,长发、麻布衣衫、人字拖,走在印度尘土飞扬的乡间。开示地点是一个破旧二层小楼的楼顶,我混在那群信仰东方宗教的西方嬉皮士里,听笛子和西塔琴演奏,也听宗萨仁波切说"发愿"和"空性"。几天后,我和纽约小伙子邓肯——我俩都是第一次来印度,都对佛教比较亲近但同时也与其中超自然的东西保持距离——聊起菩提伽耶。他说，特朗普当选了，莱昂纳德·科恩去世了，印度被废钞搞得一团乱麻，感觉整个世界都在周围发了疯一样乱转，而我们却在这么个地方安静地待着，什么也不用做。他是互联网从业者，觉得云啊什么的和佛教思维真的很像，但同时他也是全球资本主义商业科技逻辑的怀疑者，"20世纪60年代的精神后来被耐克、苹果接管了，而他们的价值观都是狗屎"。我看到他在Facebook上为桑德斯助选。"民主党之所以输掉，就是因为没有选择像桑德斯这样的可以真正回应公平问题的左派候选人。"

二楼楼顶视野很好，远处一片灰绿色的田野和一排高树，偶尔有大鸟飞过。雾霾在此刻并不让人烦恼，反而增加了某种灵性。按照传说，这就是悉达多证悟之前遇到牧羊女苏嘉塔，被羊乳供养恢复体力也恢复了和世界的联结的地方。那是一个让人沉静的下午，某些时刻我甚至能感到有种能量在流动。但这毕竟是印度，开示到尾声，附近村庄传来了欢快的印度摇滚，大家面面相觑地笑了。

结束后人们再次穿着人字拖踩在灰尘里，许多蹦蹦车在村口等候，塞满人后按着喇叭转过"No Horn Please"（请勿鸣笛）的路口，驶往城里。

回来和前台闲聊，她很满意选举结果。我：你不喜欢希拉里吗？她：我也喜欢她，但此刻特朗普是最好的。我：为什么？她：There are some reasons（有一些原因）。然后低头笑了，不再说话。

6

不用准备采访和拍摄的时候，我就在小城里溜达。来自亚洲各国的佛弟子在这里建起了属于自己的寺院，中国的，日本的，泰国的，缅甸的，还有"不丹皇家"的。在燥热嘈杂的菩提伽耶，佛寺就是一个个绿洲。除了法会，摩诃菩提寺内也有规模较小的演讲与分享。某一天我听到一位来自牛津的印度裔教授在批判"人造环境"。他的大意是，19世纪以来印度对欧洲的模仿让这个国家失去了本真，"我在不丹十天没有看到一栋难看的建筑，而我在印度，从德里到格雅，没有看到一栋好看的建筑。成长在人造环境下的人，很容易就忘记了生活的本质是简单的，这就是我们的处境。就说我从德里来格雅的火车吧，一路制造的垃圾都去了哪儿？包括那些盒子比饼干本身还重的重度包装，都去了哪儿？"（根据我有限的经验，应该是都扔到窗外去啦！）他继续批评西方经济学对人的思维有害，批评经济学已经和伦理分开，不再关心人了。"你们知道每年有多少印度农民自杀吗？印度的中产阶级，你们应该get your hand dirty（弄脏你们的双手）！"

午饭我去了意大利咖啡馆，那里窗明几净，颜色简约，可能就是牛津教授批判的"人造环境"，却也是城中唯一能给人"秩序感"的消费场所。据说王菲和周迅都来这里吃过饭，自然也是国际物价水准，一个鸡肉三明治和一杯卡布奇诺330卢比。相比之下，本地市场20卢比就能买一大袋苹果。吃完信步走上小路，经过一个污水塘，里面有人在齐腰深的水里挖些什么，走近发现水中莲花盛开，岸上母鸡孵蛋，垃圾和灰烬中有金色的蝴蝶。

傍晚，我碰到一位来自锡金的文雅僧人，他自称是一个"不够勤奋的普通和尚"，11岁进寺庙，在里面待了二十五年，今年42岁，过去五六年一直在南亚次大陆云游。他说，在寺庙的时候，和外面的世界接触很少，很多东西都不知道，比如，对家庭生活就毫无概念。出来以后，他知道了真实生活的种种，但这也意味着欲望和痛苦的增加。他说，很多时候他要调动自己对"空性"的认识去对抗升起来的各种欲望，比如金钱，比如爱情。他说他不算有过爱情，小时候喜欢一个玩伴，总想着一起出去玩儿，但母亲警告他，如果你今天出门就不要再见我了。"爱情永远在变，你说你可以为她去死，但这种想法是会变化的，也终有一天会消失。这是空性。"

晚上我在摩诃菩提寺里跟着众人转塔。在那个小的圆圈里，你汇入人流就汇入了一个时间轴，不存在折返这件事，改变速度也很难。我总是一边行进一边试着"觉察"什么，可惜多数时候头脑里空空如也。磕长头的尼姑一边慢慢地前进，一边小心翼翼地把地上死掉的苍蝇拨到一旁。来自加尔各答的老太太对着来自哥本哈根的老太太夸赞自己的城市，"太多太多好地方，新市场又好又便宜，一杯奶茶只要0.6卢比"。丹麦人是做针灸生意的老板，今年65岁，20岁时作为一个嬉皮士参加了一次藏传佛教活动，由此改变了一生。这次来菩提伽耶，她终于见到了宗萨仁波切，此前她只是他"众多Youtube弟子之一"。9点整，寺内响起了口哨声，催促信徒结束今天的仪式。我拾阶而上，有人在售卖菩提树叶。走出摩诃菩提寺，主街两边的摊贩大部分已经散了，剩下的也在大把大把把佛珠往地上的筐子里堆。乞讨的孩童瞅准最后一波人潮，双手合十用中文说阿弥陀佛。回到酒店，翻了翻当天的《印度时报》，几乎每一版都有废钞新闻，好些外国游客，到了泰姬陵门口却因为零钱不够没能进去。

最后一天，我们一大早起来赶5点50回加尔各答的火车，结果晚点5个钟头。在格雅火车站百无聊赖之际，我最后一次感受了矛盾的印度：车站有巨大的"忘掉现金"的广告牌，也确实可以电子取票，网站甚至实时更新列车位置，但主要售票窗口还是靠不断擦洗的小黑板通知人们到站时间；随地小便者无处不在，但在摩诃菩提寺新建的厕所里，你得脱鞋才能进去；列车设有残疾人座席，但和货物同一车厢，也不知是贴心还是闹心；和我们那晚初到时一样，站厅里仍然东倒西歪到处躺着人，好几个父亲带着孩子，大概是送他们上学吧，从躺着的人中间穿过，小孩子们都干干净净，坎肩一穿，头发一梳，漂亮极了。十几个小时后，我们到达机场，回到了熟悉的干净清静的世界，加尔各答机场给自己的帽子是"best improved airport"（最大进步机场）。

第七章

泰国

当一个人想要维持或者切断与故乡的联系时,他/她总是要从舌尖入手的。

可能的世界 ／ 泰国

五个湖南胃在东南亚

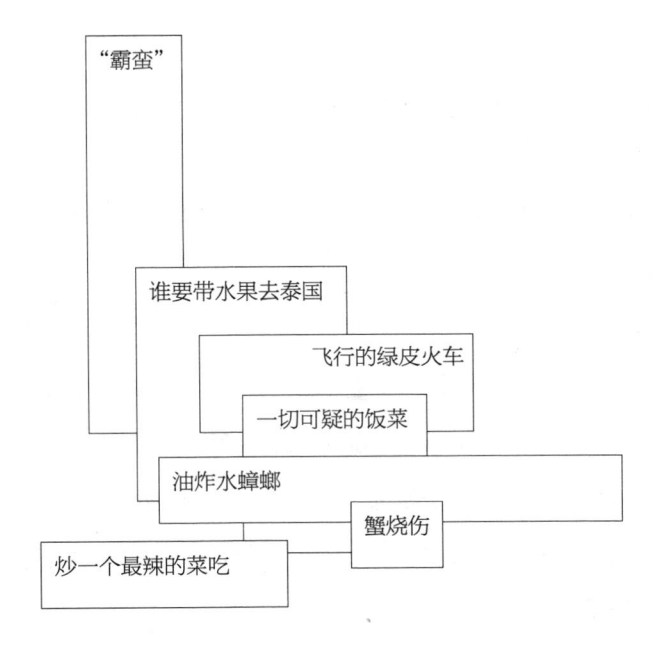

"霸蛮"

谁要带水果去泰国

飞行的绿皮火车

一切可疑的饭菜

油炸水蟑螂

蟹烧伤

炒一个最辣的菜吃

旅行是从我妈和我姨紧锣密鼓准备"路上吃的东西"开始的。这么多年来，每次我从湖南老家返京，外婆都"霸蛮"地要我带上一堆东西在路上吃，比如，20颗五香卤蛋。

外婆现在不在了，她的两个女儿继承了她的优良传统——尽管有我从中作梗，她们还是成功地带上了一大堆橘子、橙子、青枣，以及一瓶剁辣椒和一瓶腊八豆。

她们在的士上吃，在高铁上吃，在机场大巴上吃，到了长沙机场，实在吃不动了，把求助的眼神望向我、我妹、我妹夫和他们四岁的娃儿——当然并没有什么用。这时她们看到了机场里捡拾手推车的工作人员，"把水果给他们吧！"。

我就是在这时发了一条朋友圈直播现场（当然屏蔽了可爱的亲友团），激起许多同龄人的共鸣：完全不能理解那一代人一出门就要带水果的习惯啊！但也居然有人问：到底能不能带水果在泰国入境呢？

问题是，谁要带水果去泰国啊？

航班是中午，登机口附近，"雪肌精"隔壁，两个锃亮垃圾桶里塞满了方便面盒，滴着汤汁，碗壁上的汪涵目送一百多个有着自由灵魂的湖南老乡登上这趟从长沙飞往曼谷的亚洲航空公司班机。我右前方的两个年轻堂客一人一碗炒米粉，找座位、放行李、系安全带都不耽误她们挥舞筷子。右后方的男人，坐下来第一件事就是啃一大口鸡腿。左边邻座的小哥啃的是鸭脖子，还友好地要与我们分吃。整个机舱弥漫着世纪初绿皮火车的温馨气氛（和气味）。

亚航空姐看起来很是见过世面，嗓门大得几乎在吼，带着一种"你随便啃你的但赶紧给老娘坐好"的气势。毕竟，接下来的三个小时，她们要来回收拾五次垃圾。忘记在哪里看到的，说首次驻华的记者都有类似经验：你还没下飞机，就有了一个专栏的素材；你还没出首都机场，就觉得自己已经可以写一本书了。在这趟飞行着的绿皮火车上，我也有类似错觉：相信自己可以写个不错的人类学田野笔记。

落地签排了两个多小时队，在曼谷的晚高峰车流里又排了一个多小时，抵达酒店时每个人都已经饥肠辘辘。这时我犯了一个战略性错误，没有带他们在街边摊点解决而是去了附近高大上购物中心的建兴酒家——这家连锁餐厅以黄金咖喱蟹闻名。

那时已经接近9点，餐厅门口还有几十个人在排队，于是我们饿急乱投向了旁边的"鼎泰丰"。我想，带他们尝尝这个也不错。结果除了我以外，每一个湖南胃都被小笼汤包腻住了，而且没有辣椒解腻（你以为湖南人民会吃姜丝蘸醋这种文绉绉的东西吗）。我想是出于礼貌，他们对那一小碟凉拌黑木耳表示了赞赏。这让我想起纽约42街的"成都印象"川菜馆，我爱死了那里微焦的回锅肉，以及一切不妥协的道地川菜，但在美国版大众点评网站"Yelp"上，纽约人评价最高的是它的葱油烙饼。

接下来的若干餐，我姨带的腊八豆派上了用场（剁辣椒则因为一次漏油事故被打入冷宫），我们把它涂抹、搅拌、浸泡到一切可疑的饭菜里，让它去和咖喱、椰浆、虾酱、柠檬草、罗勒叶斗个你死我活。其实腊八豆不怎么好吃，咸辣咸辣的，但它的对手都有一个致命的弱点——至少在湖南人看来，用我妹的话说："bia淡！"

我一度有点不快，觉得都出了国干吗不能放宽心态好好品尝一下别人的美食。但那时的我可能忘了自己哪怕仅仅在四年前还被德国北部的饭菜折磨得死去活来，连带了一点奶酪的香肠也要和着"饭扫光"在锅里煎上半天。"去味儿！"对，当时我就是这么说的。另一次，大概是在某个波罗的海国家游荡时，我想番茄炒蛋想疯了，最后的解决方案是在自助早餐上，用切片的西红柿和搅碎的炒鸡蛋自己硬拌了一份。

当一个人想要维持或者切断与故乡的联系时，他总是（或者终归）要从舌尖入手的。在奥威尔的《缅甸岁月》里，住在北部的主人公怀念令人兴奋的仰光之行，其中一项重要内容就是去安德森餐馆吃8000英里外冷运过来的英国牛排和黄油。大概是对《缅甸岁月》致敬吧，*Men's Vogue*（《男士时尚》）的编辑写过一本名叫《曼谷岁月》的旅行文学作品。他本来是来曼谷看便宜牙医的，结果就在湄南河畔住了下来，而当他真正决定在身体上也成为一个曼谷人时，他决定去街边摊吃一次油炸水蟑螂。

我们在曼谷和皮皮岛各住了三天。在皮皮岛，我们住在安静的北部，浮潜时我看到水底下大片灰色的死掉的珊瑚，不知是不是2004年印度洋大海啸留下的痕迹。水很清，太阳很足，而每晚8点多安达曼海准时向陆地输送强劲凉爽的海风，躺在泳池边可真是惬意。一切都很好，除了吃饭。

因为远离热闹的通塞湾,所以就餐选择就更小。鸡肉通常是最不受欢迎的,洋鸡肉质不佳,还"没有骨头"。那时网上关于上海女孩春节逃饭正吵成一团(发帖者自称随农村男友家过年,看到男友家第一顿饭后决定逃离。后被证实为假新闻),一篇为她辩护的文章讲述了北京闺蜜的乡下惊诧:"竟然把一只整鸡,剁成指头大的碎块!"读着不觉时空错乱。

第二天晚上,赶上隔壁假日酒店两周来一次的垃圾船,几百个黑色塑料袋方方正正码在甲板上,半个海滩都漂浮着时隐时现的酸臭味。我们在一家叫作"茉莉花"的餐厅吃了黑糊糊的炒面和烤鱼,而永远的安全之选清炒空心菜尝起来也不对味了。第三天,我们决定还是回到"茉莉花"旁边简陋但味道稍好的餐厅。如你所知,中国游客已经占领了整个泰国,皮皮岛北部也不例外。这家餐厅配了"中文菜单",但不知道是用什么软件翻译的:在椰子冰淇淋(椰子冰激凌)、伯杰(汉堡)、地的粘贴为杯子的猪肉(猪肉汤粉)、蟹烧伤(烤蟹)。无论怎样,蟹烧伤都是好吃的。

我们经普吉岛飞香港回国,在香港机场的翠华餐厅大吃了一顿。我四岁的小外甥女叫了一整天想要吃饺子,翠华只有鲜虾菠菜水饺。"我不吃菠菜嘛!"她抗议。"好的好的,我们换别的好吃的饺子。"然后我们点了鲜虾菠菜水饺,她吃得很香:"怎么这么美味呀!"

第二天在深圳,本以为可以吃一顿湘菜的我妈我姨我妹她们在亲戚热情的张罗下,被迫去吃了广东早茶。每个人都笑意盈盈，但我猜她们的湖南胃又被腻住了。午后她们回到酒店退房，各自前往高铁站和飞机场，我姨宣布：到家后要给自己"炒一个最辣的菜吃"。

Part II

印迹与伤疤

第八章

缅甸

我想写的,说到底是某种统治下人们的心情。

2011年11月,我和摄影师姜晓明经昆明飞抵仰光。其时缅甸政治解冻开始不久,我们拿的都是旅游签证,小心起见,入境时我们一个是"语文老师",一个是"设计师"。从机场到酒店的路上热浪滚滚,尾气味道很重,倒意外治好了我的重感冒。

到达仰光之前我已经约好了一堆采访——因为并不知道此行能否专访到昂山素季,我需要在等待的时候尽可能给自己多找点事做。仰光的采访持续了大概十天,我获得了非常丰富的背景材料。事后看,这也是难得的一个机会,在一闪而过的时间窗口里(不到十年后的2021年,缅甸政变,军政府重回舞台中心),观察一个社会解冻的纹理,以及生活在其中的人们的心情。

离开仰光后我们去了茵莱湖,其间每天都在写邮件给缅甸全国民主联盟(以下简称"民盟")争取采访机会。那时缅甸网速极慢,我们每天来大堂上网,常常需要半小时才能登入邮箱,写完邮件,点击发送,又要等半小时才能悠悠发出。

几天后我们又去了缅甸第二大城市曼德勒。那里是整个缅甸网速最快的地方,我在网吧终于找回了"冲浪"的感觉,顺便也观察了一下"解冻之国"的人们都在上网做些什么(请看后文《在缅甸,一桩买卖》)。当天晚上我落枕了。第二天歪着脖子和晓明去爬曼德勒山,然后沿着护城河打算去重建的曼德勒皇宫看看。就在皇宫门口,我那个在仰光花500块钱买的笨重的中兴手机响了(缅甸当时不支持国际漫游,买本地sim卡还得配一部手机),电话那头的人自称是昂山素季的密友[他叫廷觉(Htin Kywa),顺便说一句,几年后我再一次看到他的消息,他已经当选为缅甸总统］，说夫人愿意接受你们的专访，请问你们哪天方便呢？

我们立刻约定时间，飞回仰光，完成专访，于是有了下面这篇《素季的国度》（对话部分未收入本书）。这次专访发生于昂山素季结束软禁一周年之际，其时她和她领导的民盟已经决定参加选举，重回政治进程。这意味着她作为反对派的单纯角色行将终结，她正踏入混沌、复杂、去道德化的现实政治世界。

此后十年，昂山素季一步步走下神坛，甚至为千夫所指。在罗兴亚人危机爆发后，她的母校牛津大学移除了她的画像，牛津市也取消了她的荣誉市民称号。我曾经被无数次问起怎么看昂山素季的"变化"。我确实也好奇，这"变化"多少来自她自己，又有多少来自她身处的环境？可惜我还没有机会重返缅甸检视这一切。

但我也不喜欢那种以今日之非否定昨日之是的态度。克尔恺郭尔说："正如哲学家所言，生活只能倒着被理解，这完全正确。但他们忘记了另一个命题，那就是生活必须正着被经历。"从2011年年底那个"当下"正着看，"未来"是什么模样呢？

说到"未来"，我还是很喜欢《素季的国度》的结尾。在线性的时间观里，世界是加速前进的，所有的人都在拼命往车窗外扔东西，扔掉被这个时代认为过时的东西，以免落伍——我未必相信圆形的时间观，也不打算为"过时"辩护，我只是觉得许多事情都缺乏检视和辩论。我记得《纽约书评》(*The New York Review of Books*) 前主编罗伯特·B. 西尔弗斯（Robert

B. Silvers)曾经说,《纽约书评》之所以把报头的"Books"印得很小,是希望强调review的"检视"一面,它的职责就是不断地检视建制(establishment),不论是政治建制还是文化建制,至于社交媒体(如今它们在很大程度塑造了我们的情感)就更缺乏检视了,"这么巨量的文字……没有经过任何系统性的有深度的批评就这样未经察觉地流逝了"。

也许我们都需要不时停下来检视一下:对我们来说,究竟有什么,是真正重要的呢?

可能的世界 / 缅甸

素季的国度

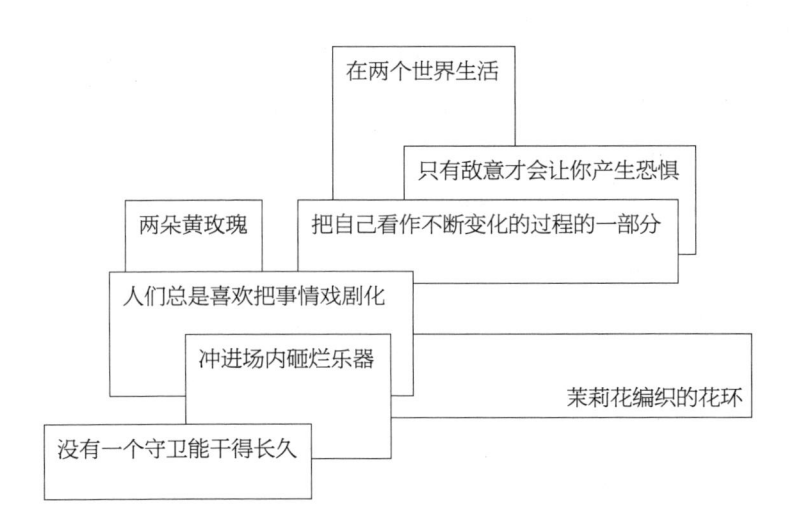

在两个世界生活

只有敌意才会让你产生恐惧

两朵黄玫瑰

把自己看作不断变化的过程的一部分

人们总是喜欢把事情戏剧化

冲进场内砸烂乐器

茉莉花编织的花环

没有一个守卫能干得长久

1

2011年11月底的一个下午,昂山素季站在自家庭院里,一场茶聚临近结束,仍不断有年轻人过来和她谈话或者合影。她依旧头戴鲜花,向每一个人微笑。这次是两朵黄玫瑰,照例是从庭院草坪中采摘的。她66岁了,身形保持得极好,因为化了淡妆,脸上原有的一点点阴影也消失不见,只有深陷的眼眶提示着她的年龄——然而她的眼睛又是明亮的,当她看着你时,你能感受到目光的重量。

阳光刚刚好,茵雅湖上吹来小风,草坪边有张桌子,上面摆着菠萝汁和各式甜点。有人先离开了,剩下的人三五成群地继续聊天。"那是缅甸现在最红的歌手,"昂山素季的朋友廷觉远远地指着一个女孩告诉我,"那边,是本地很有名的一个电影演员。"

不知此景是否让昂山素季想起牛津的夏末野餐,在离开英国二十三年以后,这并非常见的场合。仅仅在一年多以前,这还是一块外人不得踏足的禁地,而当时处于软禁中的昂山素季,仍是这个国家最大的敏感词。有一段时间,军政府甚至不允许人民说出"素季"这个名字,于是人民就改口尊称她为"夫人"。"两年前,这些明星不可能来见她,"这次聚会的组织者妙扬瑙登(Myo Yan Naung Thein)说,"他们只能在心中默默地支持。但现在不同了,人们迫不及待地要表现出他们对夫人的支持。"

"你觉得他们是真心的吗?"我问。

"我知道他们是真心的,正如他们以前是真心害怕一样。你能从他们的眼睛里看出来,那种眼神和他们见到丹瑞大将时的生硬是完全不同的。他们把夫人团团围住,然后拼命鼓掌,即便是现在的新总统,也得不到这样的待遇。"

2

我们是乘出租车前往"夫人"住处的。出发前,一位华人朋友建议我们离开酒店后再打车,我们也觉得有必要防止"眼线"——出于切身的体验,中国人乃至华人好像对"解冻"这类事情总是抱有更多的谨慎。上车后,我对司机说"昂山素季家",他应了声"OK",踩油门出发。在缅甸,每个"的哥"都知道昂山素季位于茵雅湖南岸的家,虽然很长一段时间里,他们被告知经过这里时不得减速、不得张望。15分钟后,我们到达大学道54号,司机猛打方向盘,拐出一个巨大U形后停在目的地门口——以前,掉头在这里也是明令禁止的。

2010年11月,缅甸举行了二十年来首次全国大选。选后一周,政府释放了昂山素季。2011年3月,国家权力移交给议会任命的文官政府,统治缅甸多年的丹瑞将军退居幕后。总统登盛上台之初宣布将要推行民主,但动作寥寥。"于是我们都很悲观,"缅甸一家新闻周报的主编程索(Thiha Saw)说,"然后到了8月19日,总统突然会见了昂山素季,这让所有的人都大跌眼镜:发生了什么?"

这次会面成为缅甸的U形拐点。自此以后，作为走向和解的象征之一，昂山素季的名字不再是一个禁忌。她的头像开始出现在媒体头版和大街小巷，官方媒体对她和"民盟"持续二十年的攻击也偃旗息鼓。

报纸注册与检查司仍然存在，所有报纸在付印前仍须将版面大样交由他们审查，但审查标准却大大放宽了。程索的报纸翻译了著名缅裔学者吴丹敏（Thant Myint-U）在海外媒体谈缅甸改革的对话录，居然得以全文发表。"审查部门只改了几个小地方，其中一个要求是将'政治犯'改成'良心犯'，另一个要求则是将'军事独裁统治'改成'独裁统治'。"

市场化的报章呼吁继续改革，甚至呼吁释放更多的政治犯。"只要他们是从'为了国家好'这样的基调来谈这件事，那么文章就可以发表。"不止一个记者这样告诉我。

"媒体也在不断地试水，看看底线到底在哪里，"一位资深媒体人说，"有媒体不送审就发表一些文章，然后就得到停刊两期之类的小惩罚。"

2012年1月，登盛首次接受西方媒体采访。"改革是基于人民的愿望，"他对《华盛顿邮报》记者说，"人民希望国家保持和平稳定，实现经济发展。"

而在仰光，不少人相信改革与阿拉伯世界的变局有关。"丹瑞将军不希望看到两种情况，"人权活动家妙扬瑙登说，"第一种情况，继任者也是独裁者，这样他会忌惮前任影响力并伺机清算；第二种情况，被革命推翻。两种情况都会威胁到他的性命。"

在吴丹敏看来,缅甸政改的动因有二:其一是在新的政治体制里,总统、议会、地方政府、军队等机构分享权力,每一方都设法寻求变化,这给了社会更多空间;其二是总统及其他有改革思维官员的决心,他们相信,缅甸的现状难以为继,必须找到新的方向。

3

在官方英文报纸《缅甸时报》(*The Myanmar Times*)的编辑部里,我见到了一份从审查部门送回来的大样,那是名为"Hope Rules"(或可译作"希望引领人民")的大选一周年特刊,回顾了缅甸社会的各种变化。压题照片被画上了一个红叉,一位编辑说,"可能是因为我们用了民众抗议的照片"。而一篇名为《为什么缅甸改革会令越南心焦》的评论则被直接拿掉。"大概是担心影响两国关系吧……"编辑猜测。

不过最引人注目的还是一整版的重头文章《缅甸:过去、现在和未来》。事实上,这里只有一处改动:五张配图(从左到右依次是昂山将军、奈温将军、丹瑞将军、登盛、昂山素季)最右边的那张上面打了个红叉——看起来,他们并不认为昂山素季就代表着"未来",虽然他们承认素季的父亲昂山将军创造了"过去"。

1941年,26岁的学生运动领袖昂山带领包括奈温在内的所谓"三十志士"出国接受日军培训,冀望在缅甸发起暴动以推翻英国殖民统治。这"三十志士"便是日后缅甸独立军的核心。后来日军进入缅甸,缅甸人发现日人统治比英人更残暴,将士们遂又转向联英抗日。"(当初联日)并非因为我们有赞成法西斯的倾向,而是因为我们的愚直失策和小资产阶级的胆怯。"昂山后来承认。

"二战"结束后的1947年年初,经过谈判,昂山与英国首相签订了保证缅甸在一年内完全独立的《昂山-艾德礼协定》。同年4月,昂山出任临时政府总理,但三个月后,他与六名阁僚在仰光被暗杀,时年32岁,留下两个儿子和两岁的女儿素季。

昂山可谓缅甸国父,又是缅甸军队的创立者,在很长一段时间里,缅甸军政府把他视作一个爱国主义的图腾。仰光最大的市场、最重要的街道和最大的体育场都以他命名,在爱国教育和宣传下,昂山将军几乎受到所有人的爱戴——而当他那支持民主自由的女儿回国后,这一点便成了军政府的大麻烦。

4

或许是因为对父亲所创军队的感情,又或许是因为在海外生活了太长时间,早期的昂山素季把爱国主义放在了自由主义前面。在她作于20世纪80年代前期的 *Let's Visit Burma* 一书中,她回避了内战问题,把克钦、克伦、掸邦这些少数民族地区单单描绘成富有魅力的神秘所在。她也避免在文章中直接批评奈温的独裁:"在军政府的统治下,缅甸成为社会主义纲领党领导下的社会主义国家,其他政党都被取缔,限制民众政治自由的举措是出于维护政府的稳定和国家的统一。"

1962年3月2日,奈温发动军事政变,推翻文官政府。奈温早年随昂山接受日本军部培训时即养成了对政党政治的厌恶。他解散了议会,宣布要建立"缅甸式的社会主义",这一意识形态自称融合了马列主义、佛教和缅甸传统,实际上把缅甸变成了一个警察国家。执政后这位将军的喜怒无常令人印象深刻。1976年,仰光的外交官们聚在茵雅湖酒店开新年派对,结果中途被奈温带领的军队包围。奈温冲进场内砸烂乐器,叫停演出,原因仅仅是派对的歌舞声打扰到了同在茵雅湖畔居住的奈温(另一种说法是奈温遍寻女儿不着,以为她来参加了外国人的派对)。同样在20世纪70年代,奈温突然宣布:所有的车辆必须靠右行驶(缅甸曾是英国殖民地,之前遵循靠左行驶原则)。于是时至今日人们仍会在仰光街头看到这般怪现状:司机在右座驾驶着各种日本报废车,纷纷靠马路右侧行驶。

不过真正把缅甸拖入深渊的是奈温灾难性的国有化及锁国政策,很多企业和银行(包括中国银行)被无条件收归国有,大量国外的教育、交流机构被驱逐出境。缅甸错过了世界经济起飞的20世纪六七十年代,到80年代后期,已由"东南亚的明珠"落入联合国最不发达国家之列。一个颇具象征意味的细节是,在60年代之前,从西方前往新加坡或者曼谷,须经由仰光转机,而现在,情况反过来了。

1988年4月2日,接到母亲病重的电话后,昂山素季经由曼谷飞抵仰光。这是她1960年以来第一次回到自己的祖国。在过去的二十八年里，她求学于新德里，在牛津取得哲学、政治学和经济学学士学位，短暂任职于纽约联合国总部和不丹外交部。1972年，她与英国学者迈克尔·阿里斯（Michael Aris）结婚，此后多数时间与丈夫生活在牛津。吴丹敏在一本书里回顾了1984年春天拜访素季一家的情形："天气很好很暖和，他们家砖砌的花园里开满了鲜花。话题很快就转到了有关大英帝国的电影上……迈克尔心满意足地坐着，安静地抽着烟斗，他们的孩子在旁边的房间里玩耍。她总是彬彬有礼，带着点儿学生气，她鼓励我到英国攻读博士学位，一起来研究缅甸历史。"如果说那时昂山素季希望为祖国做点什么的话，除了研究缅甸历史和文学，无外乎为它建一座图书馆，或者推动一项交换学习项目等。

但这一年发生的学生运动改变了所有人的轨迹。

6月底，知道母亲将不久于人世，昂山素季决定回到大学道54号的家中，陪母亲度过最后的日子。阿里斯和两个儿子也从英国赶来，陪老人最后一程。因为要照顾母亲，昂山素季始终同当时如火如荼的民主运动保持着距离，但这并不能阻止学生、记者、律师、艺术家以及被奈温罢黜的改革派军官络绎不绝地前往拜访，他们希望国父的女儿能够站出来领导缅甸的民主运动。

5

  大学道54号外面的围墙、铁丝网和铁门都有明显翻新的痕迹。我敲响铁门，对着一扇小窗报出名字。门开了，三个看上去有些腼腆的中年男人把我迎到候客区。旁边台阶上，一只拴住的小猎犬好奇地看着我这陌生人，我认出了这只"全缅甸最著名的狗儿"——2010年11月昂山素季获释时，小儿子金送给她的礼物。

  院落不算小，进门左侧是几片被鲜花环绕的草坪，再过去是一栋两层的白色小楼，看上去有些陈旧，和仰光市区那些"摆在特拉法尔加广场也不显突兀"（《孤独星球》语）的殖民时期建筑相比，就更加缺乏特色。这里正是昂山素季被软禁或者半软禁二十多年的地方。

  1988年8月26日，在仰光大金塔前的广场上，昂山素季发表了她的第一次演讲。"我们需要第二次独立斗争。"她宣布。一个月后，她联合其他几位支持民主的军官成立了全国民主联盟，并开始在缅甸全国发表演讲，倡导公民不合作，呼吁人民站出来维护自己的权利。"当我最初下决心参加民主运动时，更多的是出于责任感，"昂山素季后来接受采访时说，"但同时，我的这种责任感和我对父亲的爱密不可分。"

  1989年7月20日，昂山素季被军政府软禁，民盟核心成员也多被逮捕。次年大选，民盟赢得了485个议席中的392个，军政府拒不承认选举结果——被关在大学道54号的昂山素季通过

BBC广播才知道这一消息，她在一楼墙壁上贴满了甘地、尼赫鲁以及她父亲的语录以示抗议，负责守卫的士兵看到了笑一笑，并不说话——他们被禁止和昂山素季"谈论政治"，但昂山素季会不停地跟他们说话，朝他们微笑，询问他们家庭的情况，跟他们开开玩笑，而对他们来说，一旦跟昂山素季说话，就要被替换掉。结果是，没有一个守卫能在大学道54号干得长久。

1991年，软禁中的昂山素季被授予诺贝尔和平奖。

6

见到昂山素季前，我在仰光采访了不少当地的学者、媒体人和NGO负责人。对于眼下的变革，他们纷纷给出谨慎的评价，可是往往难掩兴奋。"哪怕是在一年前，我都没法接受你的采访。"几乎每个人都会笑着说句类似这样的话。

2011年年初缅甸议会开幕的时候（二十一年来的头一次），659名议员被领入新首都内比都宝塔状的议会建筑，一连几星期不得外出，不得使用手机和电邮，记者也不得去内比都采访。但是到了8月份，议会第二次会议开幕时，他们开始邀请国内外媒体。"本以为它是个橡皮图章，"程索说，"军方拥有议会25%的固定议席。我们去之前以为会有军队高层代表，结果发现多数都是年轻的军官，微笑着坐在那里，很少参与讨论。我觉得他们在那里只是为了维持宪法，因为要修宪，你必须有75%以上的议员同意……但其他非军方议员讨论得非常热烈，我记得有一次一位官员面对质询时说,他们在缅北有足够的发电能力。立刻就有两位来自密支那的议员站起来反驳他:你说的供电充足是什么意思?我们那边就经常停电!"

"这时我们才注意到,这两位议员居然都来自执政党!"程索笑着说,"这是件好事,有一点儿真正议会的样子了。"

门似乎正在打开,哪怕只是一条缝,透进来的阳光已经够让人高兴和自豪了,这正是我的仰光印象。有好几天,我也被这种乐观的情绪感染,直到遇上了恩(Eaint)。她是一个缅甸记者朋友的妻子,27岁,娃娃脸,我和她丈夫聊天时,她就在一边听着。到了最后,她有点不好意思地问我:"你对政治犯感兴趣吗?"

"你认识他们吗?"我随口应了句。

"我有很多政治犯朋友,"她顿了一下,说,"其实我也是政治犯。"

很难形容当时的感觉,好像是这座城市一下子褪去了热带国家物产丰盈的迷惑性外衣和佛教信众脸上永恒的无欲与满足,又好像是你潜入这座城市平静的水下,发现那里满是巨大而坚硬的礁石。2008年5月2日,飓风纳尔吉斯袭击了伊洛瓦底江三角洲地区。这场百年来最大的自然灾害造成了约14万人死亡,而缅甸军政府却反应迟缓,在一周以后才开始小心翼翼地接受外部援助。那时刚毕业两年的恩去灾区采访,因为看到无人救援的场景,想办法联系到联合国一个办事处,请求他们"救救灾民"。就这样,她成了政治犯,被判刑两年,一年多前才得以释放。

"解冻"以来，缅甸政府已经释放了数百名政治犯。2012年1月13日，缅甸政府又释放651名政治犯。《在缅甸寻找乔治·奥威尔》（Finding George Orwell in Burma）的作者艾玛·拉金（Emma Larkin）说，在仰光，你很容易找到这样的家庭，其父子母女兄弟姐妹里有人就是政治犯。

有人问昂山素季——这位全世界最出名的政治犯："你曾说过，当你第一次被软禁时，非常思念远在英格兰的丈夫和孩子，最终，你意识到这样做没有用，所以你停止了思念。怎么可能做到这一点呢？""大多数政治犯都会这么做（停止思念），"昂山素季回答，"任何理性的人都清楚，为一件你根本没法掌握的事情苦痛是没有用的，全世界的政治犯都会告诉你这一点。"

7

1989年8月，大学道54号已彻底与世隔绝。"我以为他们（政府）会关掉某个总开关，以切断我们的对外联系。结果没有，他们是直接拿着剪刀来我们家把电话线剪断并带走的，我们都觉得太逗了。"昂山素季说。她与阿里斯，还有他们的两个儿子亚历山大和金，一起度过8月的时光。虽然一举一动都在军队的监视下，他们仍然在草坪上散步，在湖边看风景、谈天，把这次短暂的团聚变成了牛津式的暑假。

"人们总喜欢把事情戏剧化，对于那些被突然带走投入监狱的人，会比较震惊，但我只是继续在这座房子里过日子而已。"

昂山素季说，自己和家人都是务实的人，不想把生活"变成电视剧"。

如果说软禁给昂山素季带来什么真正的变化，就是她开始了自己的修行——在这个85%以上人口都是佛教徒的国家，很多政治犯选择以坐禅的方式度过漫长的狱中岁月。阿里斯带给她不少关于佛教的书籍，其中一本是上座部佛教大师班迪达尊者（Sayadaw U Pandita）的《就在今生》（*In This Very Life*），这本书对她影响颇大。"在我很小的时候，我就有分析自己的习惯，修行强化了我的信念：坚持正确的事情。此外，修行的时候你必须通过发展觉知来控制你的思维，这种觉知会进入你的日常生活。"

昂山素季承认自己的脾气不太好，缅甸一位老政治家德钦吉貌（Thakin Chit Maung）的回忆佐证了这一点："她有时会失去控制，做一些缅甸女人不应该做的事情。有一次我们开会，她看见会议室里挂着奈温将军的头像，就变得非常生气，然后大声说：一个刽子手的头像不应该挂在这里。接着她就跳上桌子，把画像扯掉了。要知道在座的每一位与会者都比她年长，我们都被她的行为惊呆了。"

"修行对我帮助很大，"她说，"我不像以前那样容易生气了。当然有时还会发怒，我受不了伪善的人。但当我生气时，我会觉知到这一点，然后我对自己说，我生气了，我生气了，于是我就能把这种情绪控制在一定程度以内。"

"我是一个尝试者，永不放弃试着成为更好的人。"与在缅甸出家的美国记者艾伦·克莱门茨（Alan Clements）长谈时她曾说，"我把自己看作不断变化的过程的一部分，努力做到最好，而这一过程前后都连着因果。"

软禁期间，她每天4点半准时起床，禅修后听一会儿广播，接着做早操，然后按部就班地洗澡、吃早饭、弹钢琴。整个白天她会用来阅读和做家务，其间穿插着收听BBC、VOA（美国之音）或者DVB（缅甸民主之声）的新闻。直到现在她都不看电视。"她说看电视时做不了别的，有罪恶感。"廷觉告诉我。

当昂山素季用修行发展觉知的时候，在茵雅湖对岸，退休的奈温也在修行中寻找平静。李光耀在自传中记述了与奈温的几次见面：1994年，奈温状况不太好，看上去很憔悴，说自己近年精神颇受折磨；到了1997年，他的气色好了许多，他说，自己每天花很长的时间静默修炼，再不为任何事情操心，"将军们来问建议，他说，让他们走吧"。

2002年，奈温去世，官方媒体只字未提。

8

软禁头一年，昂山素季和丈夫保持着通邮，阿里斯也会寄一些包裹给她，里面会有相关机构捐给昂山素季的物品，譬如《大英百科全书》等等。当这些包裹经过英国大使馆转往大学道54号时，军方会将其开包检查，并一一拍照，然后第二天的《劳动者日报》（官方报纸《缅甸新光报》的前身）就会出现一篇讽刺昂山素季的文章："瞧瞧，缅甸人民都还吃不饱饭，这个时髦的西方女人却在过着这种奢侈腐化的生活！"

昂山素季开始拒收包裹和信件。"这是一种抗议，"她后来解释说，"军政府认为让我通邮是一个恩惠，但那是我的权利，我不接受他们的任何恩惠。再则，我认为他们也无权软禁我一年以上。"

结果她被软禁了六年才重获自由。1995年，阿里斯和孩子们获准飞往仰光，一家人短暂团圆。也差不多是这一年，艾伦·克莱门茨问起她，对于那些陷入苦难与绝望的人们，如何为他们注入正面的能量？"如果一个人失去了自己的最爱，我相信，人们应该让他（她）说出自己的感受，排遣悲伤情绪，但同时也应该鼓励他（她）重拾生活，而不是坐在那里哭泣。"她说。那时她大概不会想到，1995年的团聚是她最后一次见到自己的丈夫。

1999年，阿里斯被检查出癌症晚期，得知自己时日无多，他开始向缅甸政府申请签证，希望和妻子见最后一面，但屡遭拒绝。英国外交部试图从中斡旋，但缅甸政府不为所动，或许他们是担心阿里斯在仰光去世可能引发的连锁反应，或许他们就是希望以此刺激昂山素季，让这个令他们头疼的女人主动离开自己的国家——但昂山素季决定留下，因为一旦离开，她就有可能被永久拒绝入境。在最后的日子里，她和阿里斯一直保持着通话，即使电话屡屡被掐断。

作家丽贝卡·弗雷恩2011年12月11日在英国《每日电讯报》

上讲述了一个不为人知的故事:"当我见到迈克尔的双胞胎兄弟安东尼时,他告诉了我一件他从未对他人吐露的事情。他说,当素季意识到自己再也无法与迈克相见时,她穿上了他最喜爱颜色的衣服,在头上扎了一朵玫瑰花,去了英国大使馆。在那里她录制了一段告别的视频,她说,他对她的爱是她坚持下去的动力。这段视频后来被偷偷带出缅甸,等它到达牛津时,迈克尔已经在两天前去世了。"

见过昂山素季的一些人会产生疑问,她的内心是否太过坚硬?据说她的长子亚历山大对母亲牺牲家庭一直心存不满,而刻薄的批评者甚至嘲笑她一直在固执地坚持"民主圣战"(democracy jihad)。我也怀疑在她优雅的举止和人格魅力之后,隐藏着多少无法言说的遗憾和悲伤;但我又怀疑,也许我们的怀疑,仅仅是因为我们走不到她的层次,没有能力去理解她罢了。

我记得她曾谈到英国女作家乔治·艾略特的小说《米德尔马契》,男主人公利德盖特医生的婚姻是一出悲剧。"他对妻子感到失望,担心自己无法再好好爱她。我当时还很困惑,难道他不更应该担心妻子不爱他才是吗?……后来我理解了他,如果他不再爱自己的妻子,他就被生活打败了。"

"随着时间的推移,"她说,"我发现了慈爱(loving-kindness)的价值,只有敌意才会让你产生恐惧……我不会憎恨软禁我的人,如果你对别人总是抱有正面情感,那么他们就伤害不了你,也吓不倒你。如果你对别人没有了爱,你就是真的在受苦了。"

9

民盟狭小的总部在仰光市区以北，两层楼，光线昏暗，看上去就是一个修车铺的规模。拉敏（Hla Min），这儿的办公室主管、一个和善的老人家领着我参观了一层。

进门左侧是接待处，也是个小型吧台和"图书馆"，接着是楼梯，有门卫把守，高层多在楼上办公。右侧是纪念品中心，售卖印有昂山父女头像的杯子、T恤和徽章。往前是妇女中心、农民与童子军扶助中心和政治犯扶助中心，说是"中心"，不过是一到两张桌子而已，整个房间估计不超过150平方米。再往前是几排桌椅，平时人们在这里吃饭，当需要召开发布会时它就成了记者座席。政治犯扶助中心的工作人员告诉我，他们为600名政治犯提供服务，每个月补助他们5000基亚，相当于40多元人民币，还为他们提供所需的食品、药品、书籍和衣物，由家属探监时带进去。

"经过军政府多年的打压，民盟剩下的都是些死硬派，大多数人年纪很大了。他们不明白，推动民主不能只靠空喊，而需要以议题为本（issue-based），"一位自称不是昂山素季粉丝的NGO负责人告诉我，"他们现在也在改变，包括昂山素季也越来越认识到，在政治之外公民社会可做的事情还有很多。当她了解得越多，她也会变得愈加务实。"

2011年11月18日，民盟宣布重新注册，这意味着这个缅甸最大的（也几乎是唯一的）反对党重新加入政治进程。几天后，民盟又宣布昂山素季将参加议会补选。有人觉得她去竞选议员是自降身份。她说:"从政之人不应考虑个人荣辱得失。"

"补选有40到50个议席,即便民盟全部当选,也是议会的少数派,"程索说,"但他们可以联合议会内的改革派,成为推动改革的动力。"

"她能影响别人,她需要的只是一个小小的合法的平台,小小的制度内的权力,和她巨大的影响力结合起来,那就是原子弹。"妙扬瑙登说。"这是我生命里第一次看到光亮,我曾以为自己会终老于监狱,夫人也会在软禁中去世,不能为这个国家做任何事情。"

但缅甸的未来并不仅仅取决于政治改革:这个国家糟糕的银行系统、延续多年的两套汇率仍令投资者感到畏惧;少数民族地区的冲突和解看起来还是遥遥无期;大国在这一地区的博弈,也都将影响它的转型进程——如果我们相信它已经上路的话。

10

仿佛是对外界批评的回应,民盟总部一层最里面唯一的小单间留给了年轻人。1980年出生的尼尼明(Nyi Nyi Min)看上去比他的年龄更年轻:"发展年轻人进入民盟,重点是要驱散他们心中的恐惧。我会告诉他们,你是一个自由的人,你要创造你的生命,然后不带恐惧地死去。"

他和同屋的一位女孩子介绍说，在2007年以前，缅甸的年轻人上网也就是聊天和娱乐，而当年僧侣革命走在最前面的是年轻僧人，这也激活了缅甸的年轻网民。"以前，老一代民主派认为，那些拥护民主的年轻人不存在，但是2007年后，他们都浮现出来，"一位为国际媒体工作的老记者告诉我，"这时我们才发现，原来希望一直都在。"如今缅甸网络普及率仍然很低，但网民数量增速极快，恩就和自己的丈夫在Facebook上成立了一个新闻社，发布缅甸改革的相关讯息。"我们的稿子不用送审。"他们骄傲地说。

昂山素季刚被释放时，面对那些举着手机对她拍照的支持者，下意识地往后退了一下。她从未用过手机，有人让她和人在曼谷的小儿子金通话时，她都不敢确信这个小玩意儿真的可以把人与人联结起来，她甚至不知道应该对着哪里讲话。世界已经变化太多，2003年她第三次被软禁时，这个世界上不存在Twitter和Facebook，手机还不够普及，更没有发展成一个几乎无所不能的移动终端。而现在，互联网与互联网一代已经改变了整个世界，或许也将包括缅甸。在许多场合，她都说，这一年来最高兴的事情之一就是看到更多的年轻人参与到运动中来。

她重新变得忙碌起来，和1995年首次被释放时一样，每天要见大量的人，参加各种活动，整个下午用来读书已成奢望；但或许在某个不用忙碌的晚上，她会静静地坐在屋子里反观自己——也和1995年一样，"一切总在变幻，你也同时在躁动的外界和宁静的内心这两个世界里生活"。

离开大学道54号时已是黄昏，经过门口时，小狗冲我吼了几声。一个人牵着它往两层小楼处走去，"到了夫人遛狗的时间了"。这时我才知道，那三个男人也都是政治犯，他们志愿在这里为昂山素季工作。我想起之前采访时，其中一个男人拿过来一本相册，里头每一位被释放的政治犯都在手掌心写着一位还在狱中的兄弟姐妹的名字，昂山素季也不例外。照片太有冲击力了，那是一种苦难、不屈，又试图超越于此的表情。

铁门在我们身后关上了。20世纪90年代中期，每周末的早晨，她都会踩在桌子上，出现在这扇铁门背后，向聚集于此的民众发表演说，或者回答他们的提问。那时缅甸的民主运动正处在低潮，更多的人忙着出国或者挣钱，有时参加集会的只有寥寥数百人，其中还有不少是外国观光客，但她坚持了下来。

有一次艾伦·克莱门茨很直率地问她：你是不是有点儿过时了？

昂山素季回答说："谈论道德、对与错、爱与慈悲这些东西，如今被认为是过时的行为，不是吗？但说到底，这个世界是圆的，也许什么时候好多事情要重新来过，也许到那时，我就又走在时代前面了。"

可能的世界 / 缅甸

在缅甸，一桩买卖

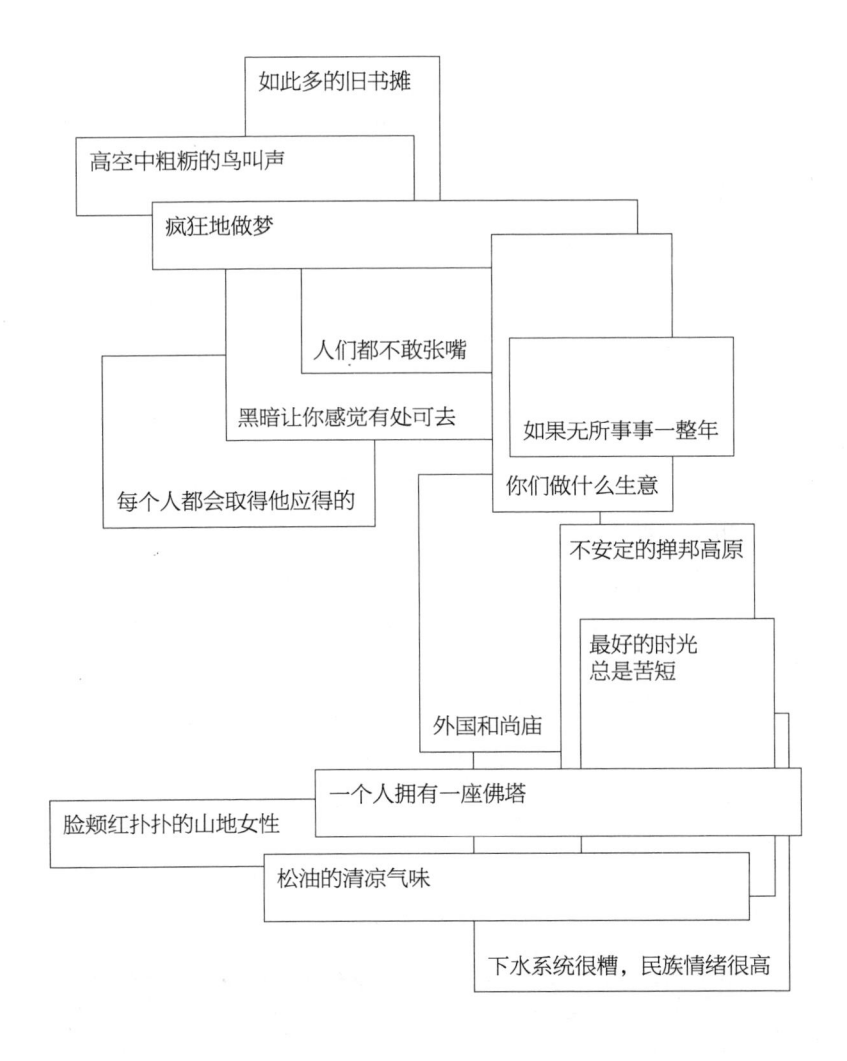

如此多的旧书摊

高空中粗粝的鸟叫声

疯狂地做梦

人们都不敢张嘴

黑暗让你感觉有处可去

如果无所事事一整年

每个人都会取得他应得的

你们做什么生意

不安定的掸邦高原

最好的时光
总是苦短

外国和尚庙

一个人拥有一座佛塔

脸颊红扑扑的山地女性

松油的清凉气味

下水系统很糟，民族情绪很高

1

  他们出门来到耀眼而炽热的日光下,地表散出的热量就好像火炉的气息一样。绚烂夺目的花儿在骄阳的炙烤下,没有一片花瓣在动。刺眼的日光将疲倦渗入你的骨髓。这实在有些可怕——在缅甸和印度,一直到暹罗、柬埔寨、中国,炫目而湛蓝的天空上全都万里无云,想到这儿实在让人害怕。

  ……

  季风突然间向西刮去,刚开始是狂风吹袭,而后便大雨倾盆、下个不停,一切都湿透了,直到连你的衣服、床铺,甚至食物都没有干的。天依然很热,蒸汽弥漫、闷热难当。沉郁的丛林小路成了沼泽,而稻田则成了大片的微澜死水,散发出一股陈腐的鼠臭味儿。赤条条的缅甸人头戴一码宽的棕榈叶帽子,赶着水牛蹚过齐膝深的水,开始耕犁……随后的某一天夜里,你会听到高空中传来粗粝的鸟叫声,却看不到鸟儿。原来是来自中亚的鹬向南方飞过来了。这时的雨量开始减少,到十月份停止。田地干涸,稻谷成熟,缅甸孩子开始用贡因果的种子玩跳房,在凉风中放风筝。短暂的冬季来临了……

——乔治·奥威尔《缅甸岁月》

  这是缅甸的一年三季,根据奥威尔在《缅甸岁月》里的描述,10月份以后这个国家会进入一个相对"安全"的季节。我们恰巧11月初从昆明飞抵仰光,正赶上凉季开始。不过我想这"凉"指的大概是夜晚最低气温会降到20度左右,在白天,高温仍稳定在35度左右,对于一个"北方人"来说几乎就是热季:骄阳从无云的天空直射下来,激起地表滚滚热浪,还夹杂着浓重的柴油尾气,立刻治好了我在春城遭遇寒流染上的重感冒。

头几晚疯狂地做梦,醒来后觉得自己正从某片丛林里爬出来,身上缠着湿漉漉的植物根茎,我想这是中南半岛调皮的热带精灵在捣乱。也许我该和缅甸人一样,称它们为"纳特"(nat)。佛教要求个人自我依恃,并不相信有一位神明可以施恩。但在这个小乘佛教之国,人们也并未放弃对超自然力量的依赖,供奉纳特的小神龛在仰光街头很容易见到,特别是在一些被认为有神灵栖息的大树下。

是不是外来者都会受到它们的困扰呢?1852年,英国人占领了仰光;1885年,他们又占领了曼德勒,把缅甸纳入自己庞大的殖民版图。在缅甸中部,曼德勒附近的山上,他们建起一座叫眉谬(Maymyo)的小城,用于度假消夏、饮酒行乐。那些远离故土的英国人,满心乡愁地"维持"自己的工作,又害怕着回去的那一天,就像《缅甸岁月》里的弗洛里:"当年离家的时候尚是个男孩子,前途光明,相貌英俊,尽管脸上有块胎记;如今,仅仅过去十年,却已面黄肌瘦,酗酒成性,无论在习惯上还是外表上俨然是个中年人了","在异国他乡收入可怜地过上三十年,然后顶着个严重损坏的肝脏和成天坐藤椅坐出来的菠萝后背回国,在某个二流俱乐部讨人厌烦、了此一生,这样的买卖可真划不来"。

眉谬成了英国的幻象,也成了他们无法面对的故乡。"城里到处都是鬼魂。"一位从小在此长大的朋友告诉《在缅甸寻找乔治·奥威尔》的作者艾玛·拉金,每天晚上9点,她都会听到屋外的水井里传来扑通一声,妈妈说,那是多年前投井自尽的英国女人。

艾玛和她的朋友凯瑟琳还曾在眉谬遇到"活的鬼魂"——一位英印混血的老太太突然在大街上抓住凯瑟琳的胳膊:"你是康妮吗?你长得可真像她……她是我的双胞胎姐姐,已经回英国了。如果你遇见她,请告诉她你们在这儿见到我了。"

老太太有一双褐黄色的眼睛,扎着松垮的圆发髻,皮肤因为日晒而满是褶皱。"他们都回英格兰了,以前这里东西便宜,生活很好,现在什么都很贵,太糟糕了。"她用标准的英国口音告诉艾玛,然后警惕地看了看周围:"不能说不好的东西,不然我们会被抓起来的!"

她们向彼此告辞,老太太不甘心地最后问了一次:"你真的不是康妮吗?"

2

仰光有一种不知今夕是何夕的美。总的来说它还算年轻,英国人当初到达时,它不过是个港口小城。自北往南注入安达曼海的仰光河在这里拐了个弯，变成东西走向，殖民者在河的北岸建起网格状排列的英式建筑。"他们规划得很好。英国舰船在仰光港停靠后，一下船就能看见邮电大楼，可以给家里人写信或者发电报，然后旁边就是各国银行，还有著名的斯特兰德（STRAND）饭店。"当地华人老杨说。

天亮得早，被纳特们骚扰一夜后，我沿着那些网格迂回散步，回到生活中来。气温还没起来，燕子在低空叫闹，乌鸦则在电线上站成密密的一排；五六层的住户，家家窗口都放出一条长绳，绳头系着五颜六色的架子——这是他们的"升降货梯"。年轻人在路边仔细地捋着新鲜的树叶，它们将被用来包裹槟榔——缅甸男人"血盆大口"及路边"斑斑血迹"的由来。早市最是新鲜，有人在轻巧地削木瓜，有人狠狠刮着椰青，成筐的青柠看得叫人生津，鱼和花都多得惊人，巨大的鲇鱼和瘦小的剑鱼摆在一起，感觉河海颠倒了。妇女头顶着花篮，那一大簇鲜花就浮动在攒动的人头之上，还有站在路口的姑娘，拿着茉莉花编织的花环，香气扑鼻。起初我以为缅甸人只是爱花而已，后来才知道他们买花是为了献佛。

仰光城内的瑞德贡金塔和司雷宝塔，也就是当地华人口中的大金塔和小金塔，分别有两千五百年和两千二百年的历史。大金塔传闻由保存有佛祖八根头发的商人两兄弟始建，历代翻修终于达到今天110米的高度，成为仰光最高点。据说建塔用了不少于60吨黄金，"比英格兰所有银行的金库加起来还要多"，殖民时代缅甸人常常这么讲。

到仰光时,刚好赶上传统的直桑岱点灯节。按照习俗,点灯节前后三天要在佛塔等地点灯拜佛。大金塔下人山人海,前一天夜里举行织袈裟比赛的织车还没有撤掉,小孩子们在钻来钻去,但大小佛像已经抖去了雨季的湿气,披上了新的"不馊袈裟"。天黑后所有的灯烛都亮了起来,空气中满是茉莉花、金盏花和蜡烛的香气。我去过几次西藏,在那里感受到的常是单纯与肃穆,但眼下的金碧辉煌简直让我目瞪口呆,第一次有机会想象佛教鼎盛时期的模样——它甚至为不可见之物也准备了修行的场所,一个朝向西南方向的小型宝塔,上面供奉着过去的巫师和精灵。

缅甸自有传统的罗衣,可是来到这里的人们并没有统一的穿着,当他们向佛塔跪拜时,和我在开罗解放广场所见朝向麦加的穆斯林白色海洋感觉也全然不同——后者很有力量,前者更像是喃喃自语。

离开佛塔,就立刻回到了短缺年代。路灯昏黄,而很多地方连路灯都没有。商店早早关门,小贩的榨汁机在微弱的灯光下叮当作响。走在高低不平的人行道上,突然觉得自己走在小时候的某条路上,天空是纯粹的墨色,而不是像大城市那样泛着暗红;走夜路是安全的,而黑暗让你感觉有处可去——只要我们不想出来,大人就永远找我们不到。

这种熟悉的感觉在我后来看到僧人时得到了加强。早晨7点多钟,僧人们赤着脚、捧着钵从住处鱼贯而出上街化缘,小沙弥们总跟在队伍最后面。有时候尼姑和小沙弥会齐声唱念,但和尚几乎从不说话。他们行走于狭窄的街道，在每家每户前稍作停留，主人便会主动送上早已准备好的米饭或者别的食物。据说，僧人只有不生产，不举炊，不为明日食，不积薪粮，才能在求法的道路上少起世俗之惑。当地人说，布施早已从僧侣扩展到了普通人，"在缅甸，一般是不会饿死人的"。这让我想起了自己的童年，每天吃饭时，外婆总要单独盛出一些饭菜，留给附近山上的和尚，或者是饿着肚子的流浪汉——这仅仅是二三十年前的事情，如今行乞已成产业链，而化缘的和尚们又去哪里了呢？

3

来缅甸之前，我读了一些关于这个国家的文字，觉得它们可以分成三类，构成你进入仰光的三种方式。

《一切都已破碎》（*Everything Is Broken*），美国记者艾玛·拉金的另一部纪实作品，借用鲍勃·迪伦的歌名，讲述了2008年5月纳尔吉斯飓风横扫伊洛瓦底江三角洲和仰光地区，夺命十余万，军政府却无所作为的骇人故事。

在很多人眼中，风灾只是缅甸延续数十年悲剧的一部分，缅甸最受欢迎的喜剧演员扎嘎纳（Zagana）的一则笑话流传了二十多年："如果缅甸人牙坏了，他们就得到国外去看大夫，不是因为缅甸没有好牙医，而是因为在缅甸，人们都不敢张嘴。"

好在"改革开放"已经开始，扎嘎纳也于2011年10月被释放。不过眼线并未完全消失，在有军方背景的中央酒店大堂（有趣的是，旧版《孤独星球》把它归入"奢侈一把"之列），一个戴眼镜的矮个男人透过报纸打量着我和我的采访对象——一位曾是政治犯的学者。我们驾车逃离，一直逃到了仰光河南岸密密的平房区。这正是现在的仰光，光影交织，阴晴未定——你看着街上的杂志海报，昂山素季头像旁印着大大的"FUTURE"，活跃的周报在头版报道中东的民众示威，但你打开电视，却还是单调而冗长的宣传联播。

关于仰光的另一种表达或许始自殖民地的白人老爷，也就是弗洛里那些不甘于上缅甸生活的同事们："每年还能匆匆去一趟仰光——借口是去看牙医。啊，那一次次仰光之行有多开心呀！冲进斯马特与姆克登书店去找从英国来的最新小说，到安德森去吃8000英里外冷运过来的牛排和黄油，还有兴高采烈地喝酒较量！"

受益于粮食和木材贸易，仰光在20世纪初迅速繁荣起来。20世纪20年代晚期甚至超过纽约成为世界第一大移民港。和拥挤不堪的印度相比，这里人口密度低，生活水准较高，于是往来于加尔各答和仰光的汽船为缅甸带来了难以计数的印度廉价劳动力，一度令缅甸人成了少数族裔。而从悉尼飞往伦敦，从雅加达飞往阿姆斯特丹的航班都选择经停仰光，更把它变成了一座真正的国际城市。

如今一切已成过往，人去楼空的高等法院、海关大楼、百货公司更像是主角散去后的电影布景，它们一共见证了三次遗弃：20世纪40年代，英军撤退，把仰光让给日本侵略者；1962

年，民主撤退，把仰光让给锁国的军事强人奈温；2005年，连军政府也撤退了，他们相信，缅甸中部的彬马那（即后来的内比都）不易受到外国攻击，更适合作为首都……印度人的后代倒还在街头，不过改做了货币兑换生意，有人还会说中文，"大哥，一个800！"（指1美元换800基亚）。汇率虽划算，但常常藏着玄机，不是给钱时抽走你一张，就是换钱时突然高喊"警察来了！"作鸟兽散。

尽管失去了那么多，仰光却仍然令人尊敬——我很少见到一个城市有如此之多的旧书店和旧书摊。从昂山将军大街到被称作"路边大学"的班梭丹（Pansodan）大街，你能淘到西方的经典小说、各种传记和游记，也能花100基亚（约合人民币8角）拿走一本《时代》或《新闻周刊》的过刊。书店都很友好。有一次，一个书店伙计跑了一个多街区追上了我，只因为在我走后他们发现了我没有找到的那本书。我最喜欢的蒲甘书店（Bagan Bookstore）创立于1976年，老主人六年前去世了，书店由他的儿子继续经营。除了旧书，他还翻印许多关于缅甸的文学和社科书籍，都是店主人在国外买了带回来的，重新装订后平价售卖。我问他有没有昂山素季的书，他领着我进了里屋，从里面翻出两本，一本是 *Letters from Burma*（《缅甸来信》），一本是 *Freedom from Fear*（《免于恐惧的自由》）。"这些敏感的书让不让卖？"我又问。他的英文不够好，先是说政府不让，又说没问题，但最后一句我是听明白了："Now, We're free!"

第三类，也是最多的文字还是来自旅行者的观察。他们不厌其烦地讲述缅甸人的友好、善良和易于满足——一点儿也不奇怪，你到了仰光，会发现这些全都写在他们的脸上，连追着你卖明信片的小孩子也懂得适可而止。"明天见！"他给我们一个台阶，也给自己一个台阶。我甚至觉得，除了涂在脸上防晒美容的"特纳卡"，神态安详是缅甸女人显得面部丰满的原因。

不难理解中国人尤其容易爱上仰光。这里的人民表情平静，走路慢悠悠的，物质需求不多，彼此很少恶言相向，还保有对自然和神灵的敬畏。"每个人都会取得他应得的。"在仰光郊区的一家禅修中心，一位僧人如是说。他在美国做酒店服务生，回到缅甸是为履行出家的义务。看起来，这里简直包含了我们所有遗失的美好，和一位在缅多年的北京商人吃饭，他对缅甸人的淳朴和老实赞不绝口："连犯错都觉得可爱。"仿佛为了证明这一点，服务生很快就把鱼错上成了猪排，然后愣在那里直挠脑袋。

然而我是个没劲的骑墙派，喜欢与世无争，但又觉得效率和自我提升的愿望也并非恶魔，且对肆无忌惮在乡民身上投射自己愿望的做法还抱有警惕。一位人类学家曾记述震撼经验：在美洲印第安人工艺展上，展品中有一艘独木舟，解说写着，"独木舟，与环境和谐共存，无污染"；旁边有一幅建造独木舟的照片，印第安人焚烧大片森林，以取得适合的木头，余者任其腐烂——"高贵的野蛮人"啊！

究竟哪种价值对缅甸人，对缅甸更好呢？我不知道，起码在仰光是如此。不过到了第二大城市曼德勒，我的纠结就消失了。

4

冷冰冰的机场，闲置的传送带。我们和一位当地华人拼车进城，他穿着"Ferrari"的上衣，戴着巨大的金手镯，一路上不停在用iPhone打电话，好容易停下来，他问我们的第一句话是："你们是做什么生意的？"

曼德勒的路况比仰光好，但行道树和灌木都是灰色的，建筑也没什么特色。那种破旧的两层楼最多，一楼挂着个商户的大牌子，某某餐馆，某某修车铺，某某手机店。唯一亮点是在路口碰到几辆给僧人送货的卡车，车载音乐震耳欲聋，几个棕色皮肤的小伙子在车顶摇摆起舞，瞬间感觉中东的年轻人穿越到了这里。不知不觉就进城了，满大街的摩托车，好像都在赶集，完全不让人，天牛一样飞过后留下一团浓浓的黑烟。曼德勒地处缅甸中部干燥的平原，没有海风吹拂，这些黑烟就凝固在空中，需要另一辆天牛才能把它撞碎——因为空气污染，后来我们登上曼德勒山山顶，不但没能远眺掸邦群山，连几公里外的伊洛瓦底江都看不清晰。

晚上出去找饭吃也是个悲剧。人行道上没有灯，但到处都是翻开的井盖，于是只能在马路的边缘借着车灯行进。吸了比过去三十年还多的柴油尾气，终于找到一家泰国餐馆，还人满为患，只能和两个正说着缅甸话点菜的小伙子拼桌。他们一人拿一本菜单，就让我们干等。好吧，初来贵宝地……"这俩不是缅甸人吧？这么……"仗着对方听不懂，我和同事开始说他们坏话。

等他们半天点完了菜,我接过菜单,没好气地说了句"Thank you",也开始点菜。

那两人就在对面聊起天来,"我刚从新加坡飞回来""那个生意不好做"云云,用的是……云南话……他们点了好多菜,看起来很贵的那种,让吃蔬菜炒饭和小份咖喱鸡的我们露出了穷鬼本色……悻悻结账回酒店,又被三轮车夫宰了一刀,这是来缅甸十多天的第一回。

"这个城市充满了欲望。"我们恶狠狠地总结。夜深了,窗外不出意外地传来了劣质的卡拉OK声。"所以,接下来是该轮到泰式按摩吗?"我边接受蚊子轰炸边想。一夜无眠。

5

真是抱歉,也许我不应该对一座历史文化名城这么快地下一个结论,也许我应该去生鲜大早市猎奇,或者去华人修建的庙宇里去烧一炷香;但糟糕的住宿,还有旁边每半小时打一次钟的"外国和尚庙"(本地华人口中的教堂)耗尽了我的精力。这种时候《孤独星球》也没法拯救我,我后来根据它的建议去了附近一家餐馆,西方人络绎不绝,《孤独星球》也是人手一本。我要了份炒饭,还要了个泰式鸡肉汤,本来期待的是香喷喷的一碗咖喱汤(如果不是冬阴功汤的话),结果人家直接端上来一碗鸡肉白菜面,面汤味道十足。"旅行嘛,把点菜看作一种历险吧……"旁边的瑞士女人安慰道。

这可不是我想象的末代王都。公元1287年，南下的蒙古大军将蒲甘城劫掠一空，缅甸历史上最著名的蒲甘王朝迅速走向崩溃。东部的掸族趁势进入中缅甸，建立起因瓦王朝。缅甸文学中一些最著名的作品即出于因瓦国的僧侣之手。18世纪，因瓦王朝为贡榜王朝所灭。贡榜是缅甸历史上最后一个封建王朝，曾数次迁都，由最早的瑞波到实皆（Sagaing），又从因瓦到阿马拉布拉（Amarapura），终于在1859年来到曼德勒。

现在，这些古都被打包成曼德勒周边一日游的景点，供游人凭吊，虽然听着俗气，却也是躲避"柴油空气"的去处。阿马拉布拉最近，古城常被遗忘，但1.2公里长、通体由柚木建成的乌本桥还在吸引着全世界的旅行者。据说乌本桥日落可与蒲甘的千塔日落相媲美，可惜我们到得太早，又没有时间等候，只看到桥下湖水浑浊，人与鸭子同游，捕捞上来的罗非鱼很快就被苍蝇包围，小孩子们脖子上挂着一大串死鱼，向每一个游客兜售而不断遭到拒绝。我觉得若有一种明信片，背面是此种不讨喜的场面，正面则是傍晚时分，头顶重物的缅甸女人从乌本桥走过的绝佳风景，会别有风味。

实皆古城在山上，山上有500座佛塔，还有更多的僧院。上山之路两旁全是僧院的围墙，辉煌则辉煌，也少了"深山藏古刹"的意境。实皆山不低，可从西边俯瞰伊洛瓦底江。这是我第一次清楚地看见这条大江，和两年前在腾冲见到的枯水期龙川江全然不同。从高黎贡山的峡谷到中缅甸的燥热平原，河流的迷人之处就在于它永续漫延，却从不停止改变。

去因瓦的路上，经过一个村落，专事生产僧侣用的铁钵。须知全缅甸五分之三的僧人都居住在曼德勒。篱笆背后打铁之声不绝于耳，走进一户人家，眼看着工匠把一张张圆形铁片敲打成大小形状一模一样的钵。当地人介绍说全凭手感，更令我惊奇的是他们都如此年轻。穿过一片罗望子树林后，我们到达了因瓦。它曾是缅甸近四个世纪的古都，佛塔很多，马哈昂美僧院（Maha Aungmye Bonzan）是保存较完好的遗迹，已无人居住。这正是缅甸的妙处，不论何时，只要你愿意，就可以花几个小时一个人拥有一座佛塔或者寺庙（而到了蒲甘，你甚至可以坐拥一个王国），走在砖砌的栈道上，用赤脚感知温度和时光，蜗牛爬过的痕迹银光闪闪。远处还有一座瞭望塔，已是严重倾斜，冒险攀登时甚至能感觉到它的震颤。在高处环顾因瓦，曾经的繁华如今已被牛羊俯身吃草的景致所取代——那种曾经吓坏伊丽莎白小姐的灰白色南亚水牛，长得像犀牛的亲家，总有小鸟跳来跳去为它捉虫。

去过这些地方，也便理解了敏东国王为何要迁都曼德勒：古城离伊洛瓦底江太近了。在从前这或许是个便利，但英国的利炮坚船借着水涨可以直达城墙之下，却是个巨大的威胁。可惜开明君主敏东的革新并没有为缅甸赢得太多时间。迁都二十六年后，英国发动第三次英缅战争，占领曼德勒，敏东之子底博被俘，贡榜王朝灭亡。

来自英国的奥威尔也不喜欢曼德勒，"尘土飞扬，而且热得让人无法忍受"。据说那里有五大特产，均是以字母P开头，即

Pagoda（佛塔）、Pariah（流浪汉）、Pig（猪猡）、Priest（和尚）和Prostitute（妓女）。仰光一位朋友评价曼德勒的两点让我印象深刻：下水系统很糟，民族情绪很高。曼德勒的情绪我在仰光就感受到了，一个经常往返两地的人权活动家向我抱怨：有钱的中国男人抢了我们的女人……而到了曼德勒，你很容易就听到这样的声音：曼德勒已经变成了一座中国城市，老城味道一去不返；中国人只想来这里赚钱，他们只和政府打交道，看不起我们普通老百姓；以前来曼德勒的中国人尊重当地的风俗和宗教，现在来的人却奢侈浮夸……

我没有做过调研，但是记得某天在伊洛瓦底江边追逐落日时，曾路过一条污水沟，整条街都是臭鸡蛋味儿。我问当地人，污水排到哪里呢？对方指指不远处："当然是江里了！"为了保护"母亲河"反对修建大坝，但对她的污染却也熟视无睹。我感到这正是许多国家的通病，"下水系统很糟"与"民族情绪很高"实则有着某种神秘的联系。

离开曼德勒前一晚上，我又来到酒店附近那个熟悉的网吧。这里网速很快，不但有中文输入法，甚至还有QQ。上网的除了三个西方游客，其他都是亚洲面孔。我偷看了他们的屏幕，有几个人在用Facebook，还有几个人在看黄片——在一个封闭已久的国度，我把这两者视作相互关联、令人欣喜的事情。这时，一个美国女孩突然大声说了一句："希拉里要来缅甸了！"她刚刚看到这条新闻，表情兴奋，两眼放光，热切地期待回应。"这真是非常……非常……"她寻找着形容词，"非常重要啊！"

6

早上吃了酥脆的羊肉馅饼,有淡淡的咖喱味,据说是英国人留下的风味小吃。终于要出发去眉谬了。

向导提醒我们备好外套:"一会儿翻过那座山,温度马上就会降下来。"曼德勒是缅甸的热极,热季时超过40度是家常便饭,当地稍有条件的家庭,夏天就会去一小时多车程外的眉谬避暑。那没条件躲避高温的呢?"去年(2010年)热死了几百个人,报纸上没写。"向导的父亲、一位祖籍云南和顺的老人说。

路上有不少吞吐着黑烟的大货车,这也是去云南瑞丽的必经之路,但它们很快被我们甩在身后。一同被甩掉的,还有笼罩在淡黄色雾霭里的曼德勒。盘旋上升一个小时后,我们已经离开伊洛瓦底江的冲积平原,行驶在海拔1000多米的林荫大道上。别墅和旅店低密度地掩映在道路两侧,空气里有松油的清凉气味,每栋别墅都有一个19世纪的主人、一条精心设计的排水沟和窗外适时开放的花朵。

这是殖民者的"小英国"。"你从一个有着典型东方气味的城市出发,逼人的烈日,蒙尘的棕榈,空气中弥漫着鱼、香料和洋葱的气味,到处都是烂熟的水果和黝黑的人群……"奥威尔这样描绘他从曼德勒到眉谬的旅行,"但你一踏上眉谬的土地就会感到不同。你突然就闻到了英格兰凉爽甘甜的空气,遍地绿茵、冷杉和欧洲蕨,脸颊红扑扑的山地女性向你兜售草莓"。

曾在仰光旅游局工作过的向导会错了意,带着我们奔波于一个个的"景点",又四处寻找还没到季的新鲜草莓。等我们终于来到维多利亚女王赠送的钟楼下,就连为一栋被贴满白瓷砖的欧式建筑抱头痛哭的时间也没有了。好在那建筑只是孤例。这仿若时光倒流的街市仍有泛黄的色彩,马车停在路口,到处都是康妮妹妹的影子:那些留在这里的盎格鲁印度人,属于另一个时代,他们不穿罗衣,每天早晨喝咖啡,下午喝茶,然后拄着拐杖,挨家挨户去讲述他们的故事。

然而这场景又是脆弱的,当几个暗绿色军装走过时——眉谬同时也是缅甸几个军事学院的所在地。说起来,这里已接近缅甸的"关外",再往东往北就是广阔而不安定的掸邦高原,那里天空淡蓝,黄色的野花高高朝天,田埂在远处甩出波浪一样的形状,富有掸邦特色的巨大色块——绿的是甘蔗,黄的是水稻,枣红的是待耕土地,紫的不知道是什么,依次展开。从仰光到曼德勒之前,我们去了地处掸邦的东枝,对此种景致再熟悉不过。

对旅行者来说,东枝附近的茵莱湖是比眉谬更避世的所在。我在茵莱湖畔休息了三天,每次在露台的躺椅上,想舒舒服服多读几页手里的书时,天色总是迅速地昏暗下来,头顶的灯光也随即邀来数不清的飞虫。最好的时光总是苦短,但或许有别的原因。

在少有机动船声骚扰的西南角,每天看着天光慢慢打开,从灰到灰蓝,再到明晃晃的白和蓝,然后傍晚又看着远处的云朵被慢慢染红,又被突然抽干颜色和光泽,再重新注入滚滚墨色。

每天都是这样到来和离去,才不过两三天,我已经开始感叹日子的周而复始了。夜晚的虫鸣好像轻轻摇晃的网,淡淡地笼罩在湖中间。我已习惯与纳特们相处——这些天已经不怎么做梦了。我想起作家野夫在《"革命时期"的浪漫》开头描绘大理无雨的冬天:"许多年来积存在身体内部和心中的潮湿,仿佛正在一点点烘干。"

但在茵莱湖,我第一次感受到了缅甸被寒露打湿的冬天。某个寒冷的晚上,梦见自己逃课了,我揣摩着这个梦的隐喻,感到真是可悲啊。也许生活真是太过密集了吧,好奇如果真的无所事事一整年(就像我们一直嚷嚷着那样),心里究竟会长出什么来。

短暂的冬季来临了。半夜,裹着被子继续读奥威尔,但我开始对弗洛里们不划算的"买卖"感到困惑了——这究竟是怎样一桩买卖呢?

> 此时的北缅好像被英国的魂魄附了体。野花遍地盛开,跟英国的野花不尽相同,却十分的相像——密林中的忍冬,气味如同落地梨子的野蔷薇,甚至还有树丛暗处的紫罗兰。太阳在低空中盘旋,夜间和清早都冷得冻人。从山谷中涌动出来的白色薄雾就像巨大的水壶沸腾出的蒸汽。人们出来捕猎鸭和鹧。鹧多得数也数不清,还有成群的大雁从浅滩上飞起,叫声仿似拉货的列车驶过铁桥……清晨,你穿过薄雾笼罩、纷繁杂乱的荒野,空旷地面上的草湿淋淋

的……夜里，当你穿过小路返回营地的时候，会碰见牧童赶着一群群水牛回家，水牛那巨大的犄角像月牙一般在薄雾中若隐若现。……饭后，营火熊熊燃烧，你坐在近旁的原木上，一边喝着啤酒，一边聊着打猎的事儿……当你躺在床上的时候，可以听见露珠从树上滴落的声音，好似柔和的大雨声。倘若你还很年轻，无需考虑未来或是过去，这的确是很惬意的生活。

——乔治·奥威尔《缅甸岁月》

参考文献

《素季的国度》：

Aung San Suu Kyi & Alan Clements, *Voice of Hope: Conversations with Alan Clements*, Seven Stories Press, 2008.

Aung San Suu Kyi, *Freedom from Fear: And Other Writings*, Penguin Books, 1991.

Aung San Suu Kyi, *Letters from Burma*, Penguin Books, 2010.

Joshua Hammer, "A Free Woman", *The New Yorker*, 2011.

Justin Wintle, *Perfect Hostage*, Skyhorse, 2008.

Lowell Dittmer (ed.), *Burma or Myanmar? The Struggle for National Identity*, World Scientific Publishing, 2010.

Rebecca Frayn, "The Untold Love Story of Burma's Aung San Suu Kyi",

The Telegraph, 2011.

Thant Myint-U, *The River of Lost Footsteps: A Personal History of Burma*, Farrar, Straus and Giroux, 2008.

《在缅甸,一桩买卖》:

《缅甸岁月》,[英]乔治·奥威尔著,李锋译,南京大学出版社,2007年。

《天真的人类学家》,[英]奈吉尔·巴利著,何颖怡译,广西师范大学出版社,2011年。

Emma Larkin, *Everything Is Broken: A Tale of Catastrophe in Burma*, Penguin Press, 2010.

Emma Larkin, *Finding George Orwell in Burma*, Penguin Books, 2006.

Thant Myint-U, *The River of Lost Footsteps: A Personal History of Burma*, Farrar, Straus and Giroux, 2008.

第九章

塞尔维亚

"在我们的媒体和课本里,有错的永远是别人。"

拿了史上最多大满贯的诺瓦克·德约科维奇是个谜。这个谜里最令人称奇的是某种精神力量。他的职业生涯见证了太多不可思议的反败为胜，而且往往是在充满敌意的环境之中——2019年温布尔登网球锦标赛（以下简称"温网"）男单决赛只是其中的一场。

我去贝尔格莱德就是因为他。我当然好奇诺瓦克餐厅会提供什么佳肴，好奇贝尔格莱德为什么被称作"下一个柏林"，但我最好奇的还是哺育了他的这片土地，那里住着什么样的人，空气里飘浮着什么样的气味。

在瑞士或者西班牙，人们不需要费德勒或者纳达尔担负起一个国家所有的美德，自然也不必由他们去承担一个国家的不堪。但德约科维奇就不太一样。整个民族的荣耀、挫折感还有报复心理源源不断变成某种期望的重负，环伺左右。当它们与另有规则的更大的世界碰撞时，彼此的不信任感就在互相激发中升级了。

没人知道德约科维奇是怎么处理这种能量的。"儿时经历的战火锻造了他钢铁般的神经"之类的解释听起来过于大路货了。拜访完塞尔维亚一个月后，我飞往另一个东正教国家俄罗斯，去采访十月革命百年。在那里，我见到了一个曾经拥抱非主流神秘观点的著名俄罗斯知识分子，他讲述了自己在晚期苏联的孤独探索。也许理解如今的塞尔维亚和德约科维奇也要回到晚期南斯拉夫。德约科维奇在回忆录里说："我们被教导不要思想开放，这样他们就可以控制我们。顶层人花大力气要我们不去质疑被灌输的思想,无论这个顶层人是政客、饮食专家还是医疗工业,他们知道我们被恐惧驱动。"

经历过那个时代的德约科维奇和他的家人不信任任何权威,对非主流乃至某些神秘观点则抱开放态度。德约科维奇曾经在采访中说,他认识一些人,能通过能量转换、祈祷、感恩等等,把污染最严重的水变成最具疗效的水。假如我们暂且放下"反科学"的评判,会看到他想要表达的,也许只是信念的力量。如你所知,人有伟大的理性,但在很多时候仍然是感性又脆弱的动物。当你15∶40落后,面临两个赛点,网对面又是全场宠儿费德勒(而且还轮到他发球,而且他还手感火热),所有人都等待他拿下最后一分好疯狂庆祝见证历史的时候,除了自己(可能不乏偏执)的信念,你还有什么可以倚赖的呢?

可能的世界 ／ 塞尔维亚

在贝尔格莱德寻找德约科维奇

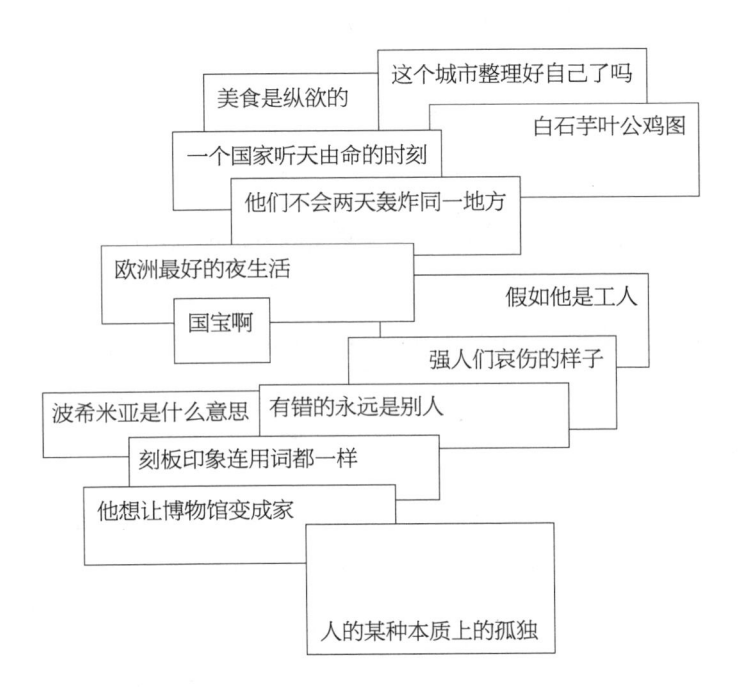

- 这个城市整理好自己了吗
- 美食是纵欲的
- 白石芋叶公鸡图
- 一个国家听天由命的时刻
- 他们不会两天轰炸同一地方
- 欧洲最好的夜生活
- 假如他是工人
- 国宝啊
- 强人们哀伤的样子
- 波希米亚是什么意思
- 有错的永远是别人
- 刻板印象连用词都一样
- 他想让博物馆变成家
- 人的某种本质上的孤独

1

从贝尔格莱德机场到市区的路上,我的爱彼迎(airbnb)房东米沙一直在介绍各种建筑:一排南斯拉夫时期的居民楼("你一看就是共产主义风格的……"),一个新的购物中心("里面有ZARA、PULL&BELL……"),一片水岸酒吧("我们贝尔格莱德有欧洲最好的夜生活!"),一栋……俄罗斯石油公司的办公楼("玻璃幕墙的那个!")听下来像是高度浓缩版的国家转型史。

"我们会路过诺瓦克餐厅吗?"我问。"当然,当然,诺瓦克·德约科维奇,国宝啊。"从反光镜上,我看到他露出了一口整齐的白牙。

2007年,我第一次听到德约科维奇这个名字,那会儿网坛还是费德勒和纳达尔轮流坐庄。这个塞尔维亚的20岁小伙子体质不行,时常退赛,但好像打得还不赖,而且擅长搞怪,那时小德模仿其他球手的视频在网上疯传,他模仿"费纳",模仿麦肯罗,模仿莎拉波娃尤其传神。有好几年的时间,小德一直排名世界第三,被中国网友调侃"三德子",固然有古灵精怪之意,但连同英文世界的诨名"Jokervic"(逗趣科维奇),听起来总归是个不入主流的角色。

经过小德开的诺瓦克餐厅时,米沙放慢了车速,好让我拍照。那是一栋非常普通的八层楼房,外立面是小德捧杯的巨幅海报,下面有一行字:"NAS NOLE!"NOLE是小德的昵称,那么

NAS是什么意思?

"我们的!"米沙笑。

车子驶过萨瓦河大桥,进入贝尔格莱德老城。在里面左绕右转,我看到了一些漂亮的教堂塔尖,但更多的还是破败和未完成。毕竟身处欧洲最贫穷的国家之一,某一瞬间觉得自己在马尼拉的贫民窟,直到前面斑马线上走过两个高挑白皙的姑娘。"Lovely ladies"(可爱的姑娘们),米沙一边等红灯一边自言自语。

在一个有两百多年历史的餐馆吃了顿晚午餐,猪肉和蘑菇盛在烤馕制成的大碗里端上来,吃一口菜,再吃一口碗,香浓入味。餐馆名字只有一个"?",据说一百多年前和街对面的教堂同名,后来被教堂抗议说,美食是纵欲的、形而下的,怎能假教堂之名呢?老板被迫更名,想了半天没有答案,于是就画一个问号对付过去。"长话短说就是这样。"餐馆服务生说。结账时连同沙拉、啤酒一共1600第纳尔[1]。刷卡时我很抱歉:我刚刚抵达,身上没有现金可以付小费。"没关系,没关系,"服务生显得很有自尊,"你的心意我们收到了!"

吃完饭去萨瓦河与多瑙河交汇处的卡莱梅格丹城堡散步,一路都是带孩子出来晒太阳的年轻父母,还有成团的日本老年游客。城堡下面有好几个下沉式红土网球场,女教练带着两个七八岁的孩子练球。小男孩戴黑框眼镜,像个微型奇爱博士,站在底

---

[1] 按旅行时间2016年4月的汇率计算,1第纳尔约合人民币0.06元。

线外，正反拍拉得有模有样。这种场景很难不让人想到德约科维奇小时候在废弃的游泳池底部练球（头顶不时有轰炸机飞过）的故事。1987年小德出生于贝尔格莱德，四年以后南斯拉夫内战开打，加盟共和国之间的五场战争一直延续到1999年。"我们会去轰炸得最多的地方练球，猜测他们不会两天内轰炸同一个地方。"小德在自传里写。

我走到城墙下，那里有草坪和姿态扭曲的矮树，一些孩子在坦克、高射炮与导弹上爬上爬下。起初我（习惯性地）以为那些都是模型，走进了才知道是实物。那一刻我突然意识到，对塞尔维亚人来说，战争过去并没有多少年啊。也许经历过这一切的人确会不同？我印象最深的2012年澳大利亚网球公开赛决赛，德约科维奇和纳达尔激战5小时53分钟。这场马拉松把人类的底线和意志力的对抗推向极致，到最后时刻，双方还是能每个球都直逼死角。那场比赛塞尔维亚人笑到了最后。后来德约科维奇接受采访时说起自己11岁时，有76个夜晚在地下室里听着爆炸声入眠。"这种强烈的童年记忆塑造了我的性格，这是国家听天由命无助的时刻。"

2

下午5点多，我收到一个记者朋友的信息："6点在议会门口有一场游行，也许你会想去看看？"那就去看看。从城堡到议会，要沿着最繁华的步行街前进，并穿过共和国广场。短短一公里多的脚程，居然路过了至少四家书店，和在缅甸仰光撞见满是旧书摊的"路边大学"班梭丹大街一样，我对这个国家也一下子肃然起敬。在一个地下通道，我看到墙上刷着的红色标语：解放科索沃，解放巴尔干。红字又被更粗的黑线拦腰划去，下面是难以辨认的反标语。上到地面来，半条街都被巨大的没有面孔的七层灰色大楼占满，窗外挂式空调两两一组，像许多眼睛在张望。

议会是漂亮的圆顶建筑，前面有紫色郁金香花丛，也有加了很多感叹号的官方宣传横幅，控诉"阿尔巴尼亚族恐怖分子"从1998年到2014年对塞国犯下的罪行："受害者家属们呼唤正义！""我们永远也不会原谅你们杀害了我们的孩子！"2011年德约科维奇温网夺冠，首度登顶世界第一后，成千上万的贝尔格莱德人就是在这里欢迎他们的英雄（第二年，时任总统对美国记者说，小德参加总统选举都能赢）。

主路已经封闭，年轻人们正在集结，一辆白色小汽车里播放着颇有律动的音乐，整条街都听得到。我用手机识别，是塞尔维亚乐队Familija（意为"家庭"）的歌曲"Mala, mala"（mala意为"小"），歌词里有这么一段："我们受够了这一切／不要说你感到害怕……她不会从天而降／你得去追求她。"歌词里没有说这个"她"到底是谁，但打出来的第一幅横幅写得很清楚了：反体制。从4月3日武契奇当选总统后，每天都有通过社交网络聚集起来的年轻人来到这里抗议选举舞弊和政府腐败。人越聚越多，很快便齐声喊起口号来，听着颇有音乐性。

7点钟，队伍开始移动。我跟着音乐、锣鼓和抗议腐败的合唱开始了贝尔格莱德老城巡游。抗议的口号很强势，气氛却非常轻松，周围都是带着笑意的年轻面孔，是那种找到了彼此的微笑。口哨声和喇叭声不断，总让我有运动会就要开始了的错觉。一个姑娘边游行边遛狗，人群在一个路口停住，跟着音乐蹦跶着形成高潮，那只大黑狗也变得非常兴奋，开始扑腾它的女主人。

人群变换新的口号时我照例向旁边的人询问，连问了两人都不会英语。后面一位胖胖的大哥快步跟上来，说："他们都是被操控的。"

"被操控的？他们被谁操控啊？"

"被索罗斯。"

"啊，你怎么知道呢？"

"反正就是那些人，索罗斯、西方人、自由派等等。"

他说，游行的人不是真正的塞尔维亚人，"真正的塞尔维亚人"应该是虔诚的东正教徒，"而那些游行的人居然说要支持同志群体的权利！"。

说这话时我们刚好经过一个东正教教堂，这位穿着耐克鞋的平头大哥和他的伙伴招呼我进去看看。买蜡烛、供烛台、画十字，换个地方，供烛台、画十字。"这是我们和上帝连接的纽带，"平头大哥拍拍左胸口，说，"我们东正教徒是靠心，不像天主教徒，是靠钱。"

我主动提起了德约科维奇。他说，他不是网球迷，很少看比赛，但和每个塞尔维亚人一样喜欢小德。中间路过一家快餐厅，我错把他口中的麦当劳听成了纳达尔，他摇摇头，嬉笑着扯了一下裤裆（纳达尔的习惯动作之一）。又过了一个拐角，他掏出手机看新闻："诺瓦克刚刚在蒙特卡洛大师赛上赢了西蒙，6∶3，3∶6，7∶5，很吃力，他本来应该赢得更轻松的。"

一年前我在尼泊尔徒步，临近鱼尾峰大本营时突降大雪，白茫茫中跋涉两个小时终于钻进烧着火炉的餐厅喝茶取暖，里面已经有几位背包客了。"你们从哪儿来？""塞尔维亚。""酷。"我只是随口一接，没想到其中一个人问："塞尔维亚酷在哪里？"好吧，"你们有诺瓦克·德约科维奇呗"。那几个塞尔维亚人交头接耳一番，露出笑容："诺瓦克果然是我们国家的大使啊……南斯拉夫解体以后，谁知道塞尔维亚在哪里，现在他是世界第一，人人都听说了这个国家！"

天色暗了下来，老贝尔格莱德散发出的破碎光影让我想到柏林。两个城市到处都是涂鸦，到处都是上一个时代留下的印记或伤疤，都不漂亮，都不"高大上"，却也因此对人没了压迫与规训，让人生出莫名的亲近与自由之感。五年前第一次去柏林，也撞上一场游行，"同志骄傲日"，非常夺目，非常欢乐。我也跟着队伍走遍了全城，最后人群消散于勃兰登堡门附近灰色的欧洲被害犹太人纪念碑林，而我发现自己站在以汉娜·阿伦特命名的小径的路口（正是这样的决定性瞬间奠定了你对一个城市的喜爱），历史一层层剥落，叠出一本厚重又清晰的新书来。这些年因为柏林的物价上升和"士绅化"（gentrification），欧洲的年轻人都在寻找"新柏林"。贝尔格莱德是其中常被提起的名字,但这个城市已经整理好自己了吗?

过了晚上8点半,天基本上黑了,游行慢慢就散了。我逆着稀稀拉拉的人流往回走,像是一场电影意犹未尽的散场。走出人流时突然被一个小伙子拦住,他用语速飞快的英语给我讲了一个故事,大意是他刚刚到贝尔格莱德,必须在几点之前赶到某个地方,但因为某个事他错过了什么车。他的故事中夹着许多个"fucking"(该死的),但只是自怨自艾,看着也不像是坏人。于是我没有跑掉,而是等来了故事的结尾——"所以,你有10欧元可以借我吗?"

"问题是,我也是今天才刚到,身上还真没有现金。"

"你看,"他失望地一摊手,又拍了拍我的肩,"这就是生活!"

3

下了一夜暴雨,气温暴跌十几度,第二天只能换上冬装出门,去南斯拉夫历史博物馆。博物馆位于绿树掩映的山上,环境清幽,主馆像一个收拾得干干净净的仓库,事实上它的一部分原本就被铁托用于存放他从世界各国收到的礼品:1945年斯大林赠送的"决斗者"瓷器,1955年毛泽东赠送的镂空象牙球,1970年尼克松赠送的来自月球的黑色岩石和一幅南斯拉夫国旗——"阿波罗11号"载着它登上了月球。不过我没有找到肯尼迪送的蒂芙尼钢笔，铁托很可能是这位美国总统被刺杀前会见过的最后一位外国要人。

在20世纪90年代陷入内战之前，南斯拉夫很长时间一直被视作社会主义模范社会。1948年，铁托与斯大林交恶，南斯拉夫被逐出华约阵营，从而有机会摆脱苏联模式，发展同西方国家的关系，走出一条相对富足和自由的独立道路。在博物馆一本讲述南斯拉夫时代日常生活的书里，我看到一个好玩的数字：1970年，有730万南斯拉夫人去意大利旅行（那年南斯拉夫的总人口不到2000万），主要目的地是离他们最近的城市的里雅斯特，主要行为是购物，买电器、婴儿用品、化妆品、首饰等等等等。我的一个朋友曾在前南地区长住，被当地人问起现在中国社会的状况时，她偶尔删繁就简：有点像你们铁托的时候，"对方立刻就能明白了……"。

铁托的相当一部分私人用品和礼品也洋溢着享乐主义气氛——除了燕尾服（铁托穿着它见了伊丽莎白女王和埃塞俄比亚皇帝）和各色领带（他喜欢迪奥、浪凡、爱马仕这样的宇宙大牌），大部分就像直接从男性杂志的"Gadget"（器物）版面拿出来的一样：望远镜、刀具、帽子、水袋、马甲，当然还有猎枪。送猎枪的人的光谱可真够广的，有丘吉尔，也有勃列日涅夫，有瑞典总理，也有民主德国总统，有摩洛哥哈桑二世，也有苏维埃共青团，而送礼者中间最"专业"的，想必是南斯拉夫狩猎、伐木与农业部？

我边看边想，铁托会订阅《智族》（*GQ*）或者《时尚先生》

（*Esquire*）这类男士时尚杂志吗？前者的口号是"LOOK SHARP, LIVE SMART"（有型有款，智趣不凡）。至少在博物馆前馆长利利亚娜看来，铁托是足够smart的人。"他非常有教养，个人藏书两万册，而且他真的读，还在书的空白处做笔记，而不只是装装样。"利利亚娜跟我讲了一个听起来更像逸闻的故事：据说铁托访问英国会见伊丽莎白女王时，现场弹奏了一首钢琴曲，铁托走后女王对丘吉尔感叹，假如他是工人，我就不是女王。

利利亚娜和她的丈夫戈兰是典型的怀念南斯拉夫时代的知识分子，就像一位塞尔维亚老摄影家说的：你要问我对南斯拉夫是什么感情，就好比问一个结婚多年的人怎么看他的新婚时光，"和平、安全、生活舒适，还能接触到世界各地的文化，上大学和看牙医都不要钱，后来呢，我们只剩下了血腥的内战"。

我在利利亚娜位于贝尔格莱德南部别墅区的家中见到了他们。他们是一对风度翩翩的老人家，家里摆放着来自世界各地的艺术品。一进门我就看到了1948年齐白石和徐悲鸿合作的《白石芋叶公鸡图》。"喝点儿什么吗？"戈兰热情地招呼我："威士忌还是白兰地？"

他们不断地告诉我，南斯拉夫的社会主义和苏联或东欧的社会主义不一样。作为佐证，他们还拿出了两人当年的合影，那是他们大学毕业一年以后，靠在刚买的德国产橘红色小汽车上（后来我看到数据，到1976年，超过三分之一南斯拉夫人有了私家汽车），都穿着高腰牛仔裤，利利亚娜披着一头蓬松的长发，戈兰则烫着不算夸张的爆炸头，非常嬉皮，非常六十年代。那的确是他们的黄金时代，虽然那个黄金时代让如今塞尔维亚与贝尔格莱德的跌落显得格外苦涩。

我喜欢博物馆的一个原因就是能够看到人们如何在此展示他们的过去。在一些国家的博物馆，过去与现在被截然分开，过去成了另一个国度，而在某些国家，博物馆更像是对现在必然如此的图解。很难说哪一种更加糟糕。南斯拉夫历史博物馆没有涉及1980年铁托死后的部分，也许对他们来说，那还是有待书写的当代史？我在铁托墓前站了很久，是为了看当年前来致哀的各国领导人的照片，也是非常广泛的光谱：撒切尔、密特朗、科尔、金日成、阿拉法特、卡斯特罗、昂纳克、齐奥塞斯库、奈温、西哈努克、霍梅尼……大概是物伤其类吧，在照片里，强人们露出了他们不太为人所见的哀伤的样子，他们能预料自己后来的命运吗？

4

第三天，我回到了位于老城对岸新贝尔格莱德的诺瓦克餐厅。在老城吸了整整两天二手烟（天知道这个国家为什么有那么多吸烟者）后，我高兴地发现这家高级餐厅有吸烟区和非吸烟区之分。服务员把我领到非吸烟区，刚坐下就闻到了浓重的烟味。回头，一对夫妇正在吞云吐雾。叫来服务员，他在我背后画了一道不存在的线，"这里，正好是两个区的分界线……wrong table（坐错了桌子）！"他总结。

不过在德约科维奇的地盘，参观才是正经事。这家餐厅也是一个小型博物馆，一层的环形屏幕正在直播蒙特卡洛大师赛；墙上满是相框，我看到（或者说回顾）了小德取得第100到700场胜利时的每一个瞬间，和他到目前为止拿下的每一项冠军的捧杯图。2006年7月23日，他在荷兰阿默斯福特拿到了第一个巡回赛冠军，照片里这个19岁的小孩把一个iPod（不知道是不是奖品？毕竟，当时iPhone还没有问世）放在头顶，笑得青涩。十年后的2016年6月5日，中国历法里的猴年马月，德约科维奇拿下法国网球公开赛冠军，完成了全满贯和男子网坛唯一的"诺瓦克大满贯"（跨年连续夺得四大满贯）——那场比赛的球鞋也被收藏在这里。没人会想到，那次高峰也是塞尔维亚人此后一年谜之跌落的开始。照片里他左手揽着火枪手杯，右手撑伞挡住古希腊诸神像喷出的雨雾，他会想到自己之后的命运吗？

伊里尔是我遇到的第一个宣称不喜欢德约科维奇的塞尔维亚人，他是个身高两米的大胡子，来自一家非政府组织。公平地说，伊里尔并不讨厌小德，他只是讨厌那些喜欢小德的民族主义者。我跟他聊起前几天在游行中的见闻。他说，那种认为自由民主的支持者都是拿了索罗斯或者西方人的钱的想法，是"典型的塞尔维亚式想法"，自由派在这个国家的历史上从未占据过主流，部分原因是历史，"二战"前塞尔维亚没有像中东欧的一些国家一样经受过（哪怕是短暂的）民主的洗礼，20世纪80年代后期米洛舍维奇执政，随之而起的是日益高涨的塞尔维亚民族主义。

"许多人看到德约科维奇打败西方选手，想起的是对北约

1999年空袭南联盟的报复……不少塞尔维亚人还觉得英国人傲慢、虚伪，所以德约科维奇打穆雷，他们也格外带劲儿。"伊里尔说，"小德本人是东正教教徒，对家庭价值观非常看重，他在国内的发言也把自己和爱国主义捆绑得很紧，而爱国主义在这里和民族主义是分不开的"。

后来我见到了佩贾，他是介绍我认识伊里尔的记者朋友。跟他聊起时我才知道，伊里尔的父亲是前南斯拉夫外交部的官员，阿尔巴尼亚族，在伊里尔很小时就去世了，伊里尔出生在贝尔格莱德，是地地道道的贝尔格莱德人，但因为有一个阿尔巴尼亚名字，从小就在学校里挨过许多打。这时我才从另一层面理解为什么伊里尔会对塞尔维亚民族主义这么敏感。

和大多数记者一样，佩贾也是个自由派，在塞尔维亚，这就意味着他是个少数派。他说，和南斯拉夫时期相比，塞尔维亚人的生活水准下降了太多，而阿尔巴尼亚提升了一些，现在两国生活水平差别不大，但塞尔维亚人的相对剥夺感让他们愤愤不平，媒体耸动报道阿族对塞尔维亚的敌意和威胁。"在我们的媒体和课本里，有错的永远是别人。"

他去过好几次阿尔巴尼亚，甚至在那边度过假，"那里的海水和沙滩质量都非常好，价钱却只有希腊的四分之一到五分之一"。他碰到的大多数阿尔巴尼亚人都挺友善，"很多塞尔维亚人对阿族有许多看法，却从没去过科索沃或者阿尔巴尼亚，这就是问题所在"。

从诺瓦克餐厅出来，外面还是淅淅沥沥的雨，我托前台叫了一辆出租车，想去中国驻南联盟大使馆纪念遗址看一看。难得司机会说英语："我知道，知道，那儿有一个孔夫子像，两周前刚刚竖起来的。"他把"孔夫子"发作"空腹气"，听起来怪萌的。

遗址是中塞双语的一个石碑，"谨此感谢中华人民共和国在塞尔维亚共和国人们最困难的时刻给予的支持和友谊"。我和司机车上聊德约科维奇："他的祖父不就是从科索沃来的吗？"他从没去过科索沃或阿尔巴尼亚，但说起来滔滔不绝："我们宁肯不加入欧盟，也不能承认科索沃独立……他们（阿族）的想法和我们不一样，非常奇怪。怎么说，像一百年前的人一样，生很多孩子，非常抱团，祖父就像一个公司的头头，所有的钱都汇集到他那儿，再集中起来办大事，比如，买我们塞尔维亚人的地……"一个月后，我去莫斯科采访，听塞尔维亚人的斯拉夫兄弟俄罗斯人聊他们对北高加索山民的刻板印象，竟然连用词都一样。

5

离开贝尔格莱德那天终于云开雾散，天气回暖。我在共和国广场闲逛时赶上了一场"free tour"（免费步行游览）。"欢迎来到贝尔格莱德，一个矛盾的城市！"年轻的导游泽里克这么开场。

我们跟着他拜访了波希米亚风格的小街，学习了重要的本地词语"Kafana",意指一种提供啤酒和音乐的塞尔维亚传统小酒馆("波希米亚在塞尔维亚语里是什么意思呢?意思就是有一群人给文化做了很多贡献,但是他们每天下午就坐在这些小酒馆里吃呀喝呀享受生活"),品尝了后劲颇足的"Gelakia"(塞尔维亚水果白兰地),还参观了这座城市留下的为数不多的称得上古老的建筑——毕竟,贝尔格莱德在历史上曾经被摧毁过38—42次,"二战"期间,它是唯一被交战双方都轰炸过的城市,假如你看过塞尔维亚导演库斯图里卡的《地下》,会对此感同身受。"可是为什么塞尔维亚人对十八年前轰炸过他们的欧洲国家仍然非常友好呢?"泽里克自问自答,"因为我们实在太厌烦战争了。我们受够了。"

步行游览开始的地点是塞尔维亚国家博物馆大门口,这栋漂亮建筑因为装修已经关闭了十多年。"这样,每年政府都可以说,国家博物馆明年就要开放了。"泽里克说,"按照政府的说法,这个博物馆2013年就该开了"。

我想起利利亚娜在她家里跟我抱怨:"现在的文化部没文化,部长一辈子没读过什么书,没看过歌剧,也不知道什么是艺术。怎么可能博物馆一关就是十年?在他们眼里,提升人的眼界的艺术就是危险的。"

利利亚娜在南斯拉夫历史博物馆工作了许多年。在她还不是馆长而米洛舍维奇仍然是这个国家的领导人时,米洛舍维奇一度想要搬进来住。她抗议:"全世界都是把家变成博物馆,他想让博物馆变成家。"利利亚娜随后被调离。米洛舍维奇下台后,

2001年利利亚娜出任馆长。2006年，当时文化部长想把米洛舍维奇遗体安置在馆内，以为她会默默接受，结果她发了一份公开声明，抱怨政府把博物馆变成了殡仪馆，引来了《纽约时报》的报道。文化部长怕了，立刻发表声明："我百分百支持她。"但大约梁子也在此结下，2008年利利亚娜被迫退休。

"这个国家什么都是政治。"戈兰叹了一声。

可怜的德约科维奇也不例外。"这个国家其他方面都那么失败，但是德约科维奇却如此成功，对人们是莫大的鼓舞。"戈兰说，于是一些人就把他盯得特别紧，"喜欢拿国外媒体对他的负面报道说事、放大，100条新闻里98条新闻都是正面的，却一定要把另外的那两条拿出来放大。这是典型的受害者心理"。

美国作家（同时也是网球迷）大卫·福斯特·华莱士说，网球是世界上最美妙的运动，它保留了接触性运动"高强度的软磨硬泡"，又剔除了其中的野蛮与不具备美感的部分。而对我来说，它的迷人之处可能还在于，那个被众目睽睽包裹却在安静时连一声轻咳都声声入耳的空旷的球场，极大地放大了人的某种本质上的孤独。告别塞尔维亚，我的下一站是英国。我想去温网博物馆，也是穆雷的大本营看看，我好奇苏格兰人和英格兰小报的关系，不过那是另一个故事了。塞尔维亚航空的飞机意外地在伦敦希思罗机场复飞两次，那是一种什么感受呢？就是飞机已经离地面很近，近到地面上奔跑的小汽车看着已经挺大了的时候，突然拉起，窗外风景陡然倾斜，马达轰鸣，急剧爬升……飞机第二次降落失败时，我的手心全是汗。但旁边英勇的塞尔维亚大哥只是不耐烦地一拍大腿,叫了声"come on",就好像这只是德约科维奇打丢了一个势在必得的网前高压。

第三次尝试,飞机终于顺利降落,机舱里响起了稀稀拉拉的掌声。等待入关时,我刷着微博,啊,蒙特卡洛四分之一决赛对战戈芬,塞尔维亚人又输球了。

第十章

德国

他们年轻过,失落过,革命过,幻灭过,欺骗过,被骗过,现在,他们要学会与过去相处。

去德国之前，我在细读三本英国人写的书：弗雷德里克·泰勒的《柏林墙：分裂的世界（1961—1989）》，书中有许多惊心动魄"奔向自由"的故事；蒂莫西·加顿艾什的《档案：一部个人史》，杰出的记者转型的学者，利用个人日记与斯塔西档案重建自己生命中已经被忘却的日子（多么古怪的体验），以私人史的方式讲述了民主德国版本的"老大哥"故事；安德鲁·瑞格比编著的《暴力之后的正义与和解》（人一生中能读的书不计其数，称得上启蒙读物的恐怕屈指可数，这本对我就有启蒙的意义），这本书使我第一次清晰地认识到了真相、正义与和平三者之间微妙的动态关系。

在同一时间段里读到这三本书多半是凑巧，但它们彼此交织，激发了我浓厚的智识兴趣，于是在抵达汉堡后，我逢人就想要和他/她聊聊民主德国的历史，把中德关系、欧盟问题这些统统扔到了脑后。也许我太过一厢情愿，也许汉堡（毕竟是联邦德国城市）与民主德国共享的记忆很少，总之，我遇到的人对这一话题都兴趣不大。甚至这篇文章的主角安佳也会怀疑她的故事对我来说是否有意思。说到底，在德国，分离的故事比比皆是，其实全世界也是如此啊，人们是否早已审美疲劳了呢？安佳说，她有段时间根本不能听斯塔西这个词，也根本不想提起民主德国，但当她听说西边的人不怎么关心我的选题时，又陷入了沉默，好半天，她小声说："真的吗？"

说到底，这是一个关于失重的故事，也是一个关于疗救的故事，我相信它不只属于那个业已消失的国度。

可能的世界 / 德国

另一个国度

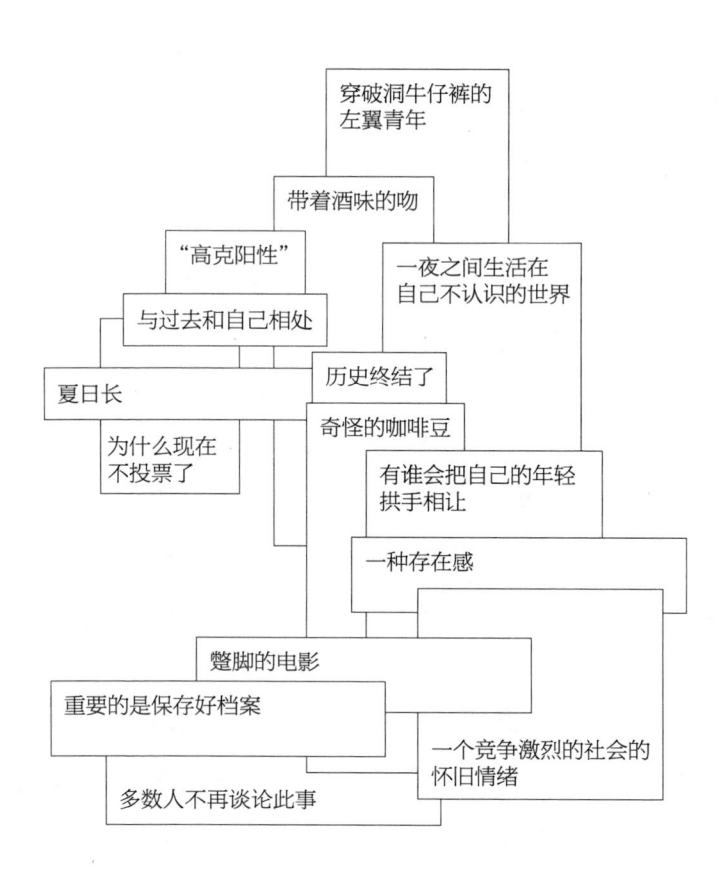

穿破洞牛仔裤的左翼青年

带着酒味的吻

"高克阳性"

一夜之间生活在自己不认识的世界

与过去和自己相处

夏日长

历史终结了

奇怪的咖啡豆

为什么现在不投票了

有谁会把自己的年轻拱手相让

一种存在感

蹩脚的电影

重要的是保存好档案

一个竞争激烈的社会的怀旧情绪

多数人不再谈论此事

> 墙倒以后，我们很快就忘掉了德意志民主共和国的日常生活是什么样的，随之而去的还有那无数平庸的时刻和普通的日子。我们压制自己的真实经验，用一系列奇怪的、传奇的，但其实和我们的生活不那么相关的掌故取而代之。
>
> ——亚娜·亨泽尔《墙倒以后》(*After the Wall*)

和安佳的交谈刚开始时，我想到的正是这段话。她看上去比她的实际年龄53岁要年轻得多，笑起来有少女神态。她带着我去看全世界最大的马克思像，然后在细雨里给我留影。她主动谈起中国，"蛮奇怪的共产主义国家，斯大林以后就和南斯拉夫一起被排斥出去了"；谈起排斥中国的苏联，"不喜欢。就像你有一个大哥，你被一遍遍告知他是独一无二的英雄，听了无数遍后你会怎么看他？"；又谈起马列，"以前想学马克思的哲学，但不喜欢列宁。为什么？因为他的乏味表达……"

我是在开姆尼茨见到安佳的。坐火车从柏林往东，在莱比锡换乘一次，两个小时就能到达开姆尼茨。两德统一前这里叫卡尔·马克思城，安佳1959年出生在这里，16岁去了莱比锡，20岁到了柏林——当然是东柏林。整个冷战期间，德国被一分为二，地处民主德国境内的柏林也被柏林墙切割成东西两个世界。我和安佳有一个共同的朋友——《亮点》(*Stern*) 周刊前驻华记者佳杰思（Adrian Geiges）。在一个饭局上，佳杰思听说我对共产主义的历史感兴趣后，介绍我认识了安佳。

对于一个中国记者的到访，安佳的不安似乎多过了好奇，我偶尔在纸上记一些笔记都让她紧张地大笑:"你真的在做笔记吗?我的故事真的有意义吗?"

1

非工农子弟,有一个比自己大4岁的姐姐,16岁离开学校到莱比锡的切·格瓦拉俱乐部学习跳舞("其实格瓦拉在民主德国不受欢迎,因为他受西方年轻人的欢迎!"),业余时间为德国自由青年团(FDJ,民主德国的共青团组织)工作,表现够好,两年后顺利入党。"我就是这么长大的!"安佳说。

她一颗红心忠于党,对马克思主义而非联邦德国的电视节目更感兴趣——另一个原因是,由于山谷的遮挡,开姆尼茨和德累斯顿都不容易接收到联邦德国的电视信号,而能够收到西方节目的莱比锡在1989年成了首义之地。

至于墙呢?来德国之前,我读了英国人弗雷德里克·泰勒的《柏林墙:分裂的世界(1961—1989)》。这本书给人很大一种感觉:民主德国历史就是一部追求自由的翻墙史。到柏林后,展示民主德国人民各种"翻墙"绝技的查理检查站博物馆又加深了这种印象。不过对于墙里面的安佳来说,墙从来不是一个问题。14岁时学校组织游柏林,她就被老师告知:柏林墙很重要,它可以保护我们免遭帝国主义的毒害。她从不知有人因为越墙而被射杀,也没有亲戚朋友在西边,不必在弗里德里希大街(东西柏林分界站)的站台上泪水涟涟地告别,自然也没人在圣诞节时给她邮寄西方的糖果巧克力。

她如此无害地长到20岁,再次来到东柏林已是威廉·匹克青年大学第31届民主德国学习班的学员。他们穿着自由青年团的统一蓝衫,和150名来自世界各地的共产主义学员坐在礼堂里聆听"世界形势报告"。佳杰思也是其中一员,他在《我的愤青岁月:革命青年的荒诞》一书里描绘了当时的场景:埃塞俄比亚的女同学跳起舞蹈,表现的是非洲革命解放斗争的题材;越南的女生则一边唱着胡志明颂歌,一边翩翩起舞;大厅里还坐着来自"巴解"组织(巴勒斯坦解放组织)和南非"非国大"(非洲人国民大会)的同学、受智利军政府迫害的革命者和阿富汗的大胡子男子;当然,少不了像佳杰思这样来自联邦德国、丹麦和挪威,穿着破了洞的牛仔裤的西方左翼青年。

白天的课程是马列哲学、政治经济学和科学社会主义,晚上则是丹麦同学的音乐派对 ——校方对这些西方学生管理相对宽松。安佳当时不太能说英语,每次见人都是这几句:Hi! Bye! See you next time! 后来她认识了丹麦男生皮特,对方会说一些德语,两人颇谈得来,很快就放弃Sie(德语"你"的敬称)开始用Du(德语"你",较随意,用于关系亲密的人)来互相称呼。皮特邀请安佳参加派对,"开放、自由……",三十多年后安佳回忆起这些仍然面露骄傲。皮特为她弹奏贝多芬的《月光奏鸣曲》,但没有弹好,于是他站起来像个绅士一样道歉。"这一刻我爱上了他。"

也是从这一刻起,她意识到"墙"的存在:一年后皮特就要返回丹麦，她，一个"完完全全的共产党员"，可能和他在一起吗？

2

他们热恋9个月，直到毕业分别。皮特回了哥本哈根，安佳回了开姆尼茨，循规蹈矩地结婚、工作。她偷偷地给皮特写信，把他的回信都藏在办公室的一张地图下。那时皮特是世界银行一位收入可观、前途大好的年轻职员，不过安佳并不知道，在学习班一位老师的劝说下，他已经成了一名民主德国间谍，回到丹麦是为了继续给斯塔西的海外分支工作。

斯塔西，德语缩略词Stasi的音译，全称"国家安全部"，是民主德国的秘密警察机构。在"我们无处不在"的口号下，斯塔西给600万民主德国公民（占总人口三分之一）建立了秘密档案。"柏林是当时冷战的中心，在两德有全世界最集中的军队和武器对峙。一旦冷战升级，甚至核战爆发，德国就会首当其冲。在这种情况下，东西方对彼此越了解，爆发战争的危险就越小。而间谍是双方了解彼此的最佳手段。"给我的电邮回复中，皮特这样解释自己的动机："我希望能借此保护民主德国和安佳。"

"也许他们说的是对的，如果你年轻时不是一个共产主义者，你就没有良心。"皮特说。

在安佳的描述里，皮特是个有艺术家气质的反叛者，这让我想起比他们年长正好10岁的"1968一代"。牛津大学教授、中东欧史学家蒂莫西·加顿艾什在《档案：一部个人史》一书里描述了自己对这群西方左翼青年的复杂感受：他们追捧民主德国这样的共产主义国家"好"的一面，比如全民保险、全民就业，却对同样真实的"恐怖"一面视而不见；与此同时，他们反抗的其实是冷战背景下他们父辈粗暴的反共主义，与其说他们"亲共"，不如说他们"反'反共'"；他们期望的是他们理想中的社会主义，不认为民主德国乃至苏联东欧的实践代表了社会主义的唯一可能……他们中的一部分人走得如此之远，以至于乐意为斯塔西工作，加顿艾什采访的好几位前斯塔西官员都告诉他，"1968一代"为他们的招聘提供了人才的沃土。

1982年，安佳藏在地图下的信件被同事发现，这个同事是斯塔西的线人——一个难以证实的数据说，民主德国约有十分之一的人为斯塔西提供情报。因为和西方人私通信件，她丢了工作，还被开除出党，"一夜之间失去了所有东西，包括我的信仰"。也差不多是那个时候，皮特要来柏林，安佳和他在柏林相见，萌动着出逃（以及私奔）的打算，然而皮特却是来告别的："他说他要去美国，再也不能和我见面，祝我幸福……"

她最后的救赎之桥垮了，好一阵子，整个人都是"空的"。后来她决定要一个孩子，"女儿救了我"。也许她还该为另一件事庆幸：斯塔西对她的调查并没有进行下去。后来她觉得，那是因为皮特特殊的身份——皮特自己大概不会想到，自己也算以这样的方式保护过安佳。

3

80年代对安佳来说是平淡无奇的,她在开姆尼茨的一个小工厂上班,像民主德国大部分妇女一样,下了班就直奔厨房。她们煮"昂纳克咖啡"——由于咖啡豆在国际市场价格昂贵,政府推出了含有51%咖啡豆、44%黑麦和5%糖粒的混合饮料,买"东方牌"牛仔裤——模仿西方流行的"LEVI'S"牛仔裤造出来的合成纤维产品。多数时间她们的钱多得花不完,因为商品总是短缺。当时流传着一个笑话,瓷器厂厂长问领导人昂纳克:我们有5%的出口产品被退货了。昂纳克答:这够全国人民用吗?

假期时,他们会领着国家发放的旅游券,举家去北部海边度假,住一种叫"DACHA"的度假屋。有一次,在波罗的海海边,女儿指着远处的白色轮船问安佳:"那些大船要去哪里呢?""去北方,去瑞典、丹麦。""丹麦好吗?""丹麦很好,是安徒生的故乡。""我们可以去吗?""不可以。""为什么呢?""……"

然而20世纪80年代也是变革的年代,东欧国家(与政府相对的)"第二经济"崛起,"第二文化"与"第二社会"也开始活跃起来,而随着改革承诺的落空,人们对改革渐渐失去了信心。民主德国的一名持不同政见者回忆说:"在50年代,当人们谈论政治时,总会有一位统一社会党同志站出来维护党的立场。可是到了70年代和80年代,在对政治问题进行争论时,共产党员们不是离开会场就是建议换一个话题。"

亚娜·亨泽尔在《墙倒以后》里描绘了20世纪80年代一个典型民主德国家庭聚会的场景：聚会通常持续到很晚，10点左右，男主人会从橱柜里拿出一瓶酒，给每个人端上一碟怪味花生，碟子很漂亮，是他从布拉格带回来的。女人们喝汽酒，孩子们则喝盛在巧克力甜筒里的蛋奶酒。其中一个男人会清清嗓子，发表祝酒词。祝酒词通常相当严肃，让人感觉像是要宣布一场小规模起义。他会抱怨现状，抱怨统一社会党给我们和这个国家干的"好事"，他说话时，他的妻子会把食指放在唇上，紧张地环顾四周。大家会纷纷对他的看法表示赞同：西方什么都比这里好，如果我们也有他们那么多机会，事情就不会是现在这个样子，我们只是没有机会掌握自己的生活罢了。其他男人还会讲几个昂纳克或者戈尔巴乔夫的段子，然后他们就用带着酒味的吻，送孩子们上床睡觉。

4

1989年11月9日，墙倒了，民主德国公民的旅行限制被取消。次年10月3日，两德正式统一。

安佳用"变化"这个中性词语来指代这期间发生的一切。"每天都有邻居离开（去联邦德国），你会忍不住想，是不是我也应该离开？""以前我们在鸟笼里，每天有人来喂水喂食，突然鸟笼的门被打开了，我很好奇，我想出去，我想学飞，但我也担心，以后还会有人给我水和食物吗？"

眼下他们还可以领取100联邦德国马克的欢迎金。在科尔政府的强力推动下，1990年7月，联邦德国马克取代民主德国马克成为官方货币，并以1∶1进行兑换（实际汇率是1∶4）。此举取悦了民主德国民众，但民主德国的企业尤其是出口企业却遭到毁灭性打击。

许多人失业了，而一些"职业"也不再需要有人去做了：马列主义教员、国安人员和线人、国家控制的工会职员……统一社会党（民主德国执政党）的许多党务工作消失了，但同时消失的也包括"异见人士"和"革命者"。

"资格认证很重要，西方政治还是非常精英的系统"，来自民主德国的社会民主党（SPD，以下简称"社民党"）人汉斯·米塞尔维茨（Hans Misselwitz）告诉我，他当年也曾走上街头，领导抗议，"我是比较幸运的，个人基础比较好，但不少反对派缺乏专业技术。我们那一代很多人不再从政了，当然也有人脱颖而出，比如默克尔，她比西德人更西德"。

更多变化或许与意识形态不直接相关。统一以后，大批来自联邦德国的法官、律师、教授取代了他们民主德国的同行，"（因为东德并入西德，实行西德的制度）面对20000条新的法律法规，他们等于生活在一个自己不认识的世界，也没有时间去留给他们学习……"东西论坛（Das Forum Ost-West）的创始人阿克塞尔·施密特-格利茨（Axel Schmidt-Gödelitz）说。

"也许问题之一就在于，一切进行得太快了。"汉斯在社民党总部楼下的咖啡馆里对我说。这栋大楼看上去像一块巨大的三明治，一楼沿街开放给了普通商铺，据说延续的是魏玛共和国时代的传统，大厅中央是社民党前主席维利·勃兰特的雕塑，这位德国当代史上的著名人物1983年曾这样评价马克思："伟大的思想家（对资本主义）的分析是正确的，其分析工具和分析方法至今光辉不减，但他的解决办法却被证明是错误的。"

统一之初，一些民主德国的反对派和联邦德国的知识分子曾希望能找到"第三条道路"——"某种混合性的'社会民主主义'，它能防止资本主义社会的一些弊端，比如贫富分化"，但回到当时，即便是民主德国人民也不支持他们。"那时的普遍情绪就是，历史终结了，再也不要走回社会主义的老路了。"汉斯说。

安佳的丈夫"变化"前就职于一家出口电器的国营企业，于是他不出意料地失业了。"像许多民主德国人一样，他无法适应新的生活，找不到工作，他开始酗酒，脾气变得很坏……后来我也开始抽烟、酗酒……"她形容那几年的生活，就是"work and cry"（边工作边哭）。后来她决定带女儿离开这个家，"我的女儿才13岁，要是不走的话，我们都会完蛋"。

我曾在柏林的DDR博物馆（DDR是Deutschen Demokratischen Republik的缩写，即德意志民主共和国）看过一段"变化"前的民主德国新闻，报道罗斯托克为市民新建了大量住宅。记者没忘记在节目中加入"梦想"的成分，他采访了一些罗斯托克的学童（和安佳的女儿一样，他们大概是民主德国最后一代"祖国的花朵"），请他们梦想1990年甚至2000年的房子会是什么样。孩子们展开畅想：建在水上的，倒金字塔形的，长得像花儿一样的……节目最后，一个浑厚的男中音总结道：当然！这些都会实现，各取所需，这，就是社会主义社会！

他们肯定不会想到，在新的时代，他们成了"失败者的子女"。他们的父母曾憧憬墙那边的生活，以为一旦获得自由便可自己主宰命运，到头来却被历史遗弃。没错，他们可以自由旅行了，他们可以去看看真正的巴黎、伦敦、罗马（如果他们有钱的话），他们可以投票了，可以公开谈论政治而不用担心告密（如果他们有兴趣的话），但生活已不再属于他们，这个新的社会看起来也不再需要他们——你很难就此责怪联邦德国，事实上他们做得已经够多：转移支付、团结税。也许这就是历史的荒谬。"现在好是好啊，"他们总是这么说，"但它是年轻人的了。"

"东德的问题不只是政治经济的问题，也是头脑和心灵的问题。"出生于联邦德国的阿克塞尔说。他的东西论坛致力于推动联邦德国人和民主德国人的对话，"你相信吗？直到现在，还有一半的西德人从未来过东德"。

我们谈起在民主德国的新纳粹，"失业率增加，贫富分化，找不到工作的年轻人需要一种存在感（sense of life），于是他们聚在一起滋事，在群体中寻找力量"。

又谈起电影《再见列宁》和民主德国的怀旧情绪。很长一段时间，我对类似的怀旧情绪不以为然，认为它是对过去的选择性记忆,是一个竞争激烈的社会的副产品,甚至是某种"极权的诱惑":把你的身心都交给我来安排吧,多么轻松,多么省事!但是阿克塞尔提供了另一个视角。"90%的东德人都不愿意回到共产主义时代,但是他们希望找到一种平衡,一种尊重。""他们曾经在这个国家里生活,不需要你来告诉我这个国家是什么样的。"

阿克塞尔说,他曾吃惊于一些老人对当年的战争岁月有着美好回忆,试图历数战争罪恶并和他们辩论。"你是对的,但我们那时正年轻啊。"老人们这么跟他说。

有谁会把自己的年轻拱手相让呢?

5

已不再年轻的安佳起码还有一个指望:皮特。

"墙已经倒了,我也不能再躲在墙后假装无法动弹了。"1998年,她给皮特的母亲伊丽莎白打电话,讲述了自己的状况。"伊丽莎白是一个非常好、非常温情的人,她知道我们之间的所有事情,就连我自己的父母也不知道。"

伊丽莎白从丹麦来了德国,在德累斯顿和安佳见面,又打电话给儿子:你有责任来见安佳,把事情解释清楚。于是在这么多年后,他们又见面了。

"他出现在莱比锡机场,就像一个梦。"安佳说。他们抱头痛哭,皮特递给安佳一张CD,里面是他做的音乐。他当年受斯塔西之命去世界银行总部工作，后来又退出这个特务组织，现在已是一位不错的音乐人。"他说有一首歌是为我写的，真是悲哀而又甜蜜啊！"

然后他开始讲述那"詹姆士·邦德的故事"——用流利的英语。"我的英语那时不是很好，听不太懂，也不相信他说的。太疯狂了，就像一出蹩脚的电影，"安佳告诉我，"有可能，我当时根本就没有怎么听。我满脑子都想着，他来了，他来了，这就够让我恍惚的了。"

但她很快发现，皮特只是想把整件事情做一个了结。几个小时后，他就变得客套起来。那是11月，莱比锡阴冷灰暗。"他就像一块冰冷的石头，你可以想象那些东西：我们俩没有未来……"

他来了，又走了。接下来两年，安佳去了两三次哥本哈根，一次是和女儿去的，女儿终于见到了安徒生的故乡，但这里并没有童话那样美好，"她很失望"。另一次，皮特带着她游览了这座城市。他谈了很多，也谈到了他正受梅尼埃病（多发于中年人，以突发性眩晕、耳鸣等为主要临床表现）的困扰，但就是不谈他们俩之间的事。安佳终于意识到，这一切都是一个错误，"我渴望了多年，但这不是现实"。

回到开姆尼茨，她开始接受心理医生的治疗，寻找与过去和解的办法。

"rehabilitation"（康复），安佳在我的笔记本上写下这个词，当人们需要描述戒毒时，用的也是这个词。某种程度上，我觉得这是所有民主德国人的处境，他们年轻过，失落过，革命过，幻灭过，欺骗过，被骗过，如今他们要学会与过去相处，也许更重要的是，与自己相处。

6

柏林东部，抹大拉大街地铁站（U-Bahnhof Magdalenenstraße）附近，尽是些长得差不多的暗色公寓楼。离开主街百来米，踱入某大院，可见一座老旧的八层大楼，同样毫无特色，墙体已发黑，只有后来换上的白框玻璃窗显示着它和时代的某种联系。这是从前的斯塔西总部1号楼。

如今它被改为斯塔西博物馆，向公众开放，也是德国中学生接受"政治教育"的重要基地。走进大楼，2006年奥斯卡奖最佳外语片《窃听风暴》里的场景徐徐展开：审讯室、录像带、蒸汽开信机、装在玻璃罐里的保存有受审者体味的皮革，还有千奇百怪的窃听设备，提包、手表、领带、皮箱、花洒、垃圾桶，甚至一个木桩子里面都藏着老大哥的耳目。

"到1989年为止，斯塔西有正式雇员9万人，通报合作者18.9万人。"斯塔西档案联邦管理局（Stasi-Unterlagen-Behörde，简称BStU）信息部主管约阿希姆·弗尔斯特（Joachim Förster）告诉我。柏林墙被推倒后一个月，斯塔西开始销毁档案，后被冲入这里的柏林市民阻止，未被销毁的档案文件排起来长达180公里。弗尔斯特说，"阿拉伯之春"后不少中东国家派人来讨教民主转型的经验,"他们想要知道如何对待这些遗产,我每次都说,在现阶段,最重要的是保存好每一份档案,防止有人盗窃和破坏"。

BStU最重要的两个部门是档案部和信息部,前者负责整理和保存那浩如烟海的文件,后者则负责接受和处理社会各界要求查看档案的申请。在他们网站上,一个常被问到的问题是:我想知道我的邻居、同事和熟人是否曾为斯塔西工作过,可以查询相关信息吗?

1991年,统一后的德国就是否公开秘密警察档案展开了长时间的讨论。德国东部方面担心开放档案会给未来的民主转型带来太大负担,甚至担心随之而来的报复与社会骚乱。最终,议会通过了一项法律(Stasi-Unterlagen-Gesetz),确保档案"有控制地开放"——记者和学者可以申请查看某一领域或时段的档案,但不能针对个人去查询他/她是否与斯塔西有染。公民个人只能申请查看与自己相关的档案。为了保护其他公民的隐私,档案在公开前还会由专员一一查看,将无关的人名等信息涂黑。而政府部门则可以申请查看公职人员的档案,如同运动员尿检一样,以确认他们不是"高克阳性"——出身民主德国反对派的德国总统高克正是BStU第一任负责人,直到现在德国人还把BStU叫作"高克办公室"。

"与东欧其他国家不同,德国的公开申请以个人为主,这二十年有290万人次提出了申请。"弗尔斯特说。"他们想知道身边哪些人曾经告密,也想知道哪些人值得信赖。"他给了我一份BStU对查看档案者的问卷回访,并特意说明,因为样本只有500

份,而且不是第三方调查,所以数据只能提供趋势性的参考,不一定具有代表性。在2008年的回访里,被问及"这些档案是否给你造成了情感上的巨大冲击"时,45%的人回答"是",39%的人回答"还可以",14%的人回答"没有"。被问到"你会进一步申请查看那些被涂黑的人名吗"时,一半的人选择了"不会"。"有许多原因,有人已经猜到,有人不想知道。还有一些人,原本放弃查看,后来他们老了,又回来再次申请,这时他们想要知道了。"

还有一个问题是:查看完档案,对你个人来说,这件事情是否就告一段落了?20%的人回答"是",33%的人回答"差不多",还有46%的人回答"不是"。不过一些人担心的事情并未发生。"有个别告密者自杀了,但没有报复和暴力,也许正是有控制的公开防止了这类事情发生,"弗尔斯特说,"但另一方面,也没有出现呼吁公开者所希望的:受害者与加害者重新开始对话。实际情况是,大多数人不再谈论此事。"

我们自然聊到了著名的《窃听风暴》。"它对当时社会气氛的描绘非常到位,但维斯勒(监听特工,影片主人公,最后放弃了对作家的监听,反而开始保护他)这种情况我在真实世界里从没听说过。"弗尔斯特说。"事实上,斯塔西的制度也决定了不可能出现一个维斯勒,没有一个人能独自做出那么多重要决定,每个人都被其他人牵制和监视着。"

7

安佳和皮特的档案都已不见踪影，她觉得自己的档案很可能是连同皮特的被一块儿销毁了。后来她又提交了查看父亲档案的申请，某一天，在她自己都忘了这事儿的时候，收到了一个大包裹。里面是斯塔西对他父亲的监视记录，以及，20世纪80年代初她与皮特的通信。"我真没想到。我的背上冷汗直流，我的双手也在发抖……知道你被监视是一回事儿，而亲眼看到这些档案是另一回事儿。"她坐下来读起那些信件，仍然能读出自己当时的绝望。"他们还记下了1982年我和皮特在柏林最后一次见面的情形。多么远，又多么近。"

有一段时间她听不了DDR或者斯塔西这两个词，"让我觉得恶心"，但随着时间的流逝，她也开始慢慢能够面对这些令人不快的遗产。

参观完世界上最大的马克思像后，雨势加大了。我们去了当地最高建筑的楼顶咖啡厅，透过玻璃幕墙，她把自己当年学习工作过的地方、1989年游行开始的地方一一指给我看。然后她驾车带我去了郊外一家特色餐馆，在那里吃了一种奇怪的本地鱼，之后我们向更远的郊外进发。奥古斯图斯堡（Augustusburg）那巨大的宫殿就建在山顶，远远望去，像是飘浮在半空之中，气势不输新天鹅堡。她的车里放着皮特的音乐，有一首歌，皮特用中文反复念着"夏日长"，安佳问我那是什么。"Long summer!"

我说。她听了哈哈大笑,说怎么也不会想到,有一天会有一个中国人坐在她的车里,帮她翻译那句她听了无数遍却不知其意的中文。我说,我也不会想到,有朝一日会坐在一个德国女人的车里,听一个丹麦男人用中文唱歌。

2001年的时候,安佳的女儿背着她,把母亲的社交网络状态改成了"单身",后来安佳在网上认识了现在的丈夫卡罗。两人结婚前,卡罗为她买了一张飞往哥本哈根的机票。"他和女儿都对我说,你需要自己去面对,去感受,(你和皮特)这段关系还重要吗?你得自己做这个决定。"安佳去了,并且相信自己解决了所有问题。"是的,激情的日子让人怀念,但毕竟已成过去。"她爱着自己的丈夫,也仍然爱着皮特——以另外一种形式。"这算是什么?柏拉图的恋爱吗?"她大笑。

皮特仍然单身,他在电邮里对我说,虽已不是共产党员,但他"仍然不是资本主义的粉丝,仍然喜欢马克思和他的理念"。

"他有时会抱怨说,"安佳告诉我,"总有一天,我们都得给中国人做玩具!"皮特说他正在准备建立一个新的政党,要"运用互联网等手段来推动直接民主(direct democracy)"。有趣的是,他同时也接受了那句话的下半句:"如果你年纪大了,还不是一个保守主义者,那你就没有头脑。"

安佳后来还见到了当年介绍皮特加入斯塔西的那个老师。"原来他是一个非常开明友好的人,我们不怨他,当时他和皮特都相信他们做的事情是对的。没人知道历史会怎样前进。"

分别前我们又喝了一次咖啡,那家咖啡馆开在一个共产主义时代的监狱里头。我们什么都聊,她说起自己失业十五年的姐姐,又说起她以前所在保险公司的一个小领导:"'变化'的时候坐牢了,只因为当年采购时赚过差价,其实他是很好的人……"看得出,和同辈人相比,安佳对自己现在的状况挺满意:经济独立,家庭幸福,能去更多的地方度假(今年她去了葡萄牙)。不过说到1990年的民主选举是安佳第一次也是最后一次投票时,我还是有点吃惊,问她,现在为什么不投票了?"那些政客们都差不多!"

8

2009年,安佳在网上找到了老同学佳杰思:"嘿,阿德里安,你的头发去了哪里!"三十多年过去,佳杰思也从革命青年变成了记者,又从记者变成了CEO,不过那是另一段传奇故事了。

这一年的11月9日,柏林墙倒塌20周年的纪念日,她、皮特和佳杰思一起来到柏林的勃兰登堡门,参加这里的庆祝活动。中途佳杰思接了一个电话,原来是一家电台打电话给他,请他谈一谈"柏林墙倒塌二十年的意义"。

我试图在网上寻找那期节目的文稿,但没有找到,我很怀疑5分钟的连线可以谈论哪些"意义"。正如我也怀疑自己写的故事,对于大多数中国人来说,一个遥远大陆上发生在普通人身上的普通故事有什么"意义"呢?可是,我又想起安佳给我描述的一个场景。在柏林的车站,她和皮特坐上一辆出租车,司机大概是看出了他们关系的不同寻常，问他们：

"发生了什么？"

"这是很长的故事。"

"没关系，路还长，我有时间听。"

没错，路还长，所以我也决定把他们写出来。就是这样。

参考文献

《另一个国度》：

郭洁：《东欧的政治变迁——从剧变到转型》，《国际政治研究》（季刊）2010年第1期。

《柏林墙：分裂的世界（1961—1989）》，[英]弗雷德里克·泰勒著，刘强译，重庆出版社，2009年。

《档案：一部个人史》，[英]蒂莫西·加顿艾什著，汪仲译，广西师范大学出版社，2015年。

《我的愤青岁月：革命青年的荒诞》，[德]佳杰思著，史竞周译，新星出版社，2009年。

Jana Hensel, *After the Wall*, translated by Jefferson Chase, Public Affairs, 2008.

第十一章

爱沙尼亚

遗忘与灰烬的味道。

记者工作的好处之一是不时有免费旅行的机会。2013年春天，我意外受邀去塔林理工大学参观了解爱沙尼亚的互联网发展。具体看了什么忘得差不多了，但我记得出发前邀请方给我们发了一些资料帮助了解爱沙尼亚历史，其中有一部纪录片《歌唱革命》(*The Singing Revolution*)，讲述1986—1991年之间，波罗的海三国以传统民歌与合唱为抗议武器，取得独立的故事。

　　因为之前一年刚刚写过民主德国失重的故事，我立刻对里头的参与者有了好奇：三十多年过去了，当初的人们现在在哪里？他们过得怎么样？怎么看待当初那段风云岁月？我辗转联系了好几位当年"歌唱革命"的参与者，在爱沙尼亚参观未来的同时，见缝插针地挨个拜访，回望过去。

　　由于种种原因，这篇设想中的长文没有写出来，相关资料也沉入了旧电脑无边无际的文件之海。对于那些与我分享生命历程的人，我始终有一种辜负的心理，在这里速写下的是与其中印象最深的两位采访对象打交道的经历，作为对缺憾小小的弥补。

可能的世界　/　爱沙尼亚

世事难料

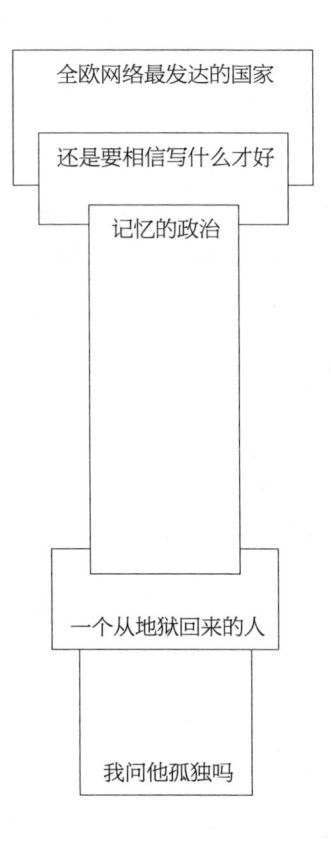

全欧网络最发达的国家

还是要相信写什么才好

记忆的政治

一个从地狱回来的人

我问他孤独吗

生活是漂浮在水中的桌子

"大理啊，中国的嬉皮之都！"从一个爱沙尼亚人口中听到这评价多少有点魔幻。那时我们正坐着面包车行驶在北纬60度的某个地方，目的地是芬兰湾深处的某片海滩。

爱沙尼亚人叫劳尔，是个高大的小伙子，学人类学，在中国和美国都留过学。我们中英文混杂着聊天，他给我们讲爱沙尼亚首都塔林的历史，塔林八百年前也是汉萨同盟的一员，难怪老城和德国北部的吕贝克很像，都有着漂亮的红砖建筑。老城之外有不少灰色的社会主义楼房，时值早春，发黑的积雪尚未全部融化，一些道路已经开始翻浆。考虑到我们一行的目的之一是在塔林理工大学讨论信息高速公路，此景不免有些古怪。但爱沙尼亚之为全欧网络最发达的国家也是事实，毕竟是即时通讯软件Skype（讯佳普）的诞生地，塔林的免费无线网络几乎无处不在，手机随时自动联网，微信反应最灵敏，会抓紧每一秒蹦出消息。

塔林东北郊是俄罗斯人聚居的地方，苏联解体后他们就成了真正的少数族裔。那些单元楼看着眼熟，劳尔说，楼板不隔音，邻里说话吵架听得一清二楚。"没有一点儿隐私！"我们的车从旁边飞驰而过，这段高速是塔林—圣彼得堡高速公路的一部分，如今这只是跨国旅游的基础设施，当年建它可是为了"方便开坦克"。

二十多年前，苏联的坦克已经开往塔林，却受阻于一场

"歌唱革命"。世人多知道捷克的"天鹅绒革命",对同样非暴力的"歌唱革命"却了解有限。从1987年起,有着民歌传统的爱沙尼亚人利用各种音乐会,以歌唱本民族歌曲来抗议苏联统治。1988年9月11日,30万人(超过当时爱沙尼亚人口的四分之一)聚集到塔林音乐节广场齐唱禁歌。这样的和平抗议持续了四年,直到1991年,苏联在内忧外困中放弃了武力,爱沙尼亚终获独立。前往爱沙尼亚前,我辗转联系到三位重要亲历者,想了解更多"歌唱革命"的细节,女歌唱家西尔维(Silvi Vrait)是其中之一。

在电子邮件里,西尔维告诉了我她的手机号码,加了一句:手机不太好用,我希望它明天能接听电话。过了几个小时,她又发来邮件:我的手机用不了了,也许我该直接去你的酒店?我们最终在酒店大堂见面,我比约定时间提前五分钟到,她已经在那里了,窝在最边上的椅子里,看着有点憔悴。我们点了橙汁,年轻的服务员没认出这位20世纪80年代非常著名的歌手(后来西尔维走后,她才反应过来:"原来是她!我说怎么看着有点面熟!")。

西尔维从1972年开始唱歌,去集体农庄唱丰收,也去club(俱乐部)唱爵士,"当时的club和night club(夜店)没有一点儿关系,更像是一个文化活动站"。西尔维跟我解释。她大概忘了我也来自一个社会主义国家,我们都记得工人俱乐部。唱得最多的是爱沙尼亚语和英语歌曲,有时候一些干部会到俱乐部来,要求她们多唱苏联歌曲。但也无所谓,歌唱本身就是爱沙尼亚民族认同的一部分，哪怕他们唱的是斯大林，记住的仍然是自己的民族身份——我不知道有没有这方面的研究，但听起来真是有趣的课题。西尔维没有参与保卫电视塔的行动，也没有在地下室私藏爱沙尼亚国旗（苏联时代被禁止）。"但当你有机会在自己的人民面前唱爱国歌曲，你一定会这么做的。你以身为爱沙尼亚人自豪，那是非常动情的时刻。"

革命以后，西尔维继续唱歌，也教英语。她曾短暂参与政治，但坐在市议会的麦克风前，"不知道该说些什么"。眼下她在塔林一个艺术学校教孩子们唱歌。4月30日，学校会上演根据《简·爱》改编的音乐剧，西尔维在剧里扮演里德太太。"不是一个非常好的女人，是吧？"

她生活得不算好。"你曾经的名气不代表任何东西，没人会一直为你付钱。有一些音乐会、表演，但他们给得不多，我得开口向他们要。"说到这时她尴尬地笑了，"也许我应该过得稍微好一点儿，不必为第二天如何挣钱操心。很不幸，我没做到"。

那是2013年4月21日，我离开爱沙尼亚前一天。聊了两个多小时，西尔维说得最多的一句话是"you never know"（世事难料）。她说她打算退休，也许就在七天后的4月28日——她62岁的生日那天。"从那以后我就要靠养老金，我就是一个pensioner（领养老金者）了。"但谁知道呢？分别前我们拥抱了一会儿。"给我写信。"她说。然后我隔着大堂的玻璃窗，看着她裹着大衣，慢慢走到车站，等回家的6路车，等了很久。

西尔维写过一本名为 *Saatus* 的自传，翻译过来就是"命运"。

前往芬兰湾的车上，我们和劳尔聊起信仰的问题（爱沙尼亚是欧洲信教率最低的国家之一），我们的司机突然插了一大串话。劳尔努力翻译了半天，大意是：生活是漂浮在水里的桌子，是给你体验更深刻东西的机会，比宗教更深刻，所以我不信教；宗教不可证明，所以会被政治利用，让人们互相打仗。

我吓了一跳。劳尔笑笑："我去中国，去美国，发现大家都不讨论这些问题。在爱沙尼亚，连农民也会讨论这些。每个人都是哲学家。"隔一会儿，他又说，有时候觉得还是要相信些什么才好。

4月22日，我回到北京，之后辗转广东、云南，在大理又小住了几天，每天看书写字，听鸟儿布谷，骑车去古城吃5块钱的斋饭，在"嬉皮之都"过了几天清淡的生活；5月上旬再次回京才给西尔维写信问好，她没有回复。又过了一个多月，7月1日的凌晨，躺在床上刷手机，收到一位人在上海的爱沙尼亚朋友来信："我记得你曾经采访过我们国家的歌手西尔维·弗莱特。她刚刚去世了。"

我的心跳得厉害，拨通这个朋友的电话，却一句英语也讲不出来，只剩下了"哎"。她说，西尔维是4月28日生日当天被送去医院的，在那里躺了两个月，没能挺过来。

一个从地狱回来的人

那时候我还不了解"记忆的政治"，只是模模糊糊感到它的重要，也还没读过普里莫·莱维，不知道一个从地狱回来、还保留了表达能力的人会怎样面对世界。从爱沙尼亚首都塔林到第二大城市塔尔图的大巴车上，我琢磨着该问M什么问题。M是这个国家当年最著名的异见人士，1958—1966年，1976年，1980—1988年，三进三出位于西伯利亚的流放地。

我们通了一个电话，老人家给我留下的印象是爽朗，对自己的人生无比自豪，以及（大人物容易表现出来的）有点夸张的亲切。他开车来塔尔图车站接我，带我参观这座大学城，讲解每座建筑的历史，包括一个叫"zenzen"的中餐馆。我们在中餐馆里各喝了一碗汤，他一口气讲了好几个笑话，每一次都把自己逗得前仰后合。有一个说的是以色列、爱沙尼亚和俄罗斯的民族性。话说地狱里用大锅煮人，也有煮人的规矩：以色列人的锅要盖紧，不然他们会互相帮助然后逃走；爱沙尼亚人的锅不用盖子，因为他们虽然也想逃走，但都看不得别人先走；俄罗斯人的锅也没盖，"因为他们看到这么大的锅就被迷住了，心甘情愿去挨煮"。

M在德国文化中心弹起钢琴时，我依稀能想象出他当年的样子，但从文化中心出来转入超市，他就变回了一个只是有点好奇的普通老人，比较价格，研究各种新来的零食。他在超市买了些面包和奶酪，邀请我去他家用餐。那显然是个富人区，别墅和花园都整饬得干干净净，只有他家的二层小楼有点破败，花园里长着一小片百合样子的植物，随处都是暴风雪留下的残枝败叶。

进了屋，脱掉风衣，再换上棉拖鞋，M又从一个只是有点好奇的普通老人变成一个流着鼻涕的絮絮叨叨的老人。厨房长桌上摆满了各种空碗空瓶，他点火烧水煮咖啡。M当年在大学学的是动物学，他一边切面包一边给我讲解进化论，我准备好的所有关于流放的问题都插不上嘴。回到客厅，他从巨大的书架里给我翻出几本巨大的硬皮书，也和进化论有关。"你看这个。你看那个。"客厅里堆满了发黄的资料，散发出书的霉味，他终于开始回答问题了。

他觉得"歌唱革命"是一个神话，易帜而已，共产主义者并没有被清洗。"去苏维埃化，许多爱沙尼亚人都没听过这个词！"他抱怨。"去纳粹化，去殖民化……"他冒出一大串De开头的词语（毕竟出身于双教师家庭啊），"但没人听过去苏维埃化！"他也不欣赏如今的民主："以前是苏联的独裁，现在是欧盟的独裁，以前是莫斯科说了算，现在是布鲁塞尔说了算。"他抱怨爱沙尼亚人奴性太强。"我们想要的，只是在大国间延续我们的民族。（可是）那么多民族都消失了。"

他很少听完我的问题，而是抓到一个关键词就开始发表长篇大论。我有一点难过，他是永远的异议者吧，但现在没有媒体愿意听他说话了。说得最多的还是俄罗斯。"如果你们不喜欢爱沙尼亚，那就走呗，回俄罗斯去。"这句话他起码说了五遍。每次提到俄罗斯时，他的眼神就变得很凶，整个脸都涌上了鼻尖。那天月亮不圆，但是挺亮，我看着他突然有点害怕，开始胡思乱想，老宅啊，狼人啊什么的。他终身未婚，至今独居。我问他孤独吗，问他人生的意义，他都不回答，他不回答的方式就是答非所问。

"你知道吗？这个房子里还住了一个人。"他露出神秘的微笑，半天不说话。我被这停顿吓了一大跳。他说，是另一个年轻人，是他的保镖和管家，"可能10点回来，也可能11点"。夜深了，他说我可以睡在他的客厅，我坚持要出去住酒店，几个来回下来，他同意我去住店，但坚持要送我出去。"你可能会被抢劫！那些俄罗斯人！"直到11点多出门，我也没看到那个他说的年轻人。

我在市中心找到了一家酒店，性价比极低，没有暖气，Wi-Fi也连接不上。躺在冰冷的床上，心里说不出是什么滋味。

船与墙

第十二章

爱尔兰岛

这是一个十年的尾声,钟声已经敲响。

2019年10月,我在都柏林一家影院看了新近上映的电影《小丑》。我一点儿也不喜欢,但也不得不承认它完美揭示了此刻的时代情绪,或者说它就是时代的表征:

一头受伤的、难耐的困兽,

一股说不清是后现代还是返祖的无名火,

一种什么东西无法持续而终将爆发的不祥预感。

旅行到贝尔法斯特时,我同时看到并且摸到了船与墙,于是我试着用这两个意象来概括拉扯的两头。这是一个十年的尾声,钟声已经敲响。

可能的世界 / 爱尔兰岛

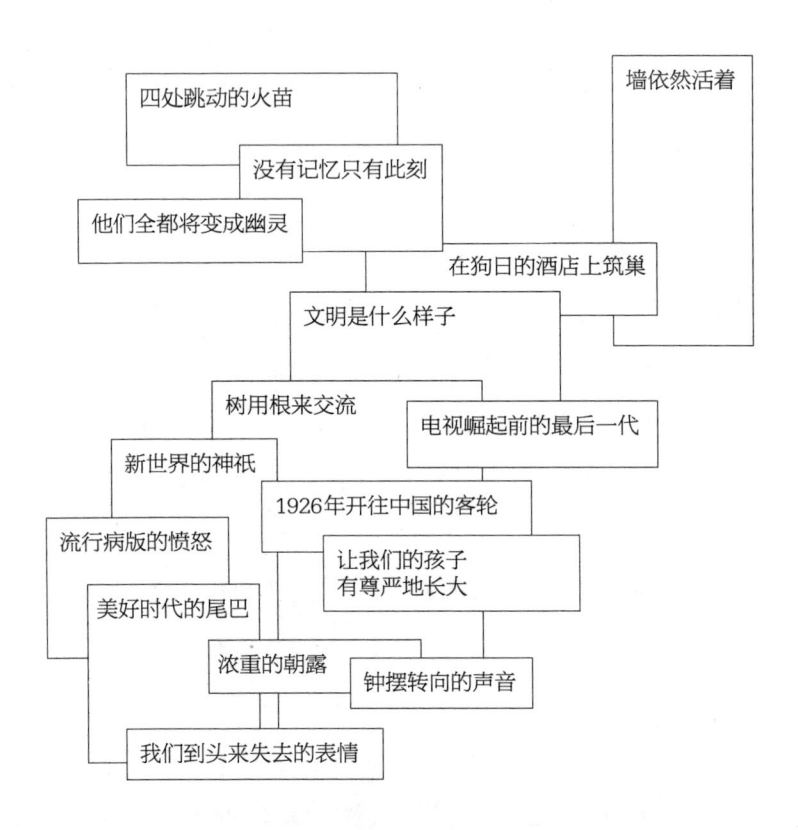

来自往昔的信号

四处跳动的火苗
墙依然活着
没有记忆只有此刻
他们全都将变成幽灵
在狗日的酒店上筑巢
文明是什么样子
树用根来交流
电视崛起前的最后一代
新世界的神祇
1926年开往中国的客轮
流行病版的愤怒
让我们的孩子有尊严地长大
美好时代的尾巴
浓重的朝露
钟摆转向的声音
我们到头来失去的表情

1

从都柏林作家博物馆出来时,我的手机响了,《卫报》的APP弹出快讯:警方称,埃塞克斯郡一辆卡车集装箱内发现39具中国公民遗体。蓝天如洗,阳光和暖,这是爱尔兰深秋难得的好天。楼上有几个男孩子,穿着统一的白衬衣和深蓝色开衫,隔着窗玻璃向外张望,应该是他们的课间休息时间;红砖外墙上爬着藤蔓植物的红叶,阳光一照好像四处跳动着火苗。

按行程,作家博物馆后是乔伊斯中心和健力士中心,我参观得三心二意,一直在手机上刷新闻,爱尔兰(卡车公司所在地)、北爱尔兰(司机家乡)、都柏林(司机几天前乘坐渡轮从这里前往英国)的名字不断跳出来。我想起昨天在海边悬崖上的徒步,我们边走边拍照,不时去灌木丛中摘几颗还有一周才熟的黑莓尝尝。风大而不寒,吹得云层千变万化,青灰色的爱尔兰海与白色的灯塔对我们来说只是冷峻的背景板,偶尔驶过满载集装箱的货轮就更是如此了——还要被评头论足一番:这艘灰色的不如刚才那艘白色的上相云云。没人意识到那些集装箱里可能还装着人。

这是我们抵达都柏林的第五天。除了海边徒步的半日,我们都在各种博物馆、图书馆、教堂、城堡里讴歌人类文明。文明是什么样子的?它是爱尔兰国家美术馆里约翰·莱弗里(John Lavery)为妻子所画的特写,据说展现了被殖民的爱尔兰人隐忍的表情;它是街头艺术家乔·卡斯林(Joe Caslin)在都柏林建筑立面上绘制的、直面女权、同性婚姻等社会议题的巨型壁画。

它也是建成于1707年、爱尔兰最古老的公共图书馆马什图书馆（Marsh's Library）里头的气味，混合了木香、霉味和尘土的腥。领着我们参观的副馆长说，他们猜测斯威夫特当年为了写《格列佛游记》，曾来此参考过一本旅行书，可惜他和乔伊斯的借书记录已不可寻；但布莱姆·斯托克的借阅记录很详细，早在出版《德古拉》三十年前，他就造访过这座图书馆，读过的好几本书里都描绘了特兰西瓦尼亚（Transylvania），后来这里被文学化成了吸血鬼故乡。馆方贴心地为我们准备了一本1662年出版于阿姆斯特丹的旅行指南，里头居然有中国的分省地图，并且相当准确，我没费什么力气就在"湖广"一章找到了自己的家乡。副馆长小心翼翼地帮我们翻页，她说，这本指南当年只印刷了1000份，主要用作外交礼物，平日很少见光。

文明薄如蝉翼，但也重于泰山。这是我参观圣三一学院图书馆的直观感受。这里光长厅（Long Room）就收藏了20万本书。"如果你能懂二十种语言，一天读一本，读完要五百年。"导游说。事实上，因为没有考虑到文明的重量，这里一度被书籍压塌，而20万本只是长厅的收藏数，整座图书馆的收藏总数超过了700万本。作为一个写书的人，到这种地方往往非常惶恐：你凭借什么从这么多书里跳出来，到达读者手上呢？

文明还是威克洛郡（County Wicklow）史莱辛格（Slazenger）家族后代嫁接的那株双生树，夕阳西下时，树的通体会变成粉红色。我们在树下听他讲述家族故事，无非是扩张，扩张，破产，买卖的循环，倒是他作为园丁，说起"树用根来交流"时更吸引人。他不过30多岁，但这份职业已经赋予了他无尽的耐心：园丁最困难的一点就是需要和漫长的时间打交道，这里没有什么东西可以一蹴而就。

2

1889年，一个叫戴维·伯恩（Davy Byrne）的年轻人从家乡威克洛郡出发，前往都柏林闯荡。他花了2300英镑在杜克街21号置下自己的第一处房产，并把它变成了爱尔兰独立运动的秘密集会地点和都柏林最有名的文学酒吧。乔伊斯和他虚构的小人物布卢姆都曾光顾这里，它也是我们都柏林"文学之旅"的第一站。六个人拼了两张小桌，点了成堆的沙拉、牡蛎、蟹肉和生鱼片，配合菜单背面《尤利西斯》的段落食用："布卢姆先生把他那一条条的三明治吃掉。是新鲜干净的面包做的。呛鼻子的芥末和发出脚丫子味儿的绿奶酪，吃来既恶心可又过瘾。他啜了几口红葡萄酒，觉得满爽口。里面并没掺洋苏木染料。喝起来味道越发醇厚，而且能压压寒气。"

伯恩酒吧的天花板、吊灯和壁画保持着"二战"前的风格，唯有吧台在木料上砌了白色台面，稍稍削减了乔伊斯笔下的"曲线美"。店中就我们一拨游客，本地人对到处乱拍的冒失鬼（他们往往还穿着冲锋衣！）早已见怪不怪，我们举起手机，他们举起酒杯："欢迎！"邻桌一位穿着正装、打红色领带的老爷子，颇有仪式感地往一杯鲜虾里挤柠檬水。我们在旁边轮流用中文猜他的职业,从指挥家到教师到退休高管,有人冒出一句"都柏林人",众人笑曰最佳答案。

当然我们还是忍不住问了老爷子,正确答案为拉丁语教师兼作曲家。爱尔兰曾经是一个保守的天主教国家,法律规定儿童必须学习要么爱尔兰语(民族主义),要么拉丁语(天主教)。《想象的共同体:民族主义的起源与散布》的作者、1936年出生于中国昆明的本尼迪克特·安德森在战后回到爱尔兰,母亲为他做了选择:学拉丁语。后来本尼迪克特意识到,他是在"粗糙的美式英语"崛起成为"唯一的'世界语言'"前,接受传统广义古典学教育的最后一代,正如他也是电视作为媒介崛起前的最后一代。在他的少年时期,人们更习惯收听广播,BBC每晚连播由优秀演员朗读的小说佳作。"我们的想象中尽是像安娜·卡列尼娜、基督山伯爵、吉姆老爷、尤赖亚·希普、德伯家的苔丝一样的人物。"

我不揣冒昧用某种泛灵论来借题发挥:一座城市是否值得探索,要看它是否"人影幢幢"。这里的"人影"包括所有曾经路过或者生活于此的先人,以及在这里被创造出来的文学形象。理论上说,所有城市都应"人影幢幢",但许多城市拆除了接收先人信号的装置,结果街市拥塞却空空如也,没有记忆只有此刻的地方真是乏味透顶。

此刻的都柏林正经历着强劲的经济复苏,导游说,全球公司50强有49家的欧洲总部设在都柏林。经济复苏最显眼的标志是无处不在的吊车和起重机。英语里"吊车"与"鹤"是同一单词（crane），有人在街头贴上"Lost crane"的海报，抗议前者抢了后者的风头。"不同于金属制造的前者，后者翱翔于天际时美极了，而且它不会只在狗日的酒店上筑巢。"

我不确定自由翱翔的鹤在这里是否还有别的隐喻，但连锁酒店和连锁餐厅纷纷拔地而起，的确抬高了生活成本，并开始挤占城市文化空间，音乐家、作家、街头艺人这样的创意阶层开始流失。我们从伯恩酒吧出来，门外一位衔着烟的女士盘腿而坐——这一次我们没好意思问她（从前的）职业——地上用彩色粉笔写着："地球只有一个，生命只有一次。有些人对我不怎么样，但我会一直昂着头，尽量不哭出来。因为我既然成了流浪者，就不能害羞，我能做的就是以心修面。到最后一切都会OK，如果不OK，那就是还没到最后。"

3

我们到达前三天，都柏林的两位市议员发起提议，在2022年《尤利西斯》出版一百年纪念日时将乔伊斯夫妻的遗骨从苏黎世接回故乡。保守的天主教神权政治、高涨的民族主义，加上折磨人的审查制度，让乔伊斯1912年决定离开自己的国家，有生之年再没回来。1941年，乔伊斯在瑞士苏黎世去世，爱尔兰政府没有派官方代表参加他的葬礼，其外交部还要求搞清楚作家"死时是否是一名天主教徒"。

"在《尤利西斯》出版近一个世纪后，已经取代爱尔兰天主教信仰的资本主义声称看到了乔伊斯和他作品的价值，就像酿酒商健力士（Arthur Guinness）一样，摇身成为爱尔兰万神殿的品牌……"爱尔兰作家马克·奥康奈尔在报上发表文章，对迎回遗骨的提议不以为然，"乔伊斯的遗体……将成为都柏林展示自己文学圣地身份的另一种方式。然而，在现实中，这里正在向文化荒原过渡，创意空间正在被关闭，为更多的酒店让路……乔伊斯的遗骨会给这个城市带来更多的游客，如果他今天还活着，他还得离开，因为他根本住不起这里"。

马克·奥康奈尔在爱尔兰国家图书馆写下了这篇文章，《尤利西斯》的其中一章就发生在这里。虽然他几乎每天都来这里工作，但每次经过前门时还会经历一次"灵魂的震颤"。因为就是在这里，在1904年6月16日下午，乔伊斯笔下的迪达勒斯和布卢姆不声不响地擦身而过。"即使乔伊斯不在这里，我们也无法摆脱他，"他写道，"整个都柏林城都被乔伊斯的作品萦绕。"

比如利菲河畔的"乔治之屋"。奥康奈尔送儿子上学时会经过这里，如今这里摇摇欲坠，长出杂草，周围街区夜间颇不安宁，却是乔伊斯短篇小说《死者》发生之地。《死者》是《都柏林人》里最棒的一篇，可你需要真正阅读作品，才会在意那栋老宅和那些人影，从凯特与朱莉亚姨妈，到加布里埃尔和他的妻子，"一个接一个，他们全都将变成幽灵……他意识到，但却不能理解他们变幻无常、时隐时现的存在。他自己本身正在消逝到一个灰色的无法捉摸的世界里去：这牢固的世界，这些死者一度在这儿养育、生活过的世界,正在溶解和化为乌有"。死者的世界一度也要为经济让路——开发商计划将"乔治之屋"改造成一家有56个房间的主题青旅,直到2019年12月,计划被都柏林议会暂时叫停。

比较起来,我们到达时开馆刚好一个月的爱尔兰文学博物馆(MoLI,Museum of Literature Ireland)倒是一个积极的证明——证明经济复苏下的文旅产业并不只会建高档酒店,在理想的情况下,它们也可以建起一套接受先人信号的最新装置。

爱尔兰文学博物馆选址于乔伊斯曾经就读的都柏林大学纽曼大楼(Newman House)校址,入口处布置成客厅模样,采光极好,窗边一位朗读者雕塑沐浴在暖阳里——都柏林秋天的日头黄澄澄得可爱,窗外就是乔伊斯毕业留影时倚靠的白蜡树,树下又一尊雕塑,名曰"鸟鸣之时",是一位捧书静思的长袍僧侣被鸟鸣声打扰了思绪,扭头张望。我立刻就喜欢上了这里。问讯处头戴深绿小帽的大叔也十分有范儿,应他的要求我写下了《尤利西斯》的中文译者萧乾、文洁若的中英文名,后来我看他一直在Google这对中国夫妇的资料。

20世纪40年代,萧乾曾任《大公报》驻欧记者并在剑桥大学就读。他后来回忆,当整个世界卷入战火,他却躲在剑桥一间14世纪的书房里研读《尤利西斯》的意识流。1944年6月,盟军从诺曼底登陆,他丢下学位和啃到一半的《芬尼根的守灵夜》,当随军记者去了。1945年,萧乾回国,他在英国购买的"乔伊斯"随他一道回到内战前夕的上海,又流徙到香港,最后于1949

年被带到开国前的北京。乔伊斯的书先是寄存在赵萝蕤处，后来通过严文井和何其芳转到刚刚成立的中国社会科学院文学研究所——也因此躲过了萧家其余藏书的劫难。四十多年后，萧乾动手翻译《尤利西斯》，又回到社科院资料室借出自己当初在剑桥买的这本1939年版，打开封皮，看到半个世纪之前自己的笔迹："天书弟子萧乾虔读 一九四〇年初夏，剑桥"。

爱尔兰文学博物馆颇具流动的美感。入口处的"客厅"，每隔数月请一位作家当家，重新布置以表现自己的文学观并回应社会议题。离开客厅是群星闪耀的爱尔兰作家照片墙：乔伊斯、王尔德、贝克特、叶芝、萧伯纳、谢默斯·希尼、托宾……此时你已可以听到下一展厅传来的有如清真寺阿訇的呼麦声，走去才发现是不同语言的合唱。你走到空中悬挂的五大主题（身体、旅程、冲突、政治、爱与失去）之下，合唱就被调频到了该主题的喃喃细语——是谁说的来着，小说是陪伴的艺术。

爱尔兰1922年独立，同年《尤利西斯》出版，次年叶芝获得诺贝尔文学奖，两年后萧伯纳亦获此奖，用爱尔兰文学博物馆的话，文学帮助这个经历了血腥独立战争的年轻国家找到了自己的声音。这里馆藏不少，大师们的手稿、书信、诺贝尔奖章等，用疏落而有设计感的形式展出，避免了观者的疲倦。还有《尤利西斯》全球译本展柜，萧乾、文洁若合译的中文译本（译林出版社）自然也在其中。镇馆之宝是全世界第一本《尤利西斯》，莎士比亚书店出版，简单的淡蓝底白字封皮，躺在打光如神龛的玻璃展柜之中，天花板上悬挂着一页页书稿，最终指向《尤利西斯》的最后一句话：yes, I will, yes（嗯，我愿意，嗯）。

在我最喜欢的互动展厅——或者说是一个不断接受来自往昔信号的射电望远镜，你可以坐在发着暗光的长桌旁，扯过来一只倒挂的喇叭听筒，聆听作家的原声，然后再取一张卡片纸，写下自己下一本书的第一句话，贴到对面的墙上。我的心怦怦跳着，写下一句"这个42升的登山包比我想的要小"，想象自己获得了某种加持，又开始一张张偷看别人的开头："留住本真。""她不知道自己想要什么，但她想要得更多。""你得非常自私地阅读，每一句话都指向只有你了解的真相。这是你分享这个故事的方式。""我是女孩，我想女孩总是对的。"真是一个令人心生幻想与温柔的时刻。

4

在都柏林的前几天，因为时差关系，我每天4点多起来，窗外还黑着，昏黄的街灯让人心安，更让人心安的是在团队活动开始前，以这种方式获得对自己时间的掌控权。伏案工作之际，天空变作墨蓝，又一点点变青，东方天际线一条刺目的金色光带，不断给附近云层输送着粉色和玫色的岩浆，但是朝西的街市仍然一片黑暗，街灯还未熄灭。我趴在二楼窗口看人影幢幢，一时分不清这是清晨还是日暮。在乔伊斯短篇小说《伊芙琳》里，这是个离别的时刻：她头倚在窗帘上，闻着沾满灰尘的窗帘布气味，最后看一眼从小长大的街区。她听见一个男子的脚步踏在混凝土人行道上，又踩在那些新造的红房子前的煤屑路上，嘎吱嘎吱地响着。她累了。今晚，她就要和水手弗兰克乘夜行船私奔，离开沉闷压抑的都柏林，去布宜诺斯艾利斯了。在新世界里她将得到自由和尊重，而不用重复母亲悲剧的一生。

  北墙码头，一片喧嚣，她挤在摩肩接踵的人群里。他握住她的手，她觉得他在跟自己说话，一遍遍讲着漂洋过海的事儿。码头上挤满了掮着棕色行李的士兵。透过码头棚屋宽敞的大门，她瞥见那黑黝黝的庞然大物，停泊在码头墙边，船舷两侧的舱口晃动着。她不吭一声，只觉得脸上冰冷发白。她感到痛苦而迷惘，不由得祷告上帝，祈求他老人家指点。迷雾中悠然响起呜咽似的汽笛声，不绝如缕。

根据爱尔兰文学博物馆里乔伊斯地图的指示，我在某一个黄昏去了北墙码头，路过Facebook欧洲总部，刀劈般锋利的玻璃幕墙下，新世界的神祇举起大拇指给你点赞。沿着利菲河往下游走，一切都是新的，竖琴的桥，啤酒桶的大楼，偶见一些不知年头的红砖老房，上面也都有"crane"等着将它们翻新。远处是入海口了，那里有更多的"crane"，只有烟囱比它们更高，风很大，吹得白烟竟折腰。就是在那儿吧，弗兰克抓住了伊芙琳的手，要带她上船，她却觉得自己被拉进了人间所有的惊涛骇浪，尖叫了一声"不"，然后退却了。人们催促着上船，他仍在喊她。

于是，她对他板起一张惨白的脸，无可奈何地，恰如一只走投无路的动物。她茫然瞅着他，目光中既没有恋情，也无惜别之意，仿佛望着一个陌路人。

折返时正值日落，西边城市上空盘旋着一个橙红套鹅黄的巨大飞碟，倒影在利菲河里就成了波光粼粼的玫瑰色。我在河边不锈钢电线杆上看到一张照片：在黄玫瑰和菊花簇拥之下（还有一支败掉的向日葵和一个蓝色儿童背包），照片里年轻男子在弹奏吉他，怀里抱着只小狗，下面两行字。第一行：Vincent McCormack (1978—2019)。手机 Google，这是一位音乐人，今年（2019年）4月26日突然离世。第二行：我将追随我的阴影的脚步（I keep following the footsteps of my shadows）。循着这句话，找到了他在 Youtube 的账户，只有 17 位关注者，一共发布了 20 条，大部分是他弹唱的录音，也有几个摇摇晃晃的视频。其中一个，他举着打印的演出广告，一边念一边让两只小狗把它咬得稀巴烂，另一个，他躺在床上，模仿德国人的口音（并不像）朗读康德的《先验感性论》。

这是我在都柏林另一个心生温柔的时刻。回到城中已是华灯初上，我被街那头"EPIC"四个银色字母吸引，发现了爱尔兰移民博物馆（EPIC, The Irish Emigration Museum）。径直走进去，里头一场冷餐会刚刚开始，人们举着红酒，三三两两站着聊天。我穿过人群，下楼进了博物馆，迎面几个大字：我们都来自某处（WE ALL COME FROM SOMEWHERE）。大大小小的行李箱上，是当年白星轮船公司的移民海报："单身女性去新南威尔士吧！""加拿大的农场多么富饶！"再往里走，一块电子屏幕上，1926年开往中国的客轮已经出发，1949年开往苏格兰的客轮开始登船，1960年开往澳大利亚的客轮最后一次广播……在那以后，我就被工作人员礼貌地请了出去：博物馆已经下班，现在是私人聚会时间。

再一次回到移民博物馆是那个得知偷渡客新闻的下午。爱尔兰移民和他们的后代有7000万人，分布于世界各个角落。"爱尔兰故事的核心就是其人民的流动。"博物馆告诉我们。人们选择离开的原因很多，饥荒、贫困、恶法、歧视、冒险等。当然，移民不只是伤感，也有适应与贡献——这是博物馆后四分之三的内容，可是因为眼前的新闻，我在前四分之一走得很慢，在那里细细咀嚼各种离别的故事。就好像第二天我们横跨爱尔兰岛前往斯莱戈，本是去感受叶芝诗歌中描绘的西部风光以及环绕其间的精灵传说，但我的耳朵里一直回响着车里播放的那首《阿萨瑞原野》（"The Fields of Athenry"）。导游说，离乡背井是爱尔兰音乐的一大主题。这首《阿萨瑞原野》以1845年爱尔兰大饥荒为背景，讲述一位叫迈克尔（Michael）的男子，因为给饥饿的家人偷窃玉米，被流放到澳大利亚的故事。1990年世界杯，爱尔兰球迷唱着这首民谣，为首次杀入决赛圈的爱尔兰队加油，于是一个属于他们的传统被"发明"出来，民谣几成国歌。2012年欧洲杯小组赛，爱尔兰0∶4惨败于西班牙，爱尔兰球迷也是唱着这首忧伤的歌曲谢幕的：

……
也许年轻人还会看到破晓，
但监狱船已停靠在海湾
……
我听见一个小伙子在低语：
玛丽，只要你自由，我就没事
……
你要好好活着，让我们的孩子有尊严地长大
……

一整天媒体上都是偷渡客的报道，从西部回来的路上，我看到消息说，死者可能来自越南。我们的司机也关注着新闻。"他们要躲进冷冻车厢，"他指着前面一辆运送冷冻肉类的大货，说有可能就是这样的车，"这样不容易被扫描发现。但你躲进去后，任何一个环节都可能出错，结果就是他们没能及时离开。"这是我们到爱尔兰的第六天，天气开始变坏，偶尔一阵急雨砸得玻璃砰砰直响，高速公路两旁原野已有枯黄的色彩，远处的炊烟好像被冻住了。"这些偷渡者被许诺这里有这个有那个，其实没有。"司机继续说，"当然，最终的办法是改善那些国家人民的处境。通常情况下，谁愿意离开家呢？家毕竟是家啊"。

5

第七天,我登上了都柏林开往贝尔法斯特的列车,去参观那里的泰坦尼克博物馆。我对那里第一印象算不上好,博物馆商店里,"泰坦尼克号"被做成了T恤、袜子、内裤(画满了船锚和掌舵)、水杯、公仔、冰箱贴、早餐茶、软糖、童书、明信片(谁会要一打失事电报的明信片呢),等等。好在博物馆本身并未迪士尼化,你沿舷梯上到二楼,就到了20世纪初的贝尔法斯特,声光电在这里重建了街市喧嚣与人影幢幢,历史缓缓展开:城市勃兴,农村凋敝,19世纪末以来持续的和平与繁荣在欧洲制造了一个"美好时代",新的交通与通讯工具让世界变小,人类有史以来最大规模的移动正在发生,1905年跨大西洋乘客第一次超过百万(顺便说一句,乔伊斯的《伊芙琳》就发表于之前一年),而没有移民潮,没有史上最大规模的背井离乡,就不可能建造"泰坦尼克号"……

然后你排队乘坐缆车,到建造"泰坦尼克号"的船坞走一遭,工人的俚语飘荡在滚烫的铁水之上,如果有人"去了别的船坞",那就代表又一个工人死去了。你眼看着这艘巨轮下水,前往南安普顿,在那里开始它的处女航。你看着它短暂停靠法国瑟堡与爱尔兰昆斯敦(今天的科夫),看着它全速驶往新世界,又看着它撞上冰山沉没。每个环节都交织着一二三等舱乘客的故事和他们最后的命运,当然还有种种被证实或者证伪的大众传说,比如白星轮船公司并没有声称泰坦尼克"永不沉没",船上也没有诅咒的木乃伊，史密斯船长没有说过"Be British"（拿出英国绅士的样子来）这样的话；但乐队的确一直演奏到最后一刻，只是最后一曲众说纷纭。博物馆的展览结束于1985年发现"泰坦尼克号"残骸的水下搜寻，一个颇有意味的画面是，一只头等舱的茶杯落在锅炉上头——在锅炉工玩命添煤的时候，头等舱客人们正悠闲地啜茶，但最后，就像旁白说的，"死亡这一刻，他们走到了一起"。

除了船，贝尔法斯特吸引我的还有它的墙。仅仅在不太久之前，这还是一座旅行者不宜踏足的城市——在贝尔法斯特市政厅，你可以了解到它是如何从三十年的暴力与伤痕中走出来的，教堂中有一全白色的"反思空间"，里头印着受害者的证词："如果门铃响了，我们全家就会陷入混乱。我们接电话时总是胆战心惊。我们的生活被恐惧所统治。""我爬进衣柜，把自己挤进最下面那一层，捂住耳朵，闭上眼睛。直到现在我还总是梦见那个场景。""我吃晚饭时还和母亲在一起，她出了门，再回来时已经躺在棺材里……我希望我的孩子都明白，不管是天主教还是新教，我们都一样，我们一样会流血，我们一样会哭泣，我们一样能感同身受。"在很长一段时间里，这个城市的天主教与新教社区是用高墙隔离的。如今墙被称为"和平墙"，已成景点。去之前我把它想象为纪念品商店的柏林墙碎片和泰坦尼克冰箱贴，结果真到墙脚下才意识到它仍然活着。两个好心的本地人提醒我，记着下午3点前回去墙的另一边，不然大门就要关闭了。

我在墙下转了半天，两边社区一片死寂，偶有黑色出租车（我还见到一辆红色观光大巴）卸下游客，也是导游带着，讲解一通墙上的壁画涂鸦政治口号，就急匆匆地走了，仿佛此地不可久留。和平墙上有个"墙上的墙"的展览，从美墨边境到巴以边境，墙无处不在，而且继续拔地而起。后来我才意识到，船和墙正是贝尔法斯特最耐人寻味的两个图腾。

船是一桩悲剧，却是那个乐观繁荣时代的产物；墙是和平象征，却拖着仇杀与战乱的长长阴影。船是活的，墙是死的。船是未来，墙是返祖。历史钟摆总是在船与墙之间摇摆。船是移民，是流亡，是奥德赛；墙是原乡，是终老，是美杜莎。船是自由的战栗，墙是安全的风化。船是冒险的，也可能是疯狂的；墙是稳重的，也可能是麻痹的——这是乔伊斯在《都柏林人》里一再使用的词语。船是全球化，墙是部落化。船是世界公民，墙是身份政治。船总是看着远方，要寻找放之四海而皆准的东西；墙眼里只有邻里，确信情感与道德会随着距离拉大而不断衰减。

到贝尔法斯特第二天早晨，我在泰坦尼克博物馆附近的码头跑步。水边茅草多数已经变黄，沾着浓重的朝露，当年这里曾是"泰坦尼克号"下水的滑道（slipway）。那是1912年，欧洲尚处在"美好时代"的尾巴，"大灾难"这样的词通常被用来形容1881年维也纳卡尔剧院大火，或者1905年旧金山地震。在船的时代，没人能想象足以毁灭文明的真正大灾难是什么样子，直到两年后，第一次世界大战爆发。

跑完步回酒店吃早餐，餐厅布置得如同白星轮船公司时代的头等舱，自助餐食也极为丰盛，我取了一份当日的《观察家报》边吃边读。邻桌坐着一个中产阶级四口之家，两个孩子从昨天深夜到今天清早一直在如船舱的客房走廊里奔走呼号，家长从未阻止。那个男人吃完了，跷着二郎腿喝着英式早餐茶，也在看《观察家报》。头版头条仍然是39位遇难的偷渡客的新闻。19岁的越南女孩Bui Thi Nhung，出事前不到一周，还在Facebook发了布鲁塞尔观光的消息。那辆死亡货车出发前两天，还有朋友问她，旅行怎么样了。女孩回复：almost spring。这是一句越南俗语，表示快要到达目的地了。女孩后来再没登录过。

我想起前几天在都柏林看的刚刚上映的《小丑》。我不喜欢这部电影，它的故事承载不起它的严肃，但那种流行病般的愤怒确实每时每刻都在与我们的现实共振。它是在预告船的时代的又一次结束吗？对于"承认"的需求塑造了制度与文明，由船搭载着前往世界各地，却也在暗涌里酝酿着内爆。我不知道这一次爆炸如何，会摧毁多少我们珍视的东西——在都柏林体会到的那些温柔的、耐心的、薄如蝉翼的东西。就像霍布斯鲍姆形容上一次繁荣与文明的终结：

一个在1900年出生的人，在他或她还没活到有资格领取退休养老金的年纪，便已经亲身经历过这一切，或借由大众媒体同步经历了这一切。而且，动乱的历史模式还会继续下去。

从跑步到早餐再到回屋，我满脑子都是久违的旋律——滚石唱片头天在微博上发布了1985年高清版《明天会更好》的视频，那是伴随着我们这一代人长大的信念，如今听来却让人有无限感伤：或许那将是我们到头来失去了的表情。除了体育比赛，没人真希望去"见证历史"，但就在那个如朝露般短暂的早晨，我好像听到了钟摆开始转向的声音。

参考资料

《来自往昔的信号》：

《帝国的年代：1875—1914》，[英]艾瑞克·霍布斯鲍姆著，贾士蘅译，中信出版社，2014年。

《都柏林人》，[爱尔兰]詹姆斯·乔伊斯著，孙梁、宗博、智量等译，华东师范大学出版社，2017年。

《椰壳碗外的人生：本尼迪克特·安德森回忆录》，[美]本尼迪克特·安德森著，徐德林译，上海人民出版社，2018年。

《尤利西斯》，[爱尔兰]詹姆斯·乔伊斯著，萧乾、文洁若译，译林出版社，2010年。

图书在版编目（CIP）数据

可能的世界 / 杨潇著. -- 上海：上海文艺出版社, 2024
ISBN 978-7-5321-8992-2

Ⅰ. ①可… Ⅱ. ①杨… Ⅲ. ①随笔－作品集－中国－当代 Ⅳ. ① I267.1

中国国家版本馆 CIP 数据核字 (2024) 第 056909 号

发 行 人：毕　胜
责任编辑：肖海鸥
特约编辑：赵　芳　史　亦　罗丹妮
封面设计：李政坷
内文制作：李俊红　李政坷

书　名：可能的世界
作　者：杨潇
出　版：上海世纪出版集团　上海文艺出版社
地　址：上海市闵行区号景路 159 弄 A 座 2 楼　201101
发　行：上海文艺出版社发行中心
　　　　上海市闵行区号景路 159 弄 A 座 206 室　201101　www.ewen.co
印　刷：山东临沂新华印刷物流集团有限责任公司
开　本：1194×889mm　1/32
印　张：13.125
插　页：16
字　数：270 千字
印　次：2024 年 5 月第 1 版　2024 年 5 月第 1 次印刷
ISBN：978-7-5321-8992-2/I.7082
定　价：78.00 元

告读者：如发现印装质量问题，影响阅读，请与出版社发行部门联系调换。